후회는 없다

- 변정일 회고록 -

변 정 일

1942년 제주도 서귀포시 신도리 출생. 서울대 법학과를 졸업하고 제5회 사법시험에 합격하여 군 법무관, 서울 형사지방법원 판사를 지냈다. 제10대 국회의원으로 당선됐고, 헌법재판소 초대 사무처장으로 일했다. 제14대 국회의원 시절 국회정치개혁특위위원, 통일국민당 대변인으로 활동을 했으며, 법학박사 학위를 취득했다. 제15대 국회의원 시절 국회법제사법위원장, 한나라당 총재비서실장·정치개혁특위위원장 등을 역임했다. 3선 의원으로 정치에서 물러난 후에도 JDC 이사장 등으로 제주도를 위해 일했다. 현재 대한민국 헌정회 법·정관개정특별위원회 위원장, 헌법특별위원회 위원장으로 활동하고 있다.
대법원장상과 황조근정훈장을 받았으며, 저서로 『미국헌법이 아시아 각국 헌법에 미친 영향』과 번역서 『자유, 질서 그리고 정의-미국헌정의 원리』가 있다.

후회는 없다
- 변정일 회고록 -

초판 1쇄 인쇄 2018년 4월 23일
초판 1쇄 발행 2018년 4월 30일

지은이 | 변정일
펴낸이 | 지현구
펴낸곳 | 물레
등   록 | 제406-2006-00007호
주   소 | 경기도 파주시 광인사길 223
전   화 | (031)955-7580~1(마케팅부) · 955-7587(편집부)
전   송 | (031)955-0910
전자우편 | thaehak4@chol.com
홈페이지 | www.thaehaksa.com

ISBN 978-89-88653-58-6 03810

후회는 없다

변정일 회고록

2016년에 들어서서 내 나이 74세로 70대 중반이 되니, 살아온 과거를 돌이켜보고 정리하면서 남은 생을 어떻게 보내야 할지 생각하게 되었다. 이제는 나의 일생을 기록으로 남길 때가 되었다는 마음도 들었다.

서울법대를 졸업하고 스물세 살에 사법시험에 합격한 이래 군 법무관을 시작으로 판사를 거쳐 변호사로 활동하다가 정치에 입문하여 10대, 14대, 15대 국회의원을 하면서 법조인과 정치인으로서 다양한 흔적을 남겼다. 그 외에도 국토해양부 산하의 공기업인 제주국제자유도시개발센터의 이사장을 맡아 공기업 경영도 해보았으며, 결국은 지인들의 강한 권유에 못 이겨 생각해본 일조차 없는 서울제주특별자치도민회 회장으로도 봉사하여 그 임기를 마친 해가 2016년이었다. 평생의 직업이었던 변호사 업무도 이미 2015년에 정리한 상태였으니, 2016년에 들어 자연스레 회고록 집필을 생각하게 되었다.

그러나 회고록을 낸다는 것은 결심하는 것 자체가 대단히 어려운 일이었다. 회고록을 낼 것인가를 놓고 2016년 5월경부터 시작된 고민은 2017년 7월까지 계속되었다. 내 회고록이 읽히지도 않고 뒷방에 처박히는 귀찮은 물건이 되지는 않을까, 읽어보니 자기 자랑만 했더라는 비난을 받지는 않을까, 남의 명예에 흠집을 내는 일은 없을까, 나의 기억이 정확할 것인가, 거짓 없이 사실대로 기록할 수 있을까 등 우려되는 일이 한두 가지가 아니었다.

그러한 우려에도 불구하고 결국은 회고록을 남기기로 하였다.

정치에 첫발을 들여놓은 것이 1978년이었고 공백 기간도 있었지만 최종적으로 은퇴를 선언한 것이 2008년이었다. 그 뒤에 정치의 연장선상에서 2013년까지 4년 남짓 공기업 최고경영자로 일했다. 그 기간을 모두 셈해보면 무려 35년이나 된다.

내가 살아온 과거 76년은 8·15 광복, 4·3사건, 6·25사변, 4·19혁명, 5·16 군사혁명, 63사태, 10월 유신, 10·26 사태, 5·18 광주민주화운동, 6월 민주항쟁, IMF 사태, 탄핵으로 인한 대통령의 퇴임 등 격변의 시대였다.

이러한 혼란과 격변의 시대에 개인적으로도 결코 평탄하지 못한 환경 속에서 성장해 왔다. 순탄하게 살아온 다른 공직자나 정치인들에 비해 활동이 다양했고, 마치 운명처럼 많은 역경을 거쳐야 했다. 그런 만큼 일생을 통해 겪은 일들을 진솔하게 기록으로 남기는 것이 결코 의미가 적은 일은 아닐 것이라는 생각이 들었다.

1973년 4월, 제주에서 처음 변호사 활동을 시작한 이래 2013년 6월 제주국제자유도시개발센터 이사장을 퇴임하기까지 40년간은 제주도민의 성원을 받았던 시기이고 관심의 대상이 되었던 시기이다. 제주도민과 함께 생활한 시기였던 것이다. 그런 만큼 제주도민에게 그간의 나의 공적 활동을 진솔하게 알려드리는 것이야말로 내가 마땅히 해야 할 일이라고 생각되었다.

　　나에게 생을 주시고 나에 대한 걱정으로 평생을 지내시다 돌아가신 부모님 영전에도 나의 일생을 그대로 바치고 싶다. 그리고 나의 아들들을 비롯한 후손들에게도 나의 생애를 진솔하게 전해주고 싶다. 나의 생애는 원하든 원하지 않든 다양한 모습으로 후손들에게 영향을 미칠 것이기 때문이다.

　　그래서 이 회고록을 쓰기로 결심했다.

　　변호사 생활만 했더라면 편안했을 것인데 "왜 정치를 했습니까?"라는 질문을 많이 받아왔다. 잘 나가던 변호사가 정치판에서 고생하는 모습이 안쓰러워하는 말이기도 하지만, 때로는 적당한 거짓말이나 쇼맨십, 과장된 자기선전 등 한국 정치에 적응하는데 필요한 요소를 갖추지 못해 아예 정치를 하지 말았어야 할 사람이 정치에 발을 들여 고생한다는 말을 에둘러 표현한 것이기도 했다.

　　국가란 신앙, 사상, 인종 등 여러 가지로 서로 다른 사람들이 이해관계의 충돌을 일으키면서 살아가는 사회이다. 이러한 국가를 이끌어 가는 것은 다름 아닌 정치다. 국가가 유지·존속되기 위해서 정치는 불가결의 요소이다. 따라서 전체 국민의 이익을 위해 정직한 정치를 하는 사람들이 정치를 담당해야 국민이 편안하고 나라가 부강해진다. 그러나 현실 정치에서는 가면을 쓰고 때로는 거짓말을 하며, 국가의 이익보다 개인의 이익, 또는 자기가 속한 집단의 이익을 위한 정치를 하고 모함과 권모술수와 선동의 정치가 횡행한다. 그로 인해 정치가 국민으로부터 외면당하고 참된 정치인들마저도 불신을 받는다. 정치를 해서는 안 될 사람들이 정치판에 득실거리고 정치를 해야 할 사람들이 정치를 외면한다. 불행한 일이 아닐 수 없다. 내가 정치를 하기로 결심한 이유 중의 하나가 바로 이런 점 때문이었다.

정치는 기존 질서를 유지하는 기능을 하지만, 때로 새로운 질서를 만들어낸다. 그런 의미에서 정치는 창조적이고 새로운 변화를 위해서 꼭 필요한 일이다. 그래서 나는 몇 번의 좌절에도 불구하고 정치는 할 만한 일이라고 생각했고 지금도 그 생각은 변함이 없다. 그래서 내가 걸어온 길을 후회해본 일은 없다.

나는 나름대로 올바른 정치를 하려고 노력했다. 그래서인지 거짓말 정치나 권모술수의 정치를 익힐 만한 기회도 없었고 정치인으로서 크게 성공하지도 못했다. 그러나 이러한 정치 자세를 후회해본 일은 없다. 오히려 다행스럽게 생각한다. 그러한 자세가 제대로 평가받아 낙선하거나 정치를 접은 뒤에도 보람 있는 일을 할 기회들이 주어졌다고 믿는다.

나는 초등학생 시절부터 자유민주주의 교육을 받았다. 철저한 자유민주주의자이다. 교육과 학문에 의한 것이기도 하지만 나의 견문과 체험에 의한 것이기도 하다. 자유민주주의란 사람들이 서로 다름을 인정하고 서로를 존중하며 함께 살아가는 것임을 전제로 한다. 자유민주주의는 정치 체제로서 완벽하지는 않지만 인류가 체험한 가장 우수한 정치 체제임에 틀림이 없다. 사회주의 체제는 이미 폐기되어 마땅한 것임이 역사적으로 실증되었다. 어떠한 진보적 사상이나 질서도 자유민주주의를 대체하거나 부정하는 것이라면 배척되어야 한다. 근래 헌법 개정을 논하면서 자유민주주의에서 자유를 삭제하려는 사람들이 있다. 민주주의로 위장한 사회주의 또는 인민민주주의를 도입하려는 것인가 하는 의심이 들어 매우 걱정스럽다.

나는 법관으로서 재판을 하고, 변호사로서 변론을 하며, 정치인으로서 활동하는 어느 과정에서도 자유민주주의적 기조를 벗어난 일이 없다. 자유민주주의는 공인으로서 나의 판단과 행동의 기준이었고 나는 자유민주주의를 수호하고 실현하기 위해 노력해왔다고 감히 말할 수 있다.

이 회고록 집필을 마칠 때에 즈음하여, 지나간 세월이 결코 헛되지 않았으며 내가 살아온 인생이 보람 있었다고 스스로 느껴지길 소망한다.

그동안 잘못된 길로 가지 않도록 나를 도와주고 사랑해준 많은 분들께 감사하는 마음을 가슴에 품고 이 회고록을 쓴다.

차례

제1장

–

내 고향,
남제주군 대정읍 신도리

원주 변 씨 19대손

나의 본적은 제주도 남제주군 대정읍 신도리[1]이고, 원주 邊 씨 19대손으로 내 아버지 信欽(신흠)과 고부 이 씨로 대정읍 보성리 출신이신 어머니 함자 泰安(태안) 사이에서 태어났다. 시조이신 高麗忠節 原川府院君 邊安烈(변안열, 호는 大隱)은 고려 말의 무신으로 이성계의 조선 건국에 반기를 들어 고려를 지키려다가 죽임을 당한 고려 말의 대표적 충신이다.[2] 그 어른은 고려 말 홍건적과 왜구를 물리치는데 최 영, 이성계에 못지않은 큰 공을 세우셨다.[3] 나는 본적은 신도리지만 출생지는 20리가량 떨어진 대정읍 하모리이다. 신도리는 1970년대까지만 해도 원주 변 씨 20여 세

---

1 현재는 濟州道 西歸浦市 大靜邑 新桃里
2 시조 변안열에 관한 저서로는 『大隱實記(대은실기)』, 『邊安烈(변안열) 평전』, 『대은 변안열의 생애와 업적』이 있다.
3 그러한 공적으로 전쟁기념사업회는 역사상 호국인물 62인 중의 1인으로 선정하여 2014년 5월을 '호국인물 변안열의 달'로 정하고, 전쟁기념관에서 현양행사를 거행했다.

대가 거주했고, 또 대표 문벌이어서 변 씨의 집성촌이라고 할 만했다.

내 6대조가 되시는 邊景鵬(변경붕) 어른께서는 원래 중문에서 태어나시고 그곳에서 성장하셨다. 정조 18년 대과에 급제하여 내직으로 사헌부 장령(司憲府 掌令) 성균관 학유(學諭)와 전적(典籍) 직강(直講)을 지내셨고 외직으로는 제주 대정현감, 전라북도의 만경현령 등 여러 관직을 두루 거치시고는 말년에 은퇴하셔서 신도리로 옮겨와 사셨던 것이다.[4] 은퇴 후에 이곳에서 후학을 가르치시며 많은 글도 남기셨다.[5]

어린 시절의 어두운 추억

고향을 떠나서

나는 어려서부터 아버지를 따라 고향을 떠나 목포, 광주, 인천, 서울 등지에서 생활했다. 6·25사변을 불바다가 된 서울에서 보내고, 9·28 서울 수복 후 그해 11월 말에 고향 제주로 내려왔다.

1945년 8월 15일 일본의 패망으로 조선은 일제의 통치를 벗어나 해방을 맞이했다. 이 얼마나 감격할 일인가? 그러나 우리 식구들에게는 일본의 패망이 해방의 기쁨만을 가져다준 것은 아니었다. 해방 후 정국의 혼란과 남북의 분할통치라는 시대상황은 우리 가족들에게, 나이 어린 나에게도 남다른 고통을 안겨 주었다.

---

4 대정현감은 1811년부터 1813년까지 지내셨다.
5 그분의 문집 일부가 2010년 제주대학교 허남춘, 김새미오 교수, 건양대학교의 김병국 교수에 의하여 해설되고 출판되었다. 변경붕 저, 『(通政大夫 司憲府 掌令)邊景鵬 文集』, 허남춘, 김병국, 김새미오 공동번역, 제주대학교 탐라문화연구소 편.

부모님(1976)

38선 이남은 미군이 점령하여 군정을 실시했고, 여러 우여곡절 끝에 남한에는 자유민주주의 정부가 수립되었다. 그동안 좌우 이념 대립으로 한때 사회가 혼란스럽기도 했으나, 정부가 수립되면서 안정을 되찾기 시작했다. 그 안정은 바로 좌익 세력의 패배를 의미했다.

일제 말부터 아버지는 그 당시의 지식인들처럼 사회주의 사상을 갖고 항일운동을 하셨다. 사회주의 사상은 일제 강점기 지식층의 젊은이들에게는 하나의 유행병이었다. 해방 이후 미군정이 자리 잡으면서 사회주의 활동을 하였던 사람들은 점차 발붙이기 어렵게 되었다. 아버지는 해방 이듬해인 1946년 목포로 이사하였다. 아마도 그러한 시대상황이 고향을 떠나게 한 이유였을 것이다. 아버지는 한곳에 오래 살 처지가 못 되었던지 자주 이사를 다녔다. 목포에서 1년쯤 살았던가. 1947년에는 목포에서 광주로, 그다음 해에는 인천으로, 1949년에는 서울로 이사를 갔다. 6·25 사변이 일어나던 1950년에는 서울에 살고 있었다. 이렇게 해마다 이사를 다녔기 때문에 1948년에는 광주에서, 1949년에는 인천에서, 1950년에는 서울에서 매해 국민학교에 입학하여 매해 1학년이 되었다.

1950년에 다시 1학년으로 입학한 후 얼마 되지 않아 6·25가 일어났다. 학교를 그만두게 되었다. 국민학교 1학년만 세 번을 새로 입학했던 것이다. 이사 때문만이 아니다. 어려서 유난히 병치레를 많이 했다. 소아마비에 걸렸다가 극적으로 치료되기도 하였고, 폐병도 앓았으며 1949년에는 인천에서 국민학교에 입학하자마자 신장염에 걸려 학교를 그만두어야 했다.

이렇게 불안정한 생활을 하는 가운데 서울로 이사를 온 후, 6·25 전쟁이 나기 전에 아버지는 집을 나가서 돌아오지 않으셨다. 그 후 여러 해 동안 생사조차 알 수 없었다. 어머니와 나는 6·25 전쟁 중에 아버지가 돌아가신 것으로 생각하게 되었다. 확인할 수 없는 아버지의 죽음을 어머니와 나는 받아들이기로 했다. 모자 사이에 이상한 묵계가 이뤄졌던 것이다. 그것은 어린 나에게 벗어버릴 수 없는 무거운 짐으로 다가왔다.

빨갱이 자식

전쟁 상황은 변하였다. 1950년 9월 28일 국군이 서울을 수복하였다. 그때까지도 아버지는 돌아오지 않으셨다. 9·28 수복 직후의 일이다. 어머니가 두 살 된 동생을 업고 볼일 보러 나가셨는데 밤새 기다려도 오시지 않았다. 다음날도 오시지 않았다. 어머니를 기다리면서 나는 한 열흘 혼자 집을 지켰다. 이웃 아주머니들의 온정으로 며칠 동안 버텼으나, 더혼자 집을 지키고 살 수 없었다. 하는 수 없이 친지들 중에 우리 집안에 신세를 졌던 사람들에게 도움을 받아 보려고 그들을 찾아 나섰다. 어려서부터 유난히 길눈이 밝은 나는 우리 집과 가까이 지냈던 집들은 모두 찾아갈 수 있었다. 그러나 찾아간 나를 반갑게 맞아주는 사람은 없었다. 사람들은 너무 변하였다. 하기야 전쟁 중이어서 사람들은 끼니 걱정을 해야 하는 처지였겠지만 어린 내게도 그들의 싸늘한 반응은 추위가는 날씨 탓인지 더욱 차갑게 느껴졌다.

나는 집에서 나올 때 갖고 온 옷 보따리를 들고 여기저기 떠돌아다니면서 거지 생활을 했다. 그러다가 며칠 후에 집으로 돌아갔다. 그런데 이게 무슨 변고인가? 우리 집에는 이미 다른 사람들이 들어와 살고 있었다. 나는 다시 집을 나와 며칠간은 거리에 세워둔 마차에서 가마니를 덮고 자는 노숙자 생활도 했다.

당시 후암동에서 인쇄소를 경영하는 외가 친족 한 분이 있었다. 그는 아버지와도 교분이 두터운 사이였다. 나는 그 집을 찾아갔다. 마침 저녁식사 시간이었다. 식구들이 식사를 하고 있었다. 주인은 나를 보더니 "빨갱이 자식"이라고 욕설을 퍼부으면서 당장 나가라고 소리를 질렀다. 청천벽력이었다.

그 사람이 경영하던 인쇄소는 전쟁 통에 불타 없어졌다. 그런데 쫓겨나오는 내 모습이 안타까웠던지 인쇄소 사장의 동생이 나와서 나를 불타버린 인쇄소 신축 현장사무소로 데리고 가서 저녁을 먹이고 하룻밤 재워주었다. 얼마나 고마웠는지 말로 표현할 수 없다.

6·25 당시에는 사업하는 사람의 입장에서 공산분자들이 밉고 싫었을 것이다. 그렇지만 나를 박대한 그들의 처사는 아홉 살 어린 나로서는 감당하기 어려운 아픔이었고 상처였다. 아버지의 무거운 짐을 내가 대신 짊어졌던 첫 사례였다. 외가 친척으로 부모님과 자주 교류하던 그분이 내게 "빨갱이 자식"이라고 험한 욕설을 퍼부으면서 쫓아내었던 일은 오랜 세월이 지나는 동안에도 마음에서 지워지지 않았다. 그때 당했던 섭섭함과 당혹스러움 때문인지, 나는 누구라도 섭섭하게 하지 않으려고 노력하며 살게 되었으니, 나를 박대했던 그분에게 오히려 감사해야 할 일인가? 그는 이미 세상을 떠났다. 그리고 그 인정 있는 사장의 동생분도 그 후로 만나지 못했다. 돌아가신 듯하다. 빨갱이 자식이란 그 욕설을 듣고 나서 어렴풋이 아버지가 몇 달 전 집을 나가 소식이 없으신 것이나 10여 일 전 동생과 일 보러 가신 어머니가 귀가하지 않으신 것 모두 빨갱이란 말과 연결되는 느낌이었다. 이러한 사태를 겪으면서 나는 조숙해지고 있었다.

고아원 생활

집에서 나온 지 10여 일이 지났다. 1950년 10월 하순쯤에 떠돌이 생활이 너무 힘들어서 해 질 무렵 길가에 있는 파출소에 찾아가 도움을 호소했다. 파출소 경찰관이 나를 안쓰럽게 생각하여 시장으로 데리고 가더니 밥을 사주었다. 식사 후에 파출소에서 하룻밤을 재워주기도 하였다. 너무도 고마웠고 냉정하게만 보이던 어른들이 다정하게 여겨졌다.

다음 날 아침이 되었다. 아침밥까지 잘 먹여주고 나서 그 경찰관이 나에게 사정하듯 말했다.

"보다시피 이곳은 파출소다. 파출소는 계속해서 너를 돌봐 줄 수 있는 곳이 아니다. 내가 경찰서에 연락해서 잘 돌보아주도록 부탁해 놓았으니 그 경찰서를 찾아가라."

그렇게 말하면서 경찰서의 위치와 경찰관의 이름을 알려 주었다.

나는 오랜만에 식사를 제대로 했고, 편안하게 하룻밤 잠자고 난 뒤여서인지 편안해서 마음에 여유가 생겼다. 살던 동네에 가서 친구를 만나, 같이 가자고 졸라 그 친구와 경찰서를 찾아갔다. 인왕산 고개를 넘어 한참을 가다 보니 논과 야산이 나왔고 거기 경찰서가 보였다. 아마 지금 생각하면 녹번동 삼거리 근처이거나 갈현동이나 연신내였을 것이다.

내가 만나야 할 경찰관은 외근 중이었다. 한참을 기다렸다. 밖에서 기다리던 친구는 기다리다 지쳤는지 몇 번 내 이름을 부르더니 집으로 돌아가 버렸다. 오래 기다려서 해질 무렵 그 경찰관을 만났다. 경찰관은 나를 경찰서 부근에 있는 고아원으로 데려가 고아원에서 생활하도록 했다. 고아원은 사찰건물이었다. 그날부터 고아원 생활이 시작되었다.

시일이 지나면서 나는 어머니를 만날 생각은 아예 단념하였고 고아원 생활도 익숙해지고 있었다. 고아원 생활이 한 달 가까이 되었을 때였다. 햇볕이 유난이 따스했던 어느 날 나는 양지바른 고아원 담벼락에 기대서서 햇볕을 쬐고 있었다. 그때에 뜻밖에도 어머니가 찾아오셨다. 그때 어머니를 만나서 기뻐 울던 장면은 지금도 눈앞에 생생하다.

혼자 남겨진 생활이 시작되던 그날 집을 나간 어머니는 (그 당시도 전쟁 중이어서) 불심검문에 걸렸다. 도민증이 없어 제대로 신분을 밝힐 수 없었고 경찰서 유치장에 갇히게 되었던 것이다. 아버지가 좌익활동을 했으니 도민증이 있을 리 없었다. 10여 일 경찰서 유치장에 갇혀 지내다가 집으로 돌아왔다. 내가 집을 나간 후였다. 한 달 이상을 나를 찾으러 아는 사람들 집으로 찾아다녔으나 내가 찾아온 일이 있었다는 말만 들을 수 있었다. 그런데 우리가 살던 동네에서 내 친구로부터 내 소식을 들었던 것이다. 그 친구는 경찰서까지 같이 동행했던 바로 그 친구였다. 어머니는 그 친구를 만나서 경찰서를 거쳐 고아원으로 찾아왔던 것이다. 그렇게 우리 모자는 만나게 되었다.

"후암동 어머니 친척 집에 가지 마세요. 그들과 상종하지 말고…."

나는 울먹이면서 후암동에서 내쫓김을 당했던 일을 어머니에게 말했다.

어머니를 고아원에서 다시 만난 것은 참으로 기적 같은 일이었다. 내가 파출소를 찾아가 도움을 요청하지 않았다면, 나는 지금쯤 어떻게 되었을까? 내가 친구와 같이 경찰서를 찾아가지 않고 혼자만 갔더라면 어머니를 만날 수 있었을까? 그때 그 일은 생각할수록 큰 행운이었고 나의 행동이 대견스럽다.

고아원 생활은 항상 배가 고팠고 또 고되었다. 당시는 전쟁 중이어서 국가가 고아원을 제대로 지원해 주지 못하였다. 그래서 고아원 생활은 비참했다. 원생들은 많은데 식량이 모자라니 영양실조가 되고, 면역력이 약해서 질병에 걸린 원생들이 많았다. 2, 3일에 한 명씩 굶주림으로 죽어나갔다. 죽음의 공포를 느껴야만 했다. 굶으면서 몸이 허약해지고 그러다 질병에 걸리면 살아남지 못했다.

더구나 고아원 운영이 어려워 나이가 든 원생들은 낮에는 가까운 산에 가서 땔감을 해왔다. 잠자리 공간은 너무 좁아 한번 잠자리에 들면 옆으로 돌아눕기도 어려울 지경이었다. 내복은 이가 성하여 낮에 이를 잡는 것이 원생들의 중요한 낮 일과이었다. 내가 고아원에 들어갈 때 가져갔던 옷들은 2, 3일 지나자 모두 없어졌다. 식사는 전혀 도정이 되지 않은 통밀을 가마솥에 넣고 배추 잎사귀와 간장을 부어 삶아 낸 것이 전부였다. 이 음식은 가정에서는 볼 수 없었다. 굳이 그 이름을 붙이자면 '통밀 배추 간장국'이었다. 매일 먹는 통밀 배추 간장국이 원생들이 먹는 유일한 식사였다. 통밀이기 때문에 제대로 삶아지지도 않았고, 그것을 먹으니 소화도 잘 안 되었다. 그나마도 배급되는 양은 반 그릇 정도였으니 죽는 아이가 생길 수밖에 없었다.

국군과 유엔군이 계속 북진했다. 사람들은 곧 통일이 이루어지고 전쟁이 끝날 것을 기대했다. 원생들도 어서 그날이 오기를 기다리면서 어려움을 견뎌내고 있었다.

하루는 고아원을 관리 감독하는 공무원들이 고아원을 방문하여 고아원생들을 고아원 강당에 불러 모았다. 머지않아 지원이 잘 될 것이며 식사도 좋아지고 공부도 시켜줄 테니 참고 기다리라는 것이었다. 공부도 시켜준다는 말에 아홉 살에 1학년이었던 나는 귀가 번쩍하여 손을 번쩍 들고 언제부터 공부시켜 줄 것이냐고 질문했다. 그러나 이것이 그 상황에 맞지 않는 눈치 없는 질문이었다. 굶어 죽어가는 판에 공부는 무슨 공부냐며 아직 고생을 덜 했다면서 고아원 형들로부터 매를 맞고 욕도 많이 얻어먹었다. 그리고 왕따를 당했다. 그 후로 나는 여럿이 모인 곳에서는 분위기에 맞지 않는 말은 하지 않으려고 말조심하는 습관이 생겼다.

곧 통일이 되고 전쟁은 끝날 것 같았는데, 오히려 전세가 불리해진다는 소문이 들려왔다. 고아원에서 나온 나는 어머니와 함께 11월 말경에 서울을 떠났다. 어머니는 서울 생활이 너무 어렵고 아버지도 행방을 알 수 없어 떠나왔던 고향으로 돌아온 것이다.

고향으로 돌아와

우리는 나룻배로 한강을 건넜다. 노량진역에서 몇 시간을 기다린 끝에 다행히도 화물차를 얻어 탈 수 있었다.[6] 밤새껏 달려 다음날 새벽 부산에 도착하여 연락선을 타고 제주로 들어갔다. 고향을 떠난 지 4년여 만이었다. 그동안 4·3사건을 치렀고, 전쟁 중이라 제주에도 군인과 피난민들이 많았다.

아버지는 안 계셨지만 처음 찾아간 곳은 모슬포 고모님 댁이었다. 고모님은 전쟁 중에 죽은 줄만 알았던 하나뿐인 오라비의 자식들이 살아 돌아왔다며 우리를 붙들고 한참 동안 재회의 눈물을 흘렸다. 어머니와 나도 함께 울었다. 기쁨과 안도의 눈물이었다. 나는 마음이 놓였다. 서울에서 아는 사람들에게 박대를 받은 것을 생각하면 고모님 두 분이 너무도 고맙고 좋았다. 우리들은 고모님 댁에서 한 달간 머물다가 고향인 신도리 마을로 돌아왔다. 7촌 숙모의 집 밖거리(바깥채의 방언)를 빌려 세 식구의 보금자리를 마련했다.

나는 그동안 여러 곳을 전전하면서 제대로 학교 수업을 받지 못했다.

---

6 남쪽으로 피난하는 사람들이 많아 열차 지붕 위에도 사람들이 가득 타고 가는 형편이었으니 화물칸에 탈 수 있었던 것은 행운이 아닐 수 없다.

그래도 어머니로부터 한글을 배워서 읽고 쓰는 데에는 문제가 없었다. 그래서 나는 1951년에 신도국민학교 2학년으로 편입하였다. 당시 학교는 개교한지 얼마 되지 않아 교사도 없이 마을 향사를 교실로 사용하였다. 그나마도 교실은 하나뿐이어서 3부제 수업을 하였다. 일부 학년은 신도 2리에 있는 분교에서 수업을 하였다. 선생님들도 대부분 임시교사였다. 학력 수준은 2학년 학생 중에도 한글을 제대로 읽고 쓰는 학생이 반도 안 되는 수준이었다. 나는 2학년으로 편입하였지만 우수한 편에 속하였다.

5학년 1학기를 마칠 무렵 월반 시험이 있었다. 나는 그 시험에 응시하여 무난히 월반하게 되었다. 그해 2학기부터 나는 6학년 학생이 되어 1954년에 국민학교를 졸업했다. 신도국민학교 제3회 졸업, 졸업생은 고작 29명이었다. 나도 그중 한 사람이었다. 아버지를 따라 이사를 다니면서 여러 학교를 거쳐 갔으나, 결국은 고향 학교에서 졸업하게 되어서 기뻤다. 더구나 6·25 전쟁 덕분에 두 학년이나 건너뛰어서 졸업을 하여 결국 그렇게 병약하고 떠돌이로 제대로 학교를 못 다녔으나, 적령기인 만 6세가 되던 1948년에 국민학교에 입학하여 제대로 다녀 졸업한 셈이 되었다. 과정은 순탄하지 못했으나 결과는 제대로 되었다고 생각하니, 그동안 겪은 어두운 일들이 조금은 사라졌다.

한림중학교

어머니의 지혜

그 당시(1954년까지) 중학교에 입학하려면 지금의 수능시험과 유사한 국가가 시행하는 학력고사를 치러야 했다. 나는 월반했으나 그 시험에서 신도국민학교에서 수석을 하였고, 주변 여러 국민학교 졸업생 중 가장 성적이 좋았다.

신도리 마을 이웃에도 고산중학교와 무릉중학교가 있었다. 그런데 두 중학교 모두 신설학교여서 가고 싶지 않았다. 나는 20리나 떨어져 있는 대정중학교에 보내달라고 어머니께 졸랐다. 그 학교는 제주도 내 중학교 중 비교적 좋은 학교였다. 그 학교가 있는 모슬포는 6·25 전쟁으로 논산에 있던 제1신병훈련소가 옮겨와 한국군과 미군, 피난민들로 북적거려 제법 도시 맛이 났다. 학생 수도 많았고, 매우 수준 높은 학교였다. 더구나 고모님 두 분이 모슬포에 사셨기 때문에 내가 생활하는 데도 도움이 될 수 있기에 어머님이 받아주실 것 같았다.

그런데 뜻밖에도 어머니는 한림중학교를 지원하도록 했다. 한림중학교는 집에서 50리가량의 거리였다. 대정중학교보다 거리가 멀어서 당시 교통 여건이나 집안 경제 사정으로는 여러 가지 문제가 많았다. 주말마다 집에 오기도 쉽지 않았고, 더구나 그곳은 낯선 타지여서 한림중학교로 진학하는 것이 싫었다. 그런데 어머니는 나를 한림중학교에 보내셨다.

어머님으로서는 대정중학교에 다니면 고모님 댁 신세를 져야 할 것이고, 아버지 생사조차도 알 수 없는 처지에 그렇게 신세를 지는 것이 부담이 되었던 것이다. 그럴 바에는 차라리 더 멀리 떨어져 있는 한림중학교에 가는 것이 좋겠다고 생각하셨다. 마침 한림과 가까운 옹포리 마을에 친척 어른이 살고 계셔서 중학교 3년간 잘 보살펴 주기로 했으니 한림중학교로 진학하라는 것이었다. 어머니의 결심은 확고하였고, 어머니의 심

징을 이해하게 되었다.

더구나 한림중학교는 거리가 멀 뿐이지 대정중학교 못지않게 좋은 학교였다.

자취 생활

옹포리 친척 집에서 숙식을 하기로 하고 한림중학교에 진학했다. 그렇게 시작한 중학교 생활은 매우 재미있었고, 매우 의미 있는 기간이 되었다. 내가 숙식을 하였던 옹포리 친척은 아버지와 항렬이 같은 邊太厚(변태후) 어른이시다. 이분은 그 지역에서 부농이어서 농사를 많이 지었다. 바쁠 때는 나도 집안일을 거들기도 했다. 당시에는 하숙비로 보리쌀을 드리는 것이 관행이어서 입학 초기에 한 달가량 지내고 나서 보리쌀 서 말을 하숙비로 드렸더니, 야단을 치시면서 거절하고 하숙비를 받지 않으셨다. 하숙비 받으려고 집에 와 있도록 한 것이 아니라는 말씀이었다. 너무 고맙고 미안해서 어머니와 의논해서 2학년 때부터는 그 집에서 자취 생활을 하였다. 중학교 3년을 그 집에서 지냈다.

당시에는 연탄이나 가스레인지로 밥을 짓는 것이 아니라 보리 짚이나 나뭇가지를 구해다가 땔감으로 사용하였다. 그래서 밥 짓는 일이 쉽지 않았다. 보리쌀이 주식이었으므로 보리밥을 짓는 시간도 꽤 걸렸다. 지금으로는 그렇게 자취 생활을 한다는 것 자체가 중학교 2학년생으로서는 엄청나게 고생스러운 일이 되겠지만 그때는 집이 학교와 멀리 떨어져 있는 학생들은 으레 자취를 하였기에 중학생의 자취 생활은 고생이 아니었다. 중학교를 다니는 것만도 행복하다고 생각했던 시절이었다.

이렇게 시작한 나의 자취 생활은 고등학교 졸업 때까지 이어졌고, 대학생 시절에도 9개월가량 자취 생활을 했다. 그 자취 생활 경험으로 제주국제자유도시개발센터 이사장 재임 4년 1개월 동안, 그리고 그 이전 헌법재판소 사무처장 재임 3년 100일간 가족들과 떨어져 있으면서도 식생활은 자취로 해결할 수 있었다.

즐거웠던 중학교 시절

중학교 1학년 때인 1954년 9월경 전국적으로 각 중학교의 우수한 학생들이 겨루는 학술경시대회가 각 시도별로 시행되었다. 학교에서는 이 대회를 위해서 공부 잘하는 학생들을 선발하여 여름 방학에 과목별로 특별지도를 했다. 나도 박운홍과 함께 1학년 대표로 선발되어 여름 방학 동안 집에 가지 않고 자취를 하면서 선생님들로부터 특별 과외지도를 받았다. 그러나 학술경시대회에 입상하지 못했다.

그런데 이 방학에 공부했던 것이 좋은 습관이 되어서 그 이후부터는 방학이 되면 마냥 노는 것이 아니고 집에 가서 며칠만 쉬고 방학동안 내내 공부하였다. 학과 공부만을 하는 것이 아니라, 손에 잡히는 대로 책을 많이 읽었다. 이러한 독서 습관은 내게 지적 호기심을 갖게 하여 현실을 인식하는 틀을 넓혀주었고, 내 생애에 매우 긍정적으로 작용하였다. 학술경시대회를 준비하기 위한 1학년 여름 방학의 공부 습관은 경시대회에서는 비록 입상하지 못했으나 내 인생의 행로를 잡는 저력을 만들어주었다.

1학년 말쯤에 영어 담당이신 김대년 선생님이 웅변을 해보라고 내게 권유하셨다. 그 즈음 나는 무엇이든지 새로운 것을 배우고 싶었던 때라 선생님 뜻을 받아들였다. 처음에 선생님이 쓰신 원고를 주시면서 3일 안에 다 외우라고 하셨는데, 난 단 하루 만에 다 외워버렸다. 선생님은 그러한 나를 더욱 귀여워하시고 열심히 지도해 주셨다. 김대년 선생님의 사모님은 내가 신도국민학교 4학년 때 담임선생님이셨다. 나는 두 분의 사랑을 많이 받았고 내가 정치인으로 활동하는 기간에도 많은 도움을 주셨다.

한림중학교 대표로 전도학생웅변대회에 참가하였다. 그러나 입상을 하지 못했다. 원고 점수 비중이 가장 높은 데 내가 작성한 원고 내용이 충실하지 못해 그렇게 되었을 것이라고 스스로를 위로했다. 그러나 나는 그때 그 기회에 웅변에 대한 공부를 하게 되었고, 그 당시에는 전혀 생각하지 못했지만 훗날 정치를 하면서 그 중학교 시절 웅변 경험이 크게 도움이 되었다. 더구나 한림중학교를 졸업했기 때문에 고향 마을이 아닌 다른 지역에서 많은 친구들과 사귈 수 있었고, 그들은 내가 정치를 하는 동안 열성적으로 도와주었다. 한림중학교 3년 동안은 내 인생의 길을 준비하는데 매우 좋은 저력과 환경을 만들어주었다. 전국적으로 생각하면 시골 중학교에 불과했지만, 나는 그 학교를 통해서 내 인생의 좋은 토양을 형성할 수 있었다고 생각한다.

중학교 3년 동안 나를 돌봐주신 변태후 어른은 주변 사람들에게 늘 베풀어주시는 후덕하시고 점잖은 분이셨다. 댁에서 제주신문을 받아 보셨는데, 당시 그 신문은 제주도의 유일한 일간지였다. 그래서 나도 중학교 3년간 매일 신문을 볼 수 있어서 웬만한 한자를 거의 익히게 되었다. 어린 나이에도 정치면까지도 빠짐없이 읽어 세상 돌아가는 형편을 알게 되었고 정치에 대한 관심도 갖게 되었다. 변태후 어른은 나에 대해 각별한 관심과 애정으로 대해 주셨다. 그분에 대한 고마운 마음을 평생 간직하고 살아왔다.

체육을 담당하시는 김종국 선생님은 나의 유난히 하얀 얼굴을 보고 "너무 몸이 약해 보인다. 폐병환자 같다"고 말씀하셨다. 그 말씀을 듣고 충격을 받아 평행봉, 곤봉, 배구 등 닥치는 대로 열심히 운동을 하였다. 자취하던 집 앞에 지하수가 흐르는 내[川]가 있는데, 추운 겨울에도 하루도 거르지 않고 졸업할 때까지 냇가에서 냉수욕을 하였다. 여름철에는 일광욕을 해서 하얀 피부를 검게 만든다고 늘 상의는 벗고 살았다. 한여름에 네 번씩이나 살갗이 타서 피부가 벗겨지곤 하였다. 그 결과 몸이 건강해졌다.

중학교 2학년 때까지는 학교에 장학제도가 없었다. 3학년으로 진급할 무렵 학교에서 선생님들이 교내 장학제도를 만들었다. 나는 그 장학금 혜택을 받아 1년간 학비를 안 내고 공부하게 되었다. 어머니 혼자서 거친 농사일을 하면서 자식을 먼 거리에 있는 중학교에 보내는 것이 경제적으로 쉬운 일이 아니었다. 학교에서는 이러한 어려운 형편을 알고 배려했던 것이다.

한림중학교 3년간 나는 많은 친구들과 사귀였고, 그 친구들 부모님들로부터도 많은 사랑을 받았다. 그중 고상호의 할머니, 노선웅의 어머니, 문태일의 어머니, 문행남의 어머니는 특별히 잘해주셨고 지금도 기억이 생생하다. 한림중학교 시절 변태후 님의 사랑과 배려, 선생님들의 각별했던 지도, 친구들의 우정이 어려웠던 중학교 시절의 내가 마음의 여유를 가지고 살도록 해주었고 나를 순화시켜주었다. 다행스러운 일이었다. 그러한 사랑과 배려, 우정이 없었다면 나는 아주 독한 사람이 되었을지도 모른다.

뿐만 아니라 내가 한세상을 살아가는 가운데, 특히 정치를 하는 동안에 한림중학교 시절의 여러 일들은 나에게 큰 자산이 되었고, 내 생활의 자양분이 되어 내 인생의 토대를 굳건하게 마련하게 했다. 내가 이 학교를 다니게 된 것은 어머니의 지혜로운 탁월한 선택이셨다. 그 후로도 어머님은 내가 어려운 고비를 당할 때마다 용기 있는 결단을 내려 주셔서 어려움을 이기게 하셨다.

6대조 할아버님의 묘소

고향 신도리 마을 농남봉(오름) 뒷편에 6대조 할아버님의 묘소가 있다. 해마다 제주도에서는 음력 8월 초하루를 전후하여 자손들이 모여서 조상의 묘소를 벌초한다. 그날에는 고향을 떠나 외지에 나가 살던 자손들도 부득이한 사정이 없는 한 모인다. 이렇게 조상의 벌초 행사는 친족 공동체 의식을 다지는 날이기도 하다. 신도리 마을에 사는 변 씨들은 모두 이 6대조의 후손들이다.

아버지가 집을 나가 안 계셨기 때문에 나는 어린 나이에도 집안일이나 친척 일에 아버지를 대신하여 할 수 있는 일을 감당했다. 집안 명절과 증조부모님과 조부모님의 제사를 지냈고 지방도 내가 직접 썼다. 집안 벌초도 어머니와 때로는 친족들의 도움을 받아서 했고, 남자로서 집안을 대표하여 공동벌초에도 나가서 할 수 있는 일을 하였다.

6대 조부의 묘에 대해서는 한림중학생 시절부터 들은 이야기가 있다. 묏자리가 좋아서 그 6대손 중에서 조상을 능가하는 큰 인물이 나온다는 말이었다. 일가친척들뿐만 아니라 다른 집안사람들도 그런 말을 했다. 신도리 마을 친척들 중에 나와 같은 항렬에 있는 형제들은 모두 공부를 잘했다. 그러나 상급학교에 진학하면서 그들 중에서도 내가 차츰 두각을 나타내게 되었다. 나는 마음속으로 '6대 조부를 능가하는 인물이 내가 아닌가' 하는 생각을 은근히 갖게 되었고, 나이가 들면서 그런 생각은 더 굳어졌다. 그래서 더 열심히 매사에 임했고, 조상님께 누가 되는 일을 저지르지 않으려는 무의식적인 욕구도 있었다. 어려서부터 공부를 열심히 하게 된 것도 6대 조부의 묘소에 대한 그 말이 큰 격려가 되었다고 생각된다.

오현고등학교 시절

꿈꾸던 오현고등학교 입학

한림중학교 졸업시기가 다가오면서 진학문제로 고민하게 되었다. 집안 형편이 제주시에 있는 인문계 고등학교인 오현고등학교에 진학할 형편이 되지 못했지만 나는 그 학교에 진학하고 싶었다. 오현고등학교 학생이 되는 것은 한림중학교 시절 내내 나의 꿈이었다. 당시 서울대학교에 합격하는 제주 출신 학생은 대부분 오현고등학교 출신들이었다. 학생수나 학업 수준은 물론 체육이나 예술, 문학 활동 등 어느 분야에서도 이 학교는 단연 앞서갔다. 그래서 공부를 한다는 학생들은 거의 이 학교로 진학했다. 나 역시 오현고등학교를 선망하는 것은 당연한 일이었다. 그런데 중학교를 졸업할 무렵 선생님들조차도 가정형편이 어려우니 돈이 적게 드는 사범학교에 신학하라고 권했다. 오현고등학교가 워낙 수준이 높아 장학생이 되기 어려울 것이라는 말씀도 곁들였다.

오랜 망설임 끝에 어머니께 "오현고등학교에 입학할 때는 장학생이 못 될지 모르나 1년만 지나면 반드시 장학생이 되겠습니다. 오현고등학교에 보내주십시오. 1년만 학비를 대 주십시오"라고 간청했다. 어머니는 두말없이 내 뜻을 받아주시고 오현고등학교 진학을 허락해 주셨다. 혼자서 두 아들을 키우는 시골 아낙네로서는 좀처럼 하기 어려운 결단이었다.

입학시험은 생각보다 쉬웠다. 중학교 기말고사보다도 쉬워서 혹시 내가 수석 입학을 하는 게 아닌가 하는 엉뚱한 생각도 할 정도였다. 그런데 마지막 시간인 음악시험에서 사정은 달라졌다. 20개의 문항 중에서 한 문제만 답을 쓰고 나머지는 손도 대지 못했다. 음악 과목은 100점 만점에 겨우 5점을 맞았다. 입학금을 면제받는 특대생이 된다는 기대는 포기해야 했다. 그런데 예년과 달리 특대생을 12명이나 선발하는 바람에 겨우 9등을 한 나도 입학금과 1학기 수업료를 면제받는 행운아가 되었다. 오현고등학교 입학은 내 생애에 가장 행복했던 일 중의 하나였다.

동기생 중에는 공부를 잘하는 학생들이 많았다. 중앙에서 활발히 활동했던 친구로는 연합통신 워싱턴특파원과 동경특파원 등을 지낸 김용범, 서울중앙지방법원 부장판사를 지내다가 퇴임한 오윤덕 변호사, 국회 법사위원장과 민자당 원내총무 등을 역임한 5선 국회의원 현경대, 소설가 현기영 등이 오현고 동기생들이다.[7] 공부로 치면 현경대, 김용범, 오윤덕, 현기영에 견줄만한 동기생들이 여럿 있었다. 우수한 친구들 덕에 뒤지지 않으려고 나도 열심히 공부하였다. 고등학교 1학년 성적은 전교 1,

2등을 하였는데 특별활동 부족으로 특대생에 선발되지 못했다. 2학년이 되어서는 교내외 웅변대회, 영어 웅변대회, 토론대회에 참가하는 등 특별활동을 열심히 해서 특대생을 계속할 수 있었다. 나는 어머니와의 약속을 지킬 수 있어서 좋았다.

고등학교 시절에 잊지 못할 추억을 남겨준 친구로는 강광홍, 강웅삼, 고부길, 고정수, 김윤희, 김순일, 김우평(춘웅), 김일광, 노선웅, 문태일, 이봉헌, 전영식, 홍원표, 김수현, 정건웅, 제주일고 학생인 고석관 등이 있다.

오현고등학교 재학시절 서울대학교에 다니는 선배들의 이야기는 후배들을 분발시키기에 충분했다. 특히 서울대학교를 졸업하고 모교인 오현고등학교 교사로 오신 선배들은 우리 후배들에게 청운의 꿈을 품고 그 꿈의 실현을 위해 열심히 공부하도록 멋지게 지도해 주셨다.

청암클럽

나는 중학생이 되면서 친구들과 어울려 지내기를 매우 즐겼다. 결코 공부만 하는 꽁생원은 아니었다. 그래서 주변에 친구들이 많았다. 공부

---

7 김용범은 국민대학교 초빙교수로 대학 강단에 서기도 하였고 『일본주의자의 꿈』, 『꽃은 스스로 아름답다고 하지 않는다』, 『간차록』 등 많은 저서가 있다. 지금도 왕성한 집필활동을 하고 있다. 오윤덕은 2003년부터 8년간 신림동에서 사재 5억 원을 털어 면학도들을 위해 "이 땅의 청년들을 위한 쉼터 사랑샘"을 운영하여 공부에 지친 젊은이들의 황폐한 영혼을 위로하고 희망을 주는 사회사업을 하였다. 2012년 2월부터는 기금 5억 원과 운영자금 1억 원을 쾌척하여 재단법인 사랑샘을 설립하여 운영 중이다. 사랑샘은 사회공헌에 뜻을 가진 청년공익변호사들을 발굴 지원하여 소외되고 방치되어 고통 속에 살아가는 사람들을 위해 다양한 봉사를 함으로써 법조인들에 의한 사회공헌 활동의 활성화와 공익문화 확산에 기여하고 있다.

제주 영락교회 학생회 임원들과 함께(1958. 12)

오현고등학교 시절 청암클럽 멤버들과 함께

잘하는 학생들만이 아니라 운동 잘하는 학생, 심지어 소위 '껄렁껄렁한 학생' 친구들도 많았다. 껄렁껄렁한 친구들 때문에 선생님들로부터 주의를 받은 적도 있었다. 친구들과 어울리다 보니, 고등학교 2학년 때에 독서서클을 만들게 되었다. 당시 가장 비판적이고 수준 높은 잡지였던 『사상계』와 셰익스피어, 도스토옙스키 등 세계적 문호들의 작품을 읽고 그 독후감을 발표하고 토론하는 모임이었다. 그 멤버로는 제주사범학교 학생이었던 김창민, 김경환, 제주상고 학생인 이창휴(타계), 오현고 강철용, 강웅삼, 강원보, 양창수[8] 등이었다. 매달 한 번씩 만나 토론을 했다.

이 클럽활동을 통해서 나는 토론에서 이기는 것이 좋은 것만은 아님을 깨달았다. 상대방을 토론으로 제압하였어도 그것은 제압이 아니었다. 하나의 적을 만드는 것에 불과했다. 그래서 토론할 일이 있어도 반드시 이기려고 노력하지 않게 되었다. (그러나 단체나 정당의 대표로서 하는 토론에서는 추호도 양보하거나 적당히 한 일이 없다.)

농촌생활

3대 독자

나의 호적상 이름은 원래부터 '정일'이었다. 동생이 태어나 이름을 '광일'로 작명하고 보니 나의 이름이 동생에 비해 약한 느낌이 들었다. 그래서 아버지가 내 이름을 '宇一'로 개명했다. 그래서 국민학교나 중학교에서는 '宇一'로 불렸다. 고등학교에 진학하면서 호적상으로는 그대로 '정

---

8 모두 훌륭한 친구들이다. 특히 김창민은 한국의 대표적인 생약학의 대가가 되었다. 생약 한의학 분야에 『한약재 감별도감』, 『사상의학 정해』, 『방재학』, 『중약 대사전 해설서』 등 많은 저서가 있다.

일'로 남아 있었던 탓에 다시 '精 一'로 돌아오게 되었다.

1958년 초여름 보리 수확을 마칠 무렵 동생 광일이가 뇌막염으로 사망했다. 열 살 나이로 세상을 떠났다. 나는 이제 3대 독자가 되었다. 누이도 없었으니 3대 독자 무녀독남이 되었다. 뿐만 아니라 8촌 이내의 친족으로는 8촌 동생이 하나 있을 뿐이었다. 참으로 외로운 처지가 되었다. 후일 선거를 치르는 과정에서 항상 취약점이 되었다.

제주 시내에서 학교를 다닐 때라 나는 동생이 세상을 떠난 줄도 모르고 있었다. 어머니는 동생을 장사지내고 보리 수확까지 마치고 나서야 내게 동생의 죽음을 알려 주셨다. 내가 충격을 받아 공부에 지장이 올까 염려한 어머니의 배려였다.

동생이 죽은 후 고모님을 뵈었더니 나를 붙들고 대성통곡을 하시는 것이었다. 울면서 하시는 넋두리는, 나는 공부한답시고 어려서부터 아버지처럼 외지로 돌아다녀 이미 믿을 수 없는 자손이고, 동생 광일이가 고향을 지키면서 조상의 기일제사를 지내고 벌초도 하면서 집안을 잘 돌보게될 것이라고 기대했는데 동생이 죽었으니, 이제 친정 조상을 모시는 일이 걱정이라고 슬퍼하시는 것이었다.

그 모습을 보면서 어른들이 조상 모시는 일을 얼마나 중요하게 생각하는지 알 수 있었다. 그래서 나는 비록 고향을 떠나 살더라도 조상 모시는 일로 어른들께 걱정을 끼치는 일은 없도록 하겠다고 결심을 하게 되었다.

농촌 생활

내 고향 신도 1리는 그때나 지금이나 전형적인 제주도 농촌마을이다.

내가 국민학교 다닐 때에도 가구 수가 150여 호가 되었는데, 전화는 물론 전기도 수도도 없었다. 마을 밖에 있는 연못에서 봉천수를 길어다 마셨으며, 석유 등잔이나 콩기름을 접시에 넣고 솜 심지로 불을 켜는 각지불로 어둠을 밝혔다. 땔감은 보리 짚이나 솔가지를 꺾어다 사용했다. 쌀, 보리, 조, 콩 등 주된 식량뿐만 아니라, 무, 배추, 고추, 양파 등 채소도 직접 재배해서 자급자족하였다. 돈 들어가는 일은 자녀 학비와 옷, 신발, 학용품 등을 살 때뿐이었다. 거의 돈 쓸 일도 없었지만 돈 마련할 길도 쉽지 않았다. 우리 집은 닭을 키워 달걀을 모아두었다가 이웃 마을 고산 5일장이나 모슬포 5일장에서 팔았다. 당시의 제주 화장실 구조상 돼지 사육은 필수적이었는데 암퇘지를 키워 새끼를 낳으면 4, 5개월 후 5일장에 내다 팔아 필요한 돈을 마련했다. 나는 5일장에 계란을 운반하고 새끼돼지를 등짐으로 지고 가는 일을 거의 전담했다. 제주도는 고구마 농사에 적합한 토양이다. 그래서 고구마 농사를 많이 하였다. 그 일부는 집에서 식량으로 소비하고 대부분을 전분공장에 팔았다. 그것이 제주 농가의 큰 현금 수입원이었다.

농촌에서 살았으니 나도 농사일을 해야만 했다. 국민학교 3학년 때부터 고등학교 2학년까지 집안 농사일을 거들었다. 고등학교 3학년이 되면서 대학입시 준비 때문에 어머니는 농사일을 면제해 주셨다. 농사일은 보리, 쌀, 조, 콩, 감자, 고구마 파종과 김매기, 거둬들이기, 돼지우리에서 생산되는 퇴비를 처리하는 일 등 안 해 본 일이 없다. 집에는 일하는 소가 없어서 소가 하는 우마차 끌기, 쟁기질은 못 해 봤다. 그 외에는 농사일이라고 아니해본 것이 없었다.

어머니의 삯바느질

어머니는 바느질을 잘 하셨다. 명절이 다가오면 보름 전부터 동네 사람들이 부탁하는 삯바느질로 거의 밤을 지새우셨다. 바느질하면서 꾸벅 꾸벅 조시던 어머니 모습을 자주 볼 수 있었다. 지금도 눈에 선하다. 어머니의 삯바느질은 우리 집의 주요한 수입원이었다.

6·25사변으로 남한이 거의 공산군에 점령되면서 신도리 이웃 마을 모슬포에 육군신병 훈련소가 설치되었다. 훈련받는 신병들이 주말이면 보성리 마을 외곽에 있는 연못에 나와 빨래를 하였다. 신병들은 배가 고팠다. 우리는 고구마를 쪄서 20리 되는 길을 걸어 신병들이 빨래하는 연못 가로 가서 삶은 고구마를 팔았다. 신병들은 현금이 없으니 지급받은 양말, 내의 등과 물물교환을 했다. 참으로 가난했던 시절의 어두운 추억이다. 한림중학교 다닐 때는 주말이면 고향인 신도리로 가야 하는데, 버스비를 아끼느라고 한림에서 신도리까지 50리 길을 걸어서 다니기도 했다. 오현고등학교 1학년 겨울방학이 되자 차비를 아끼느라고 한림읍 한경면의 중산간 부락에 사는 친구들과 벗하여 100리 길을 걸어서 집에 간 일도 있었다.

아버지와 아들

후레자식

아버지 없이 혼자서 두 아들을 키우는 어머니로서는 우리 형제가 버릇없는 행동으로 남들에게 '후레자식'이란 욕을 들을까 봐 걱정을 많이 하셨다. 아버지의 엄한 교육을 받으면서 자란 아이들처럼 예의 바르고 할 일을 다 하는 청소년으로 자라기를 바라셨던 것이다. 이러한 어머니의 바람에 따라 '후레자식'이란 말을 듣지 않도록 윗사람에게 예절을 갖추는데 각별히 마음을 썼다. 또한 집안의 기둥으로서의 역할도 게을리 하지 않았다. 집안의 농사일을 열심히 돕고 공부를 열심히 했으며, 제사를 지낼 때 음식 준비나 지방문을 직접 쓰는 등 모든 집안일에 소홀함이 없도록 노력했다. 이러한 모든 것이 '후레자식'이란 말을 듣지 않기 위해서였다. 이 모두가 어머니의 가르침 때문이었다. 어머니의 가르침과 아버지의 처지 때문에 나는 매사에 신중했고, 특히 말에 대한 책임을 중히 여겨 말을 조심했다. 그래서 이제 70이 넘은 나이에도 주위로부터 "붙임성이 모자라다. 말이 너무 적어서 할 말만 한다. 대하기가 어렵다" 등 나에 대한 아쉬운 소리를 듣기도 한다.

아버지를 만나다

6·25사변 이전에 헤어졌던 아버지를 만나게 되었다. 아버지는 국가보안법 위반으로 교도소에서 복역하는 중이었다. 아버지는 1954년 5, 6월경 검거되신 것으로 짐작된다. 광주지방법원을 거쳐 1955년 2월 광주고등법원에서 징역 10년을 선고받았고, 1955년 5월 대법원에서 10년 형이 확정되었다.

아버지가 구속되어 재판 중이신 것을 알게 된 것은 광주고등법원의 판결이 선고될 무렵이었던 것으로 기억된다. 그때까지는 어머니께서 아버지가 구속되어 재판받는 중이라는 사실을 알려주지 않으셨다. 6·25사변정전 직후라 국가보안법 위반 사건의 형량이 매우 높던 시기인데 징역

10년 형인 것을 보면 비교적 가벼운 국가보안법 위반 사건이었던 것으로 짐작된다.

복역 중인 아버지 소식을 들은 중학교 2학년 때부터 나는 매월 1회씩 아버지와 편지를 주고받았다. 기결수는 월 1회 편지를 주고받을 수 있었기 때문이다. 아버지는 항상 봉함엽서를 이용하셨다. 내가 보낸 편지마다 읽은 소감과 틀린 맞춤법을 반드시 지적하셔서 답장을 보내주셨다. 아버지는 봉함엽서에 한 글자라도 더 쓰시려고 공간이 전혀 없이 빽빽하게 엽서를 채웠다. 나는 봉함엽서에서 아버지의 사랑을 느꼈다. 아버지와 매달 편지를 주고받으면서 많은 것을 배웠다.

편지로만 만났던 아버지를 직접 만난 것은 1959년 11월경 광주교도소에서였다. 매해 특차로 실시하는 조선대학교 장학생시험을 본다는 명분으로 광주에 가서 아버지를 만났던 것이다. 당시 내 처지로는 아버지를 면회하기 위해 제주에서 광주까지 간다는 것은 어려운 일이었다. 그런데 그해 조선대학교 장학생시험은 특차로 실시되지 않았고, 그 이듬해 서울대학교 입학시험과 같은 날 실시하여 응시할 기회를 놓쳤다.

아버님은 자신으로 인하여 아들의 사회 진출이 막힐까 봐 염려하셨다. 그래서 법과대학보다는 의과대학이나 약학대학으로 가기를 희망하셨다. 아버지는 아들의 앞길에 조금이라도 나쁜 영향을 미치지 않도록 각별히 수감생활도 모범적으로 하셨다.

아버지는 교도소 수감 중 아들로부터 받은 편지를 읽는 것이 유일한 즐거움이셨던 것 같다. 내 편지가 도착하면 그 편지를 한방을 쓰는 모든 수감자들이 돌려 보면서 읽었다고 한다. 나의 편지는 아버지와 같은 방에 수감된 수형자들에게도 즐거움이었던 같다. 아버지는 어린 아들에게 무거운 짐을 물려주셨지만, 그 무거운 짐은 오히려 아들을 더욱 연단시키는 힘이 되었다. 이념을 쫓아 살았던 아버지였지만 아버지에게 이 아들이란 존재는 바로 삶의 이유이고 모든 판단과 행동의 기준이었다. 아버지에게 걱정을 안 끼치고 성실하게 사는 것이 아버지의 아들사랑에 대한 보답이요 아버지에 대한 효도라고 생각했다. 아버지로 인한 무거운 짐은 극복해야 할 대상이었고 오히려 나를 강하게 만드는 요인이 되었다.

제2장

–

법관의
꿈과 현실

서울대학교 법과대학

진학에 대한 고민

오현고등학교 2학년 때부터 진로에 대해 고민을 했다. 아버지는 약사나 의사가 되기를 바라셨다. 그러나 나는 법조인이 되고 싶다는 생각이었다. 법조인이 되기 위해 어느 대학으로 진학해야 하느냐는 문제도 심각했다. 내게는 가고 싶은 대학에 진학하여 공부할 수 있는 여건이 마련되어 있지 않았기 때문이다.

나는 수학, 물리, 화학 등 이공계 과목보다는 일반사회, 역사 등 인문계 과목을 즐겨 공부했다. 고1 때에는 '법제대의'라는 과목이 있었는데 내가 무척 좋아하는 이 수업을 받으면서 법관이 되겠다는 꿈을 굳혔는지 모른다. 아버지가 재판을 받고 수형생활을 하고 있었던 것도 법조인이 되겠다는 생각을 갖는데 영향을 끼쳤을 것이다. 그 당시에도 오현고등학교 학생 중 공부 잘하는 학생들은 너나없이 서울대학교에 입학하고자 했다. 나도 당연히 법조인이 되기 위해 서울대학교 법과대학에 진학하려고 했다. 서울법대에 다니지 않고는 법관이 되는 고등고시에 합격할 수 없다고들 하였다. 그런데 서울법대에 합격한다는 것은 지방 고교 출신으로는 참으로 어려운 일이었다.

고3이 되면서 학교 수업에 의지해 공부해서는 서울법대에 진학하는 것이 불가능하다고 판단했다. 수업진도가 늦었기 때문이다. 오현고등학교에서는 해마다 10여 명이 서울대에 합격했는데, 법대에 입학하는 선배들은 극히 적었다. 어떤 해에는 한 명도 없을 때도 있었다. 나 스스로 계획을 세우고 공부하지 않으면 서울법대 입학은 어렵겠다고 생각되었다. 그래서 학교수업보다는 내 계획에 의해 입시를 위한 계획을 세우고 그에 따라 공부했다. 학년 초 3개월은 하루에 서너 시간만 자면서 공부했다. 이렇게 공부하니 2학기에 접어들면서 성과가 나타나기 시작했다.

그런데 2학기 추석 무렵이었다. 집안 형편이 바로 대학에 진학하기에는 아무래도 무리라는 생각이 들었다. 그래서 1년 쉬고 진학할 생각으로 입시 준비를 잠시 게을리하기도 했다. 서울법대가 아니라도 장학생으로 4년 동안 학비를 내지 않고 공부할 대학도 생각해 보았다. 이러저러한 생각에 일시적으로 방황도 했었다. 그렇지만. 한번 마음을 먹었으니 부딪쳐보자는 생각으로 다시 마음을 가다듬었다. 더구나 친구 중에 서울법대를 가기 위해 공부하는 친구들이 있어서 좋은 경쟁도 되었다. 학비문제는 좋은 대학에 합격한 다음으로 미루기로 하고 우선 열심히 공부했다.

서울대학교 법과대학 합격

1960년 3월 서울법대 법학과에 합격하였다. 같은 학년에서 여러 명이 시험을 치렀는데, 나와 현경대 의원이 합격하였고, 오윤덕 변호사는 그 이듬해 합격하였다. 서울법대에 입학한 세 명의 오현고등학교 동기생은 그 후 모두 사법시험에도 합격하였다. 드문 일이었다.

합격하고 보니 오현고등학교 출신으로서는 내가 서울법대 법학과 최초의 합격자였다. 나는 서울대 입시를 보기 전에 숭실대학교 법학과 장학생 선발 필기시험에도 합격하였다. 그러나 면접시험일자가 서울대학교 필기시험 날이어서 숭실대학교 장학생인 고등학교 선배의 조언에 따라 숭실대학교 장학생이 되는 것을 포기하고 서울법대를 선택했다.

"법관이 되기 전에 사람이 되어라"

서울법대 1학년 개강하고 수업이 시작되었다. 교수님들은 첫 강의시간에 "고시에 합격하여 법관이 되는 것도 중요하지만, 그보다 먼저 인간이 되어야 한다"면서 인성을 강조하였다. 당시 서울법대 입학생들은 대부분 고등고시 합격을 희망하고 있었다. 그러나 고시 합격이라는 관문은 법대생들에게 심리적으로 분명 무거운 짐이었다. 그런 법대생들에게 교수님들의 그 말씀은 심리적 압박에서 해방시켜주는 상당히 매력적이고 공감되는 말씀이었다. 인격을 제대로 갖추지 못한 사람이 법조인이 된다면 사회 정의를 세우는 법조인의 역할을 제대로 할 수 있겠느냐는데 학생들은 동감하면서 고무되었다. 그래서 공부보다는 인간이 되는 경험(?)을 쌓으려고 친구들과 어울려 술도 마시고 잡다한 경험들을 함께하며 인생을 논하는 자리를 자주 마련했다. 나도 그런 분위기에 휩쓸려 지내었다.

그런데 나는 그런 한가한 생활을 오랫동안 누릴 여유가 없었다. 당장 학비 조달도 문제였다. 그래서 가정교사를 시작했다. 그렇게 시작한 가정교사를 대학 3학년까지

했다. 가정교사를 하면서 인생 공부도 하였고, 교양서적 읽기에 열심이었고, 법학 전공 외에 주변 분야의 독서도 많이 했다. 1학년 때에는 철학, 문학, 종교, 역사 등 각 분야의 서적을 100여 권 읽었다. 지금 생각하면 그때 읽은 책의 내용도 심지어는 책 이름도 생각나지 않는 경우도 있지만 그래도 그 시절 독서가 정신적 자양분이 되었다는 것은 의심하지 않는다. 그렇게 학과 공부에 집착하지 않았기 때문에 학점은 수업료 일부를 면제받는 장학생이 되는 수준에 그쳤다. 만족할 수는 없었지만, 체면은 세우는 정도였다.

4·19혁명

대학에 입학하여 보름 정도 지난 1960년 4월 18일 고려대 학생들이 3·15 부정선거를 규탄하고 전면적인 정·부통령 선거의 재실시를 주장하는 데모를 했다. 1960년 3월 15일의 정·부통령 선거에서 관권과 관변

단체들이 부당하게 선거에 개입하여 사상 유례가 없는 타락 부정선거가 이루어졌기 때문이다. 대부분의 국민들도 이번 선거에 분개하고 있었다.

당시 나는 구의동에 있는 친척 누님댁에서 하숙하고 있었다. 4월 18일 저녁 누님과 자형 되는 분이 내게 신신당부하는 것이었다.

"절대로 데모는 하지 말아라. 서울법대에 입학했으니 고등고시에 합격하여 법관이 되어야 하지 않느냐? 너만을 믿고 고향에서 고생하시는 어머니를 생각해라. 데모에 가담했다가는 잘못하면 법관이 되는 길이 막힐 수 있다. 특히 제주도 출신들은 조심해야 한다."

나의 경우에는 아버님이 국가보안법 위반으로 수감생활 중이셨으니 3대 독자인 나에게는 친척 누님 내외의 권고는 옳은 말씀이었다. 그래서 나는 절대로 데모하지 않겠다고 다짐하면서 4월 19일 학교에 갔다.

1960년 4월 19일 오전 10시경 서울법대 대강의실에서는 안병욱 교수의 철학강의가 막 시작되고 있었다. 2학년 학생 두세 명이 강의실로 뛰어 들어왔다.

"이런 상황에서 강의가 무슨 의미가 있소. 우리 모두 3·15 부정선거 규탄 데모에 나섭시다" 하고 외쳤다. 강의실은 술렁거렸고 안병욱 교수도 강의를 중단하셨다. 강의실에 있던 학생들이 모두 운동장으로 뛰쳐나왔다. 그런데 모인 학생들 사이에는 3·15 부정선거를 묵과할 수 없으니 정의를 수호하기 위해서 거리로 나가야 한다는 측과, 학생들은 학생의 본분이 학문에 있으므로 공부를 하자는 두 파로 나뉘어졌다. 내 생각에는 아무래도 데모가 벌어질 듯하여 하숙집을 향해 종로 5가 방향으로 나갔다. 데모는 하지 않기로 결심하고 집을 나섰기 때문이었다.

그런데 하숙집으로 향하는 내 발걸음은 무거웠다. 이 상황에서 안전한 길을 택하겠다고 하숙집으로 가는 내 모습이 과연 옳은 것인가라는 의문이 들었다. 혼자 살아남겠다고 도망치는 것 같았다. 이번 선거가 부정선거라는 것을 알고 있다면 그것을 묵과하는 것은 비겁함이다. 공명선거에 의한 정·부통령의 재선거, 이것이 나라의 질서를 바로잡고, 법의 정의를 세우는 일이 아닌가? 데모에 참여하는 것이 교수님들의 말씀처럼 인간이 되어가는 과정이 아닐까 생각하게 되었다. 결국 나는 동숭동 학교로 되돌아가 데모대열에 참여하게 되었다.

학생들이 대열을 형성하여 종로를 거쳐 광화문을 지나 효자동으로 나아갔다. 경찰이 산발적으로 데모 군중을 저지하였지만 큰 어려움 없이 효자동 입구까지 나아갔다. 지금 청와대 정문 앞 300m 전방에 이르니 바리케이드를 치고 소방차가 저지선을 구축하고 있었다. 그러나 얼마 후 용감한 데모대원 몇 명이 소방차를 탈취하여 철조망 바리케이드를 뚫고 전진하기 시작했다. 데모 학생들과 같이 중앙청 뒷길로 달려가는데 (당시 청와대 정문은 그곳에 있었던 것 같다) 경찰이 발포하기 시작했다. 경찰의 발포에도 불구하고 흥분한 군중들 틈에 섞여 나는 앞으로 나갔다. 그런데 바로 옆에서 한 명이 총탄에 쓰러졌다. 30cm만 총알이 비켜왔다면 내가 맞았을 것이다. 발포가 계속되자 청와대 앞 데모대들은 광화문으로 방향을 돌려야 했다. 국회의사당(지금의 서울시의회 청사) 앞 대로에서, 대법원 본관건물(서소문) 앞에서 등 서울 시내 곳곳에서 하루 종일 데모에 가담했다. 나는 밤이 깊어서야 집으로 돌아갔다. 다행히 다친 곳은 없었다. 다음날 고향에 계신 어머니에게 "무사합니다"라는 전보를 보냈다.

이승만 대통령은 결국 하야하였고, 7·29 선거를 통하여 민주당 정권이 탄생했다. 국회 절대 다수당이 된 민주당은 신·구파의 싸움으로 총리 인준부터 난항을 겪는 등 정국은 안정을 찾지 못했다. 매일 데모가 일어났고 치안질서는 문란하였다. 심지어 "데모를 그만하자"는 데모가 일어날 정도였다. 시국강연도 곳곳에서 열렸다. 그야말로 시국강연 전성시대였다. 서울대학교 문리과대학 강당에서는 학생들의 요청으로 장관까지 나와 강연을 하였다. 법무장관 조재천, 국방장관 현석호 등의 강연을 들었던 기억이 있다. 학생들의 힘으로 이승만 정권이 무너지고 민주당 정권이 탄생한 것에 대한 보답을 하는 것 같았다. 아무튼 당시 학생들의 힘은 대단하였다.

4·19혁명으로 형성된 새 정부는 나약한 공권력으로 야기된 치안 질서의 혼란, 사회 혼란에 대한 국민의 불안과 정치에 대한 불신, 여기에다 1인당 국민소득 100달러도 안 되는 절대 빈곤 상황, 집권당인 민주당 신·구파의 대립과 갈등, 이러한 현실에서 1961년 5월 16일 군인들이 일어났다.

비록 4·19의거는 성공적인 혁명으로 이어지지는 못했으나. 그 정신은 국민의 가슴속에 깊이 각인되어 우리 현대사를 장식하고 있다. 4·19의 정치적 평가는 다를 수도 있지만, 4·19로 고착화되어 가던 장기 독재체제가 무너지고 민주화의 새로운 시대를 맞이하게 되었으며, 국민 주권과 자유민주적 기본질서를 새롭게 구축하는 계기가 되었다는 점은 부정할 수 없다. 그래서 4·19는 단순한 학생들의 대규모 데모 사건이 아니라 혁명이었다.

　그 이후 한국현대사에 있어서 면면히 계승되어온 불의에 대한 국민적 저항은 4·19 정신의 계승이라고 생각한다. 그래서 4·19혁명의 역사적 체험을 우리는 오래오래 기억하여 국민 모두의 교훈이 되기를 소망한다.

이승만 대통령

　이승만 대통령은 하와이로 망명하여 거기에서 여생을 마쳤다. 이승만 대통령은 독재와 부정선거, 국민감정에 배치되는 친일파 처리 등 비난받을 일을 많이 했음을 부정할 수 없다. 4·19혁명만 하더라도 이승만 대통령의 독재와 부정선거 때문에 일어난 일이 아닌가?

　나도 중학교 시절부터 이승만 대통령이 싫었다. 비록 지방신문이지만 간간이 보도되는 이승만 대통령의 독재정치와 야당 탄압, 이를 추종하고 뒷받침하는 자유당이 싫었다. 독재에 대한 저항정신을 배양하면서 중·고등학교 과정을 거쳤다.

　그러나 이승만 대통령의 독재와 정치적 과오를 이유로 특히 근래에 이르러 이승만 대통령의 모든 공적을 부인하고 지나치게 폄하하는 역사적 평가 작업들이 일부 국민들에 의하여 의도적으로 진행되고 있는 점에 대해서는 실로 걱정이 앞선다.

　1948년 5월 10일 남한만의 단독선거로 이 땅의 공산화를 막고 자유민주주의 국가를 정착시켜 우리가 자유민주주의 체제하에서 자유를 누리며 생활할 수 있게 된 이 사실은 그 어떤 업적보다도 높이 평가해야 할 것이다. 해방 이후 좌우 대립과 정치적 혼란, 미·소에 의한 남북한 분할

통치 등의 혼란 정국에서 정치력과 외교력을 가진 이승만이라는 걸출한 인물이 없었다면, 과연 이 나라에 자유민주주의 국가가 건설될 수 있었을까. 분단반대, 남북한 통일정부 수립을 외치다가 공산주의 통일정부가 들어서지는 않았을까. 생각할수록 끔찍한 일이다. 6·25사변이 일어나자 즉시 UN이 개입하도록 외교력을 발휘하여 이 나라의 공산화를 막은 것 역시 위대한 공적이다. 이마저도 부정하는 주장들을 접할 때마다 이 나라의 장래를 우려하지 않을 수 없다.

1961년 8월 15일 아침, 자취방으로 찾아오신 아버지

1961년 8월 15일 아침, 내게는 잊을 수 없는 날이다.

국민학교 동기생인 김승창 군과 숭인동에서 자취 생활을 하면서 국민학생들을 그룹으로 과외 지도하여 학비를 벌던 때였다. 방학이 되었는데도 과외를 하기 위해서 서울에서 자취하며 생활하고 있었다.

가족 사진(1962)

8월 15일 아침 이른 시간이었다. 아침 식사 준비를 하는데 밖에서 나를 찾는 소리가 들렸다. 아버지의 목소리처럼 들렸다. 황급히 뛰쳐나가 보니 아버님이 서 계셨다. 전혀 예상하지 못한 일이었기에 꿈인가 생각했다. 나는 그때 아버님 앞에서 무슨 말씀을 먼저 드렸는지 기억이 없다. 너무나 의외로 찾아온 반가움이었기 때문이다.

아버지는 10년 형을 선고받았으나 모범수로 행형 성적이 좋아 1961년 광복절을 맞아 모범수에게 부여되는 사면의 혜택을 받아 출소한 것이다. 구속된 지 7년 만에 석방되신 것이다. 형기를 3년 감형 받으셨던 것이다. 당시 국가보안법 위반 사범의 경우에 3년이나 감형 받는 것은 기대할 수 없는 일이었다. 아버지로서도 전혀 예상 못한 감형이었다. 늦게야 감형 됨을 알았으니 나에게 미처 연락할 겨를도 없이 그동안 주고받은 편지의 주소로 무작정 찾아오신 것이었다. 아버지는 고향으로 가시지 않고, 객지 생활을 하는 나를 찾아 서울로 오신 것이다. 아버지께 나라는 존재의 의미가 너무 컸기 때문인가? 아니면 내게 짊어지게 한 무거운 짐에 대한 부담 때문이었을까? 나는 아버지를 만난 것이 너무 좋았다.

나는 아침을 함께 하고 아버지를 모시고 시내로 나갔다. 형무소 생활 하신 아버지의 모습을 지워드리고 싶었다. 양복점에 모시고 가서 양복을 맞춰드렸고, 와이셔츠와 넥타이까지 사드렸다. 과외지도해서 번 돈이 아주 유용하게 쓰였다. 아버지는 세상에서 가장 멋진 신사가 되셨다. 이렇게 1950년 그 전쟁을 겪으면서 아버지를 향한 복잡한 내 감정, 그 후에 11년이 지나는 동안 아버지와 나 사이를 갈라놓았던 단단한 벽이 순식간에 사라져 버렸다.

사법시험 준비·합격

친구 김승창

1962년 12월 대학 4학년이 되기 바로 전 겨울방학 때의 일이다. 법대 동기생인 변승국(외교관)의 집에서 변승국, 이정무(국회의원 건설교통부

1964년 졸업식을 마치고 친구 김승창과 함께

1963년 6월 사법시험 준비 중이던 성라암에서
(윗줄 좌측부터 필자, 고 김진만, 이환균, 고 서태윤 / 앞줄 좌측부터 우경달, 박홍)

장관, 한라대학교 총장 역임)와 함께 두 달간 사법시험 공부를 하였다. 이제 4학년이 되니 시험 준비를 본격적으로 해야 할 시기가 되었던 것이다. 그런데 학비를 벌기 위해 가정교사를 해야 하므로 시험 준비에 전념할 수 없었다. 내게는 큰 문제였다. 공부도 해야겠지만 생활비도 벌어야 했다.

이 어려운 시기에 고마운 두 사람이 나타났다. 하나는 신도국민학교 3회 동기동창생인 친구 김승창이다. 내게 공부에만 전념하라면서 한 학기에 1만 원씩 2만 원을 지원해주겠다는 것이다. 그는 그 당시 새한인쇄소 직원이었는데 야근까지 해야만 한 달에 1만 원 정도 월급을 받을 수 있었다. 밤잠을 설치면서 고생해서 받는 두 달 분 봉급을 내 사법시험 합격을 위해 지원해준다는 것이다. 당시 한 학기 수업료는 약 8천 원 정도였으니, 1만 원이면 한 학기 수업료와 한 달 치 하숙비 정도가 되는 돈이었다. 그 당시 2만 원은 내게는 큰돈이었다. 이렇게 4학년의 학비는 해결되었다.

또 한 분은 신도리 출신으로 일본에서 성공하여 한국에 들어와서 사업을 시작한 이두옥 씨였다. 그때까지 한 번도 만나 본 일이 없는 분이었다. 어느 날 만나자는 연락이 와서 만났다. 공부에만 전념할 수 있도록 사법시험 합격할 때까지 학비와 하숙비 등 필요한 일체의 경비를 지원해주겠다는 것이었다. 너무나 고마운 제안을 나는 받아들였다. 그래서 이 분으로부터 1년간 매달 3,000원씩 지원받기로 했다. 이 돈이면 하숙비와 용돈이 되었다. 이렇게 공부에 전념할 수 있는 여건이 마련되었다. 역시 고향 사람이 좋았다. 이제 공부만 하면 되었다.

그런데 공부가 제대로 되지 않았다. 동숭동 서울법대 근처 하숙집과 성북동에 있는 사찰 성라암에서 서울법대 동기생인 김진만(고인, 한미은 행장 공무원연금관리공단 이사장 등 역임), 서태윤(고인, 행정고시 합격, 총무처 국장 역임), 이환균(관세청장, 건설교통부 장관 등 역임)과 함께 하숙을 하면서 시험공부를 했으나 제대로 공부가 되지 않았다. 열심히 공부해야 할 시기였는데 이상하게 공부가 싫었다. 3학년까지 제대로 공부를 하지 않아 깊이 있게 공부하는 습관이 몸에 배지 않았기 때문이었다. 수박 겉핥기 식의 공부밖에 되지 않았다. 사법시험 준비 잘하라고 학비와 하숙비, 용돈까지 지원해 주는데 공부를 제대로 하지 못한다니 있을 수 없는 일이었다. 도와주는 두 분과 부모님께 심한 죄책감을 느꼈다.

곽윤직 교수님

1963년 여름 제1회 사법시험을 보았으나 1차만 합격하고 2차는 실패했다. 공부를 안했으니 너무나도 당연한 실패였다. 2차 시험에 합격할 만한 수준에 크게 미치지 못했던 것이다. 여러 가지로 고민하다가 이두옥 사장으로부터 받는 지원금은 사양하기로 하고, 10월부터 다시 가정교사 생활을 시작했다. 공부도 제대로 하지 않으면서 지원을 받는다는 것이 참으로 부끄럽고 괴로웠고 양심의 가책을 느꼈기 때문이다. 이렇게 공부 때문에 마음이 잡히지 않을 때에 곽윤직 교수님을 만나게 되었다. 1963년 10월경 곽윤직 교수님은 '서양법제사' 강의를 마치고 나서 『민법총칙』을 출판하려는데 도와줄 학생을 구한다고 말씀하셨다. 마침 사법시험 준비에 몰입이 안 돼 고민하던 때라 도와드리겠다고 지원하였다. 그래서 강의시간 외에는 서울법대 도서관에 있는 곽윤직 교수님의

서울법대를 졸업하던 날 대학동기생들과 함께(좌측부터 여동영 전 대구변호사회 회장, 서태원 전 총무처 국장, 필자, 김진만 전 공무원연금관리공단 이사장, 이용우 전 대법관)

서울법대 졸업식을 마치고 고향 친구들과 함께(뒷줄 좌측에서 세 번째가 소설가 현기영)

연구실에서 원고 교정 등『민법총칙』출판에 관한 일을 하면서 공부도 하였다.

어느 날 곽 교수님은 내게 '서양법제사' 과목 학점을 어떻게 받았느냐고 물으셨다. 나는 B 학점을 받았다고 말씀드렸다. 며칠 뒤 교수님은 내게 "자네 답안지를 보았더니 역시 B 학점 수준이더군" 하고 말씀하셨다. 나는 그 과목을 자신 있게 공부했고, 교재에 있는 내용과 교수님의 강의 내용을 종합하여 잘 썼다고 생각했는데, B 학점이 당연하다니 궁금했다. 교수님은 내 속마음을 아셨는지, "변 군의 답안은 교재와 강의내용을 잘 정리하여 쓰기는 했으나 문제를 완전히 소화하고 있다는 느낌을 받을 수 없었어. 그러니 A 학점을 줄 수 없어"라고 나의 답안을 평가해주셨다. 나는 그제야 좋은 답안은 어떻게 작성되는지 어렴풋이 알게 되었다. 그 문제를 완전히 이해하고 있다는 느낌을 주는 답안이어야 한다는 말씀으로 이해하게 되었다. 교수님의 그 말씀은 내 공부 방법의 일대 전환을 가져다주었다.

1964년 3월 말, 서울법대를 졸업하고 병역을 위한 신체검사를 받으러 3개월 정도 미리 제주도로 내려갔다. 제주에서 고등학교 2년 후배인 김천수[1]의 집과 아버지와 친형제처럼 지내셨던 이도일 씨 댁에서 4개월가량 공부하였다. 이 시기에 나는 사법시험에 합격할 수 있다는 자신을 얻

---

[1] 김천수 군은 나의 의동생이다. 고등학교 3학년 때 김천수 군이 공부도 잘했지만 매우 진실되어 보여 동생의 죽음으로 외로웠던 나는 김천수 군에게 나의 동생이 되어 달라고 했고 고맙게도 김천수 군이 나의 뜻을 받아주었다.

게 되었다. 지금까지 공부 방법에서 완전히 벗어나 한 시간에 5페이지를 넘기지 않는 범위에서 철저하게 정독하고 내용을 완전히 이해하도록 공부하였다. 지금까지 법률서적을 읽어도 머리에 들어오지 않던 내용들이 새롭게 이해되면서 내 지식으로 머릿속에 자리 잡는 것을 느꼈다.

그리고 그렇게 이해된 내용을 문장으로 정리하였다. 철저히 이해하고 그것을 정리하는 과정에서 공부한 내용이 자유롭게 활용할 수 있는 내 지식으로 나의 머릿속에 남아 있게 되었다. 처음에 10일간 공부해야 완독이 가능했던 과목이 두 번째 공부할 때에는 3일이면 가능했다. 세 번째는 하루면 처음부터 끝까지 내용을 파악할 수 있었다.

1964년 여름, 3회 사법시험을 치르고 나서 곽윤직 교수님을 찾아뵈었다. 사법시험 전 과목에 대하여 내가 답안을 쓴 내용을 하나하나 물어보시더니,

"약간 불안한데, 혹 4~50명 정도 합격자가 나온다면 합격할 것 같은데, 합격자 수가 적을 경우에는 합격하기 어려울 것 같은데…."

아쉬운 표정을 지으면서 내 답안을 진단해 주셨다.

결과는 교수님 말이 맞았다. 3회 사법시험 합격자는 불과 10명뿐이었다. 사법시험 역사상 최소 합격자 수였고, 나는 곽 교수님의 예측대로 합격하지 못했다. 그런데 성적을 확인해보니, 합격점에 거의 접근해 있었다. 공부 방식을 바꾼 결과가 그대로 나타났다. 그래서 합격은 안 되었지만 다음 시험에는 자신을 갖게 되었다.

나는 그 후 독서뿐만 아니라 모든 일에 대해서 특히 예민한 문제에 대

해서는 철저히 분석하여 이해하고 나서 일을 처리했다. 내 의견을 밖으로 표현할 경우에도 신중했다. 이것이 내 습관이 되었다. 이후에 사람들이 내게 하는 "지나치게 말을 아낀다" 또는 부정적으로 "순발력이 떨어진다"는 말이 모두 이 공부 방식에서부터 시작된 것이다.

제주에서 사법고시를 준비하는 동안 김천수 군의 부모님과 이도일 씨 내외분이 많이 도와주셨다. 정말 고마운 분들이어서 영원히 잊지 못할 것이다.

사법시험 합격

지독한 독감에 걸려 1965년 2월에 시행했던 제4회 사법시험도 실패했다.

제5회 사법시험부터는 1차 시험에 영어가, 2차 시험에는 헌법, 민법, 형법, 상법, 민사소송법, 형사소송법 외에도 종전에 선택과목이던 행정법이 필수과목이 되었다. 그래서 행정법을 새로 공부해야 했다.

시험 준비는 철저히 했다. 아침 6시에 일어나 식사하고 7시부터 공부를 시작했다. 60분 공부하고 10분 휴식을 취했다. 식사시간은 50분으로 하고 12시에 잠자리에 들었다. 그리고 6일 동안은 열심히 공부하고, 7일째 되는 날은 하루 종일 고시 준비라는 중압에서 벗어나는 날이었다. 그날은 시내에 나가 친구들과 어울려 술도 마시고 당구도 치면서 하루 종일 놀다가, 마지막 버스를 타고 밤 12시 될 무렵 귀가하였다. 이렇게 철저하게 규칙적인 생활을 하였다. 이 계획은 하루도 어겨 본 일이 없다. 나의 생애에서 이때가 가장 규칙적으로 생활하면서 또한 가장 열심히 공부한 시기였다.

이렇게 공부해서 충분히 준비하여 제5회 사법시험에 응했다. 그런데 2차 시험에서 예상치 못했던 유형의 문제들이 많이 출제되어 약간 불안하기도 했다. 시험을 마치고 다시 곽윤직 교수님을 찾아뵈었다. 이것저 것 물어보시고 나서 하시는 말씀이 "변 군, 이번에는 확실히 합격했네, 마음 놓고 푹 쉬게!!"였다.

문제를 확실히 이해하고 작성한 답안이라는 것이다. 곽 교수님의 말씀 대로 1965년 9월 15일 드디어 제5회 사법시험에 합격했다. 그날 신문에 서 합격자 명단을 찾아 합격을 확인한 뒤 처음 만나 합격의 기쁨을 나눈 사람은 1년간 학비를 대주었던 초등학교 동창 김승창 친구였다. 총무처 에 확인한 시험성적은 총점 440점으로 3등이었다.[2] 선택과목이 없어지 면서 나로서는 처음으로 사법시험 과목으로 시험을 치른 행정법은 합격 자 중 최고점이었다. 오현고 동기생인 현경대도 같이 합격하였다. 나와 현경대는 오현고등학교 출신으로서 첫 합격자들이다. 그 이후 오현의 후 배들이 사법시험에 많이 합격했다.

서울법대에 입학하여 사법시험에 합격하기까지 5년 반의 세월이 흐르 는 동안 대학 동기생들과 어울려 즐겁게 지내면서 생활했다. 김진만, 박 동섭(변호사), 변승국, 서태윤, 신창언(헌법재판관 역임), 여동영(대구변호

---

[2] 제5회 사법시험 합격자 수는 16명이었고 수석 합격자는 후일 대법관을 지낸 배기원이었다. 그의 성적은 총점 442.5로 나보다 2.5점 앞섰다. 후일 헌법재판관을 지낸 김영일, 대법관을 지낸 유지담, 문화체육부 장관을 지낸 김영수, 고충처리위원장을 지낸 주광일, 국회의원을 한 현경대, 이원성, 서울고등법원 부장판사를 지낸 이보환, 대한변협 회장을 지낸 이진강, 변호사 석용진, 안길수, 이종욱, 김영준, 홍기증 등이 사법시험 동기생이다.

사회 회장 역임), 이정무, 이환균, 전용태(검사장 역임) 등과 가깝게 지냈다. 모두 한솥밥을 먹은 사이들이다.

사법대학원 시절

사법시험 합격자들에게 실무교육을 시키던 1년 과정의 '사법관시보'라는 제도가 폐지되고 1965년도에는 서울대학교에 특수대학원으로 2년 과정의 사법대학원이 설치되어 있었다. 사법대학원은 1차 연도에는 사법시험 합격자들에게 법률이론 및 주변 학문에 대한 과목을 개설하여 수강하도록 했고, 2차 연도에는 법원 검찰 변호사 등 법조 실무교육을 시켰다. 석사학위 논문을 제출하여 심사에서 통과되면 석사학위를 수여하였다. 법조인이 될 사법시험 합격자에 대한 폭넓은 지식과 실무교육을 전담하는 교육기관이었다. 나는 사법시험에 합격한 후 1965년 9월 하순에 사법대학원에 8기생으로 입학했다. 사법대학원생에게는 사무관 초임 호봉 정도의 봉급이 나왔고 그 외 판례연구비 명목 등으로 제법 대우를 해주었다.

사법시험 합격자 수가 소수였기 때문에[3] 대학원을 졸업하면 특별한 사정이 없는 한 판사나 검사로 임명받았다. 그래서 사법대학원 시절을 대체로 '안식기간'으로 생각하는 경향이 있었고 나 역시 마찬가지였다. 대부분 학생들은 시험 때가 되면 기숙사에 모여 과목별로 각자가 기록해둔 강의록을 교환하는 등 벼락치기 공부를 해서 시험에 응했다. 나도 그렇

---

3 가장 적게 합격한 것은 제7회 사법시험으로 합격자 수가 5명에 불과하였다.

게 했다. 후일 사법시험 합격자 수가 백 단위가 되면서 사법연수원에서 도 치열하게 경쟁해야 하는 때와는 전혀 다른 분위기에서 사법대학원 생활을 마쳤다.

당시 대법관이셨던 이영섭 대법관이 민사소송법 특강을 하셨는데, 어느 날 문제를 들고 와서 우리에게 연구해보라고 하셨다. 다음 민사소송법 특강 시간에 그 문제에 대해서 제대로 연구해온 대학원생은 없었다.

그런데 이영섭[4] 대법관께서

"나도 답이 무엇인지 모르겠다"고 하셨다.

"대법관이 모르면 누가 아나?"

동기생 몇 사람의 공통된 생각이었다.

그 후 수십 년 법조인으로 살아오는 동안에, 아무리 생각해도 판단할수 없는 법률문제에 여러 번 부닥쳤다. 그때마다 이영섭 대법관의 그때그 말씀이 떠오르곤 했다.

유기천 총장이 서울대학교 총장실에서 하는 독일형법 원서강의는 참으로 엄숙하고 상당히 높은 학문적 분위기에서 진행되었다. 그래서 우리들이 긴장한 가운데 공부했던 기억이 새롭다.

사법대학원 2년 차에 법조실무시험을 보았는데, 가장 학점이 많으면서 점수 차가 많은 과목이 민사판결문 작성시험이었다. 당시 현직 법관중 민사판결문을 잘 쓰기로는 김덕주[5] 부장판사와 임채홍 부장판사가 유명했다. 나는 그 두 분이 서울고등법원 판사 시절 작성한 판결문 중 사안

---

4 후에 대법원장을 역임하셨다.
5 후일 대법원장이 되셨다.

이 복잡하고 작성이 어려운 유형의 판결문을 10여 개 입수하여 정독하면서 공부했다. 그 결과로 민사판결문 작성시험에서 최고 성적을 얻었고 사법대학원을 수석으로 졸업하여 대법원장상을 수상했다.

아내와의 만남

사법시험 합격자 중에는 기혼자가 거의 없었다. 고시공부 하느라고 연애 한 번 제대로 한 사람이 없었다. 그래서 사법시험이건 행정고시이건 합격하면 대부분 결혼 상대를 찾는 것이 중요한 일이 되었다. 나도 예외가 아니었다. 특히 나는 누이도 없는 무녀독남이고 3대 독자였으니 부모님 입장에서 손자를 보는 것은 매우 시급한 일이었다. 그래서 마지막 사법시험을 준비하는 기간에도 특히 아버지의 성화로 선을 본 일도 있고 고향 출신 여학생에게 데이트 신청을 했다가 퇴짜 맞은 경험도 있다. 마지막 사법시험을 치르고 나서도 친구의 소개를 받아 여대생을 만나게 되었다.

나로서는 사법대학원 입학 후에 결혼 상대를 찾는 것이 시급했다. 정확히 말하면 손자를 낳아 줄 며느리를 구하는 일은 나와 집안의 중대사였다. 그래서 만난 여성이 지금의 아내이다. 아내는 경기여고를 거쳐 1965년도에 이화여자대학교 약학대학을 졸업하여 당시 북아현동에서 약국을 경영하고 있었다. 한편으로는 유학시험에 합격하여 미국 유학을 준비하는 처지에 있었다. 나는 아내의 유학길을 막아버린 사람이 되었다. 아내와 두 번째 만나기로 약속한 날 아침 세수를 하는데 비눗물이 눈에 들어가 눈이 따가웠다. 좌측 안면신경마비에 걸렸던 것이다. 왼쪽 얼굴이 비뚤어졌다. 그래도 비뚤어진 얼굴로 약속한 장소에 갔다. 아내는 비뚤어진 나의 얼굴을 보면서 말했다.

"제 아버님이 의사이신데, 침도 잘 놓으셔요. 요즘은 침 맞으러 오는 환자가 더 많아요. 안면신경마비 환자들을 많이 고치시는 것을 봤어요. 아버지 병원에 가서 침을 맞아 보세요. 아버지께 말씀드려 볼게요."

그 말이 고마웠다. 안면마비를 치료하는 목적도 있지만, 이 여성의 아버지가 어떤 분이신지도 궁금하였다. 나는 그 호의를 물리칠 이유가 없었다.

며칠 후부터 시간 되는 대로 신문로에 있는 동서의원에 침을 맞으러 다녔다. 그 여성의 아버지는 매우 후덕하고 인자한 분이셨다. 한마디로 장인으로 모시고 싶은 분이셨다.

병원에는 침 맞으러 온 환자들로 대기실까지 가득했다. 장인께서는 처

약혼기념(1966.11.19)

아내와 두 아들 상엽, 상우, 큰며느리, 첫 손녀

가족들과 함께(2017)

지구당 행사장에서 나란히 앉은 어머니와 아내(1995.1)

음 몇 번은 나에 대해 가족관계, 제주도 이야기 등 여러 가지를 물어보셨다. 사위로 삼을 만한지 테스트하신 것이었다.

다음에는 정감록 이야기, 역사 이야기, 중국의 고사, 당신이 살아오신 이야기 등을 말씀하셨다. 대기환자들이 많았는데도 나에게 많은 시간을 할애하셨다. 후에 생각하니 사위될 사람을 교육시키는 과정이었던 것이다.

이렇게 서로들 사이가 가까워졌다. 두 집안의 부모님들도 혼인에 대해 승낙하게 되었다. 그래서 정식으로 두 집안 부모님들이 만나는 소위 상견례를 가지게 되었다. 그때 장인어른께서 하셨던 말씀이 충격적이었다.

"변 서방이 집안의 3대 독자라고 들었습니다. 내 딸이 댁으로 시집을 가서 3년 안에 아들을 못 낳으면 이혼해도 좋습니다."

자식을 장가보내 자손을 빨리 보고 싶어 결혼을 서둘던 아버지에게는 뜻밖의 말씀이었다. 장인어른의 단호한 그 말씀에 매우 흐뭇해하시던 아버지의 표정이 지금도 기억 속에 생생히 남아있다.

이런 과정을 거쳐 우리는 1967년 2월 22일 남산 드라마센터에서 방순원 대법관님의 주례로 예식을 올리고 부부가 되었다. 결혼 후 3년을 훌쩍 넘어 5년이 거의 다 되는 1971년 12월 31일 장남 상엽이는 태어났고, 차남 상우는 1976년생이다. 어떻든 아들을 둘이나 얻었으니, 아내는 3대 독자 집안의 며느리로서 역할을 다한 셈이다.[6] 현재는 손자 둘, 손녀 셋으로 모두 열한 식구가 되었다. 큰 아들이나 둘째나 모두 착한 아내들과 결혼

---

6 장남 상엽(相燁)은 법무법인 명진의 대표 변호사이고, 차남 상우(相宇)는 서울시청 공무원이다.

하여 자녀들을 잘 키우면서 행복한 가정생활을 하고 있다. 나와 아내에게 아들과 며느리 손주들이 단란한 가정을 이루어 행복하게 살고 있는 것이 커다란 축복이 아닐 수 없다. 항상 감사한 마음으로 일상을 보내고 있다.

군 법무관

육군 11사단 검찰관

1967년 8월 하순 사법대학원을 졸업하고 약 한 달 뒤 육군보병학교에 법무관 후보생으로 특수장교 후보생 과정(SOCS) 23기로 입교했다. 입교 후 4, 5일간의 준비 기간을 거쳐 10주간의 특수장교 후보생 훈련을 받게 되었다. 법무관 후보생뿐만 아니라, 경리, 군종, 병기 등 각종 특수병과의 장교와 준위 후보생 등 SOCS 23기 동기생은 140명 정도였다.

다른 병과 후보생들과 함께 내무반 생활은 물론 모든 훈련을 같이 받았다. 따라서 법무관후보생들에 대한 특별한 우대는 있을 수도 없었고 있지도 않았다. 교육 기간이 짧았지만 교육 기간이 1년인 보병, 포병 등 전투병과 간부후보생과 마찬가지로 모든 과정의 교육을 받았다. 훈련 중 먼저 입교한 나이 어린 전투병과 장교 후보생들에게 경례를 안 했다가 몇 차례 주의를 받기도 했다. 하루는 주말에 외출을 나갔다가 10분 정도 늦게 귀대한 일이 있었다. 늦게 귀대한 나만이 아니고 법무병과 후보생 전원이 나로 인해서 단체기합을 받았다. 동기생들에 대한 미안함은 이루 말할 수 없었다. 그 이후 단체생활에서 나로 인해 동료들이 피해를 보는 일이 없도록 각별히 주의하게 되었다.

10주간 육군보병학교에서 고된 훈련을 마치고 1967년 12월 중순쯤 육군 중위로 임관되었다. 첫 보직은 육군 11사단[7] 보통군법회의 검찰관이었다.

검찰관으로서 내가 담당했던 특별한 사건이 있다.

1968년 1월 북한 무장간첩이 청와대를 습격하기 위하여 서울 세검정까지 침투했던 소위 김신조 사건 이후 휴전선과 해안 경비가 강화되던 때였다. 그해 3월경, 육군 일병 김남영이 근무지 탈영 2년 10개월 22일 만에 동해안에서 검거되어 11사단 군법회의 검찰부에 구속 송치되었다. 군무 이탈 공소시효 기간 3년이 거의 다 된 시점에서 검거된 사건이었다. 나는 그 사병에게 특별한 사연이 있을 것 같아 심문했다.

"왜 탈영하였는가?"

"운전교육대에서 운전교육을 받던 중 식기를 제대로 세척하지 못해 선임으로부터 음낭 부분을 심하게 구타당했습니다. 그 후 음경에서 피고름이 나서 위생병이 소독은 해 주었지만 군의관이 없어 치료를 받을 수 없었습니다. 훈련도 못 받고 내무반에 누워있다 보니 훈련에도 뒤처지고 성기능은 마비되었습니다. 치료를 받고 싶어 탈영하게 되었습니다."

"그 후 어떻게 지냈는가?"

"군 입대 전 일하던 과수원 관리사에서 관리인으로 생활하던 중 군 입대 전 사귀던 처녀와 다시 만나게 되어 결국 결혼까지 했습니다. 그러나 마비된 성기능이 회복되지 않아 결혼해서 10여 일 만에 신부가 집을 나가고 말았습니다. 죽고 싶은 생각밖에 없었습니다. 투신자살하려고 동

---

7 강원도 홍천에 있었다.

해안에 나갔다가 불심검문을 당해 탈영병이란 것이 밝혀져 검거되었습니다."

탈영병의 사정을 조사해보니 그의 진술이 모두 사실이었다. 군에서 제대로 치료해 주었다면 과연 그가 탈영했을까? 우리나라 군대의 의료시설이 부족하여 생긴 일이 아닌가. 김남영 일병을 처벌하는 것은 옳지 못하다고 판단되었다. 나는 그를 불기소 처분하고 석방했다. 육군병원으로 후송조치까지 취해주었다. 그 후 6, 7년의 세월이 흘러 제주에서 변호사 일을 할 때 김남영 일병으로부터 편지 한 통을 받았다. 후송병원에서 치료를 잘 받았고 군 복무 기간을 마쳐 결혼까지 했다는 내용이었다.

현지 이탈이면 용서하지 않으며 군무 이탈 기간이 길수록 무겁게 처벌하는 군법회의의 군무이탈범에 대한 관행상의 처벌 기준에서 본다면 김일병은 중형감이었다. 그렇지만 나는 처벌하지 않고 석방하여 치료까지 받도록 해 주었다. 이것이 내가 생각하는 사법적 정의였고 검찰관의 역할이라는 생각이었다. 지금도 그 생각에 변함이 없다.

국방부 고등군법회의

11사단을 거쳐 1968년 8월경 2군단 군법회의로 전속되어 검찰관과 법무사(군판사)로 근무했다. 2군단 군법회의에 근무할 당시 나는 월남전 참전을 지원했다. 월남전에 참전해야만 진짜 군인이 된다는 생각에서였다. 아버지의 국가보안법 위반 전력에서 한 단계 더 벗어나는 길이 될 수 있다는 생각도 잠재되었을 것이다. 그러나 외아들이라는 이유로 나의 월남전 참전 소망은 거부되었다.

전방 근무를 마치고 1969년 8월경 전역을 1년 1개월쯤 남기고 국방부 고등군법회의 법무사로 전속되었다. 주월 사령부 사건과 국방부 직할부대 사건만을 관할하므로 한 해에 재판 건수가 50건도 안 되는, 군법회의 중 가장 한직이었다.

국방부에 출근하여도 재판 업무가 거의 없으므로 달리 할 일을 찾아야 했다. 그동안 미루어 두었던 석사학위 논문을 쓰기로 결심했다. 곽윤직 교수님의 지도로 '도급건축물의 소유권 귀속'이라는 주제를 정했다. 국방부 근무기간을 활용하여 석사학위 논문을 준비했고 1970년 8월 서울대학교 후기 졸업식에서 석사학위를 받았다. 만약 국방부로 전속되지 않았다면 석사학위, 이어서 박사학위를 받을 기회를 얻지 못했을지 모른다. 따라서 내가 국방부로 배속된 것은 참으로 다행스러운 일이었다. 뒤에 박사학위까지 받을 수 있는, 학문을 할 수 있는 기회를 얻게 되었던 것이다.

1970년 9월 30일 육군 중위로 전역하였다. 전역하기 전 1969년 10월경 임시 대위 발령을 받아 봉급과 수당은 대위에 준하는 대우를 받았다. 전역 당시의 월급과 수당은 23,000원 정도였다.

군 입대 당시에는 마음속으로 걱정되는 일이 있었다. 아버지의 국가보안법 위반 전력이었다. 연좌제로 군에 입대하지 못할 수도 있고, 군에 입대하지 못하면 법관의 길도 막히는 것이다. 그러나 나는 '법무관을 못 하면 변호사 생활을 하면 되지…' 하고 낙관적으로 생각하고 기다렸는데 다행히 입대가 결정되어 육군보병학교에 입교하여 교육훈련을 받고 육군 중위로 임관되었다.

다른 사법시험 합격자들에게는 법무관 임관이 별일이 아니었지만 나로서는 법무관으로 임관되는 순간 남다른 기쁨과 안도감을 느꼈다. 이제 아버지의 전력은 내게 짐이 되지 않는다고 생각되었기 때문이다.

서울형사지방법원 판사

판사의 꿈을 이루다

사법시험을 준비할 때부터 검사보다는 판사로 일하고 싶었다. 사법대학원 시절의 검찰실무 수습 기간 3개월 동안, 그리고 군 법무관 시절 법무사 검찰관으로서 업무를 처리하면서도 나는 검사보다는 판사가 적성에 맞다고 생각되었다. 또한 정통 법조인은 판사라고 생각하고는 판사를 지원하였다.

또 한편으로는 정치를 해보고 싶기도 했다. 중학교 시절 제주신문을 읽으면서 본 이승만 정권에 대한 야당 국회의원들의 반독재 투쟁이 참으로 멋있었다. 고등학교 시절 독서서클 활동을 하면서도 정치에 대한 관심이 커져갔다. 당시 한국 지성인들이 보는 잡지 중에 『사상계』가 있었는데, 이 잡지는 젊은이들에게 비판의식을 많이 고취시켜줬다. 그 잡지에 실린 글들이 종종 토론의 대상이 되었는데, 그 글들이 젊은이들에게 현실에 대한 비판의식을 깨우쳐 주었다.

고등학교 3학년 여름 방학이 가까워 올 무렵이었다. 하루에 서너 시간만 잠을 자면서 입시 준비 공부를 할 때였다. 제주극장에서 민주당 제주도당이 하는 정당 집회가 있었다. 수업을 마치고 극장 앞을 지나는데, 마침 행사가 끝나 사람들이 극장에서 나오다가 갑자기 두 갈래로 나뉘어 늘어섰다. 나도 호기심에서 늘어선 사람들 틈에 끼어 섰다. 그 사이로 조병옥 박사가 걸어 나왔다. 걸어 나오시던 조병옥 박사가 내 앞에 와서 멈춰 서더니 악수를 청했다. 조 박사는 내 손을 꽉 잡으시면서 이름과 학교를 물어보시고, "열심히 공부해라" 하고 격려해 주셨다. 당시 조병옥 박

서울형사지방법원 판사 시절

사는 민주당 구파로 민주당의 가장 유력한 대통령 후보로 지목받던 때였다. 어린 나는 그때 이 나라의 정치 거목인 조병옥 박사로부터 특별한 대접을 받은 감격을 지니게 되었다.

정치를 하려면 검사보다는 판사를 하는 것이 후일 도움이 될 것 같았다. 이러한 여러 가지 복합적인 생각으로 판사 임용을 지원했다. 막상 판사 임용을 지원하고 나니 아버지의 전력 때문에 신원조회가 걱정되었다. 고시사법과 합격자 중에 연좌제 때문에 법관 임명을 받지 못한 선례가 있었기 때문이다. 그러나 도리가 없었다. 속수무책이니 기다려 보는 수밖에 없었다.

그런데 다행스럽게도 1970년 10월 1일 서울형사지방법원[8] 판사로 발

---

8 현재의 서울중앙지방법원. 당시는 서울형사지방법원과 서울민사지방법원으로 분리되어 있었다.

재판정에서(중앙 박충순 부장판사(전 국회의원), 오른쪽 김대환 판사(고등법원장 역임))

판사실에서

령을 받았다. 형사합의 6부에 배속되었다. 형사6부의 재판장인 이범렬 부장판사는 성품이 독특하였는데, 초임 법관인 나에게는 매우 매력적이었다.

1주일에 한 번씩 재판 기일을 정하였는데, 재판이 끝나는 시간은 대체로 오후 6시 전후가 되었다. 이범렬 부장판사는 재판이 끝나면 나를 데리고 북창동이나 다동으로 가서 곱창집에서 곱창에 소주 한잔으로 1차를 마치고, 길거리의 포장마차에서 참새구이에 따끈한 청주 한잔, 그리고 마지막으로 양주 코너에서 칵테일 한잔이나 양주 한잔 또는 생맥주 한잔으로 술자리를 마감하는 경우가 많았다. 식사하고 술을 마시면서도 많은 대화를 했는데, 그것은 나에게 좋은 공부가 되었다. 법관의 자세, 법정에서의 재판 태도, 변호사에 대한 평가 방법, 변호사들 인물평, 법조계의 숨은 이야기 등이었다. 초임 판사 시절에는 이택돈[9] 변호사와 하경철[10] 변호사가 변론을 잘한다는 인상을 받기도 했다.

나는 법정에서 피고인의 진술, 검찰과 변호인의 주장을 경청하고 기록을 철저히 검토하는 것이 법관으로서 중요하다고 생각했다. 그리고 대학에서, 사법시험 준비 과정에서 공부한 법률이론에 충실하려고 노력하였다. 범죄사실에 대하여 피고인이 자백하더라도 보강 증거가 없으면 유죄판결을 할 수 없다는 형사증거법의 기본원리에 충실하려고 했다. 고문 등에 의한 허위자백의 위험성을 방지하는 것은 중요한 증거법의 대원칙

9 그후 실시된 총선에서 국회의원이 되었다.
10 후일 헌법재판소 재판관이 되었다.

이다. 내가 자백과 보강증거에 관심을 많이 가졌던 것은 수사기관의 강압 수사가 의심되는 사례가 많았기 때문이었다. 특히 국가보안법이나 반공법 위반사건에서 고문당했다고 주장하는 사건이 많았다.

국가보안법 위반 사건에서는 한 피고인에 대하여 하나의 범죄사실로 기소되는 경우는 거의 없고, 여러 범죄사실로 기소되는 경우가 많은데, 그중 한두 개의 공소사실에 대하여 보강증거 없이 기소되는 경우가 종종 있었다. 특히 피고인의 수가 많고 범죄사실이 많으며 수사기록이 방대한 사건일수록 그러했다. 나는 철저히 기록을 검토하여 보강증거 유무를 따졌고, 보강증거가 없으면 그 부분을 무죄판결하였다. 물론 전반적인 재판 진행은 재판장인 부장판사가 하며 유무죄의 판단도 부장판사가 주도하는 판사 3인의 합의로 이뤄진다. 나는 그 합의부 3인의 판사 중 1인이지만 내가 무죄라고 판단하여 무죄의견을 제시한 사건이 합의부의 합의에 의하여 다른 결론을 내렸던 사건은 없다. 모두 나의 의견대로 판결이 이루어졌다. 그만큼 꼼꼼히 재판기록을 검토했다.

대연각 호텔 화재사건

서울형사지방법원 판사 시절 몇 가지 기억에 남는 사건들이 있었다.

1970년 12월 25일 새벽, 충무로에 있는 대연각 호텔에 화재가 발생하여 나이트클럽 고객과 호텔 투숙객 163명이 사망하는 사건이 발생하였다. 호텔 직원 5, 6명이 업무상과실치사 혐의로 구속영장이 청구되었고, 나는 영장담당 판사였다. 기록을 아무리 검토해 보아도 이들에게 책임을 물을 만한 과실점이 수사기록상 분명히 나타나 있지 않았다. 깊은 고민에 빠졌다.[11] 피해자의 수가 엄청나다는 점에서는 당연히 구속감이지만, 과실점이 분명치 않다는 점에서 법관으로서 영장을 발부해야 되겠느냐는 생각을 하게 되었다. 그러나 사회적으로 큰 사건이라 영장을 발부하지 않을 수도 없었다. 결국은 영장을 발부하였다. 수사기관에서 피의자들의 과실 유무를 가리는 데에는 구속에 의한 강제수사도 필요하리라는 것이 나의 판단이었다. 그 후 구속적부심사청구가 있었는데 나는 피의자들의 업무상 과실을 찾을 수 없다는 이유로 피의자 일부의 석방을 주장했지만, 우리 합의부에서는 적부심사청구를 모두 기각하여 구속상태가 유지되었다.

그들은 그 후 기소되어 모두 유죄판결을 받았다. 나의 판단이 잘못된 것이었을까? 아니면 적부심사 청구의 기각이나 유죄판결이 여론을 의식한 타협적 결론이었을까? 지금도 판단이 서지 않는다.

김대중 대통령 후보 비서실장의 차량 압수수색영장 기각

1971년 대통령 선거 때의 일이다. 선거일 전날 영장담당 판사였는데 김대중 대통령 후보의 비서실장 김상현의 차량을 압수수색하는 압수수색영장이 청구되었다. 선거일 전일 오후 6시까지만 선거운동을 할 수 있는데, 오후 6시가 지난 이후에도 위 차량에 김대중 후보의 현수막을 걸고 시내를 주행함으로써 불법 선거운동을 하고 있다는 이유였다. 기록을 검토한 결과 압수대상 차량의 번호가 기록 어디에도 나타나 있지 않았다.

---

11 당시에는 영장실질심사제도가 없었다. 영장실질심사제도는 1998년도에야 도입되었다.

압수대상 물건이 특정되지 않았던 것이다. 이를 이유로 영장청구를 기각하였다.

형사합의부에 있다 보니 자연히 신문에 보도되는 큰 사건들을 많이 재판하게 되었다. 월남 노무자들의 한진빌딩 난동 사건, 성남시 청계천 철거민 난동 사건, 대한항공 조종사 밀수사건 등이 기억된다. 그 외로 국가보안법, 반공법 위반사건도 많이 담당했다.

검찰구형을 넘어선 사형선고

국가보안법의 간첩 사건 중 북한에 갔다 온 피고인은 사형에 처하는 것이 재판상 관례처럼 되어있었다. 1972년의 일이다. 인혁당 사건이 있었는데, 피고인 수가 10여 명이나 되는 큰 사건이었다. 그중 북한에 다녀온 간첩죄로 기소된 피고인이 3명 있었다. 검찰에서 그중 한 명에 대해서는 무기징역을, 나머지에 2명에 대해서는 사형을 구형했다. 그런데 그 무기징역을 구형받은 피고인이 고려대학교 법과대학을 졸업하여 사업도 하고 사업차 외국도 다니는 사람이었다. 당시의 우리나라 경제수준으로는 금수저 수준의 사람이었다. 검찰에서 특별히 은전을 베풀어 형평에 맞지 않는 구형을 한 사례였다. 모질지 못한 성격이라 처음에는 간첩죄로 기소된 3명 모두 비록 북한에 갔다 왔지만 무기징역을 선고하는 게 좋겠다는 의견을 가지고 합의에 임했는데, 부장판사와 다른 배석판사의 의견은 검찰의 구형대로 하자는 것이었다.

"검찰 구형대로 선고하면 빽 있고 돈 있는 사람에 대해서는 무기징역을 선고하고, 그렇지 못한 사람에 대하여는 사형선고를 하는 결과가 됩니다. 유전무죄 무전유죄라는 시중에 떠도는 말이 사실로 나타나게 됩니다. 그러므로 모두 무기징역을 선고합시다"라고 주장했다.

그런데 나머지 두 판사의 의견은 달랐다.

"북한에 갔다 온 간첩은 사형을 선고하는 게 관례이니 관례대로 하고 무기 징역을 구형한 피고인은 검찰이 나름대로 정상을 참작하여 내린 구형인 것 같으니 검찰 구형을 존중하여 무기징역을 선고하자"는 것이었다.

"무기 구형을 받은 피고인은 일류 대학에서 법률을 전공한 사람으로 다른 피고인들보다 오히려 죄질이 나쁘다, 이 피고인에 대하여서만 무기 징역을 선고할 만한 정상을 찾아볼 수도 없다, 그러니 공평하게 모두 사형을 선고하자"고 나는 처음 주장을 바꾸었다.

결국 나의 주장대로 3명 모두 사형이 선고되었다. 무기징역을 구형한 피고인에 대하여 사형을 선고한 것이다. 이례적인 판결이었다. 나는 그렇게 하는 것이 형평과 정의에 부합한다고 보았던 것이다.

그러나 이 판결 선고 후 마음은 편치 않았다. 검찰이 무기징역을 구형한 피고인에 대하여 '사형이라는 극형을 선고한 것이 정당한 판결인가? 꼭 그렇게 해야 했는가?'라는 의문이 생겼다. 생각할수록 내가 너무 모질게 주장했다는 생각이었다. 꼭 해야 할 일을 했다고 판단되지 않았다. 만약 고등법원에서도 사형선고가 유지된다면 내가 소중한 생명을 빼앗은 결과가 된다는 생각에 마음이 아팠다. 항소심에서 감형되기를 바라는 마음으로 나의 생각이 바뀌었다. 그 피고인은 다행히도(?) 항소심에서 감형되어 사형을 면했다. 그래서 나는 마음의 부담을 덜게 되었다.

이 사건을 계기로 나는 결론이 분명하지 않은 경우에는 상대방에게 관대하게 유리한 방향으로 결정을 내리기로 나름대로 정했다. 그래서 지금까지 그 자세로 살아오고 있다.

사법파동

1971년에는 사법파동이 일어났다. 반공법 위반사건으로 서울형사지방법원 항소부 판사들이 제주에 출장 갔다가 변호인으로부터 접대를 받은 것을 문제 삼아 서울지검 공안부에서 1971년 7월 28일 재판장인 이범렬 부장판사, 주심판사와 입회서기에 대하여 구속영장을 청구한 것이 발단이었다. 두 차례 신청된 구속영장은 기각되었지만 소장파 판사들은 이러한 검찰의 처사를 국가보안법 위반 등 사건과 시국사범에 대하여 판사들을 길들이려 하는 불순한 공작이라고 판단하고 매우 분개했다. 몇 차례 회동 끝에 서울형사지방법원 판사 37명 등 전국의 법관 137명이 집단으로 사표를 제출하였고 나도 사표를 냈다. 집단 사표파동이 있었던 다음날 서울형사지방법원장의 부름을 받고 원장실로 갔다.

"변 판사도 사표를 냈던데 변 판사는 그러한 집단행동에 더 이상 가담하지 않기 바랍니다."

원장이 충고하는 것이었다. 나는 뜻밖이었다.

"그렇게 말씀하시는 특별한 이유라도 있습니까?"

나는 묻지 않을 수 없었다. 나에게만 하는 말로 생각되었기 때문이었다.

"국가보안법 위반 사건에 변호사를 소개해준 일이 있습니까?"

원장이 내게 되물었다.

얼마 전 고등학교 후배 3명이 판사실로 찾아와서, "서울대학교 문리과 대학 대학원에 다니는 오현고등학교 동기생이 국가보안법 위반 사건으로 구속되어 변호사를 선임해 주려는데 어느 변호사를 찾아가면 좋겠습니까?"라고 물었던 일이 생각났다.

서울대학교 문리과대학 교수와 학생들 및 대학원생들이 관련된 국가보안법 위반 사건이 있었는데, 그중에 한 명이 오현고등학교의 후배였던 것이다. 서울대학교 문리과대학을 졸업하고 대학원에 재학 중이라면 동기생들의 신망도 두터울 것으로 생각하면서, 변호사 비용은 누가 부담할 것이냐고 물어보았다. 친구들이 조금씩 거두어 변호사 비용을 마련한다는 것이었다. 그래서 나는 그러한 사정을 감안하여 제주도 출신으로 제8회 고등고시 사법과에 합격하여 서울고등법원 판사를 지낸 강대헌 변호사를 찾아가 보라고 조언해주었다. 그것이 내가 해준 일의 전부였다. 그러나 강대헌 변호사에게 전화 한 통도 하지 않았다. 그야말로 변호사에 관한 정보를 알려주었을 뿐이었다.

나는 그 구속된 후배의 얼굴은 물론 이름조차 들어 본 일이 없었다. 나에게 찾아온 후배들 역시 전혀 모르는 처지였다. 서울문리대 출신이고 고등학교 동기생들이 이렇게 나서는 것을 보면 좋은 후배인 것 같다는 생각이 들어서 강대헌 변호사를 찾아가라고 말해 주었을 뿐이다. 그런 일이 있고 나서 사법파동이 일어났던 것이다.

나는 원장께 자세히 그 사실을 설명했다.

내 말을 듣고 난 원장은 이렇게 말했다.

"앞으로는 그런 것도 조심해야 합니다. 원래 그 사건은 형사 6부에 배당되었고 변 판사가 주심이었습니다. 그런데 중앙정보부로부터 변 판사가 그 사건의 변호사를 소개해 주었으니 그 재판부에서 재판을 하면 올바른 재판이 될 수 없다고 하며 담당재판부를 교체해달라고 요구했습니다. 그래서 그 사건을 다른 재판부로 재배당했습니다."

그 후 강대헌 변호사가 과연 그 사건의 변호인이 되었는지, 피고인이었던 그 후배가 어떤 판결을 받았는지, 나를 찾아왔던 후배들이 누구인지 지금도 모른다. 피고인이었던 그 후배의 얼굴을 처음 본 것은 그로부터 30여 년 세월이 지난 2005년이었다. 변호사 시절 후배들과의 술자리에서였다. 나를 찾아왔던 그의 친구들은 지금도 누구인지 모른다. 그런데 이런 일들이 쌓여가면서 나는 차츰 중앙정보부가 꺼리는 판사로 분류되었던 것 같다.

아무튼 판사 재직 2년 6개월 동안 이 일을 제외하고 누구로부터 어떤 형태로, 어떤 내용으로든 간섭이나 통제를 받아 본 일이 없었다. 그야말로 법과 양심에 따라 재판할 수 있었다. 이 나라의 법관들이 제대로 판결을 한다면 법치주의와 자유민주주의의 발전에 크게 기여할 수 있다고 생각했다. 지금도 그 생각에는 변함이 없다.

판사가 받는 월급은 본봉 외에 수당과 정보비, 판공비 등을 합쳐서 나온다. 이 정도 수입이면 부모님을 모시고 다섯 식구가 살아가는 데 부족함을 느끼지 못했다. 가정적으로도 생활의 안정을 얻을 수 있었다. 법관의 수가 워낙 적었던 시대였으므로[12] 사회적인 대우도 좋은 편이었다.

---

12 2017년 현재 전국 법관 수는 3,000여 명 선이나 당시 법관의 총수는 300여 명에 불과하였다.

국회의원들이 지역구 민원에 시달리고 나와 같은 경력이 짧은 판사들에게도 부탁하는 것을 보면서, 국회의원을 선망하던 내 생각이 차츰 변하기 시작했다. 정치를 통한 정의의 실현도 중요하지만 법관으로서 판결을 통한 구체적 정의의 실현 역시 그에 못지않게 의미 있다고 생각되었다. 결국은 짧은 판사생활을 거치면서 정치를 하겠다는 생각은 버리게 되었다. 법관으로서 정년퇴임을 하겠다고 결심하고, 법관의 소임을 다하는 데 최선을 다하려고 했다. 그런데 세상사는 뜻대로 되는 것이 아니었다.

타의로 벗은 법복

10월 유신과 유신 법관

1972년 10월 17일 박정희 대통령에 의한 초헌법적 비상조치인 10월 유신이 선포되었고, 그해 11월 21일 국민투표에 의하여 유신헌법이 제정되었다. 유신헌법에 의하여 법관 임명권자는 대법원장에서 대통령으로 변경되었다. 유신헌법에 의하여 법관 임명권자를 대통령으로 한 것은 법관의 지위를 격상시킨 것이라고 어느 헌법학자는 주장하였지만, 고분고분하지 않은 사법부를 효과적으로 통제하려는 조치에 불과하였다.

유신헌법에 의한 대통령의 법관 임명권은 1973년 4월 1일 자로 행사하게 되었다. 1973년 4월 1일이 가까워 오면서 법원에는 대통령에 의한 법관임명과 관련된[13] 소문이 돌기 시작했다. 3월 25일경에는 이번 대통령에 의한 법관임명에는 법관 경력이 짧은 법관, 성씨가 희성인 법관, 형

---

13 법률적으로는 법관임명이었지만 흔히 '법관재임명'이라고 불렀다.

사지방법원 판사들이 많이 제외된다는 소문이 나돌았다. 듣고 보니 내가 소문과 일치되는 법관이었다. 그래서 3월 28일 민복기 대법원장께 면담 신청을 하였다. 법관 임명과 관련하여 들리는 소문을 말씀드리고, 판사 생활을 더하고 싶다고 솔직하게 내 심경을 토로했다.

내 말을 들은 민복기 대법원장은 이렇게 말했다.

"변 판사에 대해서는 부장판사들로부터 판결문을 잘 작성하고 일을 잘 한다는 칭찬의 말을 들어왔습니다. 그런데 왜 그것을 법관 임명 시에 문제 삼지 아니하고 이제야 문제 삼는지 모르겠습니다."

나는 대법원장의 이 말씀을 듣고서, 아버지의 국가보안법 위반 전력을 이유로 유신체제의 법관으로서는 부적합자로 법관 임명 대상에서 제외 되었음을 확인하게 되었다.

나는 그날 집으로 돌아와서 가족들에게 법관을 그만두어야 하는 상황 을 설명하고 뒷날 사표를 내었다. 1973년 3월 29일이었다. 이로써 평생 을 법관으로 지내고 싶었던 나의 꿈은 판사생활 2년 6개월로 끝나고 말 았다.

전체 법관 중 50명이 유신헌법에 의해 법관 임명에서 제외되었고, 나 머지는 법관으로 재임명되었다. 탈락자 50명 중 1명은 고령과 업무능력 을 문제 삼았고, 나머지 49명은 유신체제에 적합하지 않은 성향의 법관 으로 분류되어 법관 임명에서 제외되었다. 국가배상법 위헌판결에 위헌 의견을 제시했던 대법관은 전원 재임명에서 제외되었다. 한국의 자유민 주주의가 후퇴하는 순간이기도 하였다. 사법권의 독립이 보장되지 못하 는 자유민주주의란 진정한 자유민주주의라고 할 수 없기 때문이다.

제외된 법관 중에는 내가 법관 경력이나 나이가 제일 어렸다. 서울법대 동기생으로는 나보다 먼저 사법시험에 합격하여 서울민·형사지방법원에서 근무 중이던 강철구 판사와 장수길 판사도[14] 유신법관 임용에서 제외됐다.

내 인생을 걸었던 법관 생활은 이렇게 끝이 났다. 어쩌면 잘된 일인지도 모른다. 권력이 임명한 법관으로 살아가기보다는 정치적 권력으로부터 자유로울 수 있는 또 다른 법조인의 길, 변호사의 길을 찾아가자고 스스로 위로했다. 나의 인생은 앞으로 내가 어떤 자세로 살아가느냐에 따라 달라질 것이라고 생각했다. 반드시 전화위복이 되게 하겠다고 굳게 마음을 먹었다.

서른한 살의 젊은 변호사 변정일

유신체제는 법관임명권자만 바꾼 것이 아니라 유신헌법의 후속 조치로서 법관들을 고분고분하게 길들이려고 변호사 개업지(開業地)도 제한하였다. 판사 검사 등은 사임하기 전 3년 이내에 근무하였던 지역에서는 사임일로부터 3년간 변호사 개업을 못하도록 변호사법을 개정하였던 것이다. 당시 법관들은 소신 판결 등이 문제 되어 법관직을 사임하더라도 변호사 개업을 하면 성업을 이루는 사례가 많았다. 그래서 판사들은 소신 판결로 인해서 외압을 받아 사임하는 것을 조금도 두려워하지 않았다. 이렇게 권력기관에 의한 사법부 통제가 이루어지지 않자, 변호사 개

---

14 강철구는 후일 복직하여 가정법원장이 되었고 장수길은 한국최대의 법률사무소인 '김앤장'의 '장'이다.

업장소 제한을 입법화했던 것이다. 이 법 때문에 나는 서울, 경기지역에서 변호사를 개업할 수 없게 되었다.[15]

부모님을 비롯한 가족들은 고향에서 변호사를 하는 것을 반대하는 입장이었다. 당시 제주에는 고령의 변호사가 몇 분 개업하고 있었다. 젊은 변호사가 필요했다. 그 중 일부는 해방 이후 간편한 절차에 의하여 변호사 자격을 취득한 사람들이어서 보다 전문적인 변호사가 필요한 상황이었다.[16] 이런 여건에서 내가 태어나고 자란 제주에서 일한다면 '고향을 위한 사회봉사'의 뜻도 있다고 생각했다. 뿐만 아니라 3대 독자인 나로서 조상의 묘소에 벌초도 하고 친족들과 어울려 사는 것도 의미 있는 일이라고 생각했다. 결국 제주에서 변호사를 개업하기로 결정을 했다. 제주시 이도동 중앙로에 '변호사 변정일 법률사무소'를 차린 것은 1973년 4월 3일경이다. 그때 나이 31세, 아마 한국에서 제일 어린 변호사가 아니었을까?

변호사 사무실 문을 열고 나서 10여 일이 지나자 사건 의뢰가 줄을 이었다. 변호사 일을 하면서 바로 깨달은 것은, 사건 의뢰인의 입장에서는 그 사건 해결이 세상 어떠한 일보다도 더욱 중요하다는 점이었다. 또한 사건 의뢰인과 수임 변호사 사이에 철저한 신뢰관계가 이루어져야 한다는 것이다. 그래서 의뢰인을 존중하고 사건 당사자의 말을 경청하며 그 내용을 정확하게 파악하여 사건처리에 최선을 다했다.

밀려드는 사건을 처리하기 위해서 하루하루가 너무 바빴다. 법원과 검

---

15 1973년에는 서울지방법원 관할이 서울, 인천, 경기도에 미치었다.
16 고등고시 사법과 출신인 김태윤 변호사가 가장 젊은 변호사였으나 50대 후반이었다.

찰청의 계단을 두 계단씩 뛰어올라 다녔다. 일주일에 2, 3일은 혼자 밤에 사무실에 나와 일을 처리해야 했고, 토요일 오후나 일요일 낮에도 조용한 장소에서 다음 주에 대한 일을 준비해야만 했다. 그렇게 해야 다음 한 주가 편안했고 무리 없이 수임사건을 처리하여 의뢰인이 믿고 만족하는 변호사가 될 수 있었다.

이러한 변호사 생활은 바쁘면서도 보람도 있었다. 내가 공부한 것과 경험한 것이 실제로 세상 사람들을 위해 쓰임을 확인할 수 있었다. 나의 노력으로 정당한 법의 보호를 받는 사람이 생긴다는 것은 매우 즐겁고 보람찬 일이었다. 차츰 변호사 변정일의 이미지가 고향 사람들에게 긍정적으로 자리 잡아가고 있음을 느끼기 시작했다.

제3장

정의가 실현되는
한국 정치를 위하여

변호사와 국회의원

"동창회도 안 하고 정치도 안 한다!!"

판사 시절에 정치는 하지 않기로 이미 결심을 하였지만, 변호사 개업을 하면서도 다시 한번 정치는 하지 않겠다고 다짐하였다.

변호사 개업 직전이었다. 법조계에 진출한 서울법대 동기생들이 법관 재임명에서 탈락하여 변호사 개업을 하게 된 나와 강철구, 장수길을 위로하는 환송회를 해주었다. 그때 정명택 판사(제4회 사법시험 수석합격)가 나에게 제주에서 "동창회 절대로 하지 말라"고 당부했다. 그는 매사에 간결한 논리로 명쾌한 결론을 내리는 것으로 유명했던 친구인데 안타깝게도 몇 년 전 고인이 되었다.

"왜 동창회 하지 말라는 거지?"

나는 뜬금없는 그의 말에 반문했다.

"지방에 내려가서 변호사를 해서 돈을 벌면 동창회 하게 되고, 동창회

하다 보면 국회의원 출마하게 되어 결국은 번 돈 다 털어먹고 빈털터리 된다더라. 그러니 절대로 동창회 하지 말아라."

정명택은 마치 내가 그런 길을 갈 것처럼 당부했다.

"그래, 자네 말대로 동창회도 안 하고 정치도 안 할 거야. 개업지 제한 기간이 지나면 서울로 올라오겠네."

나는 친구의 말에 즉석에서 대답하였다. 그것은 그 말이 옳았을 뿐만 아니라 나도 같은 생각이었기 때문이다. 나는 이미 '정치하지 않겠다'고 결심한 바였고, 더구나 판사로서 정부 권력에 밀려나 고향으로 내려가서 변호사 개업을 하게 된 처지에, 정치에 관심을 둔다는 것 자체가 사치스러운 짓이라고 생각했다. '정치할 것 같은 사람'으로 보이는 행동마저도 하지 않겠다고 다짐했다. 변호사 일을 하면서 정치에 꿈을 갖고 준비한다는 인상을 주게 된다면 변호사 업무에 장애가 될 뿐이고, 정보기관 등의 견제를 받을 수도 있다. 아무튼 이로울 것이 없다.

나는 충실히 의뢰인을 위해서 그들이 법의 보호를 받을 수 있도록 일하는 변호사로서의 보람이 판사를 그만두게 된 것에 대해 스스로 보상받을 수 있는 길이라고 생각했다. 정당한 판결 못지않게 판사로 하여금 정당한 판결을 하도록 하는 것이 변호사의 임무이다. 이 또한 이 사회에 법적 정의를 세우는 일이라고 생각했다. 공정한 재판, 그것은 사회 정의의 척도이고, 사람이 사람답게 살아가는데 가장 선결되어야 할 사회 환경이다. 성경에도 있듯이 솔로몬이 왕이 되었을 때에 야훼 신에게 간구한 것은 "공정한 재판을 할 수 있는 지혜를 달라"는 것이었다. 공정한 판결을 위해 변호사의 몫도 판사와 꼭 같다는 자부심을 갖고 일하고 싶었다.

변호사를 개업한지 3년이 지나자, 이제는 개업지 제한에서 자유로울 수 있게 되었다. 변호사 개업 초기에 적당한 시기가 되면 대학원 박사과정을 거쳐 법학 교수가 되는 미래도 그려본 일이 있었다. 이렇게 생각하면서 시작한 변호사 생활이었지만 인생살이는 생각대로 되지 않았다.

수임 사건은 늘어갔다. 그 일을 처리하는데 내 모든 시간을 바쳐야 했다. 나를 믿고 사건을 의뢰한 사람들을 위해서 최선을 다하면서 보람도 느꼈다. 다른 생각을 할 여유가 없었다. 매일 매일 비슷한 생활의 연속이었다. 때로는 이런 생활에 회의를 느끼기도 하였다. 수임사건을 처리하는 일은 깊은 법률 지식이 필요하지 않았다. 그러다 보니 우선 사건 처리를 위한 법률공부에 급급하였고, 때로는 그것조차도 버거울 때가 있었다. 사건 수임이 많아지면서 수입도 많아졌으나, 나 자신의 내면적 자기발전을 위한 시간을 갖기가 어려웠다. 몸과 마음이 모두 피로를 느끼게되었다. 이렇게 3년 세월을 보냈다.

변호사 3년이 지나면서 이제 변신할 때가 되었다고 생각했다. 그래서첫 단계로 수임사건을 줄이기로 작정했다. 그러나 생각대로 되지 않았다. 고향이라 재판을 받아야 할 처지에서 도와달라고 찾아온 사람들을 외면할 수 없었다. 나를 찾아 사건을 의뢰하면 도움을 받을 수 있다고 믿어서 찾아왔는데, 수임을 거절할 수 없었다. 그렇게 다시 1년이 지났다. 3년만 하고서 제주를 떠나려던 애초의 계획은 과거의 일이 되었다. 더구나 주위 친지들이나 지인들이 이렇게 고향에 내려왔으니 고향을 위해 일을 해야 하지 않겠느냐고 권유하기도 했다. 고향을 떠난다는 것은 고향에 대한 배신처럼 생각되기도 했다.

동창회도 하고, 정치도 하고 말았다

1973년 4월 변호사 개업 후 2, 3개월 지나면서 오현고등학교 동기생들 사이에서 동기동창회를 하자는 말들이 나오기 시작했다. 그러나 동창회 안 하기로 결심하고 제주에 온 나였다. 친구들의 바람을 일부러 외면했다. 그러나 친구들의 성화에 오래 버티지 못하고 1974년 6월경 오현고등학교 제8회 동기동창회를 만들고 내가 자연스럽게 회장을 맡게 되었다.

동창회 첫 사업으로 회지를 발간하면서 8회 동창회의 명칭을 현단(賢團)이라고 하였다. 이것을 시작으로 오현고등학교의 회기별 동창회 명칭은 모두 현(賢)자를 돌림자로 하였다. 예컨대 1년 후배인 9회 동창회는 현구(賢丘)로 하였다. 아마 세계적으로 유례가 없는 일일 것이다. 동기생들의 뜻에 따라 회원들이 십시일반으로 돈을 모아 오현고등학교 제8회 동창회 장학기금을 조성하여 모교 재학생들에게 장학금을 지급하였다. 물론 정치적 의도는 전혀 없었다. 정치를 않겠다는 결심도 그대로 유지했고 그래서 정치를 할 것 같이 보일 행동조차 하지 않았다. 연말연시에 언론사를 통한 불우이웃돕기도 하지 않았다. 도와줄 사람이 있으면 아무도 모르게 도와주었다. 그럭저럭 다시 두어 해가 지났다.

변호사 개업 후 5년 차가 되는 1977년 제주도 지역구 국회의원 한 분이 형사사건에 연루되어 구속되는 사건이 벌어졌다. 이 사건 이후 주변에 변화가 생겼다. 당시 제주도 출신 국회의원으로는 유정회의 현오봉 의원, 무소속의 양정규 의원이 있었다. 내 고향 대정에서는 과거에 민주당 정권 시절 혁신계의 김성숙 의원이 1960년 7월 29일 실시된 선거에서 당선되었지만, 5·16 혁명으로 국회가 해산되면서 단명 국회의원이 되었다. 그 후 대정 출신 국회의원이 없어 고향에서는 대정 출신 국회의원이 나와야 한다면서 나를 거론하는 사람들이 종종 나타났다. 주변 친지들도 나에게 국회의원 한번 해보라고 권유하기도 했다. 고등학교와 대학 시절에 정치에 대한 꿈을 가진 적도 있어서, 마음이 그편으로 기울어지기 시작했다. 당시 제주도는 여당인 민주공화당의 공천을 받으면 누구나 당선되던 상황이었다. 그만큼 여당의 공천 위력은 막강하였다. 또한 제주도는 전통적으로 혈연의식이 강했기 때문에 친족의 세력이 선거에 절대적으로 영향을 미쳤다. 다음으로 자금력도 있어야 했다. 중·고등학생 시절 민주당의 홍문중, 고담용 두 후보는 인기도 있고, 정치적 능력도 있다고 주민들로부터 인정을 받았지만 결국 돈이 없어 낙선하였다는 것이다. 유권자들은 안타깝게 생각하면서도 돈을 써야 당선된다는 인식이었다.[1]

이러한 선거풍토에서 변호사 5년의 경력으로 쌓은 지명도나 인기로는 국회의원 선거에서 당선될 가능성은 희박했다. 오현고등학교 출신으로서는 강보성 선배가 몇 차례 출마한 일이 있었지만 번번이 낙선했다. 고등학교의 학연은 당선에 큰 도움이 되지 않았다. 원주 변 씨는 제주도에서도 희성이어서 혈연 세력도 득표에 큰 도움이 될 수 없었다. 그렇다고 자금력이 풍부한 것도 아니었다. 이렇게 객관적으로 현실을 분석해 보니, 내가 출마해서 당선될 가능성은 희박했다.

이러한 여건에도 불구하고 나의 마음은 점차 10대 총선에 출마하는 방

---

1 고담용 씨는 4대 국회의원선거에서 홍문중 씨는 1960년 7월 29일 선거에서 국회의원으로 당선되었다.

향으로 기울어져 갔다. 한번 기울어지기 시작한 마음은 다시 원래대로 돌아오지 않았다. 마음속으로 내가 왜 정치를 해야 하는가, 무엇을 위해 정치를 할 것인가에 관해 계속 생각이 이어져 갔다. 중앙에서 화려한 경력을 배경으로 집권당의 공천을 받아 당선된 후에는 민의를 반영하는 국회의원이 아니라 권력의 하수인으로 전락하는 정치인, 그러한 국회의원이 되어서는 안 된다는 생각과 아울러 이 나라 정치를 변혁하고 싶었다. 권력의 뒷바라지를 하는 정치가 아니라 진정한 자유민주주의, 법치주의를 뿌리내리는 정치를 하고 싶었다. 권모술수와 밀실거래로 좌지우지하는 정치행태를 타파하고 싶었다. 제주에서 제주도민들과 함께 살아온 사람이 진정한 제주도민의 민의에 의하여 국회의원이 되고, 그래서 권력의 향방을 살피지 않고 참된 민의를 반영하는 국회의원들이 제주에서 계속 배출되게 하고 싶었다. 사상적으로 불순하다고 덧칠해진 제주도민의 명예를 회복하고 싶기도 하였다. 제주도 출신들이 서울 등지에서 활동하기 위해 본적을 숨기고 바꾸는 수치스러운 일이 더 이상 일어나지 않게 되기를 바랐다. 4·3사건으로 인한 제주도민의 아픔의 근원을 밝혀보고 싶었다. 이러한 명분으로 나는 결국 정치를 해야 한다고 결심을 굳혔다.

문제는 당선 가능성이었다. 아무리 정치적 비전이 훌륭해도 낙선한다면 출마한 본인이나 후원해준 주위 분들에게 큰 실망을 안겨줄 뿐이다. 화려한 정치 비전도 아무런 소용이 없게 된다. 당선이 되어야 한다. 그래서 당선 가능성을 검토하기 시작했다.

친구와 친족들 그 외 가까운 친지들과 상의하였다. 정치판에 뛰어드는 것은 망하는 길이라고 만류하는 사람들도 있었지만 대부분은 동의하고 적극적인 지원을 약속하였다. 어려서부터 정치에 관심을 가졌던 나는 국회의원 선거만이 아니라 각종 선거에 출마하여 당선되지 못했기 때문에 매우 불행한 처지가 된 사람들을 많이 알고 있었기에, 그러한 사람들의 전철을 밟지 않아야 했다. 치밀하게 주민의 여론을 파악하고 당선 전략을 치밀하게 마련하는 일이 시급했다.

우선 친지, 사건의뢰인, 오현동문 등 나를 지지할 가능성이 높은 사람들이 주민들로부터 얼마나 신뢰를 얻고 있는지 파악했다. 변호사 생활을 하면서 알게 된 사람들이 그 거주지에서 어느 정도 신망이 있는지 알아보았다. 그리고 오현고등학교 동문들이 어느 지역에서 어느 정도의 신뢰를 얻고 있는지, 변 씨 친족들의 거주지역에서의 신용도 등과 그분들의 지역적 분포도 면밀히 파악했다.

이미 출마했던 사람들의 공약도 입수하여 검토하고, 지역별 주민들의 투표성향도 분석했다. 여러 가지 지표를 가지고 분석한 결과 친족의 세력은 부족하지만 당선 가능성은 보였다. 내가 생각하는 정치적 비전을 호소하면 당선될 수 있다고 생각했다. 나는 몇 년 동안 제주 현지에 살면서 더구나 어려운 처지에 있는 사람들, 즉 법의 보호를 받아야 할 사람들을 상대하면서 제주의 밑바닥에 가라앉아 있는 제주도민들의 생활상과 감정을 소상히 알고 있었다. 입후보자로 거론되는 사람들 중에 그 부분에 대해서 나만큼 아는 사람도 없었다. 그렇다면 내가 제주의 문제를 해결할 수 있는 적임자임을 호소하면 주민의 동의를 얻을 수 있을 것 같았다.

결국 1978년 3월, 30대의 젊은 변정일은 국회의원에 출마하기로 결정하였다. 정직과 공의와 성심과 열정으로 제주도민의 아픔과 문제를 대변하고 진정한 민주주의의 구현을 위해 노력하겠다. 이 출마의 변을 실현하기 위해서 국회의원 당선을 위하여 본격적인 준비에 들어갔다. 이렇게 파란 많은 나의 정치 역정은 시작되었다. 변호사 개업 당시의 결심은 사라지고 결국은 동창회도 하고 정치도 하고 말았다.

첫 출마에 당선되다

1978년 12월 12일 실시된 10대 국회의원선거에서 41,805표를 얻어 양정규 후보 등 4인의 후보를 제치고 44,229표를 득표한 민주공화당의 현오봉 후보에 이어 2위로 당선되었다. 이번 총선에서 정대철 의원이 나

당선 직후 가족들과 함께
(윗줄 좌측부터 어머니, 아버지, 좌신아, 현희형, 이무형, 김두일/앞줄 좌측부터 아내, 필자, 변해진)

보다 한 살 아래로 최연소 당선자였고, 그다음으로 나와 정재원 의원, 이종률 의원, 이상민 의원 등이 동갑내기였다.

선거운동을 시작하여 1978년 12월 2일 제주북국민학교에서 첫 번째 합동연설회가 열렸다. 이 연설회에서 내 연설은 다른 후보에 비해 아주 좋은 반응을 얻었다. 나는 유세를 듣는 지지자들의 반짝이는 눈빛을 보았다. 그들이 내 연설에 감동을 받아 이번 선거에 자신감이 넘쳐나는 것을 그 눈빛과 반응에서 느낄 수 있었다. 우선 나는 그 연설을 통해서 지지자들에게 당선의 자신감을 심어주었던 것이다. 나에게는 성공적인 합동연설회였다.

그런데 나의 당선을 예측한 유권자들은 그리 많지 않았다.

양정규 후보는 2선 의원으로 성품이 원만하고 지역구 관리를 철저히 하고 있어 높은 인기를 유지하고 있었다. 더구나 사회복지법인 제주복지회를 운영하는 등 지역사회에 계속 봉사하여 왔을 뿐만 아니라, 제주가 제주 양 씨의 본고장이라 혈연 세력도 변 씨에 비해서는 압도적으로 많았다. 그런 조건에서도 나는 당선이 되었다.

10대 국회의원선거에 첫 출마하여 당선되기까지 많은 분들의 도움이 컸다. 한림중학교 10회 동창들, 오현고등학교 8회 동창들, 타성에 비교가 안 되는 적은 숫자이지만 원주 변 씨 친족들, 이들이 진정으로 열정과 성의를 다해 열심히 선거운동을 해주었다. 오현고등학교의 동문들은 대부분 자발적으로 도와주었다. 오현 출신 국회의원 한번 만들어 보자는 바람이 불었던 것이다.

또한 대정읍 주민들도 매우 열광적으로 나를 도와주었다. 오랜만에 대

대정국민학교에서 열린 합동연설회

정출신 국회의원 만들어 보자는 열망이 분출되었다. 그래서 몰표를 몰아주었다. 제주도 내 전 지역에서 고르게 득표를 하였지만, 특히 대정지역에서 양정규 후보보다 5,300표 이상 앞섰다. 이렇게 몰표를 몰아주었다. 이것이 당선의 결정적 요인이 되었다.

선거를 치르면서 많은 사람과 특별한 인연을 맺었다. 그중 특히 잊을 수 없는 분은 현희형 씨였다. 당시 50대로서 4·19 직후 도의회의원에 당선되셨는데 5·16으로 임기를 채우지 못한 분이었다. 나는 어렵게 선거 사무장 겸 선거대책위원장으로 모셨다. 열심히 도와주고 있었는데, 당시 유정회 의원으로서 정계의 거물인 현오봉 의원이 민주공화당 후보가 되면서 그분은 매우 난처한 입장에 놓였다. 연주 현 씨 제주도종친회장을 맡고 있었기 때문이다. 특히 연주 현 씨는 선거 때마다 강한 결속력을 보여주었다. 나를 도와주는 입장이 아니었다면 현오봉 후보의 선거에 앞장서야 할 처지였다.

그러나 젊은 사람과의 약속을 어길 수 없다면서 연주 현 씨 종친회장을 그만 두고 나를 도와주었다. 당시 제주도의 혈연문화와 선거풍토로서는 참으로 어려운 결단이었다. 그 일로 그분은 현 씨 종친들로부터 따돌림을 당하는 고통을 오래도록 겪어야 했다. 지금 90이 넘은 고령이시지만 친 숙부처럼 관계를 유지하고 있다.

나는 한국 정치 개혁과 제주도민의 자주적 역량과 생활의 개선을 위해 다음과 같은 정견을 도민 앞에 제시하고 한 표를 부탁했다. 부패와 권모술수, 밀실야합 정치의 타파, 연좌제 폐지, 4·3 진상규명과 제주도민의 명예 회복, 그리고 제주 지역의 균형발전을 위한 서귀포의 시 승격 등이 중요 공약이었다.

10대 국회의원 선거에서 민주공화당은 총 4,695,995표로 31.7%를 득표하였고, 야당인 신민당은 총 4,801,204표로 32.8%를 득표하였다. 집권당이 야당인 신민당에 비해 1.1% 부족한 선거 사상 초유의 사태가 발생한 것이다. 이러한 선거 결과는 한국 정치의 대변혁을 예고하는 신호탄이었다.

10대 국회의원

교통체신분과위원회 선택

1979년 3월, 10대 국회 개원에 즈음하여 제주도민 전 세대에 국회의원으로서 나의 각오와 포부를 밝히는 인사장을 발송하는 것으로 의정 활

동을 시작했다.

10대 국회는 개원 초부터 파란이 일었다. 신민당이 여당보다 1.1% 더 득표한 총선의 여파 속에서 박정희 대통령이 유정회의 백두진 의원을 국회의장에 내정함으로써 첫 번째 여·야 격돌이 일어났던 것이다. 결국 백두진 의원이 국회의장에 선출되었지만 적어도 민의의 전당인 국회의 수장은 지역구 출신 국회의원이 맡는 것이 옳다는 생각에서 야당에서 국회 본회의를 거부하는 상황이 벌어졌다. 나는 의장 선출 투표에서 퇴장함으로써 백두진 의장 선출 반대의 의사를 표시했다.

21명 무소속 의원들은 '민정회'라는 이름으로 원내 교섭단체를 조직하였고 나도 거기에 참여했다.

상임위원회 배정과정에서 나는 차선책으로 교통체신분과위원회(약칭 교체위)를 선택했다. 제주도가 농촌 지역인 점을 고려한다면 농림수산분과위원회를 선택하는 것이 일반적인 생각이겠지만, 당시는 농촌 출신 국

해운항만청 정연세 시설국장과 모슬포항 점검

회의원들의 비중이 높아 농림수산위원회의 지망자가 많아 초선인 나로서는 어렵다고도 생각하였고, 한편으로는 굳이 농림수산위원회에 속하지 않더라도 제주도 농수산 문제를 처리할 수 있다고 생각했다. 제주도를 국제적인 관광지로 발전시키기 위해서는 관광, 항만, 항공, 통신 등을 주관하는 교통부와 해운항만청, 체신부를 소관부서로 하는 교체위에서 일하는 것이 더욱 바람직하다고 판단했다. 교체위에서 교섭단체 민정회 간사직을 맡았다.

10대 국회는 10·26 사태 등 정치적 격동으로 단명에 그쳤지만 나는 상임위원회가 교체위였으므로 전화가 개통되지 않았던 제주시 봉개동, 연평동 등 전도 16개 리·동(里洞)에 전화가 개통되도록 했다. 서귀읍과 중문면의 전화를 단일통화권으로 했다. 전국에서 두 번째로 이루어진 단일통화권 광역화 지역이었다. 교체위 소관인 해운항만청으로 하여금 제주항, 애월항, 한림항의 개발계획을 보다 웅대한 모습으로 수정시켰다. 모슬포의 운진항의 개발 가능성을 검토하고 개발 기초작업을 진행시켰다.

10대 국회의 개원을 축하하는 의미에서 1978년 5월 중화민국(자유중국) 정부의 초청이 있었다. 그래서 국회의원이 되고 나서 처음으로 여·야 의원들 7인과 함께 대만과 일본을 방문하게 되었다. 일본은 재일 동포단체를 방문하여 그 실정을 파악하는 것이 목적이었다.

대만에서 겪은 일이다. 7일간의 대만 체류 중 몇 차례 입법위원(한국의 국회의원)들을 만났는데 한결같이 나이들이 60대 이상으로 보였다. 실제 나이도 그랬다. 그들에게서 들은 그 연유는 이러했다.

자유중국정부의 초청으로 대만 방문 중 장경국 총통과 환담(1979.5.12)

　그들은 모두 국민당 정부가 대만으로 밀려오기 전에 중국 본토에서 입법위원으로 당선된 사람들이다. 그런데 장개석 총통이 이끄는 국민당 정부가 중국 본토에서 모택동의 공산당에 밀려 대만으로 쫓기면서 당시 중국 본토에서 입법위원으로 당선된 그들도 모두 대만으로 왔다. 그들의 입법위원 임기는 지났지만 공산당이 중국 본토를 점령하고 있어 중국 본토에서 입법위원 선거를 실시할 수 없다. 그러나 중국 본토는 여전히 중화민국의 영토이므로 본토에서 그들을 선출한 주민들의 의사가 그대로 존중되어야 한다. 그래서 그대로 의원직을 유지하고 있다는 것이다. 앞으로 본토가 수복되면 선거를 할 것이고, 그때까지 입법위원직을 유지한다는 것이다. 논리적으로는 수긍되는 점도 있었지만 대만 원주민과의 관계에서 장개석 총통의 정권안정을 위한 전략적 측면도 있어 보였다.

대만을 거쳐 일본에 가서 거류민단 방문을 마치고 재일 제주도민들을
만났다. 도쿄와 오사카에서 제주도민회 등 제주도민 단체의 임원과 회원
들을 다수 만나면서 그동안 제주도의 발전에 기여한 재일 동포들의 공로
에 대하여 깊은 감사를 표하고, 앞으로는 고국의 발전을 위해 한국에 투
자해줄 것을 권유하는 한편, 재일 동포의 법적 지위 향상을 위하여 국회
의원으로서 최선을 다하겠다고 약속했다.

오사카 제주청년회 회원들과의 모임에서 있었던 일이다. 내가 타는 차
가 무슨 차냐고 물어보기에 사실대로 '코티나'라고 대답했더니 국회의원
이면 국산 '포니'를 타야만 한다는 것이다. 그들의 애교 섞인 핀잔 속에
숨겨진 애국심을 읽으면서 마음이 흐뭇했다.

정치적 시련, 민주공화당 입당

해외출장을 마치고 귀국한 직후 1979년 5월 말경 신민당 전당대회가
열렸다. 강경 대여투쟁을 주장하는 김영삼과 중도통합론의 이철승이 대
결했는데 김영삼의 승리로 끝났다. 그러면서 정계는 소용돌이치기 시작
했다. 무소속 의원들, 특히 야권 성향의 의원들 사이에서 신민당 입당 논
의가 활발하게 진행되기 시작했다.

당시 나는 37세의 젊은 나이로 정당 정치 경험이 없이 법조계에서만
생활하다가 정치판에 들어온 순진한 정치 신인이었다. 더구나 판사와 변
호사 생활을 통해서 법의 원칙에 의해 생각하고 결단하는 기질이 몸에
배인 터였다. 신민당 공천을 받지 못해 무소속으로 당선된 오세응 의원
이 같은 교통체신위원이어서 자주 만났고, 이상민 의원은 동갑내기여서

친하게 지내는 처지였다. 민정회의 김현규, 한병채 의원과도 의원회관에서 종종 만나 차 한잔 나누는 사이었다. 1979년 6월 4일, 민정회 소속 의원들 몇 명이 신민당 입당성명서에 서명을 하게 되었다. 예춘호, 한병채, 김현규, 오세웅, 이상민, 임호, 손주항, 박찬 의원 등이었는데, 나도 서명했다. 나와 임호 의원을 제외하고는 모두 민주당의 계파싸움으로 민주당 공천에서 탈락한 사람들이었다.

유신체제가 정상적인 민주주의 체제가 아닐뿐더러, 나 자신이 유신체제에 의해 법관직을 그만둔 처지라, 여당에 대해 부정적 생각을 갖는 것은 당연한 일이었다. 1971년 대통령 선거 당시 김대중 후보가 장충체육관 유세에서 "박정희 정권이 대만의 총통제를 연구하고 있다. 공화당 정권이 연장되면 총통제 헌법이 등장할 것"이라고 주장했었다. 김대중 후보가 말했던 총통제가 바로 유신체제와 다르지 않았다. 이런 생각을 하면서 신민당 입당 성명서에 서명을 하였던 것이다.

입당 성명서에 서명한 바로 그날 다른 서명의원 4명과 함께 남산의 한 레스토랑에서 김영삼 신민당 당수를 만나 점심을 하기로 약속이 되었다. 김 대표와는 처음 만나는 자리였다. 약 한 시간가량 식사를 하면서 이야기를 나누면서, 나는 김영삼 총재에게서 매스컴을 통해 보았던 강한 인상을 느낄 수 없었다. 전혀 감동을 느낄 수 없었다. 대화 내용도 평범했다. 한 국가의 정치 지도자가 지녀야 할 큰 비전을 느낄 수 없었다. 헤어진 후에 김 대표에 대한 실망감으로 과연 신민당에 입당하는 것이 바람직한 선택인가를 고민하게 되었다.

신민당에 입당하면 분명 여론의 지지를 얻을 것이다. 특히 나를 많이 지지했던 젊은 층의 지지는 더욱 확고해질 것이고, 유신체제에서 용기 있는 결단이라고 평가를 받을 것이다.

그런데 야당의원으로서 4·3사건 진상규명, 연좌제 폐지, 권모술수 부패와 밀실 야합의 정치풍토 개선, 서귀포 시 승격, 국제적인 관광지로의 제주 발전 등 크고 작은 공약들을 해낼 수 있는 여건이 아니었다. 국가보안법 위반 전력의 아버지 그림자는 여전히 내 뒤를 따라다니고 있었다. 판사를 지내고 변호사로 어느 정도 성공해서 국회의원이 된 후에도 나는 여전히 아버지 짐을 벗어버리지 못한 상태였다. 아버지는 그때까지도 정보기관의 요시찰 대상으로 남아 있었다. 야당을 선택한다면 내 신변에서 이러한 문제는 더욱 강화될 것이었다. 반면 여당에 입당한다면, 분명 젊은이로서 감내하기 어려운 온갖 비판과 비난을 받을 것이다. 그것을 내가 감당할 수 있을 것인가.

며칠간 고민하다가 '호랑이를 잡기 위해서는 호랑이 굴에 들어가야 한다'는 생각에서 민주공화당에 입당했다. 같이 입당한 의원들은 김진만, 이후락, 권오태, 최치환, 한갑수, 윤재명, 김수, 박용기, 임영득, 임호, 박정수, 정휘동, 홍성우, 함종빈 등 14명이었다. 사회나 지역구로부터 엄청난 비난을 받았다. 내가 겪은 최초의 정치적 시련이었다. 그 후로도 나의 정치 역정이 순탄치 못해 우여곡절을 많이 겪었지만, 나의 정당 선택은 민주공화당, 민주정의당, 통일국민당, 민주자유당, 신한국당, 새누리당으로 이어지는 보수노선을 유지했다.

나는 민주공화당에 입당하고 첫 의원총회에서 다음과 같은 입당 인사말을 남겼다.

입당과정에서 공화당은 물론 신민당에도 누를 끼쳐 죄송하다.

신민당으로 가는 길은 국민들로부터 인기를 얻는 길이고,

공화당 입당은 국민들로부터 비판받는 길임을 잘 알고 있다.

그러나 공화당에 입당하는 것이 올바른 길이라는 신념에서

비판을 각오하고 공화당 입당을 결정했다.

신민당으로 가는 것보다 훨씬 더 큰 용기가 필요했다.

나의 심정을 솔직하게 표현한 인사말이었다.

어느 중앙 일간지는 "첫 서명이 용기 있는 실수였다면, 선회의 용기도 뜻깊은 일"이라고 평했다.

10·26 사태

공화당 입당 후 오유방, 이태섭, 유경현, 정동성, 윤국노, 하대돈 의원 등 소장파 의원들과 자주 만나면서 친분을 쌓았다. 1979년 7월 31일 임시국회가 끝난 후 나와 박찬종, 오유방, 정동성, 유경현, 김상석, 이태섭, 윤국노, 하대돈, 김재홍, 김수, 홍성우, 조홍래, 이성근, 이종율, 윤식 등 16명이 모여 매월 정례모임을 갖고 공화당을 보다 건전하고 민주적인 정당으로 발전시키기 위해서 일을 해보기로 뜻을 모았다. 박찬종 의원과는 박의원이 춘천지방검찰청 검사로 근무하던 시절부터 나는 2군단의 법무관으로서 이미 친분이 있었고, 판사시절에도 접촉이 있어 이미 친숙한 사이였다. 정국은 조용한 듯하면서도 불안감이 감도는 그런 분위기가 지속되었다. 그런 상황에서 나는 중앙당의 지시로 이만섭 의원과 같은 조

가 되어 경상북도 지역의 시국강연을 다녔다.

여름이 지나면서 시국은 어수선해졌다. 1979년 10월 4일 국회에서는 공화당이 다수의 힘으로 김영삼 의원을 제명했다. 야당 당수를 제명한 것은 헌정사상 초유의 사건이고 큰 사건이었다. 박정희 대통령은 청와대로 공화당 및 유정회 의원 전원을 초대하여 만찬을 베풀었다. 그 만찬 자체가 심상치 않게 전개되는 정국 상황을 반영한 것이었다.

그때 한 유정회 의원이 "유신체제의 완성을 위해 최선을 다하자. 박정희 대통령 각하를 몸을 던져 보호하겠다"는 발언을 하였다. 흔히 있을 수 있는 권력자 앞에서의 발언이라 지나쳐 버릴 수도 있었지만, 왠지 불길한 예감이 들게 하는 발언이었다.

10월 중순, 당에서는 나를 포함한 소장파 의원들을 부산 경남 지역에 파견하여 민심을 살피는 일을 하고 있었다. 당시 마산과 부산 여러 곳에서 박정희 정권을 규탄하는 거리의 데모 현장을 볼 수 있었다. 데모는 산발적으로 일어나고 있었다. 그런 데모 현장에서 민심이 유신정권에 대해 등을 돌리고 있다는 느낌을 받았다. 그 후 얼마 되지 않아 1979년 10월 26일 드디어 중앙정보부장 김재규에 의하여 박정희 대통령을 시해하는 사건이 터졌다. 김재규는 박 대통령이 가장 신임하는 부하이자 중앙정보부장이었다는 데에 국민들의 충격은 컸다.

10·26 사태로 예측이 안 되는 정국상황에서 이미 시작된 정기국회는 평상시와 다름없이 진행되었다. 예산결산위원으로 선정되었다. 1979년 11월 28일 국회예산결산위원회에서 전체 인구의 3분의 1에 해당하는 1,200만 농업 인구들이 살아갈 대책을 집중 추궁하고 제주도의 토지문

제를 지적하였다. 당시 제주도의 개발 가능한 유휴지 6,200ha 중 3분의 2에 해당하는 4,100ha를 제주도민이 아닌 외지인들이 소유하고 있었다. 이는 1960년대부터 축산 진흥을 내걸고 10ha 이상 되는 유휴지를 초지로 조성하는 경우 사업비 전액을 융자하고 5ha 미만이면 50%의 보조에 30%의 융자를 하는 정책의 시행에서 비롯된 것이었다. 초지 조성의 효과도 미미한 상태임을 지적하면서 잘못된 정부 정책 시행으로 외지인들에 의해 제주도 '땅투기'가 조장되었음을 지적했다.

정풍운동

정풍운동의 태동

10·26 사태 이후 공화당은 구심력이 약해졌고 소장파 의원들은 그들대로 삼삼오오 모여서 시국을 걱정하고 정보를 교환하는 기회가 자연스럽게 만들어졌다. 주로 그 당시에 나는 박찬종, 오유방, 이태섭, 윤국노, 정동성 의원 등과 어울리는 기회를 많이 가졌다.

비상시국이었지만 계엄령 때문에 표면적으로는 조용했다. 국회는 정기국회 회기 중이라 여전히 진행되었고, 행정부는 최규하 대통령 권한대행 체제로 유지되어 큰 변화가 없었다. 그러나 대다수 국민들은 앞으로 어떤 정권이 들어설 것이며, 이러한 정치적인 혼란에서 민주화가 가능할지, 경제는 어떻게 될 것인지 걱정을 많이 했다.

나는 공화당은 5·16 이래 17년간 집권하여 이 나라를 이끌어 온 정당으로서 비록 당의 지도자였던 박 대통령은 시해되었지만, 되도록 혼란을 최소화하여 사회 안정과 경제 발전의 기조를 튼튼히 유지하면서 순조롭게 민주화의 길로 정치 체제가 변화되도록 하는데 책임이 크다고 인식하고 있었다.

나는 공화당이 민주화라는 미명 아래 무질서가 판치는 사회가 아니라, 풍요와 질서를 바탕으로 한 새로운 민주사회를 창조할 역사적 책임을 갖고 있다고 생각했다. 그리고 이 책임을 다하기 위해 과감한 체질 개선이 필요하며, 그것은 의원 각자의 자기반성을 통한 정치 양심 운동으로 이루어져야 한다고 생각했다. 나는 당에서 책임 있는 위치에 있지도 않았고, 공화당 당적을 가진지도 5개월에 불과하였지만, 어떻든 공화당 소속 국회의원으로서 책임감을 느끼지 않을 수 없었다.

한편 최규하 권한대행은 1979년 12월 6일 장충체육관에서 통일주체 국민회의에 의하여 10대 대통령으로 선출되었다.

7월 말부터 시작된 공화당 소장파 의원들의 모임이 계속되었다. 1979년 12월 10일경 정기국회가 끝나갈 무렵 공화당 입당 이후 의정활동을 도와준 동료의원들에 대한 감사의 뜻을 겸하여 신사동의 어느 주점으로 소장파 의원들을 초대했다. 박찬종, 오유방, 남재희, 유경현, 이태섭, 홍성우, 윤국노, 정동성 의원 등 10명이었다. 나는 그 자리에서 초청 인사를 겸하여 다음과 같이 나의 생각을 밝혔다.

박정희 대통령의 사망으로 공화당은 구심력이 약화되었고 정국의 주도적 지위에서도 한발 물러선 상태이지만, 안정을 바탕으로 한 경제성장의 기조를 유지하고, 정치체제의 변화를 통해 순조롭게 민주화가 진행되도록 할 책임이 우리 공화당에 있다. 이러한 막중한 책임을 감당하기 위해서는 당의 체

질 개선과 의원들 각자의 반성과 의식 변화가 필요하다. 우리 젊은 의원들이
이러한 변화에 앞장서야 한다고 생각한다.

　모두 같은 생각이었다. 마치 누군가가 제안하기를 기다렸다는 듯한 분
위기였다. 즉석에서 뜻을 같이하는 의원들을 더 규합하여 좋은 생각들을
모으기로 합의가 이루어졌다.

　그런데 정국은 전혀 다른 방향으로 돌아갔다. 우리가 만났던 며칠 후
인 1979년 12월 12일, 계엄사령부 합동수사본부장 전두환이 최규하 대
통령의 재가도 받지 않고 계엄사령관 정승화 등 육군 고위급 장성들을
다수 연행하고, 이어 그날 자정을 기해 중앙청, 국방부, 육군본부, 방송
사, 신문사 등 국가의 주요거점 시설을 장악하는 사태가 발생했다. 전두
환이 이끄는 군부세력이 사실상 국정을 장악하기 시작하는 출발점이었
다. 소위 전두환을 중심으로 한 신군부 정치 세력의 탄생을 알리는 사건
이었다.

정풍운동의 전개

　이렇게 정국은 급속도로 변하고 있었으나, 국회의원으로서의 역할을
손놓고 있을 수는 없었다. 그로부터 며칠 후에 소장파 의원 11명이 모여
정치 개혁에 관하여 오래도록 열띤 토론을 벌이고 나서, '정풍을 위한 5
개 항의 결의문'을 만들었다. 이 결의문에는 나를 포함하여 공화당 의원
인 박찬종, 오유방, 남재희, 이태섭, 윤국노, 정동성, 홍성우, 김수, 류경
현, 하대돈, 김상석, 김재홍, 이호종, 노인환, 설인수 등 17명이 서명했

다. 그 결의문은 다음과 같다.

첫째, 양심 있는 말을 못 하고, 행동해야 할 때 행동하지 못하고, 신념의
　　　정치가 아닌 감(感)의 정치를 앞세워 민심에 유리된 절름발이 정국
　　　을 초래한 것을 반성한다.
둘째, 박정희 대통령의 지도이념 중 훌륭한 것은 계승 발전하고, 상황변화
　　　에 따른 정치를 발전시킨다.
셋째, 모든 공직자와 여·야 정치인의 부패와 타락을 방지하고 깨끗하고
　　　명랑하며 품위 있는 정치풍토를 조성한다.
넷째, 당을 창조적으로 개혁하고 정부와의 관계에서 독자적이고 주체적
　　　인 입장을 정립한다. 여당으로 만이 아니고 야당으로서도 국민 속에
　　　뿌리박는 전천후 정당이 되기 위해 당내 민주주의를 창달하고 참신
　　　한 인사를 과감히 영입한다.
다섯째, 분열과 분파를 지양해야 하지만, 미봉적인 단합이 아니라 생명력
　　　있는 단합을 이룩하기 위해 권력의 그늘에서 부정부패하거나 정
　　　치를 빙자하여 치부하거나 도덕적으로 타락하거나 권력의 양지만
　　　을 따라가는 해바라기 정치작태는 일소되어야 한다. 이러한 사항
　　　이 현저한 사람은 당을 떠나고 그 밖의 관련자들은 당직에서 물러
　　　나야 한다.

이 결의문은 김종필 총재에게 전달되었고 중앙 일간지에 일제히 보도
되었다. 김종필 총재에게 전달하는 것은 박찬종 의원이, 언론에 공개하

는 것은 당시 당 대변인이었던 재선의 오유방 의원이 맡았다. 정풍의원들 중 박찬종, 오유방 의원만이 재선 의원이어서 자연스럽게 정풍의원들의 리더 역할을 하게 되었다.

결의문을 받은 김종필 총재의 반응은 한마디로 그러한 변화와 개혁은 바라는 바이지만 자칫 부작용이 생길 수 있으니, 지금은 자중자애하는 것이 좋겠다는 것이었다.

그리고 즉각 12월 26일 자로 당직 개편작업을 하여 정풍운동에 서명한 의원 17명 전원에게 당직을 배정했다. 정풍의원들을 달래는 작업이었다. 나에게는 환경공해분과위원장을 맡겼다. 박찬종 의원은 정책조정실장, 오유방 의원은 원내부총무, 유경현 의원은 부대변인이 되었다.

여기에서 특이한 사항은 정풍 서명의원인 이태섭 의원을 총재비서실장에 임명한 것이다. 그리고 12월 26일 의원총회에서 김종필 총재는 '앞으로 더 이상 정풍운동을 하지 말 것'을 지시함으로써 정풍운동 금지령을 내렸다.[2]

그러나 이러한 당직 안배와 총재의 지시로 중단할 정풍운동이 아니었다. 총재의 지시로 중단할 일이라면 아예 시작도 하지 않았을 것이다. 정풍운동은 자기반성 운동이며 조국의 앞날과 당의 앞날을 걱정하는 젊은 의원들의 정치양심운동이었다. 그리고 투철한 역사적 소명의식에 의한 것이었기 때문에 결코 중단할 수 없는 일이었다.

---

2 그 결과인지 이태섭 의원은 정풍 참여를 중단하였고 몇몇 정풍 서명의원들이 소극적 자세로 바뀌었다. 총재와 당 중진의원들에 의하여 회유를 당한 것으로 분석되었다. 2차 서명부터는 정풍의원이 8명으로 줄었다.

언론은 예기치 않게 야당도 아닌 여당에서 위의 지시를 따르고 이행하는데 익숙해 있는 공화당 의원들이 정풍운동을 일으킨 데 대하여 놀라는 한편 기대도 크게 가졌다. 젊은 의원들의 시의적절한 운동이라는 점에서 기대를 하면서도, 한편 과연 어느 정도 성과를 얻을 수 있을까, 혹 역풍을 받지 않을까 우려하기도 했다.

신군부의 동향 등 여러 가지 여건으로 정풍운동은 약간 자제하는 분위기로 전환되었다. 그러다가 '박정희 대통령의 100일상'이 지나면서 우리는 다시 정풍운동을 활성화시키기로 했다. 당은 정풍 5개 조항을 실천하는데 매우 미온적이었고 심지어 우리의 순수한 애당(愛黨) 의지를 폄하하고 불순한 의도로 보는 사람들이 있었다. 우리는 이러한 분위기 속에서 당직 사퇴 등의 배수진을 치고 1980년 2월 18일 정풍 제2차 결의문을 김종필 총재에게 전달했다. 2차 결의문에는 박찬종, 오유방, 정동성, 윤국노, 홍성우, 김수, 박용기 의원과 나, 8명이 서명했다.

2차 결의문의 내용은 다음과 같다.

첫째, 지난 연말의 5개항 결의의 실현을 위해 부단한 노력을 경주한다.

둘째, 공화당 창당 기념일인 2월 26일 제2 창당이념과 행동철학을 내외에 선포하라.

셋째, 당내 민주주의 창달을 위한 당헌의 민주적 개정이 이루어져야 하며 당의 모든 중요사항은 표결 등의 민주적 방법으로 결정하여 당 운영의 과두화를 지양한다.

넷째, 새로운 체제정비를 위해 가급적 조속한 시일 내에 전당대회를 개최하라.

다섯째, 범여권 내의 신당 출현을 강력히 배제한다.

여섯째, 당내 일부 인사들이 우리의 순수한 노력과 정신을 매도 격하하는 어떠한 운동도 배격한다.

일곱째, 우리는 이의 실현을 위해 당원자격을 제외한 어떠한 정치적 희생도 감수할 각오이다.

나는 김종필 총재에게 2차 결의문을 전달하면서 총재와 면담 시간을 가졌다. 김종필 총재는 그 자리에서 "당을 위한 충정을 이해한다. 내부적으로 말하는 것은 좋으나 외부적으로는 자중하기 바란다. 대선에 즈음하여 전당대회를 열어야 하는 만큼 따로 조기 전당대회를 여는 것은 여러 가지로 부담이 있다"며 조기 전당대회 개최에 대해 부정적 시각을 내비쳤다.

김종필 총재는 다음날인 2월 27일 관훈클럽 주최 토론회에서 정풍운동에 대해 다음과 같이 생각을 피력했다. "공화당이 앞으로 해야 할 일을 나는 잘 알고 있습니다. 당내에서 정풍운동을 부르짖는 소장파 의원들의 심정도 잘 압니다. 또 부정부패 등을 말끔히 닦아내고 국민에게 청신한 이미지를 부각시키는 일이 얼마나 중요한 일인지도 잘 알고 있습니다. 이러한 일은 앞으로 해 나갈 겁니다. 다만 시간의 여유가 필요합니다"라고 말하여 정풍운동에 대하여 긍정적인 입장을 보였다.[3]

3 그러나 그 후 김종필 총재는 정풍운동의 순수성에 대하여 의구심을 갖는다.

이후락의 '떡고물' 발언

1980년 3월 초순쯤이다. 정풍의원들이 모여 부정부패한 권력형 축재자 중에서 대표적인 사람들을 공개하여 출당을 추진할 것인지 토론이 벌어졌다. 나는 자칫 당의 분열을 초래할 수 있고 오해도 받을 수 있으며 외부세력에 의하여 이용당할 수 있다는 이유로 반대하였다. 결론 없이 헤어졌다. 그런데 그 며칠 후 박찬종 의원이 어느 신문기자와 통화하던 중 정풍의원들이 권력형 부정부패자로 지목하는 사람은 이후락 의원과 김진만 의원이라고 말하고 말았다. 그러나 실상은 정풍의원 8인의 모임에서 권력형 부정부패자로 출당대상자를 구체적으로 거명한 일이나 이후락, 김진만 의원을 지목한 일은, 적어도 내가 참석한 자리에서는 한 번도 없었다.

박찬종 의원의 발언은 크게 보도되었고 그로 인해 당내가 시끄러워졌다. 정풍의원들을 향한 비난의 소리도 터져 나왔다. 이후락 의원도 가만있지 않았다. 해외여행에서 귀국하자마자 1980년 3월 14일에 "떡 장사를 하다 보면 옷에 떡고물이 묻는다. 정치자금을 만지다 보면 이런저런 오해를 받을 수 있다. 정풍의원들은 JP의 홍위병이다. 옷에 떡고물을 가장 많이 묻힌 인사는 김종필 총재다. 그가 물러나야 한다"고 폭탄선언을 했다.

이후락은 정풍의원들이 권력형 부정부패자로 자기를 지목한 것은 김종필 총재의 사주에 의한 것이라고 주장하고 나선 것이다. 김 총재는 정풍의원들에게 정풍운동의 중단을 요구했다. 이후락의 주장은 터무니없는 것이었다. 이후락의 이런 주장은 평소 사이가 소원했던 김종필 총재의 힘을 약화시키려는 것이라고 판단되었지만 그 대외적 파장은 만만치 않았다.

정풍의원들은 이럴 때일수록 정상적 절차에 의하여 당의 주요 의사가 결정되는 것이 중요하다고 보고, 1980년 3월 19일 의원총회와 전당대회의 조기 소집을 요구하는 정풍 3차 결의문을 발표하고 김종필 총재에게 전달했다. 그리고 정풍의원들 전원 사무총장에게 당직 사퇴서를 제출했다.

정국은 차츰 혼란스러워지고 있었다. 조속한 민주화를 요구하는 데모가 연달아 일어났다. 야권은 이합집산을 진행하고 있었고, 새로운 군부세력의 등장을 우려하는 목소리도 나오기 시작했다. 김종필 총재는 나와 정동성 의원을 불러 제발 정풍운동을 자제해 달라고 요구했다. 군부에 정치 참여의 명분을 제공할 우려가 있다는 걱정도 실토했다. 나와 정동성 의원은 김종필 총재의 말에 동감을 표시하고 정풍의원들과 회의를 가졌다. 정풍의원들은 우리의 활동이 당내 분열과 혼란을 조성한다거나 군부의 정치개입에 빌미를 제공한다면 정풍의 취지나 의도와 관계없이 바람직한 결과가 아니라는 데에 의견을 모았다. 그리고 당분간 정풍 추진을 중단하기로 하고, 1980년 3월 24일 오전 총재에게 그 뜻을 전달하고 언론에도 그러한 우리의 입장을 밝혔다.

그런데 바로 그날 오후 이후락이 다시 중앙당사 기자실에서 15분간 기자회견을 했다. "정풍의 기준은 김종필 총재가 자신에게 겨누어지는 정풍의 방향을 돌리고 이후락을 출당시키기 위한 기준을 제시했고, 정풍의원들을 이용했다. 당의 총재가 된 것도 불법이고 당을 독재적이고 비민주적으로 운영하고 있다. 공화당의 혼란은 오로지 김종필 총재에게 그 책임이 있다"는 취지의 폭탄 발언을 하였다.

이후락의 기자회견이 있었던 다음날 1980년 3월 25일 오전 당무회의는 이후락, 임호 의원과 정풍의원 8명을 당기위원회에 회부하기로 의결하였다. 임호 의원은 1980년 2월 1일 이후 김종필 총재에게 공개서한을 보내 "김종필 총재가 공화당 총재로 있는 것이 정치 불안의 요소이며, 김 총재는 정보정치의 창시자이다. 총재가 퇴진해야 한다"고 한데 이어, "김종필 총재는 특급 부정축재자이므로 공화당 총재직에서 물러나야 한다"라고 주장했다.[4]

전날 오전에 있었던 김 총재와의 면담에서 우리는 정풍의원들에 대한 징계는 이후락, 임호 의원과 함께 처리하지 말고 별도로 징계절차를 취해 줄 것을 요구했다. 이후락, 임호 의원의 발언 등은 우리 정풍의원들이 보기에도 터무니없는 것이었기 때문이다.

그러나 당기위원회와 당무회의는 우리가 주장했던 것과는 관계없이 이후락, 임호 의원과 정풍의원들을 함께 묶어 징계했다. 이후락, 임호, 박찬종, 오유방 의원에게는 탈당 권유처분(당규상 출당조치와 다름이 없다)을 나머지 정풍의원 6명에게는 경고처분을 내렸다.

정풍의원들은 1980년 4월 2일 오전 정풍 4차 결의문을 채택하여 1971년 이후 한 번도 가져 보지 못한 전당대회를 조속한 시일 내에 개최, 민주공화당의 당헌을 민주적으로 개정하여 새 시대에 맞는 민주적 체제를

---

4 이후락, 임호 의원의 이러한 주장은 모두 사실과 다른 주장이었다.

확립해야 한다고 주장했다. 한편 나와 홍성우, 박용기 의원은 정풍의원들을 대표하여 가)김용호 원내총무를 만나 의원들에 대한 탈당 권유 처분은 사실상의 제명처분이므로 의원총회를 열어 해명의 기회를 주어야 하며, 나)소속의원 과반수의 동의가 있어야 탈당 권유 처분의 효력을 인정할 수 있다고 주장했다. 그러나 4월 7일 열린 의원총회에서 징계 당사자들에게 해명의 기회는 주어지지 않았으며, 무기명 비밀투표에 부쳐 박찬종, 오유방, 이후락, 임호 의원 등 4명에 대하여 제명을 결의했다.

정풍의원들은 이미 이러한 결과를 예견하고 있었다. 우리는 오히려 공화당 17년 역사에 처음으로 의원총회에서 표결로써 당의 중요 의사를 결정했다는 사실 자체에 보다 큰 의미를 부여했다. 이것은 바로 당내 민주화의 실현 과정이며, 국민들에게 새로운 공화당의 모습을 보여주는 계기가 되었다고 의원총회 자체에 큰 의미를 부여했던 것이다. 그리고 우리는 의원총회 결과에 무조건 승복하기로 결정했다.

KBS 인터뷰, "정풍운동은 반성운동이며 양심 운동이다"

나는 KBS TV에서 정풍운동과 관련하여 두 차례 인터뷰를 했다. 1980년 3월 22일 인터뷰에서 "민주공화당은 120만 당원을 가진 국민적 공당이고 17년간 집권한 정당으로서 작년 10·26 사태로 인한 급격한 변화에 따라 17년간의 역사를 잘 마무리할 책임과 사명이 있다"고 역설하고, "변화되는 현실에서 그 책임과 사명을 다하기 위해 그 현실에 맞게 민주공화당은 체질개선을 해야 할 것이며 그것이 바로 국민의 여망"이라고 정풍의 당위성을 주장했다. 그리고 "이제 국민으로부터 새로운 심판을 받아야 하게 된 이 현실에서 심판받는 자의 고통스러운 몸부림이 바로 정풍운동이다"고 규정하고, 앞으로의 정풍운동에 대하여 "과거에 대한 반성운동이고 양심 운동이므로 정지할 수 없으며 앞으로도 이 운동은 계속될 것임"을 명백히 밝혔다.

박찬종 의원 등에 대한 의원총회의 제명결의가 있은 직후 나는 정풍의 원들을 대표하여 다음과 같은 성명서를 발표했다.

> 10·26 사태 이후 국내 정세는 급변하고 있으며, 국민들은 새로운 체제를 원하고 있습니다. 17년간 집권하였던 국민적 공당으로서 공화당은 이러한 상황에 적응하여 17년의 집권 역사를 마무리 짓고, 가난과 무질서의 민주 회복이 아니라, 풍요와 질서의 민주회복을 창조할 책임이 있으며, 이 책임을 다하기 위하여 과감한 체질 개선이 필요하고, 그래서 정풍운동을 추진하여 왔습니다. 정풍운동은 시한성을 가진 것이 아니므로 계속되어야 합니다. 어떠한 어려움이나 시련이 있더라도 정풍은 이루어져야 합니다.

그런데 이러한 정풍운동에 대해서 훗날 다양한 정치적 배후론이 제기되기도 했다. 그 한 예는 김종필 총재의 회고담이다. 중앙일보(2015. 9. 15)가 기획 연재한 「김종필 증언록 笑以不答(소이부답) 79 신군부와 공화당」에 의하면, 김종필 총재는 "정풍파 의원들은 자발적인 윤리운동이라고 강조했다. 하지만 시간이 지나면서 나는 그 순수성을 의심하게 됐다. 박정희 대통령의 서거로 공화당은 모래성처럼 위태로운 처지였다. 한마음으로 당의 단합을 주창해야 할 시기에 정풍을 이유로 내부 분란을 일으키고 있었다. … 정풍파 의원 중 몇몇은 전두환 신군부와 끈이 닿아 있었거나 유혹을 받았다. 내 비서실장 이태섭이 훗날 전두환이 민정당을 만들 때 선두에 섰던 것만 보아도 알 수 있다"고 회고하였다. 그러나 이는 김종필 총재의 오해이다. 이태섭 의원은 민정당 창당 당시 선두에 선 일이 없으며 아무런 역할도 하지 않았다. 오히려 김종필 총재의 비서실장을 했다는 이유로 민정당 창당 작업을 하던 신군부로부터 11대 총선에서 공천 대상에서도 제외되어 있었다. 이 사실을 알게 된 내가 공천 막판에 이태섭 의원이 김종필 총재와 특별한 인연이 있어 비서실장을 했던 것은 아니라 정풍운동을 잠재우기 위해 비서실장으로 임명했던 것임을 해명함으로써 가까스로 공천을 받았다. 이태섭 의원은 정풍의원으로서도 태동 초기 모임에 몇 차례 참석했고 1차 결의문 서명에만 참여하였다. 총재 비서실장이 된 후에는 정풍운동에 관여하지 않았으며 정풍의원들의 모임에 참여하지도 않았다.

세인의 평가가 어떠하든 당시 정풍운동은 공화당 의원으로서의 양심운동이고 자기반성 운동이었다. 공당으로서 공화당이 감당해야 할 사명을 다하기 위한 몸부림이었다. 누구로부터 사주를 받은 정치적 책략에서 시작한 운동이 아니었다. 37년이 지난 오늘에도 정풍운동에 대한 후회는 없다.

격동기의 국회의원

국보위 시대, 14개월 만에 끝난 10대 국회

정풍운동은 5·18 광주사태로 인하여 더 이상 진전될 수 없는 상황이 되었다. 신군부에 의해서 국회는 문을 닫았고 정치 활동은 전면 금지되었다.

5개월가량 당의 쇄신을 위하여 정풍파 의원들은 계속 활동했다. 우리는 혼미한 정국에서 공화당이 살아남을 수 있는 길은 정풍에 있음을 확신하고 토론을 계속하였다. 토론하다가 통행금지 시간을 넘겨 집에 들어가지 못한 일도 한두 번이 아니었다. 정풍의 방향에 대해서는 강경론과 온건론으로 갈렸다. 박찬종, 오유방, 김수, 박용기 의원은 강경파였고, 윤국노, 정동성, 홍성우 의원은 항상 온건론에 속했다. 나는 대체로 온건론에 속했지만 때로는 중도적 입장을 취하여 강·온으로 대립되는 의견을 조정하는 역할을 했다. 그래서 정풍 결의문이나 성명서 등 외부 발표문은 거의 내가 작성했고 정풍의원들을 대표하여 총재를 만나거나 원내총무를 만나는 일도 하게 되었다. 서로가 심하게 의견이 대립되던 쟁점도 내가 작성한 문안을 보고는 해소되기도 했다.

1980년 5월, 국군보안사령관 겸 중앙정보부장서리 전두환의 퇴진을 주장하는 데모가 일어나기 시작했다. 정치권은 5월 20일부터 개헌 문제를 논의하기로 여·야간에 합의했다. 그런데 그 3일 전인 5월 17일 자정을 기해, 정부는 제주도를 포함한 전국으로 비상계엄을 확대하고, 정치활동의 전면 중지, 언론 출판 보도 및 방송에 대한 사전 검열, 전국 대학의 휴교 등 강경 조치를 취하였다. 전국 92개 대학과 국회의사당, 공화당사, 신민당사 등에 계엄군을 배치하여 출입을 통제하였으며, 데모 주동자에 대한 체포가 시작되었다. 이러한 사태로 정풍운동도 더 이상 진전

될 수 없게 되었다. 이렇게 하여 나의 첫 국회의원 활동도 10대 국회 개원 1년 2개월 만에 정상적 의정활동은 불가능하게 되었다.

5월 18일 전남 광주 지역에서 대학생들과 시민들의 격렬한 시위가 벌어졌다. 무장 계엄군이 출동하여 시위 군중과 대치하다가 결국 무력으로 시위를 진압함으로 유혈사태가 발생했다. 이러한 일련의 사태 끝에 신군부는 1980년 5월 27일 국무회의의 의결로 국가보위비상대책위원회 설치령을 제정하고, 5월 31일 국가보위비상대책위원회(약칭 국보위)를 설치하였다. 국보위 내에 상임위원회를 두고 전두환 보안사령관이 위원장이 되었다.

당시 상임위원회는 거의 무소불위의 권한을 행사하는 실질적인 국가 최고 통치기구의 역할을 하였다. 이러한 상황에서 최규하 대통령은 명목상의 대통령이었고, 신군부가 정권을 장악할 것이 확실시되었다. 결국 최규하 대통령은 하야하였으며, 전두환 국보위 상임위원장이 1980년 8월 27일 통일주체국민회의에서 제11대 대통령으로 선출되고 9월 1일 취임하였다.

신군부 정당에 참여할 것인가?

비상계엄의 확대 실시, 정치 활동의 전면 중지, 5·18 광주사태(광주민주항쟁), 국보위 설치 등 일련의 정국 현황을 지켜보면서, 나는 1980년 7월경 전두환 국보위상임위원장이 이끄는 신군부가 정치 전면에 등장하여 참신한 정치를 명분으로 새로운 정당을 만들 것이라고 판단했다. 그리고 그들이 만든 신당에는 젊은 초선 의원들을 대거 참여시킬 것이라고 예측했다. 나도 그 대상에 포함될 것이라고 예상했다. 그렇다면 나는 신군부가 주도하는 정치판에 참여해야 할 것인가? 신군부가 이끄는 정치에의 참여는 나의 정치적 진로를 판가름하는 중대한 기로가 된다고 생각했다. 쉽게 결론을 얻을 수 없었다. 한국의 정치 현장을 떠나 생각해 보기로 했다. 그래서 1980년 7월 15일 일본으로 건너갔다.

그런데 7월 하순쯤에 김용해 비서관으로부터 한 통의 전화를 받았다. 중앙정보부의 이종찬 씨로부터 전화가 와서 일본 출장 중이라고 했더니 귀국하는 대로 전화해 주기를 원했다고 한다. 나쁜 일은 아니라는 것이었다. 신당 참여를 요청하려는 것이라고 짐작했다. 이종찬 씨는 내가 일본에 체류하고 있는 동안에 다시 전화를 걸어 귀국하는 대로 전화해 달라는 부탁을 남겼다.

8월 15일 귀국하여 이종찬 씨의 요청으로 이틀 후에 서울시청 앞 플라자 호텔에서 만났다. 그 자리에 보안사령부의 이상연 대령도 동석했다. 이종찬 과장[5]이나 이상연 대령 두 사람 모두 첫 만남이었다. 첫인상이 성실하고 진실해 보였고 술수를 쓸 사람으로 보이지는 않았다.

이종찬 과장이 먼저 말을 꺼냈다.

"군부는 참신한 인재들을 규합하여 새로운 시대를 열어 갈 새로운 정당을 만들려고 합니다. 국민들로부터 지탄의 대상이 되는 구태 정치인들의 참여를 배제할 것입니다. 부정부패한 정치, 권모술수의 정치를 일소할 것입니다. 같이 참여하여 제주도 조직을 맡아 주시기 바랍니다."

---

5 이종찬 씨는 당시 김용해 비서관과의 통화에서 중앙정보부 총무과장이라고 신분을 밝혔다고 들었다.

이종찬 과장은 단도직입적으로 참여를 권하였다.

"나는 정치를 그만하려고 합니다. 나는 3대 독자로서 부모님을 잘 모셔야 할 처지입니다. 가정적으로 정치를 계속할 형편이 못 됩니다. 그리고 막상 정치를 해보니 나는 정치할 성격이 못됨을 알았습니다. 그래서 정치를 그만두려고 하니, 다른 사람을 찾아보십시오."

미리 생각해둔 말이 아닌데 그 자리에서 이렇게 내 입장을 분명히 말해 버렸다.

5·18 이후의 사태 진전을 보면서 나의 마음에 신군부가 주도하는 새로운 정당에 대해 부정적 시각이 이미 형성되어 있었던 것 같다.

"새로운 시대를 열어갈 정당에 참여할 인물은 참신하고 때 묻지 않은 사람이어야 합니다. 제주도를 맡아주실 최적임자는 변 의원이십니다. 변 의원밖에 없습니다. 정치 그만둔다 하시지 말고 재고해 주십시오."

이종찬은 계속 내게 참여를 요청했다.

"정치는 현실인데 나는 공화당에 입당했기 때문에 선거구민들로부터 인기를 잃었습니다. 확실히 당선될 사람으로 선정해야 하지 않습니까? 양정규 의원이 인기가 좋습니다. 별다른 흠도 없으니 양정규 의원에게 권유해 보십시오."

나는 당선 가능성을 구실삼아 사양하면서 양정규 의원을 추천했다. 그러나 그들은 신당에 적합한 사람이 아니라는 말로 일축했다.

그래서 나는 또 다른 한 분으로 서울대학교 상과대학의 김 모 교수를 추천했다.

"그 사람을 잘 압니다. 그분이야말로 정치할 성격이 전혀 아닙니다.

정치 안 하신다는 말 그만하시고 지역구의 참모들과 의논이라도 해 보십시오."

이종찬 씨의 대답이었다.

그날 나는 이종찬의 요청으로 법조인 중에서 정치 성향이 있는 몇 분을 추천했다. 나중에 보니, 그들 대부분이 11대 선거에서 여·야의 공천을 받았다. 박찬종, 오유방 의원도 신당에 참여하기로 했다고 들었다. 신당 창당 실무 핵심 실세들과의 첫 만남은 이렇게 끝났다.

참모들의 생각

8월 20일경 10대 총선에서 나의 당선을 주도했던 핵심참모들과 친구들을 그룹별로 나누어 만나서, 신군부가 주도하는 신당에 참여할 것인지 의논했다.

"신군부가 계엄령을 확대하여 모든 정치 활동을 중단시켰다. 국회의원들의 국회 출입은 물론 의원회관 출입마저 못 하게 하고 있고, 언론을 통제하는 등 반민주적 행태를 보이고 있다. 이러한 일련의 상황을 볼 때 신군부가 만드는 신당은 국민의 여망과는 거리가 먼 정치를 할 것 같다. 국민들은 대통령을 직접 국민의 손으로 선출하고 싶어 한다. 그렇게 해서 정상적인 민주방식에 의한 선거에 의해 정권 교체가 이루어져야 진정한 민주정치가 실현되는 것이다. 그런데 신군부가 그렇게 하겠는가? 전혀 기대할 수 없다. 민주주의에 대한 국민 여망을 저버리는 정치를 할 텐데, 그러한 정당에 들러리로 참여하는 것이 과연 가야 할 길인가? 나는 지난번 민주공화당에 입당함으로 지역구민을 실망하게 했는데, 또다시 신당에 참여하여 지역구민의 기대를 저버리고 싶지 않다."

나는 솔직하게 내 심정을 털어놓았다.

그러면 모두들 내 생각을 이해해 주리라고 생각했다. 그런데 참모들과 친구들의 생각은 전혀 달랐다. 그들은 명분보다는 현실이었다.

"변 의원에 대해 제주도민들이 갖는 기대는 크다. 그 기대를 저버리고 제주도민들을 실망시킬 것인가. 어렵게 국회의원이 되었는데 정치인으로서 제대로 활동도 못 해보고 그만둘 것인가. 신군부가 만드는 정당이 부정부패를 일소하고 사회 정화에 노력을 기울인다면 참여하지 말아야 할 이유도 없지 않은가. 군부 정당의 출현은 국운으로 생각해야 한다. 다시 국회의원이 되어야 명예를 회복할 기회도 온다. 따라서 정치는 계속해야 하고 계속하려면 신당에 참여해야 한다. 이 상황에서 신당 참여를 안 한다는 것은 정치를 그만두는 것이다. 지나치게 순진한 생각이다. 따질 것 없다. 무조건 참여해라."

전혀 생각하지 못한 조언이었다.

나는 그들의 권유도 일리 있다고는 생각되었으나 결정할 수 없었다. 그들의 생각만 경청하고 결론은 유보했다.

신당 참여 결정

나는 결국 신당에 참여하기로 결정했다. 우연한 일이었다.

1980년 9월 말경이었다. 신당 참여 여부를 놓고 결정을 못 하고 있었는데 청와대 민정비서관으로 있는 친구를 우연히 만났다. 청와대에서 신당의 시·도 책임자 선정에 관하여 논의할 때마다 이종찬 의원이 적극 나를 추천한다면서, 이종찬과 내가 어떤 관계냐고 묻는 것이었다. 아무런 관계도 없다고 했는데도 믿지 않는 것 같았다. 이종찬 의원은 나에 대해서 호의적이고 적극적이라는 것이다. 이종찬 씨에게는 신당에 참여하려고 줄을 대는 사람들도 많았는데 신당참여를 고사하는 내가 오히려 돋보였던 것 같다. 이종찬 씨에게 고마운 생각이 들었다.

정풍운동을 같이 했던 박찬종·오유방 의원도 참여한다는 것이다. 그들은 내게 신당 참여를 권유하기까지 했다. 정동성 의원도 참여하는 것으로 확인됐다. 차츰 마음이 움직였다. 신당이 전적으로 국민 여망에 부응하는 정당이 되지 않더라도, 제주도의 발전을 위해서는 참여하는 것이 큰 도움이 된다는 주변의 권유 이유도 정치인으로서는 외면할 수 없었다. 명분은 뒤로 밀어두고 현실을 택하기로 하고 신당 참여 결심을 이종찬 의원에게 알렸다. 1980년 10월 초순의 일이었다.

그해 10월 중순쯤부터는 당명과 당의 주요 정강 정책 결정에 관여했다. 공천 과정에서 이태섭, 홍성우, 윤국노 의원 등이 오해로 인해서 공천대상에서 제외되어 있는 것을 내가 적극 해명하여 결국 공천을 받게 되었다.

11대 대통령으로 취임한 전두환 대통령은 정부의 헌법개정심의위원회 심의를 거쳐 1980년 9월 29일 헌법개정안을 공고하였다. 헌법개정안은 1980년 10월 22일 국민투표로 확정되고 10월 27일 공포함으로써 소위 제5 공화국 헌법이 시행되었다. 이 개정 헌법 부칙에 의하여 국회 및 기존 정당은 모두 해산되고 국회를 대신하여 입법 기능을 담당할 국가보위입법회의가 발족되었다. 그런데 이 국가보위입법회의가 문제가 되었다. 국가보위입법회의는 정치풍토쇄신특별조치법, 언론기본법의 제정 등 각종 입법을 통하여 11대 국회가 구성될 때까지 166일 동안에 189건의 법안을 가결하였는데, 유신체제의 붕괴에 뒤이은 민주화의 요구와는 거리가 먼 법안들이 많았다. 그중 정치풍토쇄신특별법은 대통령 산하에 두는 정치쇄신위원회가 1968년 8월 16일 이후 정치·사회적 부패나 혼란에 현저한 책임이 있다고 인정되는 자를 정치 활동 피규제자로 정하여 공고하고, 피규제자로 공고된 자는 정치쇄신위원회에 적격 심사 청구를 할 수 있으며, 정치쇄신위원회가 내린 적격 심사 결과는 대통령의 확인으로 확정되는 적격 판정을 받을 수 있도록 하되, 부적격자로 확정된 자는 1988년 6월 30일까지 정치 활동을 할 수 없게 되었다. 국민의 참정권을 불공정하게 제한하는 법률이었다.

나도 이 법에 의해서 정치 활동 피규제자로 공고되었다. 참으로 불쾌하고 어처구니없는 일이었다. 차라리 정치 활동 적격 심사 청구를 포기하고 정치를 그만둘까 하는 생각도 들었다. 정풍의원들과 모임을 가졌다. 신당 참여는 별도로 생각하고 일단 적격 판정은 받자는데 의견이 모아졌다. 이종찬 의원도 "적격 심사 청구를 해 달라"는 전화가 왔다. 그런데 후일 확인해 보니 오유방 의원은 적격 심사 청구를 포기하여 스스로 정치 활동 피규제자가 되는 길을 택했다. '오유방다운 처신'이었다.[6] 박찬종 의원은 적격 심사 청구를 하여 적격판정을 받았으나 민주정의당을 뿌리치고 무소속으로 출마하여 당선되었다.

6 오유방 의원은 군 법무관 제대 후에도 다른 사람들과 달리 판사나 검사를 지망하지 않고 바로 변호사의 길을 선택했다.

서귀포 시 승격과 제주대학의 종합대학 승격

내가 민주정의당에 입당한 것은 제주도의 현안문제를 해결한다는 것이 큰 이유 중의 하나였다. 주요 현안문제 중의 하나가 서귀읍의 시 승격이었다. 이 일은 서귀읍민들만이 아니라, 그 인근 남원 중문 주민들의 숙원이기도 했다. 지역의 균형발전에 도움이 되기 때문이다.

5·18 사태(광주민주항쟁) 이후 계엄령의 확대로 정치 활동이 금지된 상황에서도 국회의원의 신분은 그대로 유지되고 있었으므로, 우선 서귀읍과 중문면을 단일 통화권으로 묶는 작업을 먼저 하였다. 서귀포 시 승격의 기반을 조성하는데 단일 통화권은 의미가 있기 때문이다. 전국에서 두 번째로 서귀읍과 중문면이 단일통화 광역화 지역이 되었다.

민주정의당에 참여하면서도 제주도 발전을 위한 사업으로 서귀읍의 시 승격과 제주대학의 종합대학교 승격을 약속받았고, 이 약속은 11대 총선에서 공약으로 제시되었다. 비록 낙선했지만 공약대로 이행되어 서귀포 시 승격과 제주대학의 종합대학교 승격도 이루어졌다.

5·18 사태(광주민주항쟁) 이전 국회가 문을 닫기 전에 나는 교통부 주재로 제주도청에서 제주관광개발단 전체회의를 열어 중문관광단지 토지수용 보상금의 인상 문제와 제주도 관광개발을 심도 있게 논의하였다. 모슬포 운진항의 개발계획도 마련하였다. 이러한 일들은 상임위원회를 교통체신분과위원회로 선택했기 때문에 가능했던 일이다. 1980년 세계적인 석유파동으로 항공요금이 인상되었는데, 서울~제주 간 항공요금 인상이 다른 노선에 비해 과다한 것을 시정하기도 했다.

제4장

–

시련을 통해 배운
한국 정치

11대 국회의원 총선에 낙선

1980년 12월 27일, 민주정의당 제주도지구당 창당대회를 열어 지구당을 창당하고 과거의 무소속 선거 조직에서 여당의 선거 조직으로 전환하는 작업을 했다. 정당 경험이 짧고 공공 조직에 익숙하지 않은 나로서는 어려운 일이었다. 특히 법조인 생활로 일관해 왔고, 10대 국회에서 공화당 의원으로 활동했었으나, 그나마 10 · 26 사태, 5 · 17 등의 정치적 격변기여서 여당 조직의 생태에 익숙하지 못했다. 나름대로 기존 무소속 조직과 새로 영입한 인사들로 조직을 만들었으나 다양한 조직 구성원 간에 조화를 이루지 못했다. 이 때문에 선거 기간 중 실효성 있는 조직 가동을 할 수 없었다.

1981년 2월경 선거 준비로 바쁘게 지낼 때였다. 청와대의 실세 수석비서관이 내려와서 면담한 일이 있었다. 그는 선거에 도움이 되게 대통령 각하를 제주에 다녀가시도록 하겠다고 말했다. 나는 대통령께서 오실 필요가 없다고 사양했다. 대통령의 힘에 기대지 않고 나 스스로의 노력으로 당선되고 싶었기 때문이었다. 그래야만 진정한 제주도민의 국회의원이 된다고 생각했다. 아울러 국회의원으로서의 입지도 강화될 것이라고 생각했다. 그런데 결국 1981년 3월 25일 실시된 국회의원 선거에서 1,500여 표차로 낙선되었다.

지금 생각해보면 참으로 순진했고 정치를 제대로 몰랐던 때문이었다. 만약 당시 대통령이 제주도에 다녀갔다면 공무원 조직 등 전통적 여당표의 이탈은 없었을 것이고 나는 당선되었을 것이다. 큰 실수였다.

당시 전국 92개 선거구에 민정당은 92명을 공천하였는데 90명이 당선되고 2명이 낙선했다. 그 2명의 낙선자 중에 내가 포함된 것이었다. 수치스럽기도 하고 당에 빚을 졌다는 기분도 들었다. 39세의 나이에 3년 만에 두 번 선거를 치러 한 번 당선, 한 번 낙선을 경험한 것이다. 열정과 실력과 패기로 살아온 나에게 낙선이란 쓴 잔은 감당하기 어려웠다. 배신의 쓰라림도 맛보았지만 모든 것이 나의 부족함 때문이었다.

선거 직후 중앙당을 방문했더니 사무차장이 나에게 지구당위원장 사퇴서를 제출해달라고 했다. 서슴없이 즉석에서 사퇴서를 작성해 제출했다. 그리고 정무장관 보좌관을 방문했다. 민정당 참여와 창당 과정에서 수차 접촉했던 이상연 씨가 차관급인 정무장관 보좌관이었다. 그동안의 배려에 감사하다는 인사를 하고서 지구당위원장 사퇴서를 제출했다고 말했다. 그 말을 듣고 그는 깜짝 놀라면서 "왜 지구당위원장을 사퇴했느냐? 사퇴하는 게 아니다"라고 말하면서 수리되지 않도록 해야겠다며 바로 중앙당에 확인하는 것이었다. 하지만 확인한 결과 이미 처리되어 있었다. 그는 지구당위원장 사퇴를 매우 안타까워 했다. 나는 이상연 씨의 태도에서 고마움을 느꼈다.

지구당위원장 사퇴는 나의 정치 경험 부족이 저지른 또 하나의 실수였다. 정당정치에서 지구당위원장이 얼마나 중요한 것인지 몰랐던 것이다. 후일 11대 선거에서 당선된 현경대 의원이 지구당위원장이 되었다.

제주도 야구협회장

1981년 5월, 그동안 휴업했던 변호사 사무실을 제주시 광양로터리에 마련했다. 예전처럼 사건 의뢰자들이 많이 찾아주었다. 비록 낙선했지만 나에 대한 제주도민의 신뢰는 여전한 것 같았다. 변호사로서 열심히 일했다. 1년쯤 지나자 선거로 생긴 채무도 정리되고 경제적 안정도 되찾았다.

1982년을 맞으면서 우리나라에 프로야구가 탄생하였고 야구 붐이 일기 시작했다. 후배들이 찾아와 제주도야구협회 회장을 맡아 야구협회를 재건해 달라고 간청했다. 야구에 대해서는 전혀 아는 바 없었으나 야구의 불모지인 제주에 야구의 불씨를 심을 수 있다면 의미 있는 일이라고 생각되었다. 마침 10대 국회의원 시절 합동통신 사회부장으로서 자주 만나고 종종 자문도 받았던 박용민 씨가 프로야구 OB 베어스를 창단하고 초대 단장으로 일하고 있었다. 박 단장을 만나 제주도 야구 발전에 도움을 줄 수 있는지 타진했다. 박 단장은 학교 야구팀 창단 등 적극적인 지원을 흔쾌히 약속해 주었다. 그래서 1982년 3월 야구협회 회장을 맡아 1985년 5월까지 봉사했다.

OB 베어스 후원으로 제주북교 야구부 창단(뒷줄 좌측에서 네 번째 박용민 단장, 다섯 번째 필자)

박용민 단장

첫해에는 OB 베어스의 협찬을 받아 그 구단 소속인 프로야구 원년 홈런왕 김우열 선수와 22연승의 경이적인 기록을 세운 투수 왕 박철순 선수를 초청하여 제주시 광양국민학교와 서귀북국민학교에서 1982년 8월 15일부터 19일까지 어린이 야구교실을 열어 어린이들을 지도했다.

다음 해에는 MBC 청룡의 이광환 코치와 이해창, 신언호 선수 등을 초청하여 어린이 야구교실을 열었고, 각 학교 야구팀에 야구용품 등을 기증했다.

그리고 제주일고, 서귀중학교, 제주제일중학교와 몇몇 국민학교에서 야구팀을 창단했다. 모두 박용민 단장의 도움이었다. 그리고 매해 종별 야구대회를 열었다.

국민학교 및 중학교의 전국대회에 제주팀이 참가하는 경우 OB 베어스가 김포공항에서 연습장 및 숙소까지 차량 편을 제공해주고, 이천에 있는 OB 베어스의 연습구장에서 연습할 수 있도록 배려해 주었다. OB 베어스의 도움으로 서귀북국민학교는 서울에서 열리는 전국대회에 3회 출전할 수 있었다.

또 1984년에 전국체육대회가 제주도에서 열리면서 정규 야구장이 마련되었다. 그래서 1984년에는 프로야구 정규리그 OB 베어스와 롯데 자이언츠, 삼성 라이온즈와 해태 타이거즈의 게임을 제주 야구장으로 유치했다. 프로야구 정규리그전은 1986년까지 제주 야구장에서 열렸다. 프로야구 연고지가 아닌 곳에서 프로야구 정규리그 게임이 열린 것은 전무후무한 일일 것이다.

제주도에 야구장이 생긴 이후에 LA 올림픽에 출전하는 한국대표팀과

한국대학야구대회 우승팀 한양대학교의 친선경기를 가졌다. 첫 홈런타자는 국가대표 김용국 선수였다. 선동열, 박노준 선수 등도 출전했다. 제주도 야구협회의 주관으로 일본의 긴끼대학과 한양대학교 초청 친선경기도 제주에서 치렀다. 참으로 다채로운 행사로 야구 붐을 일으키려고 노력했다. 그 결과로 당시 초·중학교 선수 중에 여러 명이 프로야구 선수와 대학선수로 진출했다. 1984년 7월에는 제27회 체육부 장관기 전국 중학 야구대회를 제주에 유치했다. 1983년도에는 한국야구연맹의 민준기 심판위원장을 초청하여 2박 3일간 농민교육원에서 합숙하며 야구협회 임원 등 30여 명을 대상으로 심판 및 지도자 강습을 실시했다. 그래서 나도 대한야구협회 공인 심판이 되었다.

그러한 노력의 결과로 현재도 제주도 아마 야구는 상당히 활성화되었고 사회인 야구도 매우 활발하여 일본, 중국 등과의 국제적인 친선경기도 자주 갖고 있다.

그러한 OB 베어스의 도움에 감사하는 마음으로 나는 지금도 베어스의 팬이다. 베어스팀이 존재하는 한 베어스의 팬으로 남을 것이다.

다시 낙선

12대 총선 출마

12대 총선이 가까워지면서 출마 문제로 주변에서 찬반양론이 벌어졌다. 대체로 한 번쯤 쉬는 것이 좋겠다는 의견이 우세했다. 민정당은 무소속으로 당선된 현경대 의원을 입당시켰으니 현경대 의원을 공천해야 할 것이므로 내가 출마하려면 민정당을 탈당하고 무소속으로 출마해야 했다. 당시의 선거풍토로 보아 몇 년 사이에 연속 출마한다는 것이 재정적으로도 상당히 힘든 일이었다. 12대 총선을 건너뛰고 13대 선거에 출마하더라도 내 나이는 50도 안 된다. 가장 큰 고민은 창당의 주역인 내가 민정당을 탈당해야 한다는 것이었다.

출마하는 경우에 대비하여, 미리 1984년 8월경 민정당 창당 과정에서 접촉했던 권정달 사무총장, 이종찬 원내총무, 이상연 서울특별시 부시장 등을 만나, 1985년도의 12대 총선에서 민정당 후보로는 현경대 의원을 공천할 수밖에 없을 것이므로 내가 출마할 경우에는 탈당할 수밖에 없겠다는 입장을 밝혀 두었다. 이 과정에서 당시 서울시 부시장실에서 만난 이상연 부시장이 나에게 한 말은 지금도 기억에 남아있다.

"아직 나이가 마흔다섯도 되지 않았는데 뭘 그리 급하게 서두르십니까? 만약 공천을 못 받으면 한 번쯤 쉬어도 되지 않습니까? 변 의원을 기억하는 사람들이 많습니다. 기다리고 있으면 다음 기회도 있고, 또 달리 좋은 일이 있을 수도 있지 않겠습니까? 느긋하게 기다려 보십시오."

진정으로 말하는 것이었다.

그 말이 가슴에 와 닿았고 고마웠다. 당시 내 나이 마흔둘이었으니 기다려도 된다. 인생이 서두른다고 성공하는 것은 아니다. 다 때와 기회가 있다. 무리하는 것은 정도가 아니다. 무소속으로 출마하기 위해서 창당 과정에 깊이 참여했던 내가 민정당을 탈당을 해야 하나?

그러나 고민 끝에 결국 출마를 결심했다. 어렵게 결심한 만큼 나의 모든 것을 다 바쳐 치열한 선거전을 치렀다. 결과는 1,130표차로 낙선했다. 전국에서 두 번째 근소한 표차의 낙선이었다. 양정규 의원과 현경대

의원이 당선되었다.

민정당 전국구 공천?

12대 총선을 약 50일가량 앞둔 1984년 12월 20일경이었다. 무소속 출마를 준비하고 있을 때였다. 정보기관의 중간 간부로부터 전화를 받았다.

"민정당 전국구 공천대상자로 결정되었습니다. 축하합니다."

생각지도 않았던 일이라 전혀 믿어지지 않았다.

"그럴 리가 있나요? 만약 그런 일이 있다면 나에게 먼저 연락이 있었겠죠. 아무런 연락을 받은 바 없습니다. 잘못 아신 것 같습니다."

그 정도로 하고 지나쳐 버렸다. 그 후로 전국구 공천과 관련하여 누구로부터 어떤 연락도 받은 바 없었다. 선거 때면 헛 정보도 많이 돌기 때문에 헛 정보일 것이라고 생각하고 더 이상 염두에 두지 않았다. 그래서 나는 당을 탈당하고 무소속으로 출마했다.

12대 총선에서 낙선한 후에 우연히 제주 시내 호텔에서 홍성우 의원을 만났다. 정풍운동의 동지인 홍 의원은 3선 의원이 되어 있었다. 그는 나를 보자마자, "변 의원 무슨 처신을 그렇게 합니까?"라고 사뭇 핀잔 조로 말했다.

"내가 어떻게 처신했는데 그래요? 도대체 무슨 말인데…?"

나도 의외라 반문했다.

홍성우 의원의 말은 이러했다.

12대 총선이 끝난 후 전두환 대통령이 소장파 당선자들을 만찬에 초대한 일이 있었는데 만찬석상에서 "제주도 변정일은 참 이상한 사람이오.

내가 전국구 공천을 했는데 그 사람 그걸 마다하고 탈당하여 무소속으로 출마하더니 결국 낙선하더라고요. 사람의 호의도 무시하고 이해가 안 되는 사람이야."

그렇게 말했다는 것이다. 그러면서 전두환 대통령은 의리 있는 사람이더라는 말도 덧붙였다.

나는 홍 의원의 말에도 반신반의했다. 그런데 9년이 지나 1994년 정기국회 때 김기배 내무위원장이 12대 총선 전국구 공천에 관해 홍성우 의원이 말한 내용 그대로 반복했다. 전국구 공천까지 뿌리치고 지역구로 출마하는 변정일이란 사람은 성격이 매우 괴팍한 사람일 것이라고 생각했다는 말까지 덧붙였다. 김기배 의원의 말을 듣고 나서야 나는 12대 총선 당시 전국구 공천 대상자로 포함되었었다는 말을 믿게 되었다. 누군가 내가 전국구로 다시 국회의원이 되는 것을 방해한 사람이 있었던 것일까? 서둘지 말고 기다리라고 하던 이상연 서울시 부시장의 말이 새삼 떠올랐다.

1984년 12월 정보기관에서 알려준 말을 어렵지 않게 확인할 수도 있었는데 그대로 흘려버렸던 것은 또 한 번의 큰 실수였다.

다시 민정당으로

12대 총선 후유증이 워낙 컸던 나는 13대 총선은 출마하지 않고 일단 건너뛰기로 결심을 했다. 한 번쯤은 쉬면서 힘을 키워야 하겠다는 생각이었다. 그래서 변호사 업무에만 열중하고 있었지만 정치 상황은 계속 변하고 있었다. 전두환 대통령 체제에 대한 저항, 민주화의 요구 등 크고 작은 시위들이 계속되었다. 1987년에 들어와서 시국은 더욱 혼란스러웠고, 뭔가 새로운 변화가 일어날 것 같은 증후들이 여기저기서 나타났다. 그해 1월 4일에 박종철 고문치사 사건이 세상에 알려졌고, 4월 13일에는 전두환 대통령이 호헌선언을 했고, 여기저기에서 데모는 더욱 과격해졌다. 6월 9일 시위 중이던 연세대 이한열 군이 최루탄에 맞아 사망하는 사건이 일어났다. 이러한 사건으로 전국적으로 시위는 확산되었고, 정국은 걷잡을 수 없이 혼란 속으로 빠져들었다. 결국 그해 6월 29일에 노태우 민정당 대표최고위원이 6·29 선언을 하고, 뒤이어 우리나라 역사상 최초로 여·야의 합의에 의해 만들어진 대통령의 직선 등을 골자로 하는 9차 개헌안이 10월 27일 국민투표를 거쳐 통과됐다. 현재의 헌법이 그렇게 제정되었다. 2017년 10월로 30주년을 맞이하는 이 헌법은 제왕적 대통령제 등 개정에 관한 여론이 일고 있지만 우리나라 최장수 헌법으로서의 위치를 지키고 있다.

그해 12월 16일에 제13대 대통령 선거를 앞두고 정계 개편이 이뤄지기 시작했다. 제일 먼저 야당인 통일민주당은 김대중 계열의 국회의원들이 대거 탈당하여 11월에 평화민주당을 창당하여 김대중을 대통령 후보로 내세웠다. 김종필은 예전 민주공화당 계열의 인사들과 한국국민당 소속의원 중 민주공화당 계열의 국회의원들을 대거 흡수하여 신민주공화당을 창당하였다. 그래서 대통령 선거는 민정당의 노태우, 통일민주당의 김영삼, 평화민주당의 김대중과 신민주공화당의 김종필 등 4파전 구도로 짜여졌다.

12대 총선을 앞두고 탈당한 나는 변호사 업무에만 전념하면서 정국을

관망하고 있었다. 그런데 청와대 김윤환 정무수석 비서관으로부터[1] 수차 만나자는 연락이 왔다. 1987년 11월 초순쯤 김윤환 정무수석 비서관을 만났다. 민정당에 입당하여 대통령 선거를 도와달라는 것이었다.

"대통령 선거가 끝나면 13대 총선도 실시합니다. 소선거구제로 할 것인데, 제주도는 제주시, 서귀포시, 북제주군, 남제주군 등 4개 선거구로 치르게 되니까 이번 총선에 민정당 후보로 출마해 주시오."

총선 출마까지 거들었다. 4개의 소선거구로 선거를 치른다면 굳이 불출마를 고집할 이유가 없었다. 남제주군이 별도의 선거구로 확정된다면 재정적으로도 부담이 덜 될 것이고 누구와 상대해도 자신이 있었기 때문이었다. 그래서 지역구의 선거참모들과 협의를 거친 후 민정당에 입당하였다. 그리고 대통령 선거에 남제주군 지역을 맡아 노태우 후보의 대통령 당선을 위한 선거캠페인에 참여했다. 결국 노태우 민정당 후보가 대통령에 당선되었고, 제주도의 4개 시·군 중에서 남제주군이 가장 높은 득표율을 기록했다.

이제는 13대 총선을 위해서 준비해야 했다.

13대 총선 공천탈락

의외의 일

지역구 조정 과정에서 서귀포시와 남제주군이 하나의 선거구가 되었다. 공천발표 3일 전 중앙당이 나를 서귀포·남제주 지역구의 공천자로

---

1 10대 국회 당시 김윤환 의원은 유정회 의원으로서 같은 시기에 의정활동을 하여 서로 알고 있었다.

결정했다면서 나를 공천후보로 하는 중앙당 당보제작에 참여하도록 연락이 왔다. 나의 공천은 기정사실로 되어 있었다. 그런데 공천 당일 아침 조간신문에 보도된 공천자는 내가 아니라 나의 서울법대 동기생인 강지순이었다. 즉각 중앙당으로 확인한바 신문보도가 사실이었다. 나는 즉시 상경해 중앙당 사무총장실을 방문해서 공천탈락의 이유를 따졌다. 당시 사무총장 심명보 의원은 당에서는 공천 발표 전날 나를 공천자로 최종 확정하여 당 총재에게 결재를 올렸는데 청와대에서 무슨 영문인지 바뀌었다는 것이다. 그러면서 짐작 가는 일이라도 있느냐고 오히려 나에게 물어보는 것이었다. 몇 군데 공천이 바뀌어 이번 선거의 결과가 좋지 않을 듯하다는 말도 덧붙였다. 나를 공천에서 탈락시킨 공천뒤집기는 당시 세도가 당당했던 6공의 황태자라던 박철언의 작품이라는 후문이었다.

나로서는 참으로 기가 막힐 일이 아닐 수 없었다. 공천을 약속했던 김윤환 정무장관에게[2] 항의하고, 13대 총선에는 출마하지 않기로 입장을 정리했다. 불과 몇 달 전 민정당에 입당했다가 공천탈락을 당했다는 이유로 다시 탈당하여 출마하는 것은 아무래도 모양이 안 좋을 뿐만 아니라 내가 취할 태도도 아니라는 생각이 들었기 때문이다. 나의 정치 인생에 오점이 될 수 있다는 생각도 들었다.

"제주시 선거구에서 출마하시죠!"

선거 기간 중 제주에 있는 것이 불편할 듯하여 선거구를 떠나 서울에

---

2 대통령 선거 후 김윤환 정무수석 비서관은 정무장관이 되었다.

서 지내고 있었다. 어느 날 신민주공화당의 사무총장 김효영 의원의 연락을 받고 뉴월드호텔 커피숍에서 만났다.

"변 의원, 김종필 총재께서 변 의원을 만나고 싶어 합니다. 만나시지요."

나는 전혀 예상하지 못한 말이었다.

"김 총재님이 왜 나를 만나자는 것입니까?"

나는 의아해서 되물었다.

"우리 신민주공화당 공천으로 제주시 선거구에서 출마하시죠. 우리 당에서 조사한 바로는 변 의원이 제주시 선거구에서 출마하면 반드시 당선되겠다는 여론입니다. 여론이 아주 동정적이고 좋습니다."

"저는 이번 총선에는 출마하지 않기로 결심했습니다. 고마운 말씀이지만 김 총재님을 만나지 않겠습니다. 오해 없도록 잘 말씀드려 주십시오."

나는 단호하게 거절했다.

"신민주공화당에서 공천만이 아니고 선거자금도 넉넉하게 제공할 것입니다. 한번 해 봅시다."

김효영 사무총장은 적지 않은 정치자금도 제시했다. 그러나 나는 거절했다.

민정당이 당연히 공천해야 할 나를 버린 것은 나를 배신한 것이다. 그렇다고 탈당하여 다른 당의 공천을 받아 출마한다는 것도 정치인으로서는 정도가 아니다. 더구나 고등학교, 대학, 사법시험에 육군보병학교까지 동기 동창인 현경대 의원이 공천받은 제주시 선거구로 출마한다는 것은 아무리 11, 12대 총선에서 혈전을 벌인 사이라 하더라도 정치인으로서 정도가 아니라고 결단을 내렸다.

마침 고등학교 동창생인 오사카의 김수옥, 요코하마의 김강우로부터 초청이 있어 선거 기간 중 일본에 가서 있다가 투표 2일 전 귀국했다.

선거 결과는 민정당의 공천을 받은 현경대, 양정규, 강지순 세 후보 모두 비교적 큰 표차로 낙선하고 제주시에서는 고세진, 북제주군에서는 이기빈, 서귀포 남제주에는 강보성 등 무소속 내지 야당 후보가 모두 당선되는 이변이 일어났다. 전국적으로도 민정당이 과반의석에 훨씬 미달하는 120여 석 밖에 확보하지 못해 여소야대 정국이 형성되었다.

서귀포·남제주 지구당위원장을 고사하다

그 후 수개월 지난 1988년 7월경 민주정의당 사무총장 박준병 의원과 사무차장 김중권 의원으로부터 몇 차례 만나자는 연락이 있어 만났다. 짐작했던 대로 민정당의 서귀포시·남제주군 지구당위원장을 맡아달라는 것이었다. 당시 지구당위원장은 낙선한 강지순이었다. 그는 나와 같이 1960년도에 서울법대에 입학한 법대 동기동창생이다. 나는 중앙당의 요청을 거절했다.

나는 14대 총선에 출마할 것인가는 그때 가서 결정하겠다고 마음을 굳힌 상태였기 때문이었다. 13대 총선 공천탈락은 나에게 큰 아픔이었고, 정치에 환멸을 느끼게 한 사건이었다. 이제 정치활동 그만두고 변호사 활동을 성실하게 하면서 두 아들의 뒷바라지나 잘하는 것이 더 보람 있는 일이라는 생각도 들던 시기였다.

1978년 3월에 나는 어렸을 때부터 꿈이었던 법조인 생활을 그만두고 이 나라에서 참된 민주정치를 해 보려는 벅찬 희망을 갖고 국회의원 선거에 뛰어들었다. 1988년, 그로부터 꼭 10년이 되었다. 그동안 소용돌이 치는 정국에서 그래도 정치도의를 벗어나지 않으려고 노력하면서 정치 생활을 했으나, 얻은 것보다는 잃은 것이 많았다. 길지 않은 정치인 생활 에서 정치에 대한 꿈은 퇴색되었고 실망이 더했다. 얻은 것이 있다면 한 국의 정치 현실에 대한 이해였다. 권력 앞에서 정의는 사치가 되었고 모 든 의리나 명분도 휴지 조각처럼 쓸모없는 것이 되어버리는 것이 한국의 정치 현실이었다. 이렇게 착잡한 생각 속에서 번민하던 시기가 1988년 이었다.

제5장

–

헌법재판소
초대 사무처장

나는 역시 법조인이다

여·야 합의로 만들어진 6공화국 헌법은 헌법재판소 제도를 도입했다. 헌법재판소에는 법률의 위헌 여부 심판, 탄핵심판, 정당해산심판, 국가기관 상호 간 국가기관과 지방자치단체 간 및 지방자치단체 상호 간의 권한 쟁의에 관한 심판, 헌법소원심판의 권한이 부여되었다.

지구당위원장도 마다하고 변호사 업무에 전념하고 있을 때인 1988년 9월 26일 뜻밖에 조규광 헌법재판소장의 전화를 받았다.

"헌법재판소 소장 조규광입니다. 변정일 의원이시지요?"

"네, 그렇습니다. 변정일입니다. 어쩐 일이십니까?"

"지금 서울이신가요, 제주도이신가요?"

"제주도에 있습니다."

"그럼 실례지만 전화로 말씀드리겠습니다. 이번 헌법재판소 재판관 회의에서 전원 일치된 의견으로 변 의원님을 초대 사무처장으로 모시기로 결의하였습니다. 헌법재판소를 만들어 가는 일에 함께 고생해 주시기 바랍니다."

너무도 갑작스러운 일이라 즉각 대답하기 어려웠다.

"가족들과 상의해야 합니다. 3일만 생각할 여유를 주시기 바랍니다. 29일 답변해 드리겠습니다."

그렇게 약속하고 통화를 끝냈다.

헌법재판소도 넓은 의미에서 사법부에 속하기 때문에 내게는 낯선 분야가 아니었다. 정치를 시작했다가 시련을 겪은 나였지만, 내 정치적 경험이 새로 출발하는 헌법재판소를 위해 유용하게 쓰일 수도 있다고 생각했다.

우리나라도 헌법재판이 미국과 독일처럼 활발해져서 헌법이 국민의 생활 속에서 살아 숨 쉬는 국가 최고의 기본법으로 자리 잡게 되기를 소망해오던 터였다. 16년 만에 민주헌법을 회복하여 과거 유명무실했던 헌법위원회에 의한 위헌법률심사제도를 폐기하고, 독일연방헌법의 예에 따라 새롭게 헌법재판소 제도를 도입한 것이었다. 창립 초기여서 할 일도 많을 것이다. 초기에 어떻게 하느냐에 따라 헌법재판소의 위상이 달라질 수 있다. 그래서 창립 초기의 헌법재판소 사무처장은 헌법재판관 못지않게 중요한 직책이 될 수 있다. 법조인으로서 이 나라 민주발전에 기여하겠다고 정치에 뛰어들었던 나로서는 해볼 만한 가치가 있는 일이었다. 더욱이 10여 년 동안 선거에 시달려 정치로 피로해진 심신을 위해서도 다른 분야에서 일하는 것이 필요했다. 가족들과 그동안 선거에서 나를 지지해준 친지들과 이 문제를 의논한 결과 모두들 좋은 기회라고 권했다.

1988년 9월 29일이었다. 나는 서울 정동빌딩 한 층을 빌려 쓰고 있던 헌법재판소를 찾아가서 조규광 소장께 사무처장직 수락의 의사를 밝혔다. 그리고 그 뒷날 9월 30일 헌법재판소 사무처장 임명장을 받았다.

후문이지만, 당시 사무처장 인선과 관련하여 이름 있는 전·현직 법조 선배 여러분이 후보로 논의되었다. 그러나 여러 이유로 재판관 회의에서 합의에 이르지 못했는데, 나는 만장일치로 합의되었다고 했다. 법조인이고 국회의원도 했으므로 국회와 청와대를 비롯한 정계와 사법부에 두루 통할 수 있다고 판단하여 나를 선정했다는 것이다.

헌법재판소의 토대 구축
초기 헌법재판소의 기초를 마련하다

대한민국 헌법재판소의 초창기 형편은 매우 초라했다. 사무처장으로 부임할 당시 재판소 청사는 정동빌딩의 한 층을 빌려 쓰고 있었고, 사무처 직원은 기능직 여직원을 포함하여 10명 정도였다. 사무처 직원은 헌법위원회 시대부터 일하던 6명에 불과했다.

국회에 제출된 1989년도 헌법재판소 예산안은 재판소 창립 이전 헌법위원회의 예산으로 편성된 것이었다. 그러니 황당할 수밖에 없었다. 이것은 헌법재판소 위상 및 역할이 전혀 고려되지 않은 예산안이었다. 헌법재판소장과 재판관의 정보비, 판공비, 차량 지원 등은 대법원장, 대법관과 같은 수준으로 할 수 있도록 예산이 확보되어야 한다. 업무량의 많고 적음은 별개의 문제이다. 헌법재판소가 국가의 기본법이자 최고법인 헌법의 최종적 판단기관이기에 그 위상이 정립되어야 한다. 그렇게 되려

을지로 6가 임시청사로 옮기며(재판관과 사무처 임원들과 함께)

면 대법원과 동등해야 하고 그 위상에 맞는 예산이 확보되어야 했다. 이러한 문제는 헌법재판소가 문을 열고 일을 시작하는 첫해부터 이루어져야 한다. 첫해가 가장 중요했다.

나는 사무처장으로 부임해서 3개월 이내에 헌법재판소에 걸맞은 위상을 구축하기 위한 기틀을 마련하려고 동분서주했다. 이렇게 적극적으로 일을 추진하자, 오히려 조규광 헌법재판소장은 한꺼번에 해결하려고 무리하지 말고 천천히 해결하자고 만류하였다. 의도한 성과를 얻지 못하면 혹 실망할까 염려하신 것이었다.

그러나 나는 힘닿는 데까지 강력하게 추진했다. 결과는 헌법재판소 운영에 지장이 없을 정도로 조직과 예산을 확보하는 데 성공했다. 헌법재판소장과 헌법재판관의 예우도 대법원장이나 대법관과 동등한 수준으로 예산을 확보했다. 필요한 사무 인력은 경제기획원, 법무부, 상공부, 법원, 조달청 등에서 공무원들을 선발하고, 연구 인력은 외국 유학 경험이 있는 현직 부장판사와 부장검사 중에서 파견을 받아 충원하기로 했다. 청사는 임시로 을지로 6가 서울대학교 사범대학 부속고등학교 교사로 쓰던 건물을 무상 임차했다. 그 건물을 수리해서 1988년 12월 27일 헌법재판소 단독 청사로 이전하고 이전식도 성대히 치렀다. 대부분 신문들은 이전식 기사를 헌법재판소 개소식 또는 개청식이라고 보도했다. 개소식에는 3부 요인과 박준규 민자당 대표, 김대중 평민당 총재, 김영삼 민주당 총재 등이 참석했다.

그런데 이제 헌법재판소의 영구청사를 마련하는 준비를 해야 했다. 우선 부지 매입비 일부와 청사설계비용 21억 8천만 원을 1989년도 예산에서 확보했다. 결과적으로 사무처장으로 부임하여 3개월 만에 시급한 헌법재판소의 인적 구성과 시설을 갖추고 필요한 예산을 확보하는데 성공했다.

직원들에게는 고위직이든 하위직이든 모두가 즐거운 마음으로 일할 수 있도록 여건을 만들었다. 우선 직원들도 헌법재판소 직원으로서 자부심을 갖고 무슨 일을 해야 하며, 그 일의 의미를 깨달아 자발적으로 최대한의 능력을 발휘할 수 있도록 분위기를 조성했다. 직원들과 격의 없이 소통했다. 직원들의 복지를 위해서도 예산 범위 내에서 최선을 다했다. 일할 의욕을 북돋아 주려고 노력했다. 헌법재판소를 떠난 지 30년 가까이 되는 지금도 그들을 만나면 반가운 것은 그들과 한마음이 되어 일하였고, 성취의 보람도 함께 나누었기 때문일 것이다.

헌법재판소 청사 부지를 확보하다

헌법재판소 청사는 국가적 상징성을 갖는다. 1989년도에 들어와서 헌법재판소 청사를 짓는 문제에 대해서 논의가 시작되었다. 그 부지 선정은 헌법재판소의 위상과 관련하여 중요한 사항이었다. 우선 한국의 심장부인 광화문 일대나 그 인근 지역에 부지를 마련하기로 했다. 국민이 접근하기가 편해야 하고, 한국의 정치 문화의 중심 지역이어야 한다는 것을 전제로 삼았다.

찾던 중에 이전한 창덕여자고등학교 부지가 나타났다. 그곳은 구한말에는 의료기관인 광혜원 자리였고, 경기여자고등학교 부지로도 이용되었던 유서 깊은 자리였다. 헌법재판소 청사 위치로서는 가장 적절한 땅이었다. 그러나 중앙선거관리위원회 등 4개의 국가기관이 그 땅에 청사를 지으려고 매입을 추진하고 있었다. 논란 끝에 서울시는 헌법재판소에 3,000여 평, 중앙선거관리위원회에 2,000여 평을 매각하기로 결정했다. 그런데 5,000여 평의 창덕여고 터는 분할 매각하여 두 개의 헌법기관이 들어서기에는 협소할 뿐만 아니라, 두 헌법기관의 위상에도 맞지 않았다.

헌법재판소로서는 창덕여고 부지 5,064평 전체가 필요했다. 중앙선거관리위원회의 양보를 받아내지 않고는 해결 방법이 없었다. 나는 헌법재판소장의 만류에도 불구하고 1989년 3월 하순쯤 중앙선거관리위원장을

겸하고 있던 이회창 대법관을 대법관실로 찾아갔다.[1]

"헌법재판소 부지를 마련하는 것은 매우 시급한 상황입니다. 창덕여
고 부지는 두 기관이 청사 부지로 하기에는 너무 협소합니다. 헌법재판
소가 단독으로 사용하면 안되겠습니까? 이 땅에 두 기관이 들어선다는
것은 기관의 위상에 어울리지 않습니다."

나는 양보를 얻어내기 위해서 그 근거를 먼저 말씀드렸다.

"어느 한 기관은 양보를 해야 문제가 해결되는데 중앙선거관리위원회
는 장기간 사용해 온 임차 청사라도 있으니 헌법재판소보다는 덜 시급한
것 같습니다. 헌법재판소로서는 하루가 다급한 처지입니다."

나는 이 대법관의 반응을 살피면서 조심스럽게 말씀드렸다. 이회창 대
법관은 법조인 모두가 존경하는 훌륭한 선배 법관이었다. 후배 법관들의
귀감이었던 분이어서 혹시나 결례가 되지 않을까 조심스러웠다.

이 대법관은 잠시 생각하시더니,

"그렇게 하십시다. 선거관리위원회는 덜 급하니 헌법재판소가 그 부
지를 전부 확보하도록 하세요."

아주 명쾌하게 양보의 단안을 내리셨다. 전혀 예상하지 못했던 일이었
다. 어느 국가기관이나 기관 이기주의에 젖어 있다. 국가 전체의 이익보
다는 자기 기관의 이익부터 챙긴다. 그런데 이러한 일반적인 예와는 달
리 이회창 대법관은 선뜻 두말없이 양보하셨다. 양보하더라도 선거관리
위원들과 의논을 거쳐봐야 한다는 것이 일반적이다. 이 대법관은 그런

---

1 대법관 1인이 중앙선거관리위원장을 겸하는 것이 관행으로 되어 있다.

말씀도 안 하시고 즉석에서 결단을 내리셨다. 그것은 헌법재판소의 사정을 잘 알고 있으며, 헌법재판소 청사의 중요성도 인식하고 있기에 그런 결정을 내리신 것이다. 헌법을 수호하기 위한 헌법재판소의 위상을 누구보다도 잘 아셨기에 가능한 일이었다. 나는 그때 이회창 대법관의 명쾌한 모습을 보면서 법관으로서의 그분의 인품과 도량을 다시 한번 생각하게 되었다. 평소 후배 법관들에게 보여졌던 진보적 법관의 모습을 보여주는 결단이었다. 이런 과정을 거쳐 창덕여고 부지를 헌법재판소가 단독으로 매입하게 되었고, 1989년 3월 하순쯤부터 서울시와 매수 절차에 들어갔다. 일은 신속하게 진행되었다.

헌법재판소 청사 건축과 대한민국 건축대상 수상

10m의 건축고도 제한을 20m로 완화하는 등의 도시계획변경과정을 거쳐서 1989년 12월 11일 청사 부지 5,064평을 매입하였다. 청사 설계를 공모하기 전에 청사의 규모와 위치 및 공간 활용에 대한 다양한 의견을 수렴하고 청사의 밑그림을 만들었다. 미국, 독일, 영국, 프랑스, 터키, 이태리, 일본의 대법원 헌법재판소 헌법위원회 등을 방문하여 헌법재판소 청사에 관한 아이디어를 얻기도 하였다.

독일 헌법재판소
사무처장 찌얼라인과 함께(1989)

헌법재판소 청사 신축 기공(왼쪽부터 김광덕 과장, 김용호 사무차장, 김양균·이시윤·
김진우·이성열 재판관, 조규광 소장, 변정수·한병채·최광율·김문희 재판관, 필자, 강창호 비서실장)

설계를 거쳐 1991년 3월 13일 대통령과 3부 요인이 참석한 가운데 청
사 착공식을 하였고, 내가 퇴임한 이후인 1993년 7월 10일 오늘날의 헌
법재판소 청사가 준공되었다.[2]

이 청사의 설계과정에서 도서관과 심판정(헌법재판소의 법정) 및 강당
의 위치를 어디로 할 것인가가 논란거리였다. 도서관에 관심이 남달랐던
이시윤 재판관은 헌법재판소 도서관의 중요성을 강조하면서 도서관은
무거운 책을 진열 보관하는 곳이므로 건물의 안전성을 고려하여 1층이
나 지하에 배치해야 한다고 주장하였다.

그러나 나는 생각이 달랐다.

2 청사면적은 6,000평이다.

헌법재판소는 국민의 기본권을 보장하는 국가 최고 사법기관이므로 국민에게 친숙한 기관이 되어야 한다. 따라서 국민들의 출입과 방청을 허용해야 할 심판정이나 강당은 이용자의 접근이 용이하도록 배치해야 한다고 생각했다.

헌법재판소는 신생기관이어서 다른 국가기관으로부터 견제를 받는 처지인 만큼 헌법재판소가 제 위상을 공고히 하고 제 역할을 하려면 헌법학자 등 관련 분야의 사람들을 우리의 우호세력으로 삼아야 한다. 그들이 헌법재판소의 결정을 연구하고 헌법재판소의 결정에 의미를 부여할 때 헌법재판소의 위상은 공고해질 것이다. 강당을 1층에 배치하여 헌법학회 등 관련 연구단체가 이 공간을 이용해서 연구 발표회, 세미나, 토론회 등 학문 활동을 할 수 있도록 제공해 주어야 한다. 헌법재판만 하는 곳이 아니라 헌법을 비롯한 공법에 관한 토론의 장이 되어야 한다. 또 학생들도 헌법재판소를 견학하고 방청할 수 있게 하여야 하고, 국민적 관심이 쏠리는 사건에서는 일반 시민들도 쉽게 방청할 수 있어야 한다. 그러기 위해서는 접근성을 고려해서 1층에 강당과 심판정을 배치해야 한다. 반면 도서관은 조용한 5층에 배치해야 한다는 것이 나의 생각이었다. 결국 건물의 안전성을 강화하도록 설계를 보강하여 도서관은 5층에 강당과 심판정은 1층에 배치됐다.

헌법재판소 청사는 국민의 기본권을 보장하는 최고의 사법기관이라는 성격과 위상에 맞게 강당, 심판정 등 공간 배치를 한 것이 높게 평가되어 1993년도 대한민국 건축대상을 받았다.

재판관의 전원 상임화

헌법재판소는 9인의 재판관으로 구성되는데 그중 3인은 비상임재판관이었다. 헌법재판소법 제정 당시 헌법재판소의 업무가 많지 않을 것으로 보고 9명 중 3인을 비상임으로 한 것이었다. 그러나 이 3인의 비상임재판관 제도는 헌법재판소의 위상에 맞지 않는 것이었다. 헌법재판관은 법관의 자격이 있어야 한다. 따라서 비상임재판관도 법조인이 맡아야 하는데, 현실은 모두 개업 변호사 중에서 임명되고 있었다.

비상임재판관은 변호사 업무를 포기하지 않는 한 변호사로서 법정에 서야 했다. 헌법재판 사건의 주심이 될 수도 없었다. 그래서 헌법재판이라는 중대한 가치판단 업무에 전념할 수 없었고, 아울러 심도 있는 견해를 피력하기도 어렵게 되었다. 비상임재판관이 받는 보수도 수당 형식으로 지급되어서 소액이었다. 헌법재판소에서는 재판관이지만 헌법재판소 정문을 나서는 순간 어디까지나 변호사가 주된 업무이다. 그래서는 헌법재판의 권위를 유지하기 어려울 수밖에 없다. 더구나 비상임재판관은 재판연구관의 도움을 받는 것도 제한적일 수밖에 없다. 결론적으로 비상임재판관은 헌법을 지키는 엄정한 재판에 전념할 수 없게 된다. 그런데 비상임재판관도 헌법의 의미를 구체화하고 국민의 기본권을 보장하는 최고사법기관의 구성원이다. 비상임재판관의 의견이라 하여 헌법재판소의 결정에서 차지하는 비중이 상임재판관에 비해 적은 것이 아니었다. 따라서 비상임재판관 제도는 헌법재판소의 위상을 유지하는데 기여할 수 없을 뿐만 아니라, '재판관'의 성격과 위상에도 맞지 않는 기형적 제도였다.

헌법재판소가 출범하고 1년이 지나면서 헌법재판관 전원을 상임재판관으로 해야 함을 관계자 모두가 절감하게 되었다. 이러한 이유로 헌법재판소는 최광률 재판관을 위원장으로 하는 헌법재판소 법규심의위원회를 구성하였고, 이 위원회는 재판관을 전원 상임화하고, 헌법재판소의 조직 운영에 관하여 법안을 제출할 수 있도록 하며, 헌법재판소의 예산안을 경제기획원을 거치지 아니하고 독자적으로 국회에 제출할 수 있게 하는 것 등을 골자로 하는 헌법재판소법 개정안을 만들었다.

그러나 헌법재판소는 법률안제출권이 없다. 헌법재판소를 위해 헌법재판소법 개정 법률안을 국회에 제안해 줄 기관도 없었다. 법무부가 유관기관이지만 헌법재판소가 검사의 불기소처분에 대한 헌법소원을 받아들이면서 헌법재판소와의 관계가 원만하지 못해서 그 일을 해줄 리가 없었다. 결국 재판관 전원 상임화 법률개정작업은 사무처장이 해야 할 역할이었다.

국회에서 의원입법으로 법안을 발의하도록 하는 수밖에는 다른 방법이 없었다. 법사위원들을 일일이 만나 법률 개정의 필요성을 설명했다. 1년 이상 작업 끝에 1991년 11월 재판관 전원을 상임재판관으로 하는 개정법률안을 통과시켰다.[3]

대법원에 대법관의 재판 업무를 보좌하는 재판연구관 제도가 있듯이 헌법재판소에도 같은 조직이 필요했다. 헌법재판소의 결정은 우리 헌법

---

3 헌법재판소법 개정법률안은 김제태 의원 외 20인의 명의로 발의했다. 대한변호사협회도 1990년 4월 재판관의 전원상임화, 탄핵 대상 공직자의 확대, 헌법소원 요건의 완화 등을 담은 헌법재판소법 개정안을 국회에 제출했다.

황조근정훈장 수여식 후 김용균 사무처장 및 사무처 간부들과 함께

의 의미를 구체화하는 역사적 작업이므로 반드시 심도 있는 연구가 필요
했다. 그러나 헌법재판소 위상이 제대로 정립되지 않은 시기에 당장 대
법원의 재판연구관에 맞먹는 조직을 만든다는 것은 대단히 어려운 일이
었다. 헌법연구관을 양성하고 당장의 재판 업무를 보좌하도록 하기 위
해 연구관보 제도와 연구원 제도를 만들어 연구 인력을 보완했다. 이렇
게 양성된 연구 인력들은 그 후 우리나라의 헌법학자로서 또는 헌법재판
의 권위자로서 헌법재판제도의 발전에 크게 기여해오고 있다. 법제처장
과 경실련 대표를 지낸 이석연 변호사, 중견 헌법학자인 정종섭[4] 등이 내

---

[4] 서울대 법대학장과 법학전문대학원장을 거쳐 행정자치부 장관을 역임했고, 현재는 자유한국당의
국회의원이다. 그 외로도 김학성 교수, 배보윤 변호사, 신봉기 교수 등 헌법재판소 출신 학자 변호사
들의 활동은 괄목할 만하다.

가 연구관보로 스카우트한 인재들이다. 내가 사무처장으로 부임할 당시 기능직을 포함하여 10여 명에 불과했던 직원은 퇴임하기 직전인 1991년 12월 말 현재 180명이 되었다. 그만큼 헌법재판소의 역할이 증대되었다.

아무튼 나는 헌법재판소 초대 사무처장으로서 짧은 기간에 헌법재판소의 토대를 마련하는데 최선을 다했고, 최대의 성과를 거두었다고 자부하고 있다.

초대 헌법재판소장 조규광

초대 헌법재판관은 조규광 헌법재판소장과 이성렬 재판관, 변정수 재판관, 김진우 재판관, 한병채 재판관, 이시윤 재판관, 최광률 재판관, 김양균 재판관, 김문희 재판관 등 아홉 분이었다. 초대 재판관들의 헌법재판소에 대한 사랑, 헌법재판에 대한 사명감과 열정이 오늘의 헌법재판소의 초석이 되었다.

특히 조규광 헌법재판소장은 초대 소장으로서 최고의 적임자였다. 이것은 우리 법조계의 공통된 생각일 것이다. 헌법재판의 판례가 축적되어 있지 아니한 우리 헌법재판에 있어서 미국, 독일 등 외국의 이론과 판례를 참고하는 것은 필수적이었다. 따라서 외국어 구사 능력이 무엇보다도 중요했다. 조규광 소장께서는 영어와 불어에 아주 능통하였다. 독일어는 헌법재판소장 취임 후 새로 공부하셨다는데 4, 5개월 지나면서 독일 헌법재판소의 판례에 관한 원서들을 큰 어려움 없이 해독하였다. 조규광 소장의 외국어 능력이 헌법재판소 초기에 우리의 헌법재판 이론을 정립하는 데 많은 도움이 되었을 것으로 믿는다.

예산도 철저하게 절약해서 집행했고 출장여비도 남으면 반환하셨다. 그런가 하면 임의로 처분 가능한 판공비는 대부분을 본인이 쓰지 않고 직원들의 복지비로 사용했다. 소유 부동산이라고는 거주하는 아파트 한 채뿐이었고 나머지는 현금과 주식이었다. 부동산 투기가 의심되는 점은 전혀 없었다.

나는 부임 당시 헌법재판소의 산적한 당면 문제들을 신속하게 처리하고 싶었지만 항상 말리셨다. 헌법재판소를 도와줄 기관이 없는데 너무 빨리 나가다가는 헌법재판소가 제자리를 잡기도 전에 주변으로부터 집중적인 견제를 당할 수 있다는 우려 때문이었다. 당시 나이가 40대 후반이었던 나는 처음에는 답답했지만 세월이 지나면서 점차 그 뜻을 이해하게 되었다.

헌법재판소를 방문한 포르투갈 대법원장 크엘휴, 조규광 헌법재판소장, 이시윤 재판관과 함께

헌법재판소장은 기관의 대표이기는 하나 헌법재판의 평결에 있어서는 재판관 9인 중의 한 사람에 불과하다. 사생활도 엄격하셨고 원래 개성이 강한 분이셨지만, 헌법재판소라는 국가의 중요 기관을 이끌어 가기 위해 신중히 처리하고 참고 견디는 모습이 역력했다.

헌법재판소장은 최고사법기관의 수장이므로 국회의장, 대법원장, 국무총리와 동등한 대우를 받는 것이 마땅한 일이었지만, 당시 현실은 그렇지 못했다. 대통령이 해외순방 성과를 설명하는 자리에도 초대받지 못했고, 국경일 행사에서도 서열이 밀려 불참하기도 했다. 나는 이러한 현상을 시정하기 위해 청와대 등 관계기관에 정당한 예우를 하도록 요구하였고, 언론사에는 잘못된 관행을 바로잡아야 한다는 의견을 적극적으로 제시하기도 했다. 그러나 뜻대로 되지 않았다. 이러한 일에도 조규광 소장께서는 참으면서 단시일에 될 일이 아니라고 나를 위로하셨다. 1989년 제헌절을 계기로 이 문제가 해결되기 시작했다.

미국 국무부 초청 미국 방문

사무처장 재직 1년을 넘기면서 마음과 시간의 여유가 생겼다. 1990년 건국대학교 대학원 박사학위 과정에 응시하여 건국대학교 대학원생이 되었다. 전공은 헌법을 택했고 안용교 교수를 지도교수로 모셨다.

헌법재판소 사무처장 재직 2년이 지날 무렵인 1990년 10월 나는 사무처장직을 그만두기로 결심했다. 초대 사무처장으로서 해야 할 일들을 거의 해냈고 앞으로는 누가 사무처장이 되더라도 무리 없이 일을 할 수 있는 여건을 마련했다고 생각했다. 한편 가족들과 장기간 떨어져 생활함으

로 인한 불편도 있는 데다가, 앞으로는 두 아들의 교육에 전념하는 것이
아버지로서 마땅히 해야 할 역할이라고 생각하였다. 정치를 다시 시작한
다고 특별한 보람을 느끼게 될 것 같지도 않았다.

그래서 조규광 헌법재판소장께 사의를 표했다. 소장께서는 한사코 말
리셨다. 1년만 더 같이 일하자는 것이었다. 3일 동안이나 설득을 하셔
서 어른의 말씀을 듣는 것이 도리라고 생각해서 사의를 철회했고, 결국
1992년 1월 9일까지 3년 100일간 사무처장을 하게 되었다.

1991년 초 주한 미국대사관 참사관이 헌법재판소로 나를 방문했다.
미국 연방정부에서 나를 초청하도록 추천하고자 하는데 미국을 방문할
의향이 있느냐고 의사를 타진했다. 앞으로 한미 관계에서 중요한 역할을
기대할 수 있는 인사들을 미합중국 국무부에서 초청하여 한 달간 미국여
행을 하는 것이라고 했다. 나는 미국의 사법제도에 대해 관심이 많았기
때문에 기쁜 마음으로 수락했다. 그래서 미국 국무부 초청으로 1991년
5월 4일 워싱턴에 도착하여 한 달간 미국을 여행했다. 여행 일정은 주로
나의 관심사를 중심으로 짜여졌다.

연방 대법원, 연방 의회, 주 최고법원, 로스쿨, 변호사 사무실, 하와이,
목장으로 정했다. 연방 의회, 연방 대법원, 주 최고법원 등을 정한 것은
연방 의회와 연방 사법부의 관계, 연방 사법부와 주 사법부의 관계, 연방
대법원의 위헌법률심판의 실태 등을 알아보기 위해서였다. 로스쿨은 미
국의 법학교육, 특히 헌법교육의 실태를 파악하기 위해서였다.

하와이는 국제적인 관광지여서 하와이의 관광산업을 살펴보는 것 외
에도, 원주민과 하와이의 주류 세력이 된 본토인들 사이에 발생하는 이

해의 충돌과 갈등 및 그 해결 과정이 궁금해서였다. 또 제주도가 축산의 섬이기도 해서 미국의 축산업을 살펴보기 위해서 목장지대를 택했다.

한국의 헌법재판에 관한 여러 문제와 제주도의 현안 문제를 풀어나갈 실마리를 얻을 수 있지 않을까 하는 기대를 갖고 떠났다. 제주도가 국제적인 관광지로 발전할수록 도민과 외지 자본 투자자 사이에 발생할 갈등의 해결과 제주도민의 위치 설정은 매우 중요한 문제였다.

미국 국무부가 마련한 여행 일정은 대단히 만족스럽고 얻은 것도 많았다. 고위 관료들을 만나 사진이나 촬영하고 돌아오는 그러한 일정이 아니었다. 진실로 미국의 정치와 권력 구조를 이해하고 미국을 움직이는 힘과 세계를 움직이는 미국의 힘과 저력을 느끼기에 도움이 되는 일정이었다. 한 달간의 미국여행 중 보고 느낀 바 여행기 일부는 한라일보에 10여 회 연재한 바 있다. 미국 여행에 관하여는 부록으로 처리하려고 한다.

5월 6일 조지타운대학 로센터(Law Center, 법학전문대학원 로스쿨)의 헌법교수인 잭슨 교수를 그의 연구실로 방문했다. 그 자리에는 한국의 헌법재판소에 대한 호기심에서 나를 만나고자 Susan Bloch 교수도 함께 자리를 같이했다. 나는 그들에게 미국헌법을 쉽게 이해할 수 있는 헌법 책을 한 권 소개해 달라고 부탁했다. Susan Bloch 교수가 추천하면서 나에게 준 책이 『Liberty, Order, and Justice -An Introduction to the Constitutional Principles of American Government』(James McClelan 저[5])였다. 귀

---

[5] 당시 워싱턴 소재 The Center for Judicial Studies의 의장이며 클레먼트 매케나 대학의 정부론 교수였다.

국 후 이 책을 승용차에 넣고 다니면서 이동하는 시간을 이용하여 읽기 시작했다. 너무 흥미로웠다. 50여 페이지 정도 읽다가 혼자서만 읽기는 아깝다는 생각이 들어 바로 번역을 시작했다. 그 번역서는 1992년 3월 범양사 출판부에서 『자유, 질서, 그리고 정의 - 미국 헌정의 원리』라는 제목으로 출판되었다.

출판에 앞서 나는 저자에게 나를 소개하는 내용과 더불어 이 책을 한국에서 번역하여 출판하고 싶다는 의사를 표하고 동의를 구했다. 그는 회신에서 "Judge Byon"이 번역하는 것을 조건으로 번역과 출판을 승낙한다고 했다. 나는 편지에 나의 국회의원, 헌법재판소 사무처장, 판사, 변호사 등 경력을 기재했는데, 그는 그중 판사경력을 가장 높게 평가했던 것이다. 미국인들의 법관에 대한 신뢰가 얼마나 높은가를 짐작할 수 있었다.

나는 이 책에서 미국 역사의 변천과 호흡을 같이 하면서 살아 숨 쉬는 역사적 산물로 미국헌법에 접근하는 학문적 방법에 대해 깊은 인상과 흥미를 느꼈다. 왜 미국의 헌법이 200년 넘게 그 효력을 유지하면서 전 세계의 현행 헌법 중 가장 오래된 최장수 헌법으로서의 명예를 누릴 수 있었는지도 흥미진진하게 기술되어 있었다.

제6장

–

다시
여의도로

14대 국회의원 당선

다시 정치판에 나서다

1988년 13대 총선으로 형성된 여소야대 정국은 결국 1990년 1월 22일 민주정의당, 통일민주당, 신민주공화당 등 3당이 합당하여 이른바 '3당 합당'으로 민주자유당(약칭 민자당)이 탄생했다. 이 3당 합당은 한국 정치사에 있어 보수세력의 구조적 변화를 가져오는 큰 사건이었다. 13대 선거에서 제주도에서 당선된 국회의원 3인은 3당 합당의 결과로 모두 민주자유당 소속이 되었다.

헌법재판소 사무처장으로 재직하는 동안 그 직무에 충실하느라고 다음 선거에는 관심을 갖지 않았다. 그러다가 1990년 가을 무렵에는 완전히 정치를 하지 않기로 결단을 내렸다. 1986년도에 아버지께서 갑자기 세상을 떠나셨다. 가끔 아버지와 말다툼도 하고 걱정을 끼쳐드려 자식으로서 제대로 효도를 못 했던 것이 너무 후회되었다. 어머니도 80세가 되어 건강이 나빠지셨는데 어머니만이라도 후회 없이 제대로 모시고 싶었다. 또 대학 1학년인 큰아들 상엽이는 졸업하면 유학이라도 보내주고 싶었다. 중학생인 둘째 아들은 제주에서 생활하고 있어 아비의 사랑과 관심을 덜 받게 된 것도 미안했다. 그동안 국회의원으로 정치도 해봤고 헌법재판소 사무처장도 해봤으니, 이제는 자유인이 되어 변호사 일을 하면서 가장으로서 가족들을 돌보고 자식들의 교육을 제대로 하는 것이 3대 독자인 내가 할 일이라고 생각했다.

정치 상황은 그동안 혼란기를 거쳐 자유민주주의 체제로 안정되고 있으니 굳이 정치에 다시 나설 명분도 상당부분 없어졌다. 세 번이나 출마하면서 경제적으로 어려움도 많았다. 헌법재판소 사무처장이 된 후에는 내 소임을 다하는데 열중하느라 지역구의 조직 관리도 제대로 하지 않았다. 여러 가지 사정과 이유로 이제는 정치를 그만두기로 결심했다. 그러나 여러 번 깨달은 바이지만, 내 길도 내 뜻대로 선택하지 못했다. 정치를 하라는 운명인지 그만두는 것도 마음대로 되지 않았다.

1991년 여름철이 되면서, 서귀포시와 남제주군의 유력인사들이 서울에 와서 나를 방문하는 일이 많아졌다. 농협조합장과 임협조합장 등 농민 조직의 임원들도 찾아왔다. 서귀포시의회 의원 대부분이 일시에 집단으로 방문하기도 했다.

14대 국회의원 선거에 출마해 달라는 것이었다. 그들의 말을 듣고 보니 그럴만한 상당한 이유들이 있었다. 그들의 말에 진정성을 느낄 수 있었다. 재정적으로 도움을 줄 사람들도 나타났다. 별 어려움이 없을 것 같았다. 나의 지역 주민들이 내가 필요해서 다시 출마해 달라는 요청을 거절할 수 없었다. 결국 1991년 11월 말경 출마를 결심하게 되었다.

민자당 공천을 받으라는 사람들도 있었고, 공천을 신청하면 공천받는 것도 가능하다고 판단되었지만, 오현고등학교 선배인 강보성 의원과 공천 경쟁을 하고 싶지 않았다. 만에 하나 공천에서 탈락되면 다시 출마할 명분도 약해질 것이다. 13대 선거 때의 전철을 밟고 싶지 않았다. 불출마의 결심을 번복하여 출마를 결심한 이상 확실한 길을 선택하는 것이 옳다고 생각했다. 그래서 1991년 12월 29일 기자들에게 무소속 출마를 선언했다. 왜 민자당으로 출마하지 않느냐는 기자들의 질문에, "민자당은 당쟁과 정파 싸움으로 일관하여 믿기 어려운 점이 있다. 선택할 정당이 없어 무소속으로 출마한다. 나는 순수한 여당 체질은 못 되는 것 같다"고 대답했다. 그렇다. 나는 순수한 여당체질은 결코 아니었다.

『자유, 질서 그리고 정의』의 번역도 마무리되어 12월 말경 원고를 출판사에 넘길 수 있었다.

12월 말경에 선거법에 따라 헌법재판소 사무처장 사직서를 제출했다.

정주영 대표와의 만남

해가 바뀌어 1992년 1월 초의 일이다. 절친하게 지내는 선배로부터 연락을 받았다. 서울에 있는 유력 인사가 나를 도와주겠다고 하니 만나보자는 것이었다. 혹시 통일교와 관련된 인사인가 물어보았더니 "그렇지 않다"라는 것이다. 그러나 상대방에서 비밀로 해주기를 원하므로 만날 상대를 미리 말해주기는 어렵다는 것이었다. 오랜 세월 친분을 가져온 믿는 사이이고 평소 나에게 관심을 가져주는 선배라 더 이상 캐묻지 않고 만나겠다고 약속했다. 1992년 1월 10일 새벽 그 선배를 따라 방문한 곳은 정주영 현대그룹 회장댁이었다. 정주영 회장은 만나자마자 인사를 나누고서 직설적으로 만나게 된 이유를 말했다.

"이번에 정당을 만들어 총선에 참여하려 합니다. 이 나라는 경제를 아는 사람이 대통령을 해야 합니다. 도와주시기 바랍니다. 변 의원, 같이 해봅시다."

정주영 회장의 어법은 간단명료했다. 검소한 집안 내부 분위기와 시골 할아버지 같은 모습에서 소박함과 진정성을 느꼈다. 동네에서 흔히 보는 아저씨 같은 느낌이었다. 프로 정치인들과는 전혀 다른 모습이었다. 인왕산 기슭에 자리 잡은 정주영 회장의 댁은 집의 위치부터 범상치 않게 보였다.

"직접 회장님을 뵙게 되어 영광입니다. 제 입장이 회장님께서 만드시는 정당에 함께 할 수 없습니다. 저는 지난 연말에 이미 무소속을 결심하고 기자들에게 무소속 출마를 선언하여 신문에도 그렇게 보도되었습니다. 이제 와서 제 입장을 바꿀 수 없는 형편이 되었습니다. 이해해 주시기 바랍니다."

나는 정중하게 동참할 수 없는 뜻을 전했다.

"그렇다면 더 이상 우리 당에 참여하라고 말하지 않겠습니다. 열심히 해서 꼭 당선되기 바랍니다. 선거가 끝난 후 입당해주시리라 믿고 기다리겠습니다."

정 회장은 내 뜻을 받아주었다. 두말하지 않았다.

"선거 후에 지역유권자들의 의견을 들어보고 결정하겠습니다."

나는 공식적인 답변을 하고 헤어졌다.

뒤에 들은 얘기로는, 정 회장이 나를 보고 나서 무슨 일이 있어도 변 의원은 선거 후에 입당하도록 해야겠다고 말했다고 한다. 선거 기간 중에는 제주도에 있는 현대그룹 직원들이 대부분 나를 지지하는 것으로 느껴졌다.

12년 만에 다시 여의도로

14대 총선은 좋은 분위기에서 시작되었다. 지역구에서는 물론 중앙에 서도 여권 인사들이 많이 도와주었다. 심지어 헌법재판소의 직원들이 대부분 주말을 이용, 제주에 내려와서 응원을 해주었고, 지인들을 찾아 나에 대해 지지를 호소하였다. 정말 고마운 일이었다. 그러나 투표일이 가까워 올수록 선거구에서 여권 성향의 표가 이탈하고 있음이 느껴졌다. 관권 개입도 점차 심해지고 있음을 느꼈다. 고심 끝에 선거 3일 전 합동 연설회에서 여권의 관권선거를 규탄하면서 당선되더라도 민자당에는 입당하지 않겠다고 선언하고 말았다. 반 민자당 성향의 표심이라도 확고 하게 잡아야겠다는 전략이었다. 그 결과 성향에 따른 표의 이동을 느낄 수 있었다. 최선을 다한 선거였다.

1992년 3월 24일 실시된 선거에서 5,100여 표차로 당선되었다. 나는 정치적으로 다시 일어서게 된 것이다.

전국적으로는 민자당의 압승이 예상되었던 선거였으나 194석이었던 민자당은 149석으로 오히려 줄었다. 제1야당인 민주당은 97석을 확보하는 데 그쳤다. 정주영 대표가 이끄는 통일국민당은 31석을 얻어 선전했다. 무소속도 20여 명이 당선되었다. 제주도 3개 선거구에서도 민자당 후보가 모두 낙선하고 나와 양정규, 현경대 등 무소속 후보가 모두 당선되었다.

합동유세에서 민자당에 입당하지 않겠다고 이미 선언했고, 정주영 회장과 내가 접촉했다는 소문이 퍼지면서 정당 선택 문제를 둘러싸고 여러 갈래의 의견들이 분출되었다. 나의 정당 선택에 관한 여론은 종잡기 어려웠다. 가급적 빨리 결론을 지어야 할 것 같았다. 결국은 여론조사를 해서 그 결과를 참조하여 결정했다. 지역과 연령층을 고려해서 무작위로 추출한 유권자 1,500명과 나를 적극 도와준 지지자 500명을 대상으로 여론조사를 실시했다. 적극 지지자 500명을 포함시킨 것은 나의 정치적 진로 결정 과정에 그들을 소외시킬 수 없는 정치 도의를 소중하게 생각했기 때문이었다. 여론 조사 결과는 응답자 1,758명 중 민자당 입당을 원하는 자가 34% 598명, 민주당에 입당하기를 원하는 응답자가 21% 369명, 통일국민당에 입당하기를 원하는 응답자가 45% 791명이었다.

통일국민당 국회의원

통일국민당 입당

나는 1992년 5월 14일 통일국민당에 입당했다. 나의 입당으로 국민당 의석은 32석이 되었다. 나의 첫 당직은 당기위원장이었다. 나와 친분이 있는 민자당, 청와대 등 여권 인사들로부터 민자당 입당을 권유받아 매

서귀포, 남제주 지구당을 방문한 정주영 후보와 가족들

우 난처한 입장에 처하기도 하였으나 나는 국민당을 선택했다.

　민자당의 김영삼 대표나 민주당의 김대중 총재는 군사정권 시대에 민
주화를 위한 투쟁으로 일관한 정치인이었다. 이제 민주화로 가는 길이
활짝 열려있는 상황에서는 민주화 투사보다는 한국경제의 지속적 발전
을 이어갈 수 있는 지도자가 필요했다. 건설, 조선, 자동차 등 한국의 기
간산업을 일으켜 왔고 현대그룹을 세계적 기업군으로 발전시킨 정주영
대표의 안목과 뚝심이 한국의 미래를 위해 필요하다고 판단하였다. 이제
정치도 투쟁 일변도에서 벗어날 시대가 되었다. 세계 역사상 독립운동을
하거나 반독재 투쟁을 한 지도자들은 집권 후 높은 인기를 바탕으로 모
두 독재자의 길을 걸었다. 여론조사결과와 더불어 국민당을 선택한 또
다른 이유였다.

1992년 6월 20일 통일국민당 서귀포시·남제주군 지구당을 창당했다. 입당 후 통일국민당 제주도당 위원장을 맡아, 1992년 8월 18일 북제주군 지구당위원장으로 도의회 윤태현 의원을, 1992년 9월 15일 제주시 지구당위원장으로 도의회 김창구 의원을 영입하여 제주도당의 골격을 구성했다.

판·검사출신 대변인 시대

1992년 7월 20일 전혀 생각하지 않았던 일이 생겼다. 한국일보 뉴욕 특파원 등을 지낸 중견 언론인 출신인 조순환 의원에 이어 내가 국민당의 대변인을 하게 된 것이다. 조순환 의원이 건강상 이유로 중도 사퇴했기 때문이다.

나의 입당 기자회견을 지켜보았던 김동길 최고위원이 적극 추천했다는 후문이다. 당시 민주당의 장석화 대변인이 판사출신이고, 민자당의 박희태 대변인이 검사출신에다가, 판사출신인 내가 대변인이 됨으로써 '판·검사출신 대변인 시대', '율사 대변인 시대'가 열렸다고 언론이 보도했다.

1992년 10월 31일 KBS의 3당 대표 심야토론에 국민당 대표로 참석했다. 민자당의 법사위원장 출신 이치호 의원과 민주당의 장석화 의원이 토론자였다. 차분한 논리 전개를 통한 설득과 공격, 즉흥적이고 예리한 언어로 방어와 역공을 잘했다는 평을 들었다. TV 토론 첫 출연에서 크게 성공한 것이었다. 통일국민당 당직자들의 반응도 매우 좋았다. 정주영 대표의 표가 상승한다는 반응이었다. 그 후 세 차례나 KBS와 MBC 심야

토론에 출연하여 좋은 반응을 얻었다. 토론의 상대방은 민자당의 이치호·박관용·박희태 의원, 민주당의 장석화·홍사덕 의원 등 당대의 논객들이었다.

그러면서 신문사, 방송사, 잡지사 등의 인터뷰 요청과 원고청탁이 쇄도했다. 상당 부분을 처리했지만 지나치게 내 이름이 매스컴에 등장하는 것이 정주영 후보의 득표 전략에 이롭지 않다는 판단에서 다른 의원들의 이름으로 기고하기도 하였다.

"온화하면서도 치밀하고 논리정연하다"

"해박한 법률지식으로 즉석 논평 능력이 돋보인다"

"장문의 논평을 내기보다 짤막한 문장의 성명으로 유명하다"

"정주영 대표의 의중을 잘 파악하고 정주영 대표의 논란이 될 말과 행동에 그럴듯한 의미를 부여하는데 능숙하다"

국민당 대변인 시절 TV 토론 중인 필자

이런 기사들이 대변인인 나에 대한 대체적인 평가였다.

대변인 역할을 무난히 잘 했기 때문에, 여의도 유세 등 대규모 집회나 주요행사에 진행을 맡을 사회자 결정에서 경합할 경우, 제3의 인물인 나로 결정해 버리면 논란이 끝나곤 했다.

각종 대외 협상기구에도 많이 참여했다. 1992년 8월 17일 3당 대표의 합의로 구성된 국회의 당면 정치문제 해결을 위한 '정치관계법특별위원회'에 국민당 대표로 참여했다.

"변 의원, 대변인 끝까지 해줘!!"

14대 국회는 대통령 선거를 앞두고 원(院) 구성에서부터 순탄하지 못했다.

국회가 개원하고 5개월이 지난 1992년 10월 초에야 상임위원장 선출이 마무리되었다. 1992년 10월 1일의 일이다. 당사에 일찍 나오라는 정 대표의 지시에 따라 평소보다 이른 6시경 정주영 대표실에 들렀다. 김효영 사무총장도 와 있었다.

정 대표가 입을 열었다.

"국회 상임위원장이 되면 판공비도 나오고 자동차도 제공해 준답니다. 아주 좋다고 합니다. 변 대변인, 이번에 상임위원장을 해 보세요."

직설적으로 상임위원장을 권하였다.

"상임위원장이 되면 같은 국회의원이라도 격이 달라집니다. 그래서 국회의원이면 누구나 상임위원장을 하려고 합니다."

김효영 사무총장까지 거들고 나섰다.

"지금 대통령 선거가 두 달 반밖에 남지 않았습니다. 이 시기에 우리 당으로서 가장 중요한 것은 대통령 선거의 승리입니다. 지금 대표님께서는 대선 승리에 도움이 되는 일만 생각하시고 판단하십시오. 저는 그 판단에 따르겠습니다. 제가 상임위원장을 하는 것이 대선 승리에 도움이 된다면 상임위원장을 시키시고 제가 대변인으로 계속 남아 있는 것이 대선 승리에 도움이 되겠다고 생각되시면 대변인을 시키십시오. 저는 조건 없이 대표님 뜻에 따르겠습니다."

나는 이렇게 대답했다.

그 말에 정 대표는 기다리고 있었다는 듯이 벌떡 일어나 나의 손을 덥석 잡으면서 감격스러운 어조로 말했다.

"변 의원, 대변인 끝까지 해줘!"

내가 대변인으로 계속 남기를 바라면서도, 내가 입당할 당시 상임위원장을 시켜주겠다고 했던 약속 때문에 마음에 없는 말씀을 하셨던 것이다. 통일국민당 몫으로 된 행정위원장에 나를, 동자위원장에 손승덕 의원을 내정해 놓고도 아무래도 나를 대변인 자리에서 물러나게 하는 것이 아쉬워서 은근히 마지막 의사타진을 했던 것이었다.

내가 대변인을 그대로 맡게 되자 손승덕 의원은 동자위원장에, 정책위의장을 하던 윤영탁 의원은 행자위원장에, 정몽준 의원이 정책위의장이 되었다. 14대 국회 전반기 상임위원장 선출에 있어서 제주도 출신의 양정규 의원은 교통체신위원장, 현경대 의원은 법제사법위원장이 되었다. 내가 행정위원장을 수락하였다면, 제주 출신 의원 3인이 모두 동시에 국회 상임위원장이 되는 진기록을 남길 뻔했다.

새한국당과의 통합 협상

1990년 초 3당 합당으로 탄생한 민주자유당의 이질적 구성은 3당 야합이란 비난 속에서 민자당의 총선 패배로 이어졌고 내부 화합이 이루어지지 않은 상태에서 14대 대통령 선거를 치르게 되었다. 민자당의 대선 과정은 총선참패의 후유증을 비롯하여 계파 갈등 등 어려운 일이 겹쳤다.

대통령 후보 경선 과정에서 민정계의 지지를 받는 이종찬 의원이 불공정 경선을 이유로 1992년 8월 17일 탈당했다. 이종찬 의원은 후보사퇴를 했음에도 불구하고 후보지명 전당대회에서 34%에 이르는 득표를 했다.

민자당은 선거대책위원회 구성부터 마찰음이 끊이지 않았지만 그래도 집권당이었다. 민자당의 김영삼 후보를 당선시키기 위한 관권 개입과 부정선거 시비가 끊이지 않았다. 1992년 9월 18일에는 민자당 총재 노태우 대통령이 탈당을 선언하고 중립내각구성을 공표했다. 노태우 대통령의 속마음이 무엇인가를 놓고 온갖 추측이 난무하는 가운데 박태준 최고의원이 1992년 10월 9일 민자당 최고위원직을 사퇴하더니 그다음 날 탈당하고 말았다. 뒤이어 장경우, 이자헌, 김용환, 박철언 의원과 윤길중, 채문식 고문, 전직 의원과 원외 지구당위원장 등이 연달아 탈당했다. 유수호 의원도 탈당했다. 이종찬 의원 등은 채문식 고문을 창당준비위원장으로 추대하여 새한국당 창당을 준비했다. 그러나 대통령 선거는 이미 민자, 민주, 국민의 3당 대결구도로 짜여진 상태라 새한국당의 창당 작업은 순탄치 않았고 결국 통일국민당과의 통합논의가 전개되었다. 국민당으로서는 세 확장이 절실하던 시기라 적극 나섰다. 국민당에서는 원내총무 김정남 의원, 정책위의장 윤영탁 의원과 대변인인 나를 협상대표로 내세웠다. 당 대 당 통합, 내각제 개헌, 중대선거구제 채택, 선거공영제, 당의 기금마련 등을 요구하는 새한국당의 대표들과 5차의 회동 끝에 1992년 11월 14일 통합에 관한 합의서를 작성하고 그 이틀 후인 11월 16일 정주영 대표와 채문식 새한국당 창당준비위원장이 공동으로 양당의 통합을 공식 선언했다.

그 무렵 민자당의 김복동 의원이 김영삼 후보에 반기를 들고 탈당하려 했다. 무슨 이유인지 탈당을 미루는 사태가 발생했고, 노태우 대통령의 측근들이 탈당을 말렸다는 소문이 파다했다. 김복동 의원은 노태우 대통령의 처남이자 육군사관학교 동기생이다. 따라서 그의 탈당은 노태우 대통령의 뜻에 따른 것으로 해석될 소지가 있어 탈당하려 했다는 것 자체가 파장이 만만치 않았다. 한편 대통령의 측근들이 나서서 탈당을 만류했다는 것은 대통령의 탈당과 공명선거, 선거중립 약속이 거짓임을 드러내는 것이 되었다. 김복동 의원의 탈당 의사가 확인되면서 국민당은 김복동 의원의 국민당 입당을 권유한 상태였다.

김복동 의원과 수년간 친분을 유지하고 있었던 나는 김복동 의원에게 입당을 권유하기 위해 전화를 걸었다. 1979년도에 겪었던 나의 입당 파동이 떠올랐다. 막상 통화가 되니 강하게 입당을 권유할 수 없었다.

"국민당에 오시면 불편 없이 지낼 수 있도록 잘 모시겠습니다. 잘 판단해서 결정하십시오."

나는 조심스럽게 권유했다.

김복동 의원은 1992년 11월 20일 국민당에 입당했다.

　이종찬 의원, 장경우 의원 등 국민당과의 합당에 소극적이었던 새한국당 잔류파 의원들도 1992년 12월 13일 정주영 후보 지지를 공식 선언했다. 정주영 대표는 그 과정에서 무소속의 정호용 의원을 영입하고 싶어했다. 나는 그 중간 역할을 자임하고 나섰다. 두세 차례 정호용 의원을 만나 장시간 대화를 나누었다. 결국 정호용 의원이 정주영 대표를 직접 만나서 대화해 본 뒤에 입당여부를 결정하겠다는 데까지 진전시켰다. 삼성동 인터콘티넨탈 호텔 객실에서 정호용 의원과 정주영 대표와의 면담이 이루어졌다. 결론은 실패였다. 정호용 의원은 민자당에 입당했다. 김찬우, 박희부 등 일부 의원들의 탈당에도 불구하고 이러한 일련의 영입활동에 의하여 국민당 의원은 한때 38명에 이르렀다.

여의도 유세와 대구 수성천 유세

14대 대선기간 중 선거 분위기도 살필 겸해서 지구당 창당대회 등 몇 군데 지구당 단위 행사에도 참석했다. 한국의 대통령 선거유세 역사에 그 이름을 남기고 있는 대구 수성천 유세에 나는 지원유세를 했다. 굉장한 인파가 모였다. 정주영 후보가 가는 행사마다 많은 인파들이 운집했다. 청중들의 반응과 열기도 대단했다. 대선 승리를 기대할 만한 분위기였다.

1992년 12월 12일에는 여의도 유세가 있었다. 유세 청중이 여의도 광장을 가득 메웠다. 가히 100만이 넘는 인파였다. 당시 경찰 추산이 50만이었다. 정주영 대선 캠페인의 대미를 장식하는 최대의 선거유세인 만큼 그 유세의 사회를 맡고 싶어 하는 의원들이 많았다. 최고위원회의에서 논란이 되자 김동길 의원이 유세의 비중으로 보아 변정일 대변인이 맡는 것이 좋겠다고 의견을 내자 아무도 반대하지 않았다는 후문이다. 눈이 펄펄 내리는 궂은 날씨에도 여의도 광장을 가득 메운 인파는 대선 승리를 확신하기에 충분했다.

정주영 후보의 연설문은 내가 작성했고, 그 연설문 초고를 지금도 보관하고 있다.

김동길 최고위원은 찬조 연설자로 나서 머지않아 한국이 세계를 이끌어가는 국가로 성장할 것이라는 연설을 하였다. 당시로는 납득하기 어려운 연설이었지만, 그 후 우리나라의 발전상을 볼 때 우리 국민들이 분열과 갈등을 극복하고 바른길로 간다면 결코 불가능한 일이 아니라는 생각이 든다.

통일국민당과 현대그룹에 대한 탄압

14대 총선에서 국민당이 이룩한 성과도 예상 밖의 일이었지만, 대통령 후보로서의 정주영 후보의 공약 또한 남들이 생각하기 어려운 것들이 많았다. 아파트 반값 공약, 2층 고속도로 건설을 통한 교통난 해소, 재벌 해체 등은 경제인 정주영에게서 기대하기 어려운 기발한 발상이었다.

공약의 의외성과 기발함은 유권자의 관심을 끌기에 충분했다. 정주영 대표가 경제인으로서 이룩한 여러 가지 업적들은 기적이라고 할 만했다. 아산농장의 매립, 건설업의 중동 진출, 자동차 산업을 일으킨 일, 조선업 에 착수한 일 등 모두가 한편의 신화 같은 사건이었다. 한국의 기간산업 은 정주영 후보가 모두 일으켰다고 해도 과언이 아니다. 다른 경제인들 은 창의적이라기보다 정주영을 따라가는 격이었다. 이러한 여러 가지 상 황과 정주영 후보가 이룩해 놓은 실적들이 다소 엉뚱하다고 생각되는 점 에도 불구하고 정주영 후보의 공약을 신뢰하게 만들었다.

민자당은 정주영 후보가 민자당 후보 성향의 표를 잠식한다고 생각했 다. 정주영 후보가 약진할수록 김영삼 후보에게 불리하다고 판단한 여권 은 국민당과 현대그룹에 대하여 본격적인 탄압을 시작하였다. 그리고 막 대한 선거자금을 살포했다. 그러면서 적반하장으로 국민당이 현대그룹 의 자금을 무제한 사용하고 있다고 역선전하는 한편, 1992년 12월 1일 경에는 현대그룹에 대한 본격적인 수사에 들어가고 현대그룹 임원과 가 족들을 미행했다. 현대그룹의 금융거래를 동결시키기까지 했다. 대통령 선거법 위반으로 구속했다 하면 구속된 사람은 국민당 당원이고 현대그 룹 직원이었다. 이에 반발하고 규탄하는 성명을 하루에도 서너 번씩 발 표해야 했다. 이러한 탄압은 정주영 후보의 선거를 크게 위축시켰고 김 영삼 후보에게 큰 도움이 되었다.

유권자들은 정주영 후보의 지지자들에게 노골적으로 금품을 요구했다. 국민당의 일선조직은 일반적인 정당 활동 비용조차도 넉넉하지 못했다. 정주영 후보가 현대그룹의 총수인 만큼 상당한 정치자금을 사용하리라고 기대했던 일선 선거조직원들에게는 실망스럽고 고통스러운 일이었다.

부산 초원복국 사건

1992년 12월 11일 아침 7시 부산의 초원복국이라는 식당에 김기춘 전 법무부 장관, 김영환 부산시장, 정경식 부산지방검찰청 검사장, 박일용 부산경찰청장, 우명수 부산시 교육감, 이규삼 국가안전기획부 부산지부장, 박남수 부산상공회의소 회장 등 부산의 유력기관장들이 모였다.

당시 선거는 부산 지역은 전통적인 야당세가 만만치 않았고 정주영 후보 역시 현대조선, 현대자동차 등 현대그룹의 주력 기업이 울산에 있어 그로 인한 영남지역의 지지세가 매우 높았다. 박정희·전두환 대통령을 배출한 대구 경북 역시 야당 투사로서 과거 반대와 투쟁으로 일관했던 김영삼 후보에 대한 정서적 거부감이 적지 않을 것으로 판단되는 상황이었다.

부산의 기관장이 모여 과거 선거 때마다 공명선거를 외쳐 오던 김영삼 후보의 당선을 위해 '부끄러운 선거운동'을 모의했다.

"우리가 남이가 이번에 안 되면 영도다리에 빠져 죽자."

"민간에서 지역감정을 부추겨야 돼."

이러한 대화들을 나누었다.

그 자리에서 지역감정을 부추기고 정주영, 김대중 야당 후보들을 비방하는 내용을 유포시키자는 모의를 했다. 그들의 대화 내용은 누군가에 의해 녹음되었고 그 녹음테이프가 국민당에 입수되었다.

국민당 내의 대부분의 의견은 이 대화 내용을 폭로하자는 것이었다. 그런데 내 의견은 달랐다. 조선일보를 비롯한 유력 일간지들이 노골적으로 김영삼 대통령 만들기에 나섰고, 정주영 때리기에 열중하던 상황이었기 때문이다. 그 유력 언론들에 의하여 사건이 어떤 방향으로 전개될지, 영남지역 유권자들의 표심이 오히려 김영삼 후보에게 유리하게 흘러가지는 않을지, 점잖지 못하게 도청했다는 비난에 휩싸이지는 않을지 걱정되었던 것이다. 그러나 김동길 선거대책위원장은 12월 15일 중앙당 당직자들이 모인 자리에서 이 사건을 폭로하고 말았다. 그것이 당시 국민당의 당론이기도 하였다.

우려했던 대로 결과는 정반대로 흘렀다. 초원복국 사건의 본질은 '권력기관과 고위공직자의 불법 선거개입'이었지만, 유력언론은 '불법도청 사건'으로 몰고 갔다. 조선일보는 선거 당일인 1992년 12월 18일 사설을 통해서 "이번 도청사건은 목적과 상관없이 부도덕한 것이며 앞으로 우리 사회의 관행과 시민생활에 적지 않은 부작용을 파급시킬 것"이라며 "기관장 모임을 도청함으로써 국민당은 선거 전략상 호재를 잡았는지 모르지만 공공사회와 국민생활에 미칠 정보정치의 악영향을 고려할 때 비판받아 마땅하다"라고 노골적으로 김영삼 편들기에 나섰다.

조선일보는 제3당인 국민당의 처절한 노력을 국민들이 가장 싫어하는 '정보정치'로 몰아붙였던 것이다. 조선일보 등 유력 언론의 그러한 노력으로 김영삼 후보는 영남지역에서는 말할 것도 없거니와 전국적으로 위기의식을 느낀 반DJ 성향의 유권자들을 김영삼 후보에게 결집시키는 결과를 가져왔다.

대통령 선거는 김영삼 후보의 압승으로 끝났다. 정주영 후보는 16.5%를 득표하는데 그쳤다.

인간 정주영, 정치인 정주영

정주영 대표 정계 은퇴

대선에서 패배하고 나서 정주영 대표는 결과에 승복하는 한편 김영삼 후보에게 축하를 보냈다. 그리고 1992년 12월 23일 경주 현대호텔에서 의원총회를 가졌다. 미국에 체류 중이던 원광호 의원과 윤항열 의원을 제외한 의원 전원이 참석했다. 그날의 의원총회는 모든 의원들이 선거에 최선을 다하지 못한데 대한 아쉬움과 미안함을 표시하면서 앞으로 당을 위하여 최선을 다하겠다는 다짐과 더불어 정 대표의 당무복귀를 요청했다. 이종찬 의원 등 새한국당에서 입당한 의원들도 백의종군을 약속하였고, 정주영 대표는 의원들의 뜻에 따라 당 발전기금 2,000억 기부 의사를 거듭 다짐하면서, 의원들과 함께 야당으로서 또한 '국민의 당'으로서 한국의 정치발전을 위하여 헌신하겠다는 의사를 표함으로써, 국민당의 재기를 다짐하는 의원총회가 되었다.

이날 의원총회는 '국민에게 드리는 글'을 채택하고 "반대만 일삼아오던 구습을 청산하는데 솔선하고 당의 체질을 개선·강화함으로써 민주주의와 경제발전을 주도하는 정당으로 발전·성장할 것"을 약속했다.

정주영과 김영삼의 회동 후 민자당, 국민당 당직자들과 함께

　12월 28일 의원총회에서 정주영 대표는 "의원 여러분은 모든 노력을 했으나 나의 부족으로 승리하지 못했다. 우리 당에 너무나 큰 시련이다. 그러나 우리나라 정치발전 과정에서 있을 수 있는 시련이라고 자위하고 싶다. 앞으로 더욱더 일사불란하게 백의종군해 민부(民富)시대를 열 때까지 전심전력하자"는 요지의 인사말을 남겼다.

　1993년 1월에 들어서도 정 대표는 당의 존속을 위한 여러 가지 구상을 했다. 당헌개정위원회를 구성하는가 하면, 의원들에 대한 지원 방안도 구상했다. 어느 날 정 대표는 나와 독대한 자리에서 뜻밖에도 국민당 소속 의원들이 활발하게 의정활동을 해야 국민당의 지지도가 상승한다. 그 것이 국민당의 사명이라고 강조하였다. 아울러 의원들에게 매달 의정 활동비를 지원하겠다고 하면서 적절한 금액이 얼마인지 나의 의견을 물어

재치·입심 누가 앞서나

3黨 대변인들
金權·官權 공방

"脫法사실 밝히는게 탄압인가" 民自

"편파搜査가 官權시비 불렀다" 民主

"法집행 불공평한게 바로 違法" 國民

"도청 집중수사 본질왜곡"

민주·국민·신정 참석기관장 사법처리 촉구

국회법사위 요구

동정 뿐나 바라는 것은 時代착오 民自
ㅇㅇ 죽거있는데 수사 왜않나 民主
ㅇㅇ博솔가 알것 國民

'부산 기관장회의' 파문 확산

"다른 지역에서도 모임 추진"
대구·인천·대전 참석자 규명 요구

정몽준 의원 해명

보았다. 나는 대선 패배 후의 어려운 사정을 고려하여 조심스럽게 금액을 제시해 보았다. 그러나 정 대표의 답변은 더 크게 도와주고 싶다면서 내가 제시한 금액의 배를 지원하겠다는 것이었다. 1993년 1월 그 금액을 지원하였으나 그것은 대선 패배 후 처음이자 마지막 지원이었다.

그 후 검찰은 정주영 대표에 대한 수사에 착수, 정 대표의 출국 금지 조치를 취하고 정 대표를 1월 14일 검찰에 출석하도록 소환했다. 정 대표는 1월 15일 검찰에 출두했다. 몰려든 취재진의 카메라에 부딪쳐 정 대표의 이마가 2cm, 머리가 6cm 찢어져 피를 흘리는 불상사가 발생했다.

검찰은 결국 1992년 2월 6일 정주영 대표를 대통령 선거법 위반죄와 특정경제범죄가중처벌 등에 관한 특별법 위반죄로 불구속 기소했다. 김영삼 대통령이 대선 과정과 그 이후에 보여 온 정주영 대표와 현대그룹에 대한 압박은 그 강도가 예상을 뛰어넘는 것이었다. 정 대표에 대한 검찰의 수사 분위기, 초원복국 사건에 대한 본말전도의 처리, 현대그룹에 대한 수사, 세무조사 등 견디기 어려운 상황으로 이어졌다.

김대중 씨가 대선 패배 후 정계 은퇴를 선언하고 영국으로 간 것도 김영삼 대통령 당선인의 정치보복을 피하기 위한 도피였다고 보는 관측들이 많았다.

정 대표는 1993년 2월 8일의 창당 1주년 기념행사에 불참했다. 그날 이호정 의원이, 다음날은 송영진 의원이 탈당했다. 드디어 정주영 대표는 2월 9일 국민당 대표최고위원 사퇴와 함께 당을 떠나겠다고 밝혀 사실상 정계 은퇴를 선언했다.

2월 10일에는 국민당 전국 지구당위원장과 당직자 비상대책회의를 열어 농성에 돌입하는 한편, 정주영 대표의 정계 은퇴 선언 철회와 국민당에 대한 탄압 중단을 촉구하였다. 그리고 다음과 같은 내용의 결의문을 채택했다.

"사법처리를 통해 정주영 대표를 정계에서 은퇴시키려는 비열한 공작 정치를 중단하라. 국민당은 동지애로 뭉쳐 새로운 민주정당, 정책정당으로 거듭날 것을 다짐한다."

이어 최고위원 당직자 연석회의를 열어 양순직 최고위원, 김효영 사무총장, 차수명 비서실장, 변정일 대변인을 대표로 선정, 정주영 대표를 만나 정계 은퇴를 만류하도록 했다. 나를 포함한 대표 4인은 2월 10일 정주영 대표가 머물고 있던 울산으로 내려갔으나 정 대표의 면담 거절로 만날 수가 없었다. 후일 개인적으로 만나겠다는 말만 남기고 숙소를 옮겨버린 것이다.

당시 언론은 정주영 대표의 정계 은퇴에 대해 "창당 때부터 같이 일해온 김동길 최고위원이 2선 후퇴를 주장한 것에 이어 김정남 총무, 윤영탁 의장의 거센 반발 등이 정치에 대한 회의를 더욱 깊게 했을 것" 또는 "현대를 통한 여권 핵심부의 정계 은퇴 압력 등이 정계 은퇴를 재촉했을 것"이라고 보도했다.

2월 10일 정태영 의원이 김종필 민자당 최고위원을 만나 국민당 탈당과 민자당 입당 의사를 표했다는 소식과 함께, 이학원, 김두섭, 김해석 의원 등의 탈당설이 들려왔다. 한편 김동길 최고위원과 정주영 대표 사이의 불화설이 점차 불거지고, 현대그룹은 정주영 대표의 사업복귀를 강력히 요청하는 가운데 당내 분위기는 갈수록 어수선했다.

통일국민당 탈당

이러한 상황에서 김효영, 이건영, 김진영, 김두섭, 박제상, 송광호, 김해석 의원이 탈당하였고, 정몽준 의원도 2월 17일 탈당했다. 이제 국민당 의석은 17석으로 줄어 교섭단체의 지위를 상실했다. 김동길 최고위원은 정 대표를 '신의 없는 무책임한 사람'이라 공격했고, 정 대표의 측근 이른바 왕당파 의원들은 '정 대표를 궁지로 몰아넣어 당을 무너뜨린 사람이 바로 김동길 최고위원'이라고 비난하는 사태에 이르렀다. 그 무렵 정주영 대표에 대한 화형식도 벌어졌다.

이러한 분위기에서 나는 더 이상 대변인직을 유지하는 것이 무의미하다고 판단, 2월 17일 대변인직을 사퇴했다. 뒤이어 2월 22일 정주영 대표가 정치 활동에 종지부를 찍는 의원직을 사퇴하고 강부자 예비후보가 의원직을 승계했다. 이로써 현대그룹의 총수 정주영의 야심찬 정치실험은 끝났고 가혹한 탄압과 고통이 기다리고 있었다. 이어 탈당 사태가 이어지고 국민당은 드디어 의원 수 12명의 군소정당으로 전락했다.

정주영 대표의 의원직 사퇴도 정주영 대표의 요청으로 내가 언론에 공표했다. 이것이 정주영 대표를 위해 언론에 대해 한 나의 마지막 일이 되었다. 더 이상 국민당에 남을 이유가 없어졌다. 대선 기간 내내 정주영 대표의 두터운 신임을 받으면서 대변인 역할에 최선을 다해 그의 최측근으로 알려져 왔던 나는 국민당에 남아있는 것이 아무런 의미도 없다고 판단했다.

지역구 핵심 당직자 100여 명을 소집하여 국민당 잔류와 탈당에 관하여 의견을 물었다. 두 시간 남짓 토론한 결과 역시 탈당이었다. 전원의 일치된 견해였다.

나는 2월 24일 통일국민당을 탈당했다. 짧은 기간이었지만 참으로 애정을 가지고 활동했던 국민당을 9개월 만에 떠나야 하는 심정은 이루 말할 수 없이 착잡했다. 나의 국민당 생활은 이렇게 끝나고 말았다.

"변 의원, 자기 집 놔두고 왜 남의 집 가 있어?!"

주로 중앙당을 지키고 있던 나는 중앙당에서 많은 사람들을 만나고 인사를 나누었다. 많은 사람들과 친분을 맺을 기회가 있었지만 나는 대변인으로서의 일에만 몰두하여 다른 당직자들의 일을 알려고 하지도 않았고 간여하지도 않았다. 선거철에 제일 귀찮은 사람은 자기 일은 제대로 하지 않으면서 남의 일에 관심이 많은 사람이다. 내가 수없이 경험했던 일이다. 틈나는 대로 제주도당 일과 지구당 선거 운동을 독려해야만 해서 다른 당직자들이 하는 일에 관여할 시간도 없었다.

그래서 정주영 대표는 나를 더욱 신임한 것이다.

상임위원장을 양보하고 나자 정 대표는 나를 정치특보로 임명하고 대표실 바로 옆에 정치특보실을 따로 마련해주었다. 대변인 업무의 성격상 대변인실 밖 공간에서는 업무 처리가 어려운 사정도 있었지만, 정 대표가 지나치게 나를 총애한다는

인상을 주는 것은 정 후보에게나 나에게 결코 좋은 일이 아니라는 생각
에 그 방을 이용하지 않았다.

정 대표가 대선에서 패배한 후 충격에서 차츰 벗어나던 시기였다.
1993년 1월 중순쯤으로 기억된다. 정주영 대표가 직접 전화를 걸어왔다.

"변 의원, 동경 뉴오타니 호텔로 당장 오시오."

의외였다.

"저 혼자 갑니까?"

내가 묻자 잠시 생각하더니

"김효영 사무총장 데리고 와요."

그래서 다음날 김효영 사무총장과 함께 동경에 갔다.

우리를 만난 정 대표가

"변 의원, 변 의원 국회의원 선거 때 신세 진 사람들이 동경에 많을 텐
데 그 사람들 다 불러요. 내가 저녁 한번 살게요."

그래서 동경의 어느 고급 일본요정에서 10명가량 초대하여 저녁 식사
를 하였다. 당시 제주 출신 사업가 이시향 회장, 나의 중·고등학교 동기
동창생인 김강우 사장, 한림중학교 후배인 임성봉, 양성구 사장 등을 초
대했다.

나는 무소속 의원이 된 이후, 1993년 9월 25일 4, 5번 요추 추간판 탈
출증으로 국립의료원에 입원 중이었다. 그때 정주영 대표의 전화를 받
았다.

"어느 병원에 있어?"

"국립의료원입니다."

"자기 집 놔두고 왜 남의 집에 가 있어? 당장 거기서 나와 우리 집으로 와요."

서울 아산병원으로 오라는 것이었다.

"퇴원할 때가 됐습니다. 곧 퇴원할 거니까 그대로 있겠습니다."

"당장 조치할 테니 아산병원으로 오시오."

사실 나의 병세는 거의 나아가는 단계여서 일주일 후면 퇴원할 상황이었다.

그런데 "자기 집 놔두고 왜 남의 집에 가있어?"라는 정감 어린 말이 나에게 포근한 감동을 주었다. 그래서 서울아산병원으로 옮겼다. 서울 아산병원에 갈 때마다 생각나는 일들이다. 정주영 회장은 통이 크면서도 아주 섬세하고 다정다감한 분이었다.

정주영 회장과의 마지막 정치 이야기

나는 의정 활동을 하면서 틈나는 대로 박사학위 논문도 준비했다. 그런 노력의 결과로 1995년 8월 22일 건국대학교에서 「미국헌법이 아시아 각국 입헌주의에 미친 영향」이란 논문으로 박사학위를 받았다.[1] 드디어 어린 시절부터 가져왔던 나의 소중한 꿈 하나가 성취되었다.

이 논문을 법학도가 아닌 일반인들도 쉽게 이해할 수 있도록 수정하여 「미국헌법과 아시아 입헌주의」라는 제목으로 출판하였고, 오현고등학교

---

1 학위취득 당시의 지도교수는 김철용 교수님이셨다.

8회 동창회(회장 김일광) 주관으로 서
귀포 하얏트 호텔에서, 서울법대 18
회 동창회(회장 중앙대 신창민 교수) 주
관으로 서울 세종문화회관에서 성대
한 출판기념회를 가졌다.

김철용 지도교수와 함께

1995년 9월 어느 날, 정주영 현대
그룹 명예회장으로부터 성북동의 현
대그룹 영빈관 만찬에 초대받았다.
간혹 현대그룹 사옥으로 찾아가 인
사를 드리곤 했기 때문에 영빈관 초
대는 이례적이고 특별한 일이었다. 만찬에는 15명 가량의 국민당 출신
의원들이 참석했다. 두 시간 가까이 진행된 만찬에 여러 가지 덕담과 과
거 통일국민당 시절 이야기를 나누었다. 정주영 회장에게 결례했던 지난
일에 대해서 사과하면서 정 회장의 정치 재개를 은근히 권유하는 이야기
도 있었다. 그러나 정 회장은 자신이 직접 정치 활동을 다시 하시겠다거
나, 그런 마음이 담겨진 속내를 보이는 발언은 전혀 없었다.

그 후 1995년 11월쯤이었다. 재동 현대그룹 사옥으로 아침에 나와 달
라는 연락을 받았다. 여기저기 정 회장과 가까이 지낼 만한 사람들에게
알아봤더니 국민당 소속이었던 의원 10명 정도에게도 연락을 했다는 것
이다. 정치를 다시 하시겠다는 뜻을 밝힐 것이라고 짐작되었다. 이미 현
대그룹 고위 인사들로부터 들은 얘기가 있었기 때문이었다.

이른 아침 김효영 의원 등 9명이 현대그룹 명예회장실에 모였다.

정주영 회장이 말을 꺼냈다.

"내년 4월 국회의원 선거가 있는데 내가 당을 만들어 국회의원 후보를 공천하고 정치 활동을 다시 해보고자 합니다. 여러분들은 내 생각에 대해 어떻게 생각하는지 의견을 말씀해 주시기 바랍니다."

단도직입적으로 정치 활동 재개의 뜻을 분명히 하고서 앉은 순서대로 의견을 묻는 것이었다. 나는 일곱 번째였다.

나보다 앞서 말한 여섯 의원은 정 회장이 다시 정치하는 것을 지지한다는 의견을 내놓았다.

"대표님께서 정당을 만드시는데 찬성합니다. 저도 동참하겠습니다. 대표님을 모시고 통일국민당 시절처럼 재미있게 정당 활동을 다시 해보고 싶습니다."

대부분 이런 내용으로 말했다. 듣고 있던 나는 이렇게 말한 여섯 의원 중 실제로 정 회장이 만드는 정당에 과연 몇 명이나 참여할지 의문이었고, 새로운 '정주영 정당'의 출현을 국민들이 긍정적으로 받아들일 것 같지도 않았다. 정 회장의 건강이나 현대그룹에도 나쁜 영향을 줄 것이 분명했다. 이런 생각들이 순간적으로 지나갔다. 나는 순간 내가 생각하는 것 그대로 말해야겠다고 작심했다.

"김영삼 대통령이 너무 독선적이고 나라 경제도 걱정입니다. 이런 상황에서 대표님께서 다시 정치에 관심을 보이시는 것은 당연합니다. 대표님께서 다시 창당하신다면 저도 참여하겠습니다. 그러나 내년 총선을 겨냥하여 지금 정당을 창당하는 것에 저는 반대합니다. 내년 총선에서 민자당은 분명히 참패합니다. 120석 정도밖에 안 될 것입니다. 무소속이

50명 가까이 당선될 것입니다. 그때 무소속 당선자들을 포섭하여 정당을 만드심이 좋을 듯합니다."

정 회장은 내게서도 찬성하는 의견을 듣기를 원하였을지 모른다. 과거 국민당 의원들은 나를 포함하여 대부분 민자당에 입당해 있었다. 나 자신도 김영삼 대통령의 통치 스타일에 불만이 있었지만 그렇다고 민자당을 탈당하여 다른 정당에 들어가는 것은 고려할 수 없는 일이었다.[2] 대부분 민자당에 입당해 얼마되지 않은 상태인데 다시 당적을 옮길 수는 없는 것이다. 또한 정주영 회장의 신당창당은 성공할 수 없는 일이었다. 그런 상황에서 정당을 만들어 15대 총선에 참여한다는 것은 차마 동의할 수 없는 일이었다. 그것은 스스로를 속이는 나답지 않은 행동이다. 그러나 고령의 정 회장에게 너무 노골적으로 반대의견을 말할 수는 없어 우회적으로 표현했던 것이다.

내 말이 끝나자, 정 회장은 그 말에 대해 아무런 언급도 없이 다른 사람의 의견을 더 이상 들어볼 필요가 없다는 듯이 잘라 말했다.

"새로 당을 만드는 것은 없던 것으로 하겠습니다."

이 한마디로 이 문제에 대해 더 이상 아무 말씀도 없었다. 나머지 두 의원의 의견을 들어보지도 않았다. 나의 의견이 너무 불쾌해서였는지, 아니면 옳다고 생각했기 때문이었는지 알 수가 없었다. 지금도 그 당시 정 회장의 심중은 모른다.

그 후로는 정 회장으로부터 정치에 관한 말씀을 들어본 일이 없다.

2 그것은 나의 정치생명이 단절되는 것을 의미한다.

감귤농가의 위기 – 우루과이 라운드 협상

1986년 9월 우루과이에서 열린 관세 및 무역에 관한 일반협정(GATT)에 따른 각료회담에서, 국제교역에서 시장개방 확대, GATT 체제의 강화, 농산물 서비스 등에 관한 국제규범 제정을 통해 새로운 국제교역 질서를 확립함을 목적으로 협상이 시작되었다. 이 협상은 1980년대 두 차례에 걸친 석유파동으로 국제경기가 장기간 침체되었고, 세계경제의 불균형 현상이 심화되면서, 세계교역 질서가 각국의 보호주의에 휩싸이게 된 데서 비롯되었다.

UR 협상은 1993년 12월 15일에 타결되었다. 그 결과 무역 장벽은 대폭 완화되었고 자유무역은 획기적 진전을 가져왔으나, 한국경제에 유익한 것만은 아니었다. 특히 농산물이 포함됨으로써 제주도의 감귤산업이 치명적인 타격을 입을 것으로 예상되었다. 이에 따라 감귤산업을 보

국회 우루과이라운드 대책 특위 제주지역간담회(좌측 두 번째가 특위 위원장 김봉조 의원, 1994.3)

농림수산부, 계획연도 3년연장 조건

「감귤대책案」 대폭 수용

國庫 4천여억지원 절충

50ha규모 수출전문단지 6곳조성

감귤수출단지 조성

정부보조비율 축소 난항속
국회 UR특위서 본격 논의

邉精一의원, 농가 간담회서 밝혀

자부담 최소화 해야 농민들

農場을 찾은 국회의원들 ◇12일 濟州를 방문한 국회UR대책특위 의원들이 朝天읍 ○○리소재 양란재배현장을 찾아 양란산업 전망에 대한 설명을 듣고있다. 【鄭利權기자】

「감귤 國費」 확대 건의

農民 영농자금 상환시기 연기도

국회UR특위, 濟州방문

生果수입권은 생산자단체에

邉精一의원, 농협조합장 간담회서 밝혀

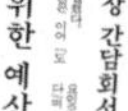

◇邉精一의원

감귤발전 위한 예산지원에 최선
폐원보상비 평당만원 지급 노력

◇국회 UR대책특별위원회 현장시찰반이 12일 오전 濟州시 ○○동 오등감귤농원에 들러 감귤재배현황을 살펴보고 있다. 【사진=金○○기자】

국회UR대책특위 현장시찰반 7명

본도 농촌실태파악 나서

호하고 경쟁력을 높이기 위한 특단의 조치가 절실하였다. 당시 나는 국민당을 탈당하여 무소속 의원이었지만, 이만섭 국회의장에게 간청하여 1993년 12월 16일 국회 우루과이라운드 대책 특별위원회 위원으로 선정되었다.

나는 UR 대책특위위원으로서 제주도 지역이 소외되지 않도록 최선을 다하고 감귤농가 보호에 만전을 기하겠다는 각오로 위원회 활동을 시작했다. 특위구성 직후인 1993년 12월 24일 우근민 제주지사 및 제주도감귤 UR 대책소위원회 위원들과 간담회를 열고, 12월 29일에는 제주, 서귀포, 남제주군 관내 농협조합장과의 간담회를 갖는 한편, 주요 지역을 순회하면서 감귤수입개방에 따른 문제와 그 대책에 대해 광범위하게 의견을 수렴하였다.

수렴된 의견을 참고삼아 국회 UR 특위위원 및 국회 예산결산특별위위원으로서 최선을 다했다. 그 결과로 거둔 성과 중 주요한 몇 가지를 소개하겠다.

첫째로, 신선 오렌지 수입권을 제주도 감귤생산자 단체에 부여하도록 했다. 원래 정부는 감귤류 수입권을 농수산물유통공사에 부여하는 방안을 검토했으나 감귤은 제주에서만 생산되므로 수입권은 제주도 감귤생산자 단체에 부여해야 한다고 주장하여 이를 관철시켰다.

둘째로, 제주감귤산업 분야에 대한 정부 예산을 2001년도까지 4,500억 원을 지출하도록 주장하여 2004년까지 4,111억 원을 감귤 분야에 지출하기로 하는 정부 결정을 도출했다.

셋째로, 수입되는 오렌지 농축액, 오렌지 생과, 감귤 생과에 대한 관세수입이 전적으로 농어촌특별회계를 통하여 감귤산업에 재투자되도록 하며, 수입 감귤류 판매 이익금은 생산자단체를 통하여 감귤농가에 귀속되도록 했다.

넷째로, 감귤 폐원 보상비 지급, 감귤진흥자금 조성, 감귤 수출단지 자부담 감경, 감귤 수출에 따른 손실보상 등의 성과도 거두었다.

재일 동포의 법적지위 향상을 위해

1960년대 후반부터 1980년대에 이르기까지 재일 동포들이 모국의 경제 발전에 크게 기여했음은 자타가 공인하는 사실이다. 특히 제주도의 경우에는 다른 지역에 비해 재일 동포들의 기여도가 더욱 높았다. 그런데도 재일 동포들이 한국에 투자하여 성공한 사례는 극히 적었다. 그래서 그들이 고향을 위해 관심을 갖고 투자한 만큼 대우를 받지도 못했다. 일부 정치인들은 정치 자금을 마련하기 위해 재일 동포들을 이용하기도 했다.

나는 이렇게 모국을 사랑하는 재일 동포들에게 어떤 보상의 길을 마련해 주고 싶었다. 그러던 차에 기회가 왔다. 1992년 7월 30일 한일의원연맹 한국대표단이 결성되었고, 그 일원인 나는 재일 동포들의 '일본에서의 법적 지위' 문제를 다루는 한일의원연맹 법적지위위원장으로 선정되었다.

재일한국인들은 본인의 의사와 관계없이 역사의 피해자로서 일본에 거주하게 된 한국인과 그 후손들이다. 오랜 세월 동안 일본에 거주하고 있지만, 일본에서는 사회적으로 부당한 차별을 받고 있을 뿐만 아니라,

법적지위도 불안정했다.

나는 1992년 9월 3일 동경에서 열린 한일의원연맹회의에서 법적지위위원장으로서 일본의 국회의원들에게 재일한국인의 지위 향상을 위해 다음과 같은 조치를 취할 것을 요구했다.

(1) 재일한국인에 대하여 상시 외국인등록증 휴대의무 및 제시 의무와 이를 위반한 재일한국인에 대하여 1년 이하의 징역에 처하게 되어있는 규정을 당장 철폐하라.

(2) 재일한국인이 일본에 거주하게 된 역사적 특수성과 정주성(定住性), 즉 그들이 일본에 생활의 뿌리를 내리고 있고 일본인과 동일한 생활을 하고 있으며 각종 공적 의무 이행을 통해 지역사회에 기여하고 있는 일본의 정주민으로서 사실상 일본인과 다름이 없으므로 재일한국인에 대하여 지방자치단체에서의 선거권과 피선거권, 공무담임권 등을 부여하라.

(3) 1936년부터 1945년까지 일본의 국가총동원령 체제하에서 강제연행된 사할린 동포들에게 생활 근거지가 일본에 있음에도 일본에서의 거주가 제한되고 있음을 시정하라.

(4) 반인륜적 정신대에 관한 일본 정부의 진정한 사과와 적정한 배상을 시행하라.

(5) 재일한국인에 대한 취업, 교육에 있어서의 차별적 대우와 그 관행, 일본인들의 차별의식 개선과 철폐를 위한 정부 차원의 노력을 바란다. 특히 공공기관 및 그 산하 단체에 대한 취업 문호를 개방하라.

(6) 한국학교를 일본의 정규학교로 인정하여 진학에 따른 장애를 제거하
고 일본 정부가 재정지원을 하라.

(7) 사회보장에 있어서 재일한국인의 역사적 특수성과 정주성, 생활 문화
의 유사성에 비추어 재일한국인을 일반 외국인과 동등하게 취급하는
것은 잘못된 일이다. 일본인과 동등하게 대우하라.

이렇게 주장하며 시정을 요구한 이후에 재일한국인에 대한 참정권을
인정하는 지방자치단체가 증가하는 등 조금씩 개선되기 시작했다.

민자당 입당

다시 민자당으로

김영삼 대통령은 대통령 취임 후 열흘 만인 1993년 3월 8일 군부 내에
세력화를 도모하는 조직인 하나회 제거작업을 시작했다. 그 일은 군부
내의 정치군인들을 제거하여 군의 정치적 중립성을 확보하면서 정치군
인을 근절하려는 특단의 조치인데 무려 5개월에 걸쳐 마무리했다.

이어서 1993년 8월 12일에는 대통령 긴급명령 16호로서 금융 실명제
를 전격 실시했다. 정경유착에 의한 부정한 돈거래를 막고 각종 금융비
리와 부정부패를 척결함으로써 사금융과 지하경제의 음성적 금융거래
를 억제하여 금융거래의 정상화를 기한다는 목적이었다.

이어 공직자 재산공개 제도를 실시하여 공직자들의 재산을 공개하도
록 했다. 이러한 조치로 인해서 비정상적으로 재산을 형성하였거나, 상
속 재산이 많은 공직자들 다수가 공직에서 자진 사퇴하는 사태가 벌어졌

고, 이 과정에서 국민여론에 밀려 현직 대법원장이 사퇴하는 일도 일어났다. 이러한 현실을 지켜보면서, 나는 여론정치에 의해 법치주의가 무너질 가능성을 염려하였다. 상당 기간 무소속 의원으로 의정 활동을 하면서 냉정하게 정치 현실을 주시하다가 1994년도에 정당을 선택하기로 입장을 정리했다.

1993년 정기국회에 즈음하여 유수호 의원으로부터 교섭단체에 속하지 않은 의원 19명이 원내 교섭단체를 구성하는 데 참여해달라는 제의를 받았다. 나를 교섭단체의 원내총무로 추대하기로 19명의 무소속의원 사이에 합의가 되었으니 참여하여 원내총무를 맡아달라는 것이었다. 그러나 나는 교섭단체에 참가할 경우 차후 정당을 선택하는 데에 장애요인으로 작용하게 된다고 판단되어 그 제의를 받아들이지 않았다. 19명의 의원 중에는 과거 국민당의 동료의원들도 다수 있어 내심 미안하기도 했으나 거절할 수밖에 없었다.

나는 의정활동 중 틈나는 대로 4·3 진상규명을 위한 기초 준비 작업과 법학박사 학위 준비를 하고 있었다.[3]

그러는 가운데 민자당 입당이 본격 논의된 것은 국민당 탈당 후 1년 3개월이 지난 1994년 5월쯤이었다. 7월 말에 이르러 국회의원 보궐선거를 앞두고 무소속 의원에 대한 민자당 입당 교섭이 활발했다. 이한동 원내총무, 문정수 사무총장 등이 입당 교섭을 맡았다. 나는 외국 출타 중인 울산 출신 차수명 의원과 의견을 나누고, 1994년 8월 11일 민자당에 입

---

3 14대 국회의원 임기 중 4·3 관련한 활동은 15대 국회에서의 활동과 함께 기술하고자 한다.

당했다. 김정남, 윤영탁, 정주일 의원 등도 함께 입당했다. 무소속이 된 지 1년 6개월 만이었다.

당시 서귀포시·남제주군 지구당위원장은 11대 국회의원을 지낸 나의 오현고등학교 6년 선배 강보성 전 의원이었다. 입당 당시에 빠른 시일 내에 강보성 위원장을 사퇴시키기로 사무총장이 약속했으나 12월이 되어도 진전이 없었다. 사무총장만 믿고 있다가는 해를 넘기겠다는 생각이 들어 12월 하순쯤 김종필 민자당 대표최고위원을 방문하여 항의했다. 김종필 대표도 전적으로 동의하면서,

"만약 이달 중에 결판이 안 나면 같이 때려치웁시다. 이따위 당이 어디 있어요?"

격한 반응을 보였다. 김종필 대표는 김영삼 총재의 당 운영 방식에 불만을 품어 탈당까지도 심각히 고려하고 있는 듯했다. 이어 나는 문정수 사무총장을 만나 약속을 지키지 않는 정당에 더 이상 몸담고 싶지 않다. 빨리 결론을 내달라고 항의하였다. 그래서 결국 1994년을 넘기지 않고 지구당 문제가 해결되었다. 1995년 1월 14일 서귀포시민회관에서 지구당 개편대회를 열어 내가 지구당위원장이 되었다. 개편대회에는 2,000여 명의 당원과 지지자들이 운집하였고, 강보성 전 위원장도 참석했다. 나는 전 강보성 위원장을 정중하게 예우했다.

이 개편대회에 김종필 대표가 참석하였다. 그 무렵, 김종필 대표의 탈당설이 있어 그의 축사에 기자들의 관심이 많았다. 그러나 김 대표는 탈당 및 신당 창당을 시사하는 발언은 하지 않았고, "우리 모두 화합하여 나아가야 할 발걸음을 개개인의 욕망 때문에 흩트려 놓아서는 안 된다"

고 불편한 마음을 간접적으로 드러내는데 그쳤다.

이어 1월 20일 민자당 제주도지부장 선출은 양정규 의원, 현경대 의원, 변정일 의원의 순으로 1년씩 도지부장을 맡기로 합의하였고 그 합의에 따라 1월 23일 도지부 개편대회에서 만장일치로 양정규 의원이 도지부장으로 선출되었다.

5·18 특별법안심사소위원회 위원장

1995년 11월 25일에는 민자당 5·18 특별법 기초위원회 위원으로 선정되어 그 조문화 작업을 했으며, 11월 28일 국회 5·18 특별법안심사소위원회 위원장으로 선임되어 동 법안의 위헌소지를 없애는 입법을 주도하였다. 당시 소위원회 위원으로는 민자당의 신상우, 박헌기, 강신욱 의원, 국민회의의 장석화 의원, 민주당의 정기호 의원, 자민련의 함석재 의원 등이 참여했다.

'5·18 민주화운동 등에 관한 특별법'이라는 명칭으로 1995년 12월 21일 국회 본회의를 통과하였다. 전두환, 노태우 두 전직 대통령은 그 이전 1995년 12월 3일 구속되었고, 1995년 12월 20일 내란죄 반란죄 등으로 구속기소 되었다.[4] 이회창 후보는 1997년 8월 말경 전두환, 노태우 두 전직 대통령의 사면 건의 여부를 나를 포함한 참모들과 논의한 후 9월 1일 대통령에게 사면을 건의하였고, 김영삼 대통령은 결국 대통령 선거가 끝난 1997년 12월 20일 두 전직 대통령을 사면했다.

---

4 1995년 12월 15일 헌법재판소는 성공한 쿠데타도 처벌할 수 있다는 결정을 선고했다.

제주도의 항만 개발과 제주대학교 의과대학 유치

항만개발

14대 국회의원으로서 내가 지역구를 위해 한 일 중 특히 기억에 남아 있는 몇 가지만 소개해둔다.

제주도가 천혜의 자연경관을 가진 섬으로써 국제관광지로 발전하기 위해서는 항만 개발이 무엇보다도 중요하였다. 2000년대 환태평양시대의 중심도시가 되기 위해서 제대로 된 항만은 필수 요건이다. 10대와 14대 국회 상임위 활동에서 교통체신위원회를 택한 것은 제주항만 개발의 문제를 해결하려는 의도가 중요한 이유였다.

제주도 항만개발은 그 계획부터 관광사업과 걸맞은 것이어야 했다. 한편 그 지역의 특수한 민심과 경제활동의 편의도 고려해야 했다. 14대 국회에서 산남지역의 중심 항인 서귀포항을 제대로 개발하기 위해 종전에 수립된 서귀포항 개발계획을 전면 수정했다. 서귀포항을 관광전용항구, 화물항구, 어선전용항구 등 3개의 구역으로 지역 특성과 지역 주민의 편의를 고려하여 구분하여 개발하도록 제주종합개발계획을 1995년까지 새로 수립하도록 했다.

그리고 1994년 회계연도의 서귀포항 개발 예산을 전년 대비 90% 증액하는 등 지속적으로 예산을 투입토록 하였다. 그리고 서귀포 어촌계 회관 부지를 확보하고 항만노동자들의 숙원사업인 회관도 건립했다.

성산포항은 제주도 동부 지역의 중심 항으로 해안 관광시대에 대비한 항만으로 개발토록 하여, 성산포 외항은 여객항으로, 내항은 어선전용항으로 구분, 이용 목적에 부합하게 개발토록 하고, 심한 파도에 대비,

북 방파제를 조도로 축조하게 했다.

화순항은 서부지역의 해양 휴양과 관광 및 화물의 중심 항으로 개발토록 1993년부터 연도별로 미래 발전에 대비한 대규모 발전 계획을 세우고 예산을 투입하도록 하였다.

대정 운진항 개발은 일제 강점기 때부터 대정읍민들의 숙원이었다. 10대 국회의원 시절부터 추진하였으나 1979년과 1980년대의 정치 상황으로 국회가 조기 해산됨에 따라 뜻을 이루지 못했다. 14대 국회의원이 된 이후 운진항을 제주도 서남부 지역의 어업전진기지, 해양 관광과 해양 레크리에이션의 중심 항으로 개발하도록 했다.

위미항도 어항 및 화물항으로서 역할을 제대로 할 수 있도록 개발예산을 증액했다.

제주대학교 의과대학 설치

제주도는 모든 국민이 안전하고 편안하게 즐길 수 있는 국민 관광지면서 국제적 관광지로 세계인의 사랑을 받을 수 있는 자연여건을 갖추고 있는 곳이다. 환태평양시대의 중심지가 되어 국제적인 도시로 발전하기를 기대하고 있다. 그렇게 되려면 국제 수준의 각종 시설이 갖추어져야 하는데, 그중에 의료시설은 필수적이다. 또한 의료시설은 제주도민들의 삶의 질을 향상시키기 위해서도 필요하다. 제주대학교에 의과대학을 설치하는 것은 이러한 이유에서이다.

그뿐만 아니라. 의과대학 설치는 지방 거점대학으로서의 발전과 제주도의 발전을 앞당기는 견인차의 역할도 할 수 있다. 누구나 믿을 수 있는 의료시설은 훌륭한 관광지의 필수 요건이다. 안심하고 여행할 수 있어야 편안한 관광이 가능하다. 그러므로 수준 높은 의료시설을 확보하는 것은 제주도와 제주대학교의 발전과 도민의 삶의 질을 향상시키기 위해서도, 국제적인 관광지로 한 단계 도약하기 위해서도 시급히 해결해야 할 문제였다.

나는 제주대학교 의과대학 설립에 적극 나섰다. 청와대 박세일 정책수석비서관을 만나 제주대 의대 설치의 필요성과 도민의 정서를 설명하고 협조를 당부했다. 민자당 김종호 정책위원회 의장에게도 필요성을 설명하였다. 한편 1995년 9월 초 단독으로 청와대 한승수 비서실장을 만났다. 제주대 의과대학의 필요성을 설명하면서, 내년도 총선에 승리하기 위해서 제주대학교 의과대학 설립은 반드시 이루어져야 한다고 호소했다.

한 비서실장은 "제주대학교에 의과대학이 설립되도록 해드리겠습니다. 약속합니다. 그러나 나에게도 한 가지 약속을 해주셔야 합니다. 내년 총선에서 반드시 당선되셔야 합니다"라고 말하며 제주대학교 의과대학 설립을 약속했다.

10여 일 지나, 민자당 교육당정협의회의에서 제주대학교 의과대학 설립이 합의되었고, 드디어 1995년 10월 5일 제주대학교 의예과 설치인가가 났다. 우선 1996년도 학기에 자연과학대학에 의예과가 설치되어 학생을 모집하였고, 2년 후인 1998년 3월 1일 자로 제주대학교 의과대학이 개교되었다.

제7장

–

3선 의원 변정일
(제15대 국회의원)

원내 7인방

3선 의원이 되다

김영삼 대통령은 제5 공화국의 이미지를 희석시키기 위해 1995년 11월 16일 노태우 전 대통령을, 12월 3일에는 전두환 전 대통령을 각각 구속한데 이어 12월 6일 민주자유당의 당명을 신한국당으로 변경했다. 선거에 임하여서는 청렴과 소신의 대쪽 이미지로 국민들 사이에 인기가 높은 이회창 전 대법관, 이홍구 전 총리, 박찬종 의원 등을 영입하여 선거대책위원장, 선거대책위원회 고문, 수도권 선거대책위원장으로 각 임명했다. 이재오, 김문수, 이우재 등 전혀 성향이 다른 사람들도 영입했다. 이러한 조치의 결과로 당초 고전을 면치 못할 것으로 예상했던 15대 총선은 신한국당이 139석을 확보할 수 있었으나 원내 안정 의석을 확보하는 데는 실패했다. 민주당은 79석으로 참패했고 JP의 자유민주연합이 50석을 얻는 약진을 했다. 제주지역은 신한국당 후보가 모두 당선되었다.

15대 국회본회의장에서 대정부 질문 중인 필자

나는 서귀포·남제주 선거구에서 2,500여 표차로 민주당 후보를 누르고 당선되었다. 그러나 혈연과 돈의 위력을 다시 한번 느끼게 하는 선거였다.

나는 14대 국회에서 국민당 대변인을 비롯하여 여러 가지 정치적인 역할을 하여서 중앙 정치무대에서 제주도민의 자존심을 세웠다고 자부하였다. 또한 국회 UR 특위위원, 예결위원으로서 감귤산업을 비롯한 제주의 농수산업보호와 항만 개발, 제주대학교 의과대학 유치, 4·3 진상규명 관련 활동 등 활발한 의정활동을 했고 제주 유권자들과의 관계도 잘 유지하였다고 생각했다. 그래서 나는 어렵지 않게 당선되리라고 예상했다. 상대 후보가 돈을 많이 쓰면서 사전 선거운동을 한다는 것을 알고 있었으나 크게 의미를 부여하지 않았었다. 그런데 막상 선거에 임해보니 제주 고 씨와 경주 김 씨의 혈연 기반과 돈의 위력은 대단하였다.

민자당의 서자 – 국회윤리특별위원장

어떻든 나는 3선 의원이 되었다. 15대 국회의 원 구성에서 법제사법위원장을 원했다. 강재섭 의원과 경합할 것 같았다. 원내총무 서청원 의원을 만나 강재섭 의원은 전국구 2회에 지역구는 1회 당선에 불과하니 같은 3선 의원이라도 세 번 모두 지역구에서 당선된 내가 법사위원장 우선순위라고 주장했다. 원내총무도 이점을 수긍했다. 그러나 결과는 상설특별위원회인 국회윤리특별위원회 위원장이 되었다. 대통령인 김영삼 당 총재가 그렇게 정했으니 어찌할 것인가. 나는 신한국당의 서자임을 절감했다.

당시의 신문에 실린 프로필은 "지조를 중시하는 소신파, 침착 온화하

국회 상임위원장 내정자 프로필

상임위원장 투표결과
총투표수:281표

상위장선출 "왠" 인기투표

순발력 탁월한 지략가

財經 黃秉泰

JP추천 정계 입문

行政 金仁坤

신한국 TK ㅈ

法司 姜在涉

성격 호방한 뚝심형

圖

유일한 공화系 3選

內務 李

YS초대 비서실

統務 朴熺

행정위제외 모두 90%이상 득표
특위배제 불만 民主黨의원 불참

사려깊고 조용한 법조계출신 3選

서울형사지법판사 변호사 등을 지
낸 법조계출신의 3선의원. 10대때
무소속으로 출마. 첫 배지를 단뒤 공
화당에 입당, 80년대초 정풍운동에
참여하기도 했다.
14대때도 무소속으로 출마해 당시
국민당 鄭周永대표의 지원을 받아

邊 精 一
율리

당선된 뒤 국민당에 입당, 대변인 등
을 맡았다. 94년 민자당으로 이적.
조용하고 사려깊은 편. 부인 權寧畢
씨(54)와 2남.
△제주 남제주군(54) △서울대 법
대 △헌재 사무처장 △국민당 대변인
○, 14, 15대의원

윤리특위 변정일

92년 大選때 YS에 毒舌 퍼부어

판사 출
신으로 매
사 치밀하
고 논리적
이란 평.
여자처럼
부드러운
성격의 소
유자지만 92년 대선때 정주
영(鄭周永)국민당후보의 대
변인으로 YS에 대한 독설
을 퍼부었던 인물. 두차례 무
소속으로 당선됐으나 이번엔
여당으로 출마, 당선됐다.
신고재산 7억7천9백만원.
권영필(權寧畢)씨와 2남.

▶남제주(54) ▶오현고·서
울대법대 ▶서울형사지법 판
사 ▶헌법재판소 사무처장 ▶
3선

외교실무 논리정연

逓産 孫世一

지조 중요시 "소신파"

統一 辨 透 精

원칙충실한 율사출신

保健 辛基夏

60년대부터 여성운동

女性 申樂均

국회 특위위원장 내정자 프로필

면서도 치밀한 논리가"라고 나를 소개했다.

국회 생활법률연구회장

15대 국회 들어서서 국회의원들의 연구회 활동이 상당히 활성화되었다. 나는 1996년 6월 15대 국회 개원과 동시에 생활법률연구회를 창립하고 회장으로 선출되었다. 총무는 정우택[1] 의원이 맡았고, 이정무, 목요상, 안상수, 박헌기 의원 등 회원은 13명이었다.

모든 법률은 국회에서 만들어지지만 졸속 입법도 많아 국민생활에 불필요하게 불편을 주는 법률들이 의외로 많았다. 특히 의원입법의 경우 전문지식의 부족과 법률체계에 대한 이해 부족으로 위헌 시비, 과잉 규제 등 문제점들이 지적되곤 했다. 이처럼 국민의 일상생활과 관계되는 법률 시행령 시행규칙 중에 국민생활에 불편을 주는 법령들을 찾아내 이를 개정하고 국회활동을 통하여 행정부에 시행령, 시행규칙 등을 개선하도록 한다는 취지에서 생활법률연구회를 조직했다. 16대 국회에 들어와서는 박헌기 의원이 연구회를 조직하면서 나에게 양해를 구하고 생활법률연구회라는 명칭을 계속 사용했다.

원내 7인방

15대 국회 본회의장에서 나는 이회창 총재[2]를 만나 사무실로 찾아뵙

---

1 2017년 12월까지 자유한국당의 원내대표였다.
2 이회창 전 대법관에 대해서 여러 가지의 호칭이 있으나 후일 한나라당의 총재를 역임했으므로 시기에 관계없이 총재로 표기한다.

겠다고 말씀드렸더니 언제든지 들려달라고 했다. 어느 날 이회창 총재의 연락을 받고 시청 앞 플라자호텔 일식당에서 조찬을 하게 되었다. 헌법재판소 사무처장 때 청사 부지를 확보하는데 양보해주셔서 고마웠다는 인사를 먼저 하였다. 그러고 나서 1997년 15대 대선에 출마하도록 권유했다. 그리고 그 이유를 설명했다.

"김영삼 대통령이 취임 후 높은 인기와 국민적 지지를 바탕으로 무리한 정책 추진을 함으로 법치주의가 훼손되고 있습니다. 민주화라는 명분으로 자유민주주의 체제에 금이 가고 있습니다. 현시점은 민주적 기본 질서를 제대로 공고히 확립해야 할 시기입니다. 현재의 추세가 이대로 지속된다면 후일 국법질서를 바로잡기 어려운 상황이 도래할 것이 분명합니다. 그런 의미에서 어떠한 명분으로도 법질서가 무너지는 일이 없도록 바로 잡아야 할 시기라고 생각됩니다. 그런 면에서 이회창 대법관님이야말로 이러한 시기에 대통령이 되셔야 한 분이십니다. 그러니 이번 대통령 선거에 꼭 나서시기 바랍니다." 그러나 그 자리에서 직접적인 답은 듣지 못했다.

우리나라의 정치 사회 상황은 매우 어렵게 치닫고 있다. 좌·우의 이념 대립, 극렬한 노동운동, 초법적이며 폭력적인 집회와 시위, 선거 때마다 판치는 흑색선전, 무제한에 가까운 언론의 자유 등 사회의 분열과 갈등을 조장하고 국가 발전을 저해하는 모든 사회적 병폐들이 민주화라는 이름으로 잉태되고 심화되어 왔다고 해도 과언이 아니다. 오늘날의 대립과 갈등, 혼란과 무질서의 상당 부분은 민주주의의 탈을 쓰고 국민의 기본권으로 위장되어 행해져 왔다. 이러한 상황이 계속되면 나라의 앞날이

'원내7인방'-'9人회의' 1등공신

白南治의원등 당내서 전위부대 활약
공직생활인연 측근그룹 大勢論확산
虛舟 '영남후보배제' 주장 막후지원

梁正圭의원　　姜在涉의원　　徐相穆의원　　邊精一의원

白南治의원　　金榮馹의원　　鄭亨根의원　　朴成範의원

신한국당 李會昌 (이회창)대통령후보
가 21일 탄생한 것은 그 혼자만의 힘이
아니다. 그의 뒤에서 두뇌와 손다리
역할을 대신하면서 뛴 '李會昌사단'이
있었다. 李후보가 본선에서 야당후보
를 누르고 대통령에 당선될 경우 이들
인맥은 차기정권에서 국회운영에 중요
한 몫을 담당할 것이 분명하다.

李대표가 지난해 1월 신한국당에 입
당한 후 1년6개월 동안 '李會昌대통
령만들기'에 나선 사람들은 크게 무가
지 갈래로 나뉜다. 한 축은 '맨손'으
로 출발한 그의 조직기반을 꾸준히 닦
대, 당대에서 '李會昌대표체제'를 만들
어 낸 원내·외 위원장들이다. 또하나
는 李대표가 경기고-서울대법대-대법
관-중앙선관위원장-국무총리-당대
표로 이어지는 공직생활의 과정에서 인
연을 맺은 '측근그룹'들이다.

우선 李후보가 21일 당선공선에서 승
리하기까지 두드러지게 활동한 세력은
이른바 '영남7인방'으로 불리는 의원그
룹이다. 이들 중 白南治(백남치) 徐
相穆(서상목) 金榮馹(김영일) 姜在涉
(강재섭) 邊精一(변경일)의원등 5인은 지
난해 12월 서울 인사동의 한 음식점에
서 李대표와 첫모임을 가진뒤 줄곧 朴
성範 '李會昌원내부대' 대행을 했고
阿南植(하순봉) 鄭亨根 (변정일)의원의
출범때부터 가세했다.

등은 李 위원장의 측근으로 종합조정역
할을 맡고 白…위원장은 조직, 徐의원
은 기획및 여론조사, 金의원은 전략,
차의원은 홍보, 洪의원은 각종 연락과
李대표의 입사역 몸을 맡았다. 이들은

정치인으로서 경험이 짧아 원내사정에
밝지 않은 李대표와 지구당위원장 및
대의원을 연결시키는데 결정적 역할을
했다.

그러나 뭐니뭐니 해도 李會昌승리의
1등공신으로는 金榮馹(김영馹-이호 철
舟-최석) 고문을 곱는 사람이 많다. 그
는 일찍감치 '영남후보배제론'으로 분
위기를 잡은데 이어 민주계의 反(반)李
會昌움직임에 맞서 李대표가 사움을 벌
일 수 있도록 막후지원 역할을 했다.
민주계 핵심의 경계의 눈길을 피하며
즉각 자신의 계보로 하여금 민종계 모
임인 나라회를 만들어 대처케 하기도
했다. 그의 계보인 중 盧正朮(노정朮)
金榮馹(김종朮)의원이 李會昌 원내총
대표위의 대행뿐만 아니라 선거대책위
의 내부의 조직, 李대표(김자상)
총(선위원, 尹國宣(윤국宣)상임실장
등이 경선에 대거 달려들어 뛰였다.

정치권리에 중 虛舟에게 대비되는 사
이 '측근그룹' 의 일부 민주계다. 李 대
표는 특보단으로 활동하기는 한 이들
조선도 민주계의원들은 경선에서 대의
원 사이의 내부분 확산에 큰 역할을 했
을 뿐 아니라 본선에서 李대표의 개혁
이미지 보완을 위해 전천후매치를 가능
이 거론되고 있다.

李대표, 승리의 또다른 주역은 그가
대법원에서 나서기 전부터 그룹 도와온
측근그룹이다. 이른바 '9인회의'멤버
로 불리기도 하는 이들 중 李碩淵(이상
朱)한리비서실장은 측근그룹의 종합
팀장역을, 尹東尹(윤동환)전李대표비…

본도 梁正圭·邊精一의원
'李후보 만들기' 일등공신 부각

梁正圭의원　　邊精一의원

(서울=東亞日기자) 본도美 報道班
(친韓국당) -邊精一(경북-高爲)·南南
治(부산)의원이 신한국당 李正昌 대통
령 당선의 신前이라는 화젯거리에 李
會昌후보 최측근으로서 핵심참모 역
할을 맡은 '李會昌사단' 중 핵심이라고
한 부분 이 대표의 '김치장' 꽃 한 사람으로
李후보 이른바 '측근그룹' 을 혼령으로
당선인 주역들을 앞당겨 단계적으로 단계
된 것이 지난 2월초 서얼부 무림인 도움
초유의 활동으로 3천인이 부각된 것도
이들의 공로였다. 대표가 '결성(핵심)그룹
·核心7인방' 이라고 당선이를 당했었다.
라고 했다는 것.

虛…는 李대표가 '후보이름(人
他)' 을 지길, 됨지시와테란 지지 또한 끊
의 공력있으니 국민의 지지 또한 끊
아 사사로있 봉쟁밴다는 것.

李의원 '핵심7인방'으로 활약
梁의원 나라회 산파역

이후 邊의원을 포함 7인은 李의그룹
은 1주일에 한차례 만나 회장을 교환하
논의하다가 도는 매주 거의 매일 을릴
모여 전략을 짜고 李대표에게 李의그룹
'李會昌후보만들기'에 심혈을 올쏟...

"인치가 아닌 법치" 의견에 공감·참여
지구당위원장 설득때 '지역색없는 특장' 장점으로 작용

李會昌대선후보만들기 '7인방'

濟州출신 邊精一의원

<보도班기자>

위태로운 상황이 될 것이다. 내가 우려하지 않을 수 없었던 이유이다. 그런데 그러한 현실이 이제 우리 앞에 나타나고 있지 않은가?

나는 지금도 당시 나의 판단이 옳았다고 생각한다.

1996년 12월 말경으로 기억된다. 이회창 총재가 '이 총재의 코어그룹'에 참여할 의사가 있는지를 타진해 왔다. 나는 당연히 참여하겠다고 약속했다. 그래서 며칠 후 이회창 총재와 함께 나와 백남치, 하순봉, 서상목, 박성범, 김영일, 황우여 의원 등 현역의원 7명이 모였다. 후일 언론에서 '원내 7인방'이라고 지칭하였던 그룹의 첫 모임이었다.

이 자리에서 이회창 총재는 대권 도전의 의지를 분명히 밝혔다. 우리는 이미 각자 생각했던 일이어서 최선을 다하기로 다짐하였다. 이날부터 우리는 이회창 대통령 만들기에 나섰다. 신한국당에는 당시 최형우, 김덕룡, 박찬종, 이홍구, 이수성, 이인제 등 대통령 예비후보군이 있었다.

대통령이 집권당의 총재를 겸하고 있어서 대통령의 내락이나 승인이 없으면 대권 도전을 생각하기 어려웠던 시기였다. 그래서 대통령의 의사와 관계없이 대권 도전에 나서는 것 자체가 모험이며 어떤 의미에서는 새로운 정치 실험이었다. 따라서 당 총재인 대통령의 의사와 관계없이 대통령 후보가 되기 위해서는 당내에 대통령도 거부할 수 없는 강한 지지 기반을 확보해야 했다. 그래서 우리는 우선 지지기반을 확보하는 일부터 시작했다.

처음부터 업무를 분담한 것은 아니었지만, 자연스럽게 나와 백남치 의원이 조직을 담당하게 되었다. 7인방은 수시로 만나 우선 경선 승리를 위해 전략을 토론하고 정보를 교환하고 조직을 확대하는 일을 했다.

이회창 대통령 후보 만들기

집권여당 초유의 대통령 후보 자유경선

1997년 1월 초에 터진 한보철강의 부도 사태는 한보철강 정태수 회장만의 구속으로 끝나지 않았다. 김영삼 대통령의 측근으로 알려진 홍인길, 황병태 의원 등과 야당의 권노갑 의원, 그리고 관계 은행 은행장이 구속되었다. 구속된 홍인길 의원이 "나는 깃털에 불과하다"고 억울함을 호소했다. 국민들은 홍인길 의원의 호소를 곱씹으면서 김영삼 대통령과 그 아들 김현철에게 의혹의 시선을 보냈다.

드디어 1997년 2월 25일, 대통령은 직접 대국민 사과성명을 발표하고, 1997년 3월 13일에는 사태 수습책의 하나로 이회창 의원을 신한국당의 대표로 지명하였다.

이회창 의원이 당 대표가 된 이후 후보 경선 작업은 순조롭게 진행되는 듯했다. 이회창 대표는 경선을 앞두고 7월 2일 대표직을 사임하고 고문이 되었다. 대통령 후보 경선에는 이회창, 이수성, 이한동, 최병렬, 박찬종, 김덕용, 이인제 등 7인이 등록하였으나 이회창 후보의 경선 자금 살포를 주장했다가 곤경에 처한 박찬종 의원이 경선전당대회 전날인 1997년 7월 20일 사퇴하여 6명의 후보가 경선하게 되었다. 이회창 후보의 지지세는 압도적이었다. 새로운 정치를 기대하는 국민의 여망에 부응하는 당연한 현상이었다. 세 불리를 느낀 이수성, 이한동, 이인제, 김덕용 등 4인의 후보는 반 이회창 4인 연대를 도모하였다. 그러나 1997년

7월 21일 실시된 전당대회에서 이회창 후보는 1차 투표에서 4,955표로 유효표의 41%를 얻어 압도적 표차로 1위를 하였고, 2차 결선투표에서 6,922표로 유효표의 60%를 획득하여 신한국당의 15대 대통령 후보로 선출되었다. 그리고 김영삼 총재로부터 당대표로 지명받아 다시 신한국 당의 대표로 복귀했다.

원내 7인방은 경선 과정에서 이회창 대세론 확산에 결정적인 역할을 했다. 나는 250명의 현역의원 및 지구당위원장 중 140여 명과 만났고, 허주(김윤환 의원의 호)계 의원들과 이회창 후보 사이를 연결시켜주는 역 할을 하였다.

이회창 총재 대통령 만들기에 나서게 된 것은 전적으로 나의 판단과 의지에 의한 것이지 김윤환 대표의 지시나 권유에 의한 것은 아니었다.

김윤환 대표와는 가까운 사이로 소위 허주계라고 불리는 국회의원 그룹에 내가 포함되었던 것은 사실이다. 허주도 여러 면에서 이회창 총재가 대통령 후보가 되는 데에 큰 역할을 한 것도 사실이다. 만약 허주가 다른 선택을 하면서 내가 이회창 총재를 돕는 것을 만류했다면, 나는 곤란한 입장에 놓였을 것이다.

당시 모든 언론은 신한국당의 대통령 후보 경선이 집권여당 최초의 자유경선이었다는 데 큰 의미를 부여했다.

이수성 총리와의 인연

후보 경선에 나섰던 이수성 총리에 대해서는 잊기 어려운 추억이 있다. 내가 무소속 출마를 결심하고 선거 준비를 하던 1978년 여름, 서울법대의 이수성 교수로부터 서울에서 만나자는 연락을 받았다. 이수성 교수는 서울법대 선배이고, 내 대학 시절 서울법대의 조교였으나 사적으로 만나본 적은 없었다. 어쩌다 시험 감독으로 강의실에서 만났던 일이 있어 얼굴을 알고는 있었다. 그런데 꼭 한번 만나자는 연락을 받고 나는 서울에 온 김에 종로 입구 뒷골목 한 생맥주 집에서 이수성 교수를 만났다.

"변 판사, 선거 준비를 한다는 말을 들었는데 준비가 잘 되고 있나?"

뜻밖의 질문이었다.

"열심히 하고 있습니다."

"기왕이면 공화당 공천을 받게나. 내가 도와줄게."

"나에게 공화당 공천을 줄 리도 없고, 이미 무소속으로 출마한다고 선언한 뒤라 공화당 공천을 받는 것이 유리하지도 않을 것입니다. 공화당 공천을 받고 싶은 마음도 전혀 없습니다. 말씀 고맙습니다만 그대로 무소속으로 출마하겠습니다."

"결심이 그렇다면 더 이상 말하지 않겠으나, 만약 생각이 바뀌면 나에게 연락을 주게. 그리고 유혁인 정무수석 비서관[3]에게 부탁해 놓을 테니 정치하는 과정에서 어려운 일이 생기면 찾아가게. 도와줄 걸세."

그렇게 헤어졌다.

여러 해가 지나서 유혁인 정무수석과 단둘이서 식사를 할 기회가 있었다. 그 자리에서 유혁인 전 수석은 1978년도에 이수성 교수로부터 변 의원을 잘 도와달라는 부탁을 받은 적이 있다고 말했다. 그 인연으로 이수성 선배에게 문안 전화를 드리는 친밀한 사이가 되었다. 이수성 교수가 서울대학교 총장으로 재직 중이던 1995년 9월 나의 저서 『미국헌법과 아시아 입헌주의』 출판기념회 행사에는 기꺼이 초청인이 되어 주었을 뿐만 아니라 많은 배려를 해 주었다. 후일 국무총리가 되었을 때 축하인사를 하러 총리실을 방문하기도 했다. 이렇게 가까운 사이였는데 대통령 후보 경선에서는 도와드리지 못했다. 후보 경선 과정에서 이회창 후보를 돕는 주요 책임자들 모임을 갖게 되었는데, 그 연락을 내가 맡게 되었다. 그런데 언론에 이 모임이 사전에 알려지게 되었고, 내가 이회창 캠프의 코어멤버인 사실이 보도되고 말았다. 그러고 나서 이수성 총리의 전화를 받았다.

"대통령 후보 경선에서 변 의원이 이회창 총리를 위해 일하고 있는 것

---

3 박 대통령의 마지막 정무수석 비서관이었고 후일 공보처 장관을 지냈다.

을 신문 보고 알았어요. 내가 변 의원에게 도움을 청하려고 했는데 그렇게 돼버렸군."

섭섭한 마음을 전했다.

"죄송합니다. 그렇게 된 지 오래되었습니다."

"지나간 일은 돌이킬 수 없는 것이고, 앞으로 나라를 위해 뜻을 같이할 기회가 분명 있겠지. 그때 힘을 합칩시다. 이번은 이회창 후보를 위해 열심히 하기 바랍니다."

나는 이수성 총리의 마지막 말에 미안한 마음을 금할 수 없었다.

세상 사람들의 평과 같이 이 총리는 친화력이 대단한 분이라고 느꼈다. 그 후 그분과 함께 일할 기회는 오지 않았다. 나에게 많은 배려를 해주었던 것에 비해 아무것도 해드린 것이 없어 지금도 송구스러운 마음을 간직하고 있다.

국회 법제사법위원장과 DJ 비자금

1997년 7월 21일 후보 경선 전당대회 직후 실시한 모든 여론조사에서 이회창 후보는 국민회의의 김대중, 자민련의 김종필과의 3자 대결에서는 물론, 김대중 또는 김종필, 어느 후보로 야권 단일화가 이루어지는 경우에도 승리하는 것으로 나타났다. 그러나 국민회의가 이회창 후보 아들의 병역문제를 들고 나오면서 상황은 달라지기 시작했다.

두 아들의 병역면제 사유가 된 과소 체중이 조작된 것이라는 것이었다. 장남은 키 179cm에 체중 45kg, 차남은 키 164cm에 체중 41kg으로 면제되었으니 있을 수 없는 체중이라는 것이다. 이회창 후보의 인품을

법사위원회 회의 중 동료 의원들과 숙의 중(좌로부터 홍준표·송훈석 의원, 필자, 최연희·안상수 의원)

믿는 사람들은 흔들림이 없었으나 신한국당 내의 민주계 의원들이 주축인 정치발전협의회가 반 이회창 움직임을 보이고, 8월 13일에는 조순 서울특별시장이 대통령 출마선언을 하면서 지지도가 하락하기 시작했다. 드디어 후보 교체론이 대두되기에 이르렀다. 8월 20일경에는 김대중 후보가 김영삼 대통령 재임 기간 중 전두환, 노태우 전 대통령에 대한 사면을 건의했다.

이회창 후보는 추석 전에 사면할 것을 주장했으나 대통령의 반응은 시큰둥했다. 이러한 혼돈 속에서 나는 1997년 9월 11일 국회 법제사법위원장으로 선출되었다.

김영삼 대통령은 후보 교체론의 불가함을 밝혔고, 이회창 후보는 이인제의 출마를 막기 위해 온갖 노력을 기울였다. 그러나 이인제는 9월 13

일 기어코 대통령 출마를 선언했다. 한편 신한국당은 이회창 중심으로 탄탄히 결속하기 위해서 1997년 9월 30일 대구에서 전당대회를 개최하였다. 그에 앞서 김윤환 대표는 선거대책위원장 인선을 둘러싼 이견으로 일본으로 가고 말았다. 참으로 어려운 일들이 연속하여 일어났다. 나는 이회창 후보를 대신하여 허주계의 핵심인 윤원중 의원과 함께 일본으로 건너가 김윤환 대표를 만나 설득했다. 다행히 김윤환 대표는 전당대회 2일 전인 9월 28일 귀국했다. 9월 30일 대구 전당대회에서는 명예총재 김영삼, 총재 이회창, 대표 이한동을 선출하고, 공동선대위원장으로 김윤환, 박찬종, 김덕룡을 지명했다.

이인제는 1997년 10월 10일 국민신당을 창당했다.

그 무렵 사무총장 강삼재 의원이 DJ가 670억 원의 비자금을 조성하였다면서 입출금계좌와 수표 일련번호를 공개했고 신한국당은 이 사건을 검찰에 고발했다.

국회 법제사법위원회는 1997년 10월 14일 대검찰청에 대한 국정감사에서 이 문제를 다루었다. 신한국당의 목요상, 이사철, 정형근, 최연희, 안상수, 송훈석, 홍준표 의원 등은 신속한 수사로 조속한 시일 내에 진상을 밝힐 것을 촉구하고 여러 각도에서 구체적 사실을 거론하며 신랄하게 추궁하였다. 반면에 국민회의와 자민련 소속 의원들은 DJ 비자금을 수사해서는 안 된다는 주장을 펴면서 노골적인 의사진행 방해로 김대중 후보를 옹호하고 검찰총장이 답변을 못 하도록 유도하는 등 시간 끌기로 일관했다. 거의 필사적이었다. 김태정 검찰총장은 신중한 검토와 검찰 내부의 의견을 수렴하여 수사 여부 등을 결정하겠다는 태도로 일관했다.[4] 이러한 태도는 검찰이 수사하지 않겠다는 뜻을 밝히는 것이나 다름없다고 판단되었다. 이날의 국정감사는 오전 10시 10분에 개시하여 15일 새벽 0시 7분에 종료되었다. DJ 비자금에 관한 한 사실상 아무런 소득 없이 끝나고 말았다.

검찰은 1997년 10월 20일 이 사건 수사를 담당할 주임검사를 배정하고 수사 개시를 선언하는 등 수사체제에 들어가겠다고 밝혔다. 그러나 하루 만인 21일 이 사건 수사를 대통령 선거 이후로 유보하겠다고 선언했다. 수사 유보선언은 국회 본회의장에서 3김 시대의 청산을 외치는 이회창 총재의 정당 대표 연설이 끝나가는 시점이었다. 바로 그날 김영삼 대통령은 여·야 대통령 후보 개별 연쇄 면담을 하면서 첫 번째로 김대중 후보와 면담했다. 1시간 넘게 배석자 없이 면담했다. 대통령의 이러한 행위는 김대중 후보와의 사이에 모종의 밀약이 있어 비자금 수사를 연기했다는 추측을 사람들이 믿게 하는 것이었다.

김영삼 대통령의 의사에 의하여 검찰의 수사 유보 결정이 이루어진 것으로 판단할 수밖에 없는 상황이었다.[5] 이회창 후보 진영에서는 분개하지 않을 수 없었다. 당내 공식, 비공식 모임에서 대통령에 대한 탈당 요구가 논의되었고, 나도 탈당을 강력하게 주장했다. 나는 "김태정 검찰총

---

4 김태정 검찰총장은 광주고등학교 출신으로 나와는 서울법대 동기동창생이다.
5 10여 년 세월이 지난 뒤 "1997년 11월 16일 김대중 후보가 당시 대통령 비서실 정치특별보좌관인 김광일에게 비자금 사건을 수사한다면 나도 김영삼 정권과 전면 투쟁을 할 것이다. 광주를 중심으로 호남에서 민란이 일어날 것이다. 김영삼 대통령은 퇴임 후 망명을 각오해야 할 것이다. 김영삼 대통령이 중립을 선언하고 신한국당을 탈당해서 정권교체가 이루어진다면 김영삼 대통령의 퇴임 이후 안정적인 생활을 책임지고 보장하겠다"라고 협박과 회유를 했었다는 증언이 있다. 김영삼 대통령은 1997년 10월 19일 이 사건의 수사유보를 지시했다.

장이 아무도 예상하지 못하는 일을 갑자기 발표해 뒤통수를 치는 깜짝
쇼를 누구로부터 배웠겠느냐? 김영삼 대통령이 이 총재 지원을 외면함
으로써 자신의 마지막 정치적 치적인 자유경선의 의미를 스스로 먹칠하
는 우를 범하고 있다"고 공격했다. 드디어 이회창 후보는 1997년 10월
22일 김영삼 대통령의 탈당을 요구했다. 그리고 이회창 후보를 지지하
는 의원 100여 명은 이회창 후보 정치개혁지지혁신대회를 열었다. 이 무
렵 여론조사결과에서 이회창 후보의 지지도는 김대중, 이인제에 이어 3
위로 추락했다. 이어 김영삼 대통령이 신한국당을 탈당하여 대선 출마를
선언한 이인제 후보를 면담했고, 언론은 김영삼 대통령의 이인제 지원설
을 보도했다. 11월 5일 한국리서치의 여론조사결과 이회창 후보의 지지
도가 15.7%까지 추락한 것으로 보도되었다.

한국정당사의 새로운 실험은 실패했다

이렇게 대선 정국이 거친 물살처럼 흘러가는 즈음 신한국당은 조순 총
재의 민주당과 합당을 추진하였다. 신한국당과 민주당은 11월 7일 DJP
연합을 정권 획득만을 위한 야합으로 규정하고 3김 시대의 구태정치를
청산하기 위해서 민주당과의 당대당 통합을 선언했다. 바로 그날 김영삼
대통령은 신한국당을 탈당했다. 11월 21일 신한국당과 민주당은 통합하
여 한나라당을 창당하고 이회창을 명예총재로, 조순을 총재로, 이한동을
당 대표로 선출했다. 한나라당 창당에 대하여 언론은 이회창과 조순 두
사람의 정치 신인이 주축이 된 한나라당은 한국정당사의 새로운 실험이
라고 평가했다.

종합지지도	李會昌 (35.3%)	金大中 (34.9%)	李仁濟 (23.8%)
단순지지도	金大中 (32.1%)	李會昌 (31.5%)	李仁濟 (19.9%)

1·2위 大혼전 양상

"지지후보 교체의사 있다" 20·6%

本社 한국리서치 여론조사

김대중-이회창 2强 압축

각각 36.8-34.1%… 이인제는 23.3%

전국 유권자 4,514명 대상~ 선거前엔 마지막 조사

'97 대선여론조사

날씨 환담… 꼼꼼한 논의… 협력함의

李총재 회담후 "좋았다" 만족감 표시

"밥이야 빨리 먹었지" 깊은 대화 시사

여야 총재회담

이모저모

趙淳 총재가 수상하다

"몸 던질 각오" 후보사퇴 시사

"李會昌총재와 연대" 분석도

李會昌 35·6 金大中 23·9%

與정선직후 여론조사

金鍾泌 8·7% 꼽아

15대 대선예상후보 지지도

이회창	김대중	김종필	서양삼	모르겠다	말할수없다
35.6	23.9	8.7	11.0	15.4	5.4

(단위: %)

〈위클리기사〉

11월 20일부터 22일 사이에 실시된 여론조사결과는 이회창 후보가 마침내 이인제 후보를 밀어내고 김대중 후보와 접전을 벌이는 것으로 나타났다. 그러나 박찬종 의원의 이탈과 이인제 후보의 완주, 때마침 터진 외환 위기로 소위 IMF 사태가 터져 12월 18일 실시된 대통령 선거에서 이회창 후보는 990여만 표를 획득했으나 김대중 후보에 39만 표차로 고배를 마셔야만 했다. 이로써 우리 역사상 최초로 여·야의 정권교체가 이루어졌다고 기록되겠지만, 진정한 법치주의, 자유민주주의 법질서를 확고하게 뿌리내릴 수 있는 절호의 기회를 놓치고 말았다는 사실을 기억해야 할 것이다.

야당의원 변정일

"정권이 바뀌니 이런 일이 생기는구먼"

1998년 초 나는 지난 정기국회 대검찰청에 대한 국정감사 시에 본 김태정 검찰총장의 태도로 보아 검찰이 DJ 비자금 사건 수사를 핑계로 이회창 총재를 직접 수사하겠다고 나설 것으로 예측했다. 신년 인사를 위해 이회창 총재 댁을 방문한 기회에 직접 대면조사이든 서면조사이든 검찰 수사에 어떤 형태로도 응해서는 안 된다고 강력하게 말씀드렸다. 이 사건에 대한 검찰의 수사는 진실 규명보다는 이회창 총재에 대한 망신주기와 한나라당의 무력화를 목적으로 하는 것이라고 보았기 때문이다.

1998년 1월 말경 김태정 검찰총장이 나에게 전화를 걸어왔다. 이회창 총재에 대한 조사가 불가피하다는 것이었다. 나는 김태정 총장에게 이 총재를 수사할 이유가 없다는 것은 김 총장 자신이 더 잘 알지 않느냐,

법제사법위원장으로 법무부에 대한 국정감사를 진행

이 총재를 수사하겠다는 것은 이회창 격하에 목적이 있는 것 아니냐, 이 총재를 조사하려면 먼저 김대중 대통령 당선인부터 납득한 만한 방법과 수준으로 수사하라고 강력하게 요구했다.

2월 중순에 들어서 검찰은 이회창 총재를 직접 조사하는 것이 불가피하다고 언론에 흘렸다. 그리고 대검찰청 박순용 중수부장은 2월 18일 이회창 총재에게 서면 질의서를 발송했다. 결과적으로 이회창 총재에 대한 수사는 이루어지지 않았다. 이러한 일련의 사태 진전을 보면서 이회창 총재가 버클리 대학에서 특별 명예상을 받으러 출국하기 2일 전 기자들의 질문에 답한 소회에서 "정권이 바뀌니 이런 일이 생기는구면"으로 답했다.

당선 무죄 낙선 유죄

김대중 총재에 대해서는 서면조사를 하는 모양새를 취하고 대통령 취임 직전인 1998년 2월 23일 불기소 처분을 했다. 검찰은 김대중 총재가 5대 기업에서 39억 원을 받은 사실은 인정했다. 그러나 이는 정치자금으로 받은 것으로서 이미 공소시효가 지났다는 이유로 불기소 처분을 했다.

2월 24일 자 각 신문은 검찰의 처분을 비판했다. 국회의원 등에 대한 유사한 사건에서 정치자금으로 받았다는 돈에 관하여도 포괄적 뇌물죄를 적용했던 검찰의 종전 입장과 모순된다고 지적하면서 '당선무죄 낙선유죄'라는 신조어가 생기게 되었다고 보도했다.

김태정 검찰총장은 2월 21일 기자들에게 이회창 총재를 두고, "그 양반은 법조인 출신이라기보다 자기의 인기 관리만을 위해 교묘하게 여론을 이용하는 타고난 정치인이다"라고 말한 것이 보도되었다.

3월 4일 열린 법제사법위원회에서 안상수, 이사철 의원 등이 검찰총장의 이 발언을 문제 삼아 출석한 박상천 법무부 장관에게 장관의 견해를 물었다. 박상천 장관은 검찰총장의 정치적 발언은 바람직하지 않다는 견해를 표명했다. 나는 법제사법위원장으로서 "검찰총장을 임기제로 하고 국회에 출석하지 않도록 한 것은 검찰의 정치적 중립과 독립을 위한 것이다. 그런데 검찰총장은 정치적 발언을 함으로써 스스로 정치적 중립성을 포기했다. 다음 회의에는 검찰총장도 법제사법위원회에 함께 출석하기 바란다"고 검찰총장의 법사위 출석을 요구했다.

그리고 3월 10일 열린 법사위 회의에서 정치적 발언을 한 검찰총장의 법사위 출석을 의결했다.

이회창 총재 비서실장

소위 DJP 연합으로 대선에서 승리한 국민회의와 자민련은 1998년 초부터 내각책임제 개헌을 주장했고, 한나라당의 이회창 명예총재는 한국의 현실에서는 책임의 소재가 분명한 대통령책임제가 타당하고 국민들도 내각제보다는 대통령제를 더 선호한다는 논리로 내각제 반대를 분명히 표명했다.

1998년 1월 20일경 한나라당은 국무총리, 대법원장, 헌법재판소장, 대법관, 국무위원, 행정 각부차관, 청장, 안기부장 등에 관하여 인사청문회를 도입하는 인사청문회법안을 발의했다.

한편 조순 총재는 15대 대통령 선거에서 소극적이었던 서청원 의원을 사무총장에 임명함으로써 이회창 명예총재를 지지하는 절대다수의 의원들로부터 반발을 받았다. 이 일로 인해 1998년 3월 10일로 예정된 전당대회에서 총재를 경선해야 한다는 논의가 일어났다. 나와 양정규, 신경식, 백남치, 하순봉, 윤원중 의원 등은 3월 전당대회에서 총재 경선 관리에 관한 규정을 당헌에 신설하고 그에 따라 총재를 자유경선에 의해 선출해야 한다는 '당 발전을 위한 발의문'을 만들어 서명 작업에 돌입했다. 김윤환, 이기택 의원 등도 경선불가피론을 주장했다.

한편 조순 총재 측은 합당 당시의 약속에 따라 조순 총재가 계속 총재직을 수행해야 한다고 맞섰다. 한나라당은 민주적 경선을 통해 차기의 수권세력으로 거듭나야 한다는 주장이 차츰 설득력을 얻어갔다. 이러한 논의는 결국 4월 10일 전당대회를 열어 조순 총재를 재추대하고, 1년 이내에 총재를 경선하는 것으로 합의가 이루어져 4월 10일 전당대회에서 조순 총재가 재추대되었다.

한편 1998년 8월 31일로 합의된 한나라당 총재 경선 전당대회가 임박하면서 국민회의와 국민신당은 합당 선언을 하는가 하면, 마치 이회창 후보가 총재로 선출되면 한나라당에 대해 탄압하겠다는 암시를 하듯 정치권에 대한 사정설을 흘리면서 의원 빼가기에 본격적으로 나섰다. 그 결과로 8월 31일에는 163석이던 한나라당의 국회의석이 148석으로 줄어들면서 과반수 의석이 무너지고 말았다.

한나라당은 1998년 8월 31일 총재 경선을 위한 전당대회에서 김덕용, 서정원, 이한동, 이회창 등 4인이 경합하였으나 이회창 후보가 출석 대의원의 55.7%를 득표, 한나라당 총재로 복귀했다.

나는 2002년도에 치러질 16대 대통령 선거에서 승리하기 위해서는 이회창 총재 체제 외에 달리 대안이 없다는 확신을 가졌기 때문에 열심히 이회창 후보의 당선을 위해 노력했다.

1998년 9월 1일 자 동아일보는 '이 총재를 만든 사람들'이란 제목으로 "김윤환 전 부총재, 이기택 총재 권한대행이 대세론을 확산시켰고 황락주 의원은 선거대책위원장으로 양정규 의원은 선거대책총본부장으로 활약했으며, 변정일 의원은 선거대책본부장으로서 기획회의와 조직 관리를 주도했다. 기획회의는 매일 열렸으며 16개 시·도 책임자가 참석했다"고 보도했다.

나는 사무총장 후보로 거론되었으나 1998년 9월 2일 발표된 인사에서 사무총장에 신경식 의원, 정책위 의장에 서상목 의원, 대변인에 안상수 의원이 임명되고 원내총무에는 박희태 의원이 연임되었으며, 나는 총재 비서실장으로 임명되었다.

탄압받는 한나라당

당시에 "당적 변경이 품팔이 시장만 못하다"는 말이 나돌았다.

이회창 의원이 한나라당 명예총재에서 총재로 복귀하자마자 정부 사정 당국과 여당은 쉴 새 없이 한나라당을 압박했다. 마치 이 총재의 총재 복귀를 기다리고 있었던 것 같았다.

신정부 출범 후 1998년 9월 4일까지 21명의 의원이 이미 소속 정당을 변경했다. 9월 4일 이회창 총재에 대하여 국세청을 동원한 대선자금 모금 의혹과 한나라당이 대선 당시 판문점에서 북한이 총격을 하도록 유도

하였다는 의혹도 제기했다. 소위 총풍사건을 터뜨린 것이다. 대선자금과 관련해서는 서상목 의원에 대한 체포영장을 청구하는 등의 공세를 시작으로 1개월가량 계속하여 백남치, 오세웅, 이신행, 김태호, 김중위 의원 등과 김윤환 전 대표, 황낙주 전 국회의장, 이기택 전 총재권한대행, 이회창 총재의 동생 이회성 씨에 대한 수사 등 사정의 칼날을 들이댔다. 한나라당 의원 빼가기도 계속되어 1998년 9월 11일 한나라당의 의석은 139명으로 줄어들었다.

　한나라당 의원들 중에는 탈당하여 국민회의 또는 자유민주연합으로 입당한다는 소문이 난무했다. 선거법 위반 등으로 재판받는 의원들에 대한 법원의 양형도 '여당 봐주기', '야당 죽이기'라는 인상을 받게 되었다. 예를 들면 H 의원은 한나라당을 탈당한 뒤에 항소심에서 벌금 80만 원으로 감형되어 의원직을 유지했는가 하면, 홍준표 의원은 1심에서 벌금 500만 원을 선고받아 항소했으나 항소심에서도 벌금 500만 원이 그대로 유지되어 의원직을 상실했다. 언론에는 "당적변경이 품팔이 시장만 못하다", "옮기면 무죄, 안 옮기면 유죄", "항복하면 봐주고 거부하면 감옥행" 등으로 이러한 상황을 표현했다.

이회창 총재는 9월 9일에 노태우, 김영삼, 전두환 전직 대통령들을 차례로 방문했다. 전두환 전 대통령과 노태우 전 대통령 면담 시에는 비서실장으로서 나도 배석했으나, 김영삼 전 대통령과의 면담 시에는 배석하지 못했다. 면담이 끝난 후 이회창 총재의 안색이 매우 상기되어 있었다. 언쟁이 있었던 것 같았다. 그러나 물어볼 수 없었다. 이회창 총재는 김영삼 대통령에 의해 감사원장이 되고 국무총리가 되었으며 전국구 국회의원으로 정치에 발을 들여놓았다. 그래서 15대 총선과 김현철 사건 등 김영삼 대통령이 어려움에 처할 때마다 이 총재의 도움을 받았지만, 두 분만큼 자주 충돌한 사례도 없을 듯하다.

장외투쟁

당시 야당인 한나라당으로서는 직접 국민을 상대로 야당 탄압의 실상을 알리기 위해 장외투쟁이라는 강경 투쟁을 할 수밖에 없었다.

계속되는 정부의 야당 탄압에 대처하여 한나라당은 9월 8일 'DJ 비자금 및 아태재단자금에 대한 국정조사권 발동 요구서'를 국회에 제출하고, 소속 의원과 당직자 등 400여 명이 국회의사당 본관 앞에서 '김대중 정권의 야당파괴 및 철새 정치인 규탄대회'를 열고 24명의 탈당의원에

규탄대회에서 이회창 총재와 함께

대한 화형식을 했다. 이어 10일에도 정기국회 개회식에 불참하여 개회식을 무산시키는 한편 의사당 본관 앞에서 '야당파괴 규탄대회'를 열었다.

9월 15일에는 대구에서, 9월 21에는 부산에서, 9월 26에는 다시 대구에서 '김대중 정권의 국정파탄 및 야당파괴 규탄대회', 9월 28일에는 수원에서 경기 지역 필승결의대회를, 9월 30일에는 서울역 광장에서 대규모로 '김대중 정권의 국정 파탄 및 야당파괴 규탄대회'를 갖고 시가행진도 하였다. 대구에서의 2차 집회에는 5만에 가까운 인파가 참여했다.

9월 중순 이기택, 김중위, 이부영 의원에 대해 검찰이 소환하자 한나라당 의원 전원이 의원직 사퇴서를 당 지도부에 맡기고 이기택 전 총재 권한대행은 19일부터 단식투쟁에 돌입했다.

그러나 장외투쟁을 장기간 계속할 수는 없었다. 여론의 부담도 만만치

김대중 대통령과 이회창 한나라당 총재의 첫 영수회담에 비서실장으로 함께 하다(1998.11)

않았다. 당의 재정 상태는 급격히 악화되었다. 부채가 200억 원에 달하고 있었다.

이회창 총재는 10월 9일 20일째 단식 중이던 이기택 전 총재권한대행에게 단식 중단을 간곡히 권유하고, 10월 10일에 국회에 등원하기로 결정했다. 그러한 결정에 여권과의 타협이나 흥정은 전혀 없었다.

그러자 청와대 정무수석 비서관 이강래로부터 김대중 대통령이 일본 방문 성과를 설명하는 자리에 이회창 총재를 초청한다는 연락이 왔다. 그리고 다음 날 다시 나에게 3부 요인도 함께하는 자리이므로 이 총재께서 가급적 일본방문과 관련된 말씀만 하기 바란다는 희망을 전해왔다. 그러한 분위기에서 김대중 대통령과 이회창 총재는 1998년 10월 12일 김대중 대통령의 방일 설명회에서 만나게 되었다. 그러나 정국 현안에 대한 별다른 의사교환은 이루어지지 않았다.

김대중 대통령과 이회창 총재의 양자회담은 11월 10일 이루어졌다. 김 대통령과 이 총재는 이 회담에서 경제청문회 12월 8일 개최, 경제위기극복을 위한 여·야 협의체 구성, 지역 갈등 해소를 위한 제도적 장치 강구, 정치인 사정에 대한 공정성 확보 등 6개항에 합의했다.

총재비서실장으로 임명되면서 나는 이회창 총재가 다음 대통령 선거에 당내 분열이 없는 상태에서 나설 수 있도록 하는 것이 나의 임무라고 생각했다. 그래서 우선 비서실 직원들과 특보들 간의 화합을 조성하여 모두가 서로 협조하여 열심히 총재를 보좌하도록 하는 분위기를 만드는 일에 힘썼다. 한편 지난 대선에서 당의 내분으로 인하여 이회창 총재와 다소 서먹서먹한 관계에 있는 의원들이 이회창 총재와 접촉할 기회를 자주 가질 수 있도록 노력했다. 장외투쟁 과정에서도 가급적 다른 의원들이 활동할 기회를 만들도록 노력했다. 그런 면에서 나름의 성과가 있었다고 생각한다.

비서실장은 아침에 종종 총재 댁으로 가서 아침식사를 같이 하고 총재 차량에 동승하여 출근하면서 대화도 하고 지시도 받는 것이 통상적인 일이다. 그런데 나는 그것이 체질에 맞지 않아서인지 적응이 어려웠다. 아마도 다른 비서실장들에 비해 훨씬 총재와 아침 식사를 같이하고 함께 출근하는 횟수가 적었을 것이다.

한나라당의 입장을 대중에게 많이 알리기 위해, 당보를 제작해서 사람들이 많이 모이는 영등포역 앞이나 명동 입구 등지에서 행인들에게 나눠주는 당보 가두배포도 자주 했다. 그때 한나라당보를 받지 않거나 일부러 피해 가는 사람들도 많이 있었다. 당보를 가두 배포하는 우리로서는 힘 빠지는 일이었다. 그 후로 나는 전단 등을 길에서 배포하는 사람들을 보면 외면하지 않고 받아주고 있다. 그들을 도와주는 일이라고 생각해서다.

한나라당 정치개혁특위위원장

1998년 12월 3일 나는 한나라당 정치개혁특위위원장으로 임명받아 15대 국회가 끝날 때까지 당 정치개혁특위위원장과 국회 정치개혁특위의 한나라당 대표로서 활동했다.

정치 개혁 논의는 우선 공동 여당인 국민회의와 자민련이 내각책임제 개헌을 비롯한 몇 가지 쟁점에서 서로 이해관계가 엇갈려 여당의 정치 개혁안 자체가 마련되지 않아 상당한 시간을 허송했다.

한나라당 정치개혁특위위원장으로서 대한매일, 중앙일보에 3당 정치 개혁특위위원장 공동 인터뷰를 하였고 일요시사에 단독인터뷰를 했다. 또한 월간조선에는 "내각제는 김대중–김종필 사이에서만 논의될 문제가 아니다"라는 제목으로 기고했다.

1996년 3월 26일 MBC의 '이제는 정치개혁'이란 주제의 3당 대표 토론, 1999년 5월 4일의 YTN의 연합공천 등에 관한 단독대담과 7월 13일의 인사청문회에 관한 토론, 1999년 5월 27일과 2000년 1월 20일의 KBS 1TV의 길종섭의 쟁점토론[6] 중·대선거구제 등에 관한 토론, iTV의

---

6 2000년 1월의 토론회에 국민회의 유재건 부총재, 자민련 박철언 부총재가 출연했다.

한나라당 정치개혁특위위원장 임명 후

1999년 1월 5일 정치권기상도 단독대담과 1999년 6월 8일의 선거구제와 특검제에 관한 토론 등에 한나라당 대표로서 출연하여 당과 나의 입장을 발표했다.

1999년 4월 1일에는 국회의사당 145호실에서 전문가 및 당내의 의견을 수렴하기 위해 '선거제도개선을 위한 대토론회'를 개최하였고, 2000년 1월 21일에는 국회의사당 145호실에서 방송 3사가 생중계하는 '공직선거 및 선거부정방지법 개정에 관한 시민 대토론회'에 한나라당 대표로 참석했다.

나는 정치자금에 관하여는 '돈 많이 드는 정치'가 국민의 정치 불신을 자초하고 있으므로 정치자금 투명화를 위한 입법을 주장했다. 정권이 바뀔 때마다 외쳐온 정치개혁이 실패한 이유는 당리당략을 위한 정치개혁이었기 때문이라고 진단하고, 국민을 편안하게 할 수 있는 정치개혁, 진정으로 국민을 위한 정치개혁을 주장하였다.

중·대선거구제와 소선거구제의 문제에 관하여는 국회의원은 국민대표로서의 성격과 선거구대표의 성격이 있으므로 선거구민에 대한 책임의 소재가 확실한 소선거구제가 타당하다고 생각했다. 중·대선거구제에서는 국회의원의 책임소재가 불분명하고 같은 선거구에서 당선된 국회의원 간의 갈등을 증폭시키고 의정활동을 소홀히 할 가능성도 있다. 또한 선거 비용도 현재의 선거 풍토에서는 중·대선거구제는 선거구의 광역화로 더 소요될 것이므로 돈 덜 드는 선거를 지향하는 선거구 제도의 개선 취지에 부합하지 아니한다고 보았다. 이러한 이유로 중·대선거구제를 반대했다.

인사청문회 대상에 관하여는 국가안보와 국민생활에 직접 영향을 미치는 국무위원, 검찰총장, 안기부장, 국세청장 등을 포함시켜야 한다고 주장하면서도 한편 인사청문회가 자격 검증을 명분으로 인신공격이나 흠집내기 등 정략적으로 이용될 가능성을 우려하여 그 가능성을 차단하는 제도적 장치를 마련해야 한다는 주장을 했다.

국민회의는 한때 의원 수를 250명으로 하되 지역구 125명, 정당명부식 비례대표제로 125명을 선출하자는 안을 주장했다. 국회의원은 국민이 투표에 의하여 직접 선출하는 것이 원칙이지 임명하는 것은 아니다. 정당명부식 비례대표제에 있어서 정당명부는 당 지도부나 총재의 재량이 많이 작용하기 때문에 사실상 임명제 국회의원이나 다름없다. 유신헌법 시대에도 임명직 국회의원은 전체의 3분의 1에 불과했다. 정당명부식 비례대표제의 도입은 그 수의 다소에 관계없이 결국은 한국의 정치현실에서는 정당내부의 계파별 나눠먹기 또는 자기 사람 심기, 사실상의 임명직 국회의원이라는 점에서 국민회의의 안은 정당의 민주화에 역행하는 것이므로 반대했다.

특검제 도입에 관하여는 특검제가 수사체계의 혼란 등 부작용도 우려되나 검찰의 정치적 중립성과 독립성이 보장되었다고 보기 어려운 현실에서 검찰제도의 운영이 정치적 영향을 받지 않고 중립적으로 또한 독립적으로 운영되고 있다고 판단될 때까지는 필요하다는 입장을 견지했다.

검찰의 불기소 처분에 대한 항고 포기

1998년도에 치러진 제주도지사 선거에서 국민회의 공천을 받은 우근민 후보가 50%를 약간 상회하는 득표로 당선되었다. 당시 나는 한나라당의 제주도당 위원장을 맡고 있었는데 한나라당의 공천을 받은 현임종 후보는 탁월한 성실성과 인품에도 불구하고 정치 경력과 개인 조직의 부족 그리고 인지도의 열세로 득표 결과는 20%에 미치지 못했다.

선거 과정에서 한나라당 제주도당은 우근민 후보를 선거법 위반으로 고발하였는데 제주지방검찰청은 무혐의 불기소 처분을 내렸다. 광주고등검찰청에 항고를 해야 할지 결정해야 할 입장이 되었다. 항고를 하는 것이 통상의 예이지만 나는 항고를 포기하는 것이 옳다고 생각했다. 우근민 후보의 득표가 현임종 후보와 신구범 후보의 득표를 합산한 것보다 많았기 때문에 제주도민의 선택과 정치적 결단은 이미 끝났다고 판단한 것이다.

다시 선거를 하더라도 결과가 뒤집어질 경우는 없을 것이라고 생각되었다. 우리 당의 이미지나 우리 당 후보의 이미지에도 도움이 될 것 같지 않았다.

이러한 판단에서 이회창 총재에게 보고하고 항고를 포기했다.

서귀포시에 월드컵 축구경기 유치

나는 지역구를 위한 활동도 게을리 하지 않았다.

정몽준 의원은 14대 대통령 선거 직후인 1992년 12월 말 대우그룹의 김우중 회장이 맡고 있는 대한축구협회 회장에 도전했다. 정몽준 의원이 대한축구협회장 선거에 나서겠다고 했을 때, 나는 정주영 회장이 대선에서 실패한 직후라서 과연 이 시기에 축구협회장을 맡겠다는 것이 올바른 태도인가 의문이었다. 그런데 후일 정몽준 의원은 대한축구협회장으로서 한국의 스포츠 역사에 길이 남을 큰 업적을 남겼으니, 축구협회장이 되겠다는 그의 결정은 잘한 일이었다.

정몽준 의원은 2002년 월드컵 축구대회를 한국에 유치하기 위해 축구협회장으로서 동분서주했다. 정몽준 의원이 월드컵을 유치하겠다고 했을 때 국내의 반응은 냉소적이었다. 우리보다 한참 앞서 유치 활동을 벌여온 일본이 월드컵 개최국이 될 것이라고 생각했다. 한국이 개최국이 되리라고 가능성을 생각해본 사람은 정몽준 의원 혼자뿐이었을 것이다. 그렇게 분위기는 부정적이었다.

상암월드컵경기장 건설본부에서 국회국제경기지원특위위원들과 함께

2002 월드컵 한국과 카자흐스탄전 관람

그런데도 정 의원은 한국의 월드컵 개최 가능성을 만들어냈다. 그러자 1994년에 들어와 월드컵 축구대회 유치는 국민적 관심사가 되었다. 드디어 국회도 1995년 12월 5일 일본 등 여러 나라와의 경합에서 한국개최를 위한 국제적 분위기 조성을 목적으로 월드컵 등 국제경기지원 특별위원회를 구성하였고, 나도 그 특별위원회의 일원으로 선정되었다. 국회특위는 15대 총선이 끝난 후 1996년 월드컵 유치 지원 활동에 돌입하였다. 나는 신한국당의 심정구 의원, 국민회의의 이석현 의원, 민주당의 유인태 의원과 함께 유럽·중동 반에 편성되어 영국, 프랑스, 이집트 3개국을 방문하고, 정부 관계자와 유럽축구연맹 회장 아프리카축구연맹 회장을 만나 한국 개최 지원을 요청하는 활동을 하였다.

전 국민의 성원과 관심 속에서 월드컵 유치를 위해 정몽준 대한축구협회장, 구평회 월드컵유치위원장, 이홍구 명예위원장은 물론 현대그룹을 주축으로 한 재계 등이 총동원되어 2002년 월드컵 한일공동개최라는 성과를 이루어냈다. 월드컵 유치의 성공으로 정몽준 의원은 가장 대중적 인기가 높은 정치인이 되었고 16대 대선에서는 대통령 후보가 되었다. 불가능하다고 생각했던 88올림픽 유치를 선친 정주영 회장이 일본을 제치고 이룩해 낸 데 이어 아들인 정몽준 의원이 대중적 인기와 흥행이 올림픽을 능가하는 월드컵 축구대회를 유치한 것이었다. 2002 월드컵에서 한국 축구는 4강 신화를 창조해 냈다. 정몽준 의원의 헌신적 노력으로 이루어진 성과였다.

2002년 월드컵 한일공동개최가 결정되자, 서귀포 시민들은 월드컵 경기가 서귀포에서도 열리기를 열망했다. 그러나 월드컵 경기장 건설은 서귀포시 재정으로는 감당하기 어려운 막대한 비용이 소요되었다. 그리고 월드컵 경기 이후에 경기장 관리 운영비도 상당히 소요되어 시 재정으로는 감당하기 어려울 것이라는 점도 문제가 되었다. 그렇다고 정부나 축구협회가 건설비 보조를 해준다는 것도 불투명하였다. 그래서 월드컵 경기를 유치하겠다고 선뜻 나설 수 없는 상황이었다. 그래서 월드컵 경기 유치 문제에 대해서는 잠시 추이를 관망하는 것이 좋겠다고 당시 오광협 시장에게 의견을 제시했다. 그러던 중 신구범 제주도지사가 월드컵 경기장 건설비용의 절반을 제주도가 부담할 수 있다는 의사를 보였고, 나는 즉시 신 지사의 확약을 받았다. 그리고 오 시장에게 월드컵 경기 유치에 적극적으로 나설 것을 제의했다. 나는 14대 국회에 이어 15대 국회에서도 월드컵 등 국제경기지원특위의 집행위원으로 활동하고 있었다.

"월드컵 서귀포유치 큰 경사
투자확대… 세계적 관광지로"

遷精一월드컵유치위원장

"서귀포시가 2002년 월드컵 개최도시로 선정된 것은 제주의 큰 경사이자 도민 모두에게 영광입니다. 이를 계기로 관광지 제주에 대한 투자가 활성화되고 세계적 관광지로서 그 위상을 확고히 하는 계기가 될 것입니다."

29일 2002년월드컵경기제주도유치위원회 遷精一위원장은 2002년월드컵축구대회조직위원회가 서귀포시등 10개 도시를 대회 개최도시로 선정한 것과 관련 기자간담회를 갖고 이같은 소감을 피력했다.

遷위원장은 서귀포시의 결정배경에 대해 "우리나라 천혜의 국제관광지로서 행사관련 시설 및 숙박시설등이 특히 우수하고 월드컵 개최 후 동절기 대회와 훈련등을 실시함으로써 우리나라 축구를 발전시키자는 축구계의 희망이 반영돼 특별 배려됐다"고 밝혔다.

遷위원장은 월드컵 제주유치로 "서귀포로 연결되는 서부산업도로, 산록도로, 남조로 등 사회간접자본시설에 대한 투자 확대는 물론 산북과 산남지역의 균형발전에 많은 기여를 할 것으로 전망되며 서귀포항의 개항장 승격도 이뤄질 것"이라고 말했다.

遷위원장은 그러나 중앙정부의 재정지□□로 선정된 "국가적 경□정지원을□□로 보고 9□ "2002년까□름 정부□지도록 노□

월드컵유치 활동차 출국

◇ 遷精一국회의원(신한국당, 西歸浦·南濟州) 월드컵유치국회의원지원단 집행위원

자격으로 국제축구연맹회원국인 프랑스·이집트·영국을 공식방문하여 2002년 월드컵 유치활동을 위해 13일 출국, 24일 귀국 예정.

월드컵 경기 서귀포시 유치를 서귀포시 차원을 넘어 제주도 차원의 사업으로 추진하기로 결정하였고, 나는 제주도 도지사의 요청으로 1997년 6월 9일 월드컵축구 제주도 유치위원장을 맡았다. 월드컵 개최를 희망하는 도시는 15개 도시인데, 대부분 광역시와 도청소재지였다. 그중 10개 도시에서 월드컵 경기가 열리게 되었다. 나는 가장 영향력이 있는 대한축구협회 회장 정몽준 의원에게 서귀포시 개최를 강력히 요구했다. 특히 월드컵 경기 희망 지역들이 모두 별다른 지역적 특색이 없는 대도시들임에 반하여, 제주도는 유일하게 천혜의 아름다운 풍광을 자랑하는 국제적 관광지로서 특색 있는 지역이라는 점과 외국인들에게 큰 도시만을 보여주는 것보다 제주도 같은 지역을 보여주는 것이 월드컵 경기 이미지를 제고하는데 적절할 것이라는 점, 그리고 제주의 자연풍광을 외국인들에게 소개할 수 있는 절호의 기회가 되므로 국익을 위해서도 제주도가 반드시 경기 지역에 포함되어야 한다는 점을 강조했다.

이렇게 월드컵 경기 서귀포 유치 활동은 거의 전적으로 나에게 맡겨져 있었다. 결국 1997년 12월 29일 서귀포시가 월드컵 경지 개최지로 결정되었다. 정몽준 의원의 도움으로 이루어진 결과였다. 월드컵 개최장소 심사기준에 의한 채점 결과로는 서귀포시가 부족했으나(15개 도시 중 13위) 자연풍광이 좋은 관광지를 한 곳이라도 포함하는 것이 좋겠다는 정책적 판단에 의하여 서귀포시가 결정되었던 것이다. 그 후 월드컵 경기 조 추첨 행사지로서도 서귀포시가 유력하게 떠올랐으나 막판에 부산에 밀리고 말았다.

제주국제컨벤션센터

신구범 지사는 1995년 제주도지사에 당선된 후 제주관광 활성화를 위해 중문관광단지에 국제컨벤션센터를 설립한다는 계획을 세우고 열성적으로 추진했다. 이에 대해 양정규 의원이나 현경대 의원은 컨벤션센터 건립에 신중론을 폈으나 사실은 부정적인 태도에 가까웠다. 도민 여론도 긍정적인 것만은 아니었다. 막대한 건설비가 소요되고 컨벤션센터 운영 수입으로는 적자를 면할 수 없을 것이므로 결국은 컨벤션센터가 애물단지가 될 가능성이 크다는 것이었다. 제주도의 재정 형편으로는 막대한 부담이 되기 때문에 아직은 시기상조라는 견해도 있었다.

신구범 지사는 컨벤션센터를 상법상의 주식회사로 하여 각종 영리사업을 하도록 함으로써 적자를 면하고 출자자에게 이익 배당도 가능하게 한다는 논리로 반대 여론을 무마하면서 한편으로는 재일 제주도민 등 제주 출신 유력 기업인들을 대상으로 출자를 권유하였다.

나는 이 사안에 대해서 책임 있는 입장 정립이 필요하다고 생각하고는 개인적으로 컨벤션센터의 운영실태 등을 파악하기로 했다. 1997년 5월 8일부터 11일까지 3박 4일간 일본을 방문하여 도쿄, 오사카, 요코하마에 있는 일본의 대표적인 컨벤션센터 네 곳의 운영 실태를 파악했다. 모두 적자운영이었다.

나의 판단은 제주도의 발전, 관광산업의 새로운 패턴인 MICE 산업의 발전을 위해서는 대형 컨벤션센터의 건립이 필요하나 운영 적자가 상당 기간 지속될 경우에 재정 부담이 심각할 것이 문제가 된다는 것이었다.

많은 제주 출신 재력가들이 제주컨벤션센터에 투자할 가치가 있는가를 물어왔다. 나는 제주에 필요한 시설이기는 하나 적자를 면치 못할 것이므로 투자라고 생각하기보다는 제주도를 위한 중요 시설을 위해 기부한다는 생각으로 출자를 하도록 권유하였다. 나도 1,000만 원을 출자했다. 돌이켜 보면 컨벤션센터를 2005년경에 추진했다면 무리 없이 진행되었을 것이라고 생각된다. 아무튼 컨벤션센터 설립은 적지 않은 후유증도 남겼지만 제주도 발전에 반드시 필요한 사업임에는 이론이 없다.

신구범 지사는 그 외로도 제주도 관광복권을 만들어 제주도 재정에 큰 기여를 하였고, 한진그룹의 지하수 개발에 제동을 걸어 제주의 지하수를 제주도민 전체의 자산으로 만들었다. 신구범 지사의 큰 공적이다.

제주도개발특별법 개정법률안 – 공항 카지노

15대 국회 마지막 정기국회에서의 의정활동은 4·3특별법과 제주도개발특별법 개정법률안의 국회 통과 그리고 국회의원 선거구획정위원으로 활동한 것 등이다.[7]

제주도개발특별법 개정법률안은 1999년 12월 28일 15대 국회 마지막 정기국회 본회의에서 가까스로 의결되었다. 마지막 본회의여서 거의 통과가 어려운 상황에서 극적으로 처리되었다.

제주도개발특별법 개정이 추진된 것은 1997년도에 제주도개발특별법의 운영 성과에 대한 자체 평가를 통해 개정의 필요성이 나타남으로 시작되었다. 특별법 개정을 위한 추진기구가 1997년 7월에 구성되었고, 그

---

7 4·3특별법에 관하여는 따로 기술하기로 한다.

후 2년 5개월이 지나서야 개정법률안은 통과되었던 것이다.

제주도 내 각 기관 단체를 중심으로 제주도개발특별법 개정 추진협의회가 구성되었고, 1998년 7월과 8월에 개정 기초안에 대한 도민들의 의견을 수렴하였다. 그리고 144개 기관 단체를 대상으로 도민공청회를 개최하였고, 또 48회에 걸쳐 도민설명회를 개최하여 개정안을 마련했던 것이다. 그러나 개정안은 각 부처 장관들의 권한을 대폭 제주도지사에게 위임한다는 규정과 대통령령이나 총리령, 행정각부령 등에 규정될 사항 50여 개를 제주도 조례에 위임한다는 내용을 담고 있어 모든 정부 부처가 반대하였다. 정부의 각 부처는 특별법 개정안이 정부 각 부처의 권한을 축소 내지 빼앗는 법안이라고 생각했기 때문이다.

우근민 지사가 여당인 국민회의 소속임에도 불구하고 국민회의마저도 각 부처의 반대 때문에 제주도개발특별법 개정안에 전혀 성의를 보이지 않았다.

결국 제주도는 제주 출신 국회의원들에게 기대하게 되었다.

나는 제주도개발특별법 개정안이 장기간 어려운 과정을 거치면서 제주도민의 총의가 반영되었다고 보고 특별법 개정안 통과에 적극 나서기로 결심했다. 도 기획실장인 김한욱과 이 법안의 추진 실무 총책임자인 김창희 과장이 이 법안의 국회 통과를 위해 1999년 여름부터 국회에 상주하다시피 하였다.

나는 한나라당 제주도당 위원장직을 맡고 있을 시기여서 양정규, 현경대 두 의원에 비해 더욱 적극적으로 나서는 것이 도리라고 생각했다.

그런데 이 개정법안에는 특별한 조항이 있었다. 항공편을 이용하여 제

주도에서 외부로 이륙하는 관광객
들이 보안검사 등 탑승 절차를 모
두 마치고 대합실에서 탑승할 때까
지 대기하는 탑승대기 승객이 국적
에 관계없이 이용할 수 있는 카지
노 영업에 대한 조항이다. 이미 강
원도에는 폐광촌 지역의 경제 활성
화를 명분으로 내국인 이용이 허용
되는 카지노 강원랜드가 있었다.
따라서 강원도 국회의원들이 강원

◇27일 오전 한나라당 여의도 당사를 방문한 우근민 제주지사(왼쪽)가 이회
창 총재와 변정일 의원을 만나고 있다.

여야 "특별법 개정안 처리 긍정 검토"

우지사, 자민련·한나라 방문 의원 입법 요청

자민련 박태준 총재와 한나라당 이
회창 총재는 27일 "8월2일부터 열리
는 제206회 임시국회에서 제주도개발
특별법 개정안 처리를 긍정적으로 검
토하겠다"고 밝혔다.

박 총재와 이 총재는 이날 오전 우
근민 제주도지사의 제주도개발특별법
개정안의 의원 입법 요청에 대해 이같
이 말했다.

박 총재는 "제주도 개발을 위해 개
정안을 빨리 처리하는 것이 좋겠다"
고 말했다.

이 총재는 "특별법 개정 목적을 달
성하기 위해서 법 개정의 필요성을 느

낀다"며 "제주 출신 우리당 의원들의
논의를 거쳐 빨리 처리할 수 있도록
하겠다"고 밝혔다.

변정일 의원(서귀포·남제주)은 "개
정 목적이 달성되지 못했기 때문에 특
별법 기간을 연장할 필요성이 있다"
면서 "그러나 폐습 영향평가가 문제에
대해서는 논의를 거쳐야 할 것"이라
고 말했다. 한편 우 지사는 28일 오후
이만섭 국민회의 총재권한대행을 만
나 제주도개발특별법 개정안의 신속
한 처리를 요청할 예정이다.

〈서울=본사 부설철 기자〉
bunch@chejunews.co.kr

랜드의 영업에 지장을 줄 우려가 있다는 이유로 반대할 가능성이 있었
고, 만약 반대한다면 제주도개발특별법 개정안이 1999년 정기국회에서
통과되기는 사실상 불가능하였다. 국회 운영의 관행상 당시 상황은 정기
국회에서 통과되지 않으면, 15대 국회는 임기가 종료되기 때문에 폐기
될 것이 틀림없었다.

또 하나의 문제점은 제주도 내에서도 카지노가 사행산업이라는 이유
로 반대하는 의견이 있다는 점이다. 반드시 강원도 출신 의원들의 동의
도 받아 신속하게 정기국회에서 통과시켜야 할 상황이었다. 그래서 제주
공항의 카지노는 탑승대기 승객에 한하여 탑승대합실 내에서만 가능하
기 때문에, 항공기 탑승을 기다리는 짧은 시간에만 허용하는 것이므로,
강원랜드의 영업에 하등 지장을 초래하지 않을 것이란 점을 강조하여 강
원도 출신 국회의원들을 설득하였다. 결국 강원도 출신 국회의원 대부분

이 서명하였다. 이 법안에 찬성하는 여·야 국회의원 226명의 서명을 받아 1999년 9월 6일 국회에 발의했다.

법안 통과가 순조롭게 진행되는 듯했다. 그런데 건설교통위원회에 회부된 이후, 강원도 출신 의원들이 카지노 조항이 포함된 제주개발특별법 개정안에 서명한 사실이 강원도 지역의 언론에 보도되었고, 그 보도로 사실이 알려지면서 강원도민들이 서명의원들을 규탄하며 비난하는 사태가 벌어졌다. 강원도의 이익에 저해되는 법안에 서명하였다는 이유였다. 그러자 서명했던 강원도 출신 국회의원들이 서명 무효 선언을 하면서 특별법개정안을 반대하는 입장으로 돌아서고 말았다. 이렇게 되자 특별법개정안 통과가 어렵게 되었다. 결국 1999년 12월 15일 건설교통위원회에서 카지노 조항을 삭제하는 것으로 수정 의결되었고, 그다음 날인 1999년 12월 16일 법제사법위원회를 통과하였다.

법안이 건교위를 거쳐 법사위로 넘어온 12월 15일에 나는 법사위 일정을 고려할 때 다음날 법사위를 통과하지 못하면 연내에 법사위가 소집될 가능성이 없어 본회의 표결이 어렵다고 판단했다. 법안이 12월 16일 법사위 회의에 상정되고 의결되어야 했다. 나는 법사위 통과를 위해 가능한 모든 조치를 다 했다. 그래서 법사위 직원들이 야간작업을 하면서 검토하였고 법안에 대한 법무부의 의견이 건교위에 접수될 수 있도록 조치를 취했다. 이렇게 하여 법사위 전문위원들 및 법무부 직원들까지 동원되어 거의 날을 새다시피 밤샘 작업을 하여 체계와 자구 수정을 거쳐 회의 자료를 만들었다. 이렇게 해서 16일 법사위 회의에 상정될 수 있었다.

결국 12월 16일 법사위에서 이 법안은 수정·의결되었다. 법사위 전문위원 등 직원들과 법무부 직원들이 밤샘 작업을 하면서 회의 준비를 하도록 할 수 있었던 것은 내가 전년도까지 법사위원장을 역임했기 때문에 가능한 일이었다. 이러한 과정을 거쳐 이 법안은 정기국회 마지막 본회의에서 통과되었던 것이다.

강원도 지방언론에 강원도 출신 의원들이 특별법에 서명한 사실이 공개된 것은 특별법의 카지노 조항을 반대하는 일부 제주도민들이 일부러 강원도 언론사에 이 사실을 알려주고 보도되도록 종용했기 때문이었다는 소문이 나돌았다. 이 법안은 후일 '제주국제자유도시 조성과 제주특별자치도 설치에 관한 법률'의 기초가 되었다.

새로운 정치의 길: "후배에게 길을 열어주는 것 또한 정치다"

나의 마지막 의정활동은 한나라당 대표로서 국회의원 선거구 획정위원으로서의 활동이었다. 당정치개혁특위위원장 등을 거치면서 전국적인 선거구의 문제점을 비교적 잘 알고 있어서 내가 한나라당을 대표하여 선거구획정위원회에 참여하게 되었던 것이다. 16대 총선을 목전에 둔 시기여서 선거구획정위원보다는 지역구에서 선거 준비 활동을 해야 했지만, 당명에 따라 선거구획정위원으로 2000년 2월까지 활동하게 되었다. 그런데 2000년 4월, 16대 총선에서 낙선됨으로 이 일이 나의 마지막 의정활동이 되었다. 전혀 예상하지 못했던 일이었다.

15대 국회 임기 중 국회윤리특별위원장, 법제사법위원장, 선거구획정위원. 정치구조개혁위원과 한나라당 당무위원, 총재 비서실장, 정치개혁특별위원장 등을 역임하면서 누구 못지않은 활발한 정치 활동을 함으로써 나를 선출해준 선거구민들의 자존심을 세웠으며, 4·3특별법의 제정, 제주개발특별법의 전면 개정, 2002년 월드컵 경기 서귀포 유치, 항만 개발 등 지역발전을 위한 크고 작은 일들을 잘 처리했다고 스스로 자부하고 있었다. 그래서 16대 총선에서 패배하리라고는 전혀 예상하지 못했다.

나는 16대 총선에 임하면서 민주당 후보에 대한 여러 가지 위협적인 정보가 있었지만 크게 걱정하지 않았다. 그러나 결과는 제법 많은 표차로 낙선하게 되었다. 선거 준비를 제대로 하지 못한 나의 과실이 빚어낸 결과라고 받아들였다.

굳이 다른 선거 패인을 찾아보자면, 경쟁 후보의 넉넉한 자금력과 자금력을 앞세운 탄탄한 조직력, 정권 교체로 인한 일부 친정부 성향 유권자들의 이탈 등이 주된 원인이라고 판단되었다. 서귀포시 선거구에서 이러한 경향은 도시형 투표구에서는 드러나지 않았지만, 농촌형 투표구에서는 대부분 확연하게 드러난 경향이었다.

중앙 정치무대에서의 다양한 활동이 오히려 선거구민들에게는 상대적 홀대감을 느끼게 했던 것 같았다.

16대 총선 낙선 후 2000년 8월부터 나는 법무법인 CHL에서 다시 변호사로 일하게 되었다. 2002년에는 지방선거와 대통령 선거를 치렀다. 4강 신화를 창조했던 2002년 한·일 월드컵 경기를 거치면서 대통령 후보로서 정몽준 의원의 인기는 20%를 상회했다. 월드컵이 끝나고 2002년

9월경 정몽준 의원으로부터 대통령 선거를 도와 달라는 요청을 받았다. 나는 1997년의 대통령 선거에서 이회창 후보의 소위 '원내 7인방'으로 널리 알려졌고, 대선 후에는 이회창 총재의 비서실장을 했던 사람이다. 만약 내가 정몽준 의원의 선거캠프에서 일한다면 정치적 배신자가 되어 정몽준 의원에게도 도움이 안 될 뿐 아니라, 나 또한 엄청난 정치적 타격을 입을 것이고, 이회창 총재에게도 타격을 입히는 결과가 될 것이었다. 명분도 없고, 실리도 없고, 인간으로서 도리도 아니었다. 그래서 정몽준 의원의 요청을 받아들일 수 없었다.

2002년 대통령 선거는 이회창, 노무현, 정몽준의 3자 대결이었다. 우여곡절은 있었지만, 이회창 후보의 우세가 점쳐지는 선거였는데, 2002년 11월 18일 정몽준·노무현의 후보단일화로 다시 뒤집혀 노무현의 우세가 지속되었다. 그러다가 선거일이 가까워지면서 이회창 후보가 다시 앞섰다. 그러나 선거 전날 정몽준의 노무현 지지 철회 선언으로 노무현 지지표가 결집되었고, 부동표들이 노무현 쪽으로 돌아서게 되었다. 2004년에 있을 국회의원 총선준비를 겸하여 대통령 선거의 승리를 위해 최선을 다했지만, 결과는 1997년의 대선에 이어 이회창 후보가 연패하는 기록을 남기게 되었다.

2004년 4월, 17대 총선을 앞두고 그간 열심히 활동한 결과로 선거구의 여론은 나에게 매우 좋은 방향으로 나타나고 있었다. 선거 승리를 자신할 수 있는 상황이었다. 그러나 2004년 3월 12일 국회에서 한나라당과 새천년민주당, 자유민주연합의 주도로 찬성 193표와 반대 2표로 노

무현 대통령에 대한 탄핵소추안이 가결되자, 그 역풍으로 17대 총선은 노무현 대통령이 급조한 열린우리당이 299석 중 153석을 차지하는 대승을 거두고 말았다. 나의 선거구에서도 선거 초반 한 자릿수의 지지율에 머물렀던 열린우리당 후보가 탄핵소추안 가결 직후 지지율이 치솟았고 결국 당선되었다.

16, 17대 선거에서 연패한 나는 2004년 5월 "다시는 국회의원선거에 출마하지 않겠다"고 결심했다. 나이도 60을 넘어섰고, 경제적으로도 빚만 남았다. 정치도 시대의 흐름이 있다고 느껴졌다. 나의 시대는 지나갔다. 경제적 여유를 회복하여 편안한 여생을 가족들과 함께 보내고 싶기도 했다. 열심히 변호사 활동을 하기로 마음먹었다.

2004년 9월경 법무법인 CHL을 해체하고 새로운 구성원들을 영입하여 새롭게 법무법인 한별로 탈바꿈하고 나는 그 대표 변호사가 되었다.

대표 변호사로서 활동하면서도 한나라당 당무위원, 제주도당 위원장 등의 역할을 수행했고, 2006년의 지방선거, 2007년의 대통령 선거에 관여했다. 한나라당이 여당이 되고 이명박 대통령 시대가 열렸지만 18대 총선을 두 달 남짓 앞두고 4년 전에 결심한 대로 2008년 1월 30일 총선 불출마를 선언했다. 이로써 1978년에 시작된 나의 정치 인생은 30년 만에 막을 내렸다.

나는 불출마를 선언하면서 다음과 같은 소회를 밝혔다.

오랜 고민 끝에 후진들에게 길을 열어주는 것도 또 하나의 의미 있는 정치라고 판단했다. 36세의 나이로 1978년 제10대 국회의원 선거에 출마한 것을 시작으로 모두 일곱 번 출마해 세 번 당선되고 네 번 낙선했다. 그 기간은 영욕의 세월이었다. 때문에 불출마를 결심하기에는 남다른 아쉬움이 있었다. 이명박 정부의 출범과 더불어 대한민국 전체가 커다란 변화의 물결을 타고 있다. 제주도도 그 변화의 대세에서 천지개벽하는 커다란 변화를 일으켜야 한다. 지금은 그 발전의 토대가 마련되는 시기이다. 이러한 시기에 그 변화의 중심에서 제주도민 여러분과 더불어 새로운 제주도를 만들어가고 싶은 욕심과 사명감을 뒤로하기가 어려웠다.

헌법재판소 사무처장, 세 번의 국회의원 임기, 국회법제사법위원장 등을 맡는 동안 부끄럽지 않은 의정활동을 할 수 있었던 것은 모두 제주도민의 성원과 지도 덕분이다. 지금 이 시간에도 용솟음치는 사명감과 출마에의 충동을 오늘의 불출마 보고로 억누르고, 이제 저는 제가 할 다른 길을 찾아 열심히 살아가겠다.

제8장

–

제주4·3사건의
아픔을 치유하기 위하여

- 진상조사와 명예회복을 위한 특별법 제정

1950년 신도 1리를 둘러싼 성담

우리 식구들이 서울에서 내려와 고향 신도 1리에 있는 7촌 숙모네 집 밖거리를[1] 빌려 어머니와 동생과 함께 세 식구가 정착한 것은 1950년 12월 말경이었다.

당시 신도 1리 마을은 가구 수가 150호 가량 되는 농촌 부락이었는데, 마을 외곽은 돌로 쌓은 성담으로 둘러싸여 있었다. 폭 50cm내지 1m, 높이는 2m가 넘는 제법 견고하게 돌로 쌓은 담이었는데, 그 성담 위에는 가시나무들이 꽂혀 있었다. 그리고 부락 밖으로 나가는 네 군데에 문이 있었고 거기에는 성을 지키는 초소용 움막이 있었다. 그리고 이웃에 있던 신도 3리는 "오록호미"와 "새남못"이라는 두 개의 자연부락이[2] 화재로 소실되어 잿더미만 남아 있었다.

1 바깥채의 제주도 방언.
2 그 두 부락은 끝내 복원되지 못했다.

나는 당시 동네 사람들로부터 성담을 쌓게 된 일에 대해서 이렇게 들었다.

"산 폭도들이 부락에 습격 오는 것을 막기 위해 부락사람들이 공동으로 성담을 쌓았다. 초소에는 동네 청년들이 번갈아 보초를 서면서 수상한 외부사람이 부락으로 들어오는 것을 차단하고 감시하고 있다.[3] 산 폭도들이 간혹 부락에 들어와서 사람을 죽이고 식량과 옷가지들을 약탈해 갔다. 우리 식구가 신도리에 정착하기 얼마 전에도 폭도들이 침입하여 성인 남자 주민 한 명을 살해하고 식량을 탈취해 간 일이 있었다. 우리 부락뿐만 아니라 다른 부락에도 산 폭도들이 주민들을 약탈하고 죽이는 일이 있었다. 작은 부락에서는 의례 폭도들의 습격을 막으려 성담을 쌓았다."

이것은 4·3에 관하여 내가 최초로 본 4·3의 모습이었고 최초로 들은 4·3에 관한 이야기였다.

아홉 살이었던 나에게 산 폭도는 약탈과 살상을 자행하는 무서운 사람들이라는 생각이 박혀있게 되었다.

다행히 그 이후에 신도리에 산 폭도들이 습격온 일은 없었고 신도리에 사는 친족들 가운데 4·3사건에 관련된 사람도 없었다. 그러나 자라면서 이 사건으로 인해서 제주도민들이 엄청난 피해를 당했으며, 사건이 종식된 이후에도 그 피해는 지속적으로 제주도 사람들에게 큰 부담이 되고 있다는 사실을 알게 되었다. 그래서 나는 국회의원이 되어 의정활동을

---

3 4·3사건을 일으킨 핵심 남로당원이나 사상적으로 좌경화된 사람들뿐만 아니라 사상적 성분이나 입산동기에 관계없이 입산한 사람들을 당시 주민들은 일괄해서 산 폭도라고 했다. 공식문서 문학작품 등에 무장공비 또는 무장대라고도 지칭되는 사람이다.

하기 전부터 이 사건에 대해 국가가 어떻게 처리해야 할 것인가를 생각하게 되었다. 결국 총선에 출마하면서 공약으로 이 문제를 제주도민 앞에 내놓았다.

제주도의 각 부락마다 있었던 성담은 시일이 지나면서 모두 사라졌다. 몇 군데는 역사적 유물로 남겨 두었더라면 하는 아쉬움이 남는다. 제주도민들에게는 마을을 둘러쌓았던 성담을 남겨둘 만한 여유가 없었던 것이다.

제주도민의 한을 풀어주기 위한 노력

1978년 총선 선거공약

처음으로 국회의원에 출마했던 1978년의 10대 총선에서 나는 "4·3 사건의 진상규명"을 공약했다. 이것은 나의 첫 공약이었다. 그러나 임기 6년이었던 10대 국회가 1979년 10월 26일 박정희 대통령 시해사건과 1980년의 5·18 사태(광주민주항쟁) 등으로 국회 개원 1년 6개월 만에 해산되고 말았다. 10대 국회에서는 4·3사건의 진상규명을 위해 활동할 기회가 없었다.

그로부터 10여 년이 지난 1992년 3월 14대 국회의원으로 다시 당선되고 대통령 선거가 끝나서 1993년에야 4·3진상규명 활동을 할 수 있는 기회가 왔다. 통일국민당을 탈당한 다음부터 본격적인 활동을 시작했다.

이에 앞서 나는 우선 4·3진상규명을 위해서는 민간 차원의 활동보다는 지방의회 차원의 활동이 논의의 공론화를 위해 더욱 효과적이라고 판단했다. 그래서 친분 있는 제주도의회 의원들과 접촉하면서 제주도의

필자, 양정규 의원, 강휘찬 의원, 현경대 의원과 함께

지방 의원들과 간담회

회가 4·3특별위원회를 구성하여 진상규명 작업에 나서야 한다고 권고하면서 나대로 대책을 마련하고 있었다. 4·3관련 단체뿐만 아니라, 일반 도민들도 4·3에 관하여 직접 체험담, 목격담, 피해 상황 그리고 4·3에 관한 의견을 자유롭게 말할 수 있는 분위기 조성이 필요하다고 생각했다. 지방의회의 활동은 그런 면에서 매우 효과적일 것이라고 판단했던 것이다. 내 생각대로 제주도의회는 1993년 3월 20일 '4·3특별위원회'를 구성했다. 제주도의회의 4·3특위구성은 4·3사건 진상규명과 제주도민의 명예회복을 위해서 매우 의미 있는 일이었다.

1993년 3월부터 시·군의회 의원, 학생 대표, 4·3희생유족회, 4·3연구소 등과 접촉하면서 4·3의 문제점과 4·3진상규명의 방향 및 그 당위성에 관하여 논의했다. 그 과정에서 나는 4·3의 진상규명과 제주도민의 명예회복을 위해서는 국회가 나서서 이 일을 해야 한다는 확신을 갖게 되었다. 정부가 주체가 되어서는 공정한 조사와 해결을 기대하기 어렵고, 도의회나 민간단체에 의한 진상조사는 실체 접근에 한계가 있었기 때문이다. 그래서 나는 1993년 5월 10일부터 '국회 제주도 4·3사건 진상규명 특별위원회' 구성을 위한 결의안을 마련하고 국회의원들의 서명을 받기 시작했다.

특위구성을 위해서는 민주당의 협조가 필요하였다. 1993년 5월 17일 민주당 이기택 대표위원을 면담하고 4·3진상규명을 위한 민주당의 적극적인 협조를 약속받았다. 4·3특위구성에 우호적인 큰 세력을 확보한 것이다.[4]

제주 출신의 양정규, 현경대, 강희찬 의원 등과는 1993년 5월 18일,[5]

5월 31일, 6월 17일 등 3차에 걸쳐 4·3진상규명의 당위성과 방법론에 대하여 협의했다. 다음 단계로, 6월 29일 제주 출신 국회의원 4인과 제주도의회 4·3특위위원 및 4개 시·군의회 의장들이 한자리에 모여 이 문제에 대해서 간담회를 가졌다.

이 간담회에서 지방의원들은 이구동성으로 국회가 진상규명에 앞장서야 한다고 주장했다. 이로써 국회차원의 4·3진상규명을 위한 나의 활동과 노력도 더욱 명분을 얻게 되었다. 간담회에 대한 내용이 신문보도로 나가자 1993년 7월 1일에는 국회 4·3특위구성 및 4·3특별법 제정을 바라는 4·3연구소, 천주교 제주교구 정의구현사제단 등 4개 단체의 성명서 발표가 있었다.

제주도의회 4·3특위 위원들과의 대만 방문

한편 나는 제주도의회 4·3특위위원인 강완철, 김영준, 김영훈, 양금석, 이영길, 이재현 의원과 함께 중화민국(자유중국)을 방문하였다. 장개석 국민당 정부가 1947년 2월 28일부터 최소 3만 명 이상으로 추정되는 대만 원주민들을 학살한 사건이 있었다. 소위 2·28 사건이다.[6] 이 사건을 중화민국의 정부와 입법원[7]이 어떻게 해결하였는지 알아보기 위해서였다. 대만 방문단에는 MBC 제주방송의 김건일 기자, 촬영 담당 김봉훈 씨가 동행했다.

---

4 내가 제출한 특위구성결의안 서명 국회의원 75명 중 45명이 민주당 의원이었다.
5 이 무렵 나는 국회 4·3특위구성결의안에 국회의원 44명의 서명을 받아 있었다.

당시 2·28 사건에 대한 입법원 차원의 해결은 중화민국의 야당인 민주진보당이 주도하고 있었다. 나는 1993년 8월 26일 도의원들과 함께 민주진보당 당사를 방문하고 다음 날은 중화민국 입법원을 방문하기로 민주진보당 및 입법원과 미리 약속이 되어 있었다. 그런데 출국 직전 4, 5번 요추 추간판 탈출증으로 심한 허리통증이 생겼다. 당장 허리수술을 해야 한다는 의사의 권고가 있었지만 민주진보당 당수 및 중화민국 입법원 부의장과의 약속 때문에 1993년 8월 25일부터 3박 4일간 대만 방문을 강행했다.

이러한 일련의 활동 과정에서 나는 제주 사회에 자유롭게 4·3에 관하여 터놓고 말하는 분위기가 형성되고 있음을 느낄 수 있었다.

제주도의회 4·3특위구성 청원

그 시기에 제주대학교 총학생회장은 20대 총선에서 국회의원이 된 오영훈 군이었는데 제주대학교의 캠퍼스 밖으로 나가면 체포될 것이 우려되는 상황이어서 캠퍼스 안에서 숙식을 하고 있었다. 나는 그가 왜 그러한 상황에 놓였는지 궁금하여 제주대학교 캠퍼스로 오영훈 군을 방문하

---

6 50년간의 일제통치를 벗어나 중국 본토의 국민당 정부가 대만을 통치하면서 본토에서의 국·공 내전에 필요한 물자를 대만에서 가져감으로 인해 물자부족으로 물가가 폭등하고 대만 고위 관료직의 대부분을 본토인들이 차지할 뿐만 아니라 대만 원주민들에 대한 차별적 대우가 극심해지면서 발생한 사건이다. 국민당 정부는 주민들이 이 사건을 문제 삼는 것을 봉쇄하기 위해 1949년 5월 21일 계엄령을 선포하였고 이 계엄령은 38년의 세월이 흐른 1987년 7월 15일 장경국 총통이 해제하였다. 이 사건에 이덩후이 총통이 1995년 처음으로 유족들에게 사과하였고, 1997년에는 정부가 공식 사과하고 정부예산으로 기념공원을 건립했다.

7 중화민국의 국회에 해당하는 입법기관이다.

였다. 이때 대학생들도 4·3진상규명에 나서도록 종용했다. 그래서 1993
년 10월 28일 제주지역 총학생회 연합회(오영훈 외 17,924명이 서명)가 국
회 4·3진상규명을 위한 특별위원회 구성 요구 청원서를 국회에 제출하
였고 나는 대표 소개의원이 되었다.

1993년 11월 3일, 제주도의회가 제출한 제주4·3특별위원회 구성을
위한 청원에도 민자당의 양정규, 현경대 두 의원과 민주당의 정상용 의
원, 유인태 의원과 함께 소개의원이 되었다.

1993년 12월 9일 국회운영위원회 청원심사소위원회(위원장 허재홍 의
원)는 위 제주도의회 청원과 제주지역 대학생 총학생회 협의회의 청원을
통합하여 심사하였고, 특위구성 여부 판단을 위해 현지 출장 조사의 필
요성 등을 논의했다. 이 회의에 나는 총학생회 청원 소개 대표의원으로

서, 양정규 의원은 도의회 청원 소개 대표의원으로서 특위구성의 당위성을 주장했다.

4·3특위구성 결의안 제출

나는 국회의원 75명의 서명을 받아 1994년 2월 2일 위원수를 12명으로 하는 '제주도 4·3사건 진상규명 특별위원회 구성 결의안'을 국회에 제출했다. 당시 제주 출신 현성수 씨가 국회사무처 의안과장이었다.

나는 이 결의안의 제안 이유를 다음과 같이 밝혔다.

1948년 4월 3일 발생하여 1954년 9월 21일 6년 6개월 만에 막을 내린 제주4·3사건은 3만 명가량이 사망하고 10만 명에 이르는 이재민이 발생하였으며 2만 호에 이르는 가옥이 소실되는 참혹한 결과를 빚었다. 해방 이후의 극도로 혼란했던 정치, 사회 상황과 6·25사변의 발발 등 특수한 사정이 있기는 하였으나 사망자 3만 명 중 2만5천 명가량은 무고한 양민이었던 것으로 밝혀지고 있다.

이 사건은 우리 역사에 무장공비의 반란으로만 기록되어 있고 당시 희생된 사람은 모두 사상이 불순한 사람으로 취급되어 왔으며 6·25사변 종료 후에도 4·3사건에 대한 진상규명은 물론 거론조차도 금기시되어왔다. 희생자의 유족뿐만 아니라 제주도민 전체가 사상을 의심받아 공·사 생활에서 엄청난 불이익을 받아왔다.

사건 발생 45년이 지난 지금 4·3의 원인과 전개, 성격, 피해상황 등에 관하여 여러 각도에서 시각을 달리하는 조사결과들이 단편적으로 나오고 있으나 사망자 수조차 제대로 조사되지 않은 실정이며, 객관적이면서도 면밀한 조사에 입각한 공식적이고도 종합적인 진상발표는 한 번도 없었다.

국민의 대표임을 자임하는 우리 국회의원은 역사적 소명의식을 가지고 4·3의 발생원인, 전개과정, 이로 인한 제주도민의 피해 등 4·3사건의 진상을 명명백백하게 밝혀 잘못된 역사를 바로잡고 제주도민의 명예를 회복시키며 억울하게 희생된 사람들의 원혼을 위로하고 다시는 이 땅에 이와 같은 불행한 역사가 되풀이되지 않도록 할 책무가 있다.

단일민족인 우리 민족의 민족애와 애국심을 고취시키고 민족정기를 이어주는 일이 되기도 할 것이다.

"억울한 백성의 한을 하나씩 풀어 줄 때에 국력이 결집된다!!"

나는 1994년 7월 8일 임시국회 본회의에서 대정부 질의를 통해 이영덕 총리에게 "4·3사건을 무장공비의 폭동으로 보는 견해가 있는가 하면 민중항쟁, 민족주의 운동으로 보는 시각까지 있다. 4·3이 먼 훗날 잘못 해석되는 일이 없도록 실체가 묻혀버리기 전에 그 진상을 정확히 규명해 올바른 사실을 후세에게 전하는 것이 오늘에 사는 우리의 사명이다. 신정부 출범 이후 광주민주항쟁에 대한 재평가, 거창사건에 대한 특별입법 추진 등 역사 재정립을 위한 논의가 국회에서 이어지고 있으나, 제주의 4·3사건은 외면당하고 있다. 억울한 백성의 한을 국가가 하나씩 풀어줄 때 국력이 결집되며 정부에 대한 신뢰가 쌓인다"고 정부 차원의 진상규명과 해결을 촉구했다. 이영덕 총리는 국회나 공인된 사회단체 또는 학계에서 진상규명작업을 벌일 경우 정부차원의 모든 지원을 아끼지 않겠다고 답변했다. 종전의 정부 입장에서 한 걸음 나아간 답변이었다.

이어 1995년 11월 15일 국회 내무위원회에서 "4·3공원 조성과 4·3 위령탑 건립은 제주도민들과 국민 전체의 화합을 위한 일일 뿐 아니라 이 나라의 역사를 바로잡는 과업"이라고 역설하였다. 이에 김용태 장관 은 "민족 내 분쟁으로 유발된 비극적 사건과 유가족 및 근친들의 아픈 상 처는 하루빨리 치유되어야 한다"며 적극적으로 검토할 것을 약속했다.

4·3특위구성 문제는 1996년 1월 27일 14대 국회 마지막 임시국회 운 영위원회에서 14대 국회는 임기가 끝나가고 있으므로 15대 국회에서 구 성하기로 의결하였다. 그러나 이 결의는 15대 국회에 대한 구속력이 없 으므로 아무런 효력이 없는 것이었다. 다만 국회의 공식회의에서 4·3진 상조사의 당위성을 공식적으로 확인하고 기록으로 남겼다는데 그 의미 가 있었다.

15대 국회 개원 후 1996년 12월 5일 양정규, 현경대 두 의원과 회동하 여 1996년도 정기국회 회기 중 국회 4·3특위구성 결의안을 제출하기로 합의하였다. 12월 27일 국회의원 154명의 서명을 받아 '제주도 4·3사건 진상규명 특별위원회 구성결의안'을 제출했다. 나로서는 두 번째의 특위 구성결의안 제출이었다.

1997년 3월 11일에는 제주도의회 송봉규 의장, 김영훈 4·3특위위원 장, 4·3특위의 고승종, 이영길, 강호남, 박희수 의원과 함께 국회의장 실을 방문하여, 김수한 국회의장에게 국회 차원의 4·3진상규명을 요구 했다.

제주 4·3특별법 제정 의지를 밝힌 기자회견

그러나 실질적으로 진행되는 것은 아무것도 없었다. 말만 무성할 따름이었다. 4·3관련 단체나 제주도의회 등도 말만 할 뿐 실효성 있는 일을 하지 못하고 있었다. 1997년에 들어서면서 정치권은 대선 정국으로 돌입했다. 나는 이회창 캠프의 코어멤버로 대통령 선거에 몰입한 상황이었다. 대통령 선거가 끝난 후에는 야당 탄압으로 여·야의 극단적인 대치 정국이 이어졌다.

1998년 말이 되면서 여·야 간의 극한적인 대립도 완화되었고, 때마침 나는 한나라당 제주도당 위원장을 맡게 되어 4·3문제를 다시 추진할 수 있게 되었다. 15대 국회의 임기는 1년밖에 남지 않았다. 국회 특위가 구성된다 하더라도 잔여 임기로 보아 제대로 된 진상규명이나 후속 조치를 기대하기는 어려울 것으로 보였다. 나는 국회 특위구성보다는 4·3진상규명 및 제주도민의 명예회복을 위한 특별법을 제정하는 것이 오히려 구속력이 있고 실효성도 있을 것으로 판단했다. 양정규, 현경대 두 의원 모두 5선, 4선 의원으로서 당내 중진이었고 나 역시 3선 의원으로서 당내에 상당한 영향력을 가지고 있었다. 세 의원이 힘을 합한다면 4·3특별법 제정이 그리 어려운 일이 아닐 것이라고 판단되었다. 4·3특별법 제정에 더할 수 없이 좋은 기회였다.

나는 1999년 5월경 한나라당 제주도당의 사무처 직원과 대변인에게 1999년 중에 4·3특별법을 제정하여야 한다는 점을 주지시키고, 기초자료 수집을 지시했다. 사무처 직원들도 4·3특별법 제정에 모두 찬성하였다. 특별법 초안을 마련하는 데에는 정경호 대변인의 도움이 컸다.

한편 나는 한나라당 원내총무인 이부영 의원에게 4·3특별법의 제정에 원내총무로서 적극 도와줄 것을 요청하여 흔쾌히 약속을 받았다. 이회창 총재에게도 설명을 드려 한나라당 차원에서 4·3특별법의 제정을 추진하는 점에 관하여 이미 승낙을 받아두었다.

초안이 준비되자 나는 1999년 10월 11일 한나라당 제주도당 사무실에서 기자회견을 갖고, '제주4·3사건 진상규명 및 희생자 명예회복에 관한 특별법' 초안을 공개했다. 아울러 4·3유족회 등 관련 단체와 사회 각계의 의견을 청취하여, 1999년 정기국회 회기 중 양정규, 현경대 의원 등 제주 출신 세 의원 공동으로 4·3특별법안을 발의하고, 1999년 정기국회 회기 중 법안을 통과시키겠다고 공언했다.[8]

당시 민주당은 4·3특별법을 제정할 경우 다음 해 4월로 예정된 16대 국회의원 총선에서 중도 보수의 표를 잃을 우려가 있다는 판단에서 15대 국회에서는 4·3특별법 제정을 추진하지 않기로 이미 당론을 정한 상태였다.

나의 기자회견 내용이 언론에 보도되자 한나라당 제주도당 사무실로 1988년 4월 8일 자 재일본 조총련 기관지인 조선신보(일본어판)에 실린 다음과 같은 4·3관련 기사가 전달됐다.[9] 4·3특별법 제정에 대한 우려의

---

8 국회운영위원회에서 1996년 4월 24일 특위구성결의안과 4·3관련 청원의 처리를 위해 "제주4·3사건 관련 양민희생자 실태조사를 위한 준비소위원회"를 의원 6명으로 구성하되 위원 및 위원장은 교섭단체가 협의, 선임키로 의결했으나 답보상태에 있었고, 이러한 상황이 나의 특별법 제정 의지를 더욱 굳게 하였다.

9 발송자의 신원은 밝혀지지 않았다.

시각에서 보낸 것이었다.

제주도 4 · 3인민봉기 40주년

평양시 보고회, 서울에서도

제주도 인민의 4 · 3봉기 40주년을 기념하여 지난 2일 공화국에서 평양시 보고회가 열렸다. 허정숙 당 서기장 등이 참석한 가운데 조국평화통일위원회 전금철 서기국장은 기념보고를 통해 미국과 그들의 사주에 의하여 획책된 5 · 10 단선을 반대하여 들고일어난 제주도 인민의 4 · 3봉기는 남조선에 대한 미국의 식민지 종속화 정책과 민족분열책동을 분쇄, 자주적 평화통일을 이루기 위한 애국적 무장투쟁이었다고 지적. 따라서 제주도 인민의 염원을 하루라도 빨리 실현하기 위해 반미 자주화의 깃발을 높이 들고 조선반도를 비핵 평화지대로 바꾸기 위한 투쟁을 새롭게 강화하기 위한 광장이 되어야 한다고 강조했다.

또한 남조선에서도 3일 오후 서울 여의도 여성백인회관에서 "제주도 현대사의 재조명, 4 · 3의 배경과 경과"란 제목의 학술논문 발표회가 열려 젊은 학생 등 약 150인이 참가했다.

주지하는 바와 같이 4 · 3인민봉기는 제주도의 인민들이 1948년 4월 망국적인 5 · 10 단선 반대에 나서 반미, 반 경찰, 반 서청(서북청년단, 테러집단)을 표명, 무장투쟁을 전개함으로써 시작되었다. 그리하여 선거는 완전히 파탄 나고 말았다.

그러나 약 9년에 걸친 전 도적인 인민항쟁은 전 도민의 3분의 1, 혹은 4분의 1에 해당하는 6만인(7~8만이란 설도 있음)이 희생되는 참상을 낳았다.

이러한 사실에도 불구하고 그 진상은 남조선 위정자들에 의하여 은폐되고 왜곡되어 왔다.

올해 40주년을 계기로 이에 대한 해명, 복원을 위한 움직임이 남조선에서 클로즈업되고 있다.

一口世評(일구세평), 침묵의 현대사는 지금

지난 4월 3일은 제주도 4·3봉기 40주년 기념일이었다. 1948년 그날 남조선 단독선거에 반대하여 도민이 무장봉기하고 그 결과 빨치산을 위시하여 많은 도민이 이승만 정권과 미군에 의해 학살되었으나 그 희생자의 수는 정확히 집계되지 않았다. 전 도민 30만 가운데 3분의 1이라고도 하고 4분의 1이라고도 알려졌다.

제주도 4·3봉기는 무엇보다도 그 희생자 수에 있어서, 조선 근대사에 있어서 일대 비극이라 할 만하다. 그러나 남조선에서는 아직까지 반미폭동으로 보는 나머지 그 봉기에 대하여 말하는 것조차 꺼리는 상황이었다. 원혼을 달래는 일은 생각할 수도 없었다. 단순히 인도적으로 보더라도 이해할 수 없는 일이다. 그런데 지난 3일 재야인사들에 의해 서울에서 40년 만에 처음으로 위령집회가 열렸고 도쿄에서도 동시에 개최되었다고 한다. 작년 6월 항쟁의 승리가 위령의 기운을 촉진한 결과이리라. 집회에서는 위령 외에 진상을 밝히는 노력도 해나가기로 확인한 모양이지만 그것은 시비를 떠나 필요한 작업이다. 남조선 단독선거에 반대한 제주도민의 투쟁은 돌이켜 보면 분단 반대의 투쟁이었으며 그런 의미에서 분단시대인 해방 후 역사의 원점이 되는 인민투쟁이었다.

제주4·3봉기는 이러한 점에서 단지 일대 비극으로 그치지 않고 해방 후 역사의 큰 획을 긋는 중대 사건이었던 것이다. 그럼에도 불구하고 그 진상이 밝혀지지 않았다는 사실은 남조선에서의 민주주의 억압의 실태를 나타내는 것이다.

3일에는 서울에서 위령집회 외에 〈제주도·현대사의 재조명, 4·3의 배경과 경과〉라는 이름의 학술논문 발표회도 열렸다고 하는데 앞으로의 진상규명의 진전에 주목하고 싶다. 4·3봉기의 "복권"은 남조선 민주화의 기초도 된다는 의미를 내포하고 있는 것이다. 4·3봉기의 진상이 규명되어 그 의의가 바르게 현대사에 자리 잡을 때 정의를 위해 영웅적으로 싸우다 사망한 희생자의 영혼은 비로소 위안을 받을 것이다.

제주4·3특별법 제정

국민회의의 특위구성결의안 발의

한편 국민회의는 나의 기자회견 이후 마치 나의 특별법 제정 기자회견에 대응하듯이 우리당이 이미 제출한 특위구성안과는 별도로 1999년 11월 17일 소속의원 101명의 발의로 특위구성 결의안을 국회에 제출했다. 특위구성 결의안이 국회에서 통과되더라도 15대 국회의 임기가 2000년 5월 말까지이며, 2000년 4월에 16대 총선을 앞두고 있으므로 그 특위는 실질적으로 활동할 시간이 없어 별 의미가 없는 특위가 될 것임이 분명했다. 그런 의미에서 국민회의가 특위구성 결의안을 발의한 일은 정치적 쇼에 불과한 것이고 사실상 무의미한 일이었다.

이러한 국민회의의 태도에 나는 심한 분노를 느꼈다. 나는 1999년 10

4·3사건 특별법 최종시안 마련을 위한 간담회(1999)

월 18일 국회의원회관에서 기자회견을 갖고 "국회 4·3사건 진상규명 특별위원회 구성 결의안은 한나라당이 이미 오래전에 제출했다. 국민회의가 이제야 새삼스럽게 특위구성 결의안을 발의하겠다는 것은 제주도민을 우롱하는 것이며 총선용 국면 전환을 위한 정치적 트릭에 불과하다. 국민회의는 제주4·3을 정치적으로 악용하지 말라"고 강도 높은 비난 성명을 발표했다. 4·3관련 단체들도 이러한 국민회의의 태도에 강한 불만을 표출했다.

4·3특별법안을 위한 각계 대표 초청 간담회

한나라당은 중앙당 차원에서1999년 10월 21일 4·3특별법의 제정을 당론으로 결정했다.

나는 우리가 만든 초안을 토대로 1999년 10월 22일 제주시 중소기업 지원센터에서 특별법 제정을 위한 각계 대표 초청 1차 간담회를 열었다. 11월 2일에는 제주학생문화원에서 2차 간담회를 열었다. 이 간담회에는 사회 각계 대표들을 초청했다. 4·3사건 민간인희생자 유족회, 4·3사건 희생자 위령사업 범도민 추진위원회, 4·3연구소, 4·3진상규명과 명예회복을 위한 도민연대 등 4·3관련 단체, 제주경실련, 참여자치와 환경보전을 위한 범도민회 등 시민단체, 경우회, 재향군인회, 자유수호협의회 등 보수 우익단체, 제주도지사, 제주도의회와 이 문제에 평소 많은 관심을 보여 온 제주도 의정동우회 조승옥 회장, 제주대학교의 고창훈 교수, 고승종 전 도의원, 김승석 변호사 등이었다. 언론사에도 모두 알렸다. 심지어는 검찰 공안계에도 알렸다. 1, 2차 간담회에 각계 20여 명이 참석하여 진지하게 의견을 밝히고 토론을 하였다. 간담회는 두 차례 모두 한마디의 고성도 없이 좋은 분위기 속에서 진행되었고 결론도 쉽게 도출되었다. 간담회를 마친 뒤에는 인근 식당에서 식사하고 헤어지곤 했다.

김승석 변호사가 초안 전반에 관하여 몇 가지 의견을 제시했다. 김창후 4·3연구소 이사는 "차후의 협상을 위해서라도 희생자에 정신적 피해자도 포함하고 개별 배상을 추진해야 한다. 국무총리를 위원장으로 하는 4·3사건 진상규명 및 희생자 명예회복을 위한 특별위원회를 대통령 직속기관으로 해야 한다"는 의견을 제시했고, 4·3민간인 유족회의 박창욱 회장은 "특별법 제정에 앞서 국회특별위원회가 구성되어야 한다"고 주장했다. 4·3진상규명과 희생자 명예 회복을 위한 도민연대의 양동윤은 4·3의 기점을 1947년 3월 1일로 해야 한다는 주장과 더불어 우리가 제시한 안이 한나라당의 당론인가에 의문을 제기했다.

한편 자유수호협의회의 고재우 이사는 "변 의원의 작품인지 의문이다. 4·3사건의 성격을 규정 한 후에 특별법을 제정해야 한다. 이를 위해 국회진상조사특위부터 먼저 구성해야 한다. 제시한 초안의 특별법 제정 목적 중 '4·3사건의 진상을 규명하고'를 '남로당의 폭동으로 발생한 4·3사건의 진상을 규명하고'로 바꾸어야 한다"고 발언했다. 제주대학교 고창훈 교수는 4·3사건이 미군정 하에서 발생한 것인 만큼 세계 정치사적인 면에서 접근해야 한다는 의견을 내놓았다.

희생자와 그 유족에 대한 개별 보상 내지 배상에 관한 조항을 포함시켜야 한다는 의견에 대해서, "우선은 진상규명이다. 진상규명이 이루어진 다음 보상 문제를 거론해도 된다. 지금 단계에서 보상규정까지 관철시키려 하다가는 특별법 제정 자체가 좌초될 우려가 있다. 한나라당 내의 분위기가 성숙되어 있는 이 시기를 놓쳐서는 안 된다"고 이해시켰다.

특별법의 목적이나 4·3의 정의에 관해서도, "진상규명도 안 된 상태에서 기점을 1947년 3월 1일로 한다거나 4·3사건이 남로당이 일으킨 폭동이라고 미리 규정하는 것은 진상규명을 중요목적으로 하는 법의 취지에 맞지 않고 4·3사건이라 하면 제주도민들은 1948년 4월 3일 발생한 사건을 의미하므로 법안은 가치 중립적으로 만드는 것이 옳다"는데 의견이 모아졌다.

대부분의 참석자도 4·3의 정의에 관하여 우리의 초안에 찬성했고, 간담회에서 합의된 사항으로 법안이 제정된다면 기대 이상의 성과라는 공감대가 형성되었다.

두 차례의 간담회에서 제시된 의견에 따라 한나라당이 만든 초안에 후유장애 희생자에 대한 의료 지원금 등의 지급, 피해 신고처 설치에 관한 규정, 호적 정리에 관한 규정, 재심에 관한 특례조항 등을 추가하였다.

한나라당의 4·3특별법안 발의

이렇게 하여 15개 조문의 '제주4·3사건 진상규명 및 희생자 명예회복'에 관한 특별법안 내용을 확정하였다. 보수와 진보를 아우르는 모든 단체들이 참여하여 참여단체들의 합의로 만들어진 의미 깊은 법안이었다.

그 법안의 주요 내용은 대강 다음과 같다.[10]

---

10 법안 전문을 별도로 첨부한다.

우선 특별법은 "4·3사건의 진상을 규명하고, 이 사건의 희생자 및 그 유족 등 관련자의 명예를 회복함으로써 역사를 바로 세우고, 국민화합과 민주발전에 기여함"을 목적으로 하고, 4·3사건은 "1948년 4월 3일을 기점으로 제주도 전역에서 발생한 소요 사태 및 1954년 9월 21일까지의 진압과정"이라고 정의했다.

이어 특별법안은 4·3의 진상규명, 희생자 및 유족의 결정과 명예 회복을 위해 국무총리 산하 국무총리를 위원장으로 하는 4·3사건 진상규명 및 희생자 명예회복 특별위원회와 실무기구로서 제주도지사를 위원장으로 하는 집행위원회를 구성·운영하고, 희생자의 명예 회복을 위해 백서 편찬, 4·3공원 역사관 건립 등 위령사업을 추진하고, 4월 3일을 추념일로 지정하되 제주도 지역에 한하여 공휴일로 하도록 했다. 그리고 희생자 및 유족의 생활 안정을 위해 생활 지원금과 의료 지원금을 지급토록 하며, 호적 정정에 관한 특례조항, 4·3사건과 관련된 행위로 유죄의 확정 판결을 선고받은 사람이 재심청구를 할 수 있도록 하는 특례조항 등을 두었으며, 이 위원회와는 별개로 국회도 진상조사를 비롯한 관련 사항에 대하여 별도 조치를 취할 수 있도록 하는 규정도 포함하였다.

대표 발의자 변정일, 양정규, 현경대 의원 외 국회의원 110명의 서명을 받아 1999년 11월 18일 위 특별법안을 국회에 발의했다.

뒤이은 국민회의의 특별법안 발의

이때까지도 실효성 없는 국회 4·3특위구성안에 미련을 두고 있었던 국민회의는 제주도 내에서 국민회의에 대한 비난 여론이 비등해지자 다급해진 나머지 1999년 12월 2일 추미애 의원 외 102인 명의로 특별법안을 제출했다.

국민회의의 특별법안은 한나라당의 안과 다음과 같은 차이점이 있었다.

제주4·3사건을 "1947년 3월 1일부터 1954년 9월 21일까지 제주도에서 벌어진 무력충돌 및 진압 과정에서 주민들이 희생당한 사건"이라고 정의했다.

우리의 안은 "1948년 4월 3일을 기점으로 제주도 전역에서 발생한 소요사태 및 1954년 9월 21일까지의 진압과정"이라고 정의함으로써 "무장공비의 폭동"으로 보는 시각을 배제하고 나아가 "민족주의 민중봉기로 보아 그 진압을 양민학살"이라 규정하고 군경에 의한 희생자 전체를 억울한 희생자로 보는 다른 일각의 시각도 배제하였다. 또한 제주도민들이 1948년 4월 3일 발생한 무력사태를 4·3사건이라 부르고 있는 현실과도 일치시켰다.

그럼으로써 4·3사건의 성격에 대한 평가를 진상규명 이후로 미루는 중립적 입장을 취했다. 즉 4·3사건의 진상을 규명하고 억울한 희생자들 및 관련자들의 명예를 회복하며 나아가 제주도민 전체에 씌워진 불명예를 회복하여 역사를 바로 세우고 국민화합과 민주발전에 기여하고자 했던 것이다.

우리 안의 특별위원회의 역할 중 4·3사건과 관련하여 제주도민에 대한 사과 등 정부의 입장 표명에 대한 방법 및 그 시기에 관한 사항을 심의·결정하는 권한을 국민회의 법안은 제외하였다. 정부의 입장 표명에 대한 방법과 그 시기는 특별위원회의 활동에 의하여 규명된 진상에 의하여 특별위원회가 정하는 것이 합리적이며 특정 정권의 기호에 따른 왜곡과 편견을 차단할 수 있는 것으로 매우 중요한 것임을 국민회의는 간과했던 것이다.

국민회의의 안은 한나라당의 안과는 달리 특별위원회에 유족 대표를 참여시켜야 한다는 조항과 추념일 지정 조항, 재심의 특례 조항, 국회에 의한 별도 조사 및 필요한 조치를 가능케 하는 조항 등을 제외하고 있었다.

때늦은 4·3특위구성 결의안의 국회 통과

국회 운영위원회는 1999년 11월 26일 나와 양정규, 현경대 의원 등 제주도 출신 국회의원 3인이 3년 전 1996년 12월 17일 국회의원 154명의 서명을 받아 발의했던 4·3특위구성 결의안과 국민회의가 1999년 11월 17일에야 제출한 특위구성 결의안, 1996년 11월 13일 제주도의회가 제출한 특위 구성 청원을 하나로 묶어 운영위원회 자체 안으로 성안하여 의결하였고, 운영위원회 안은 1999년 12월 3일 국회 본회의에서 통과되었다.

국민회의는 제주도민들에게 말로만 진상규명을 부르짖었지 1999년 11월 중순까지는 진상규명을 위해 아무 일도 하지 않았다고 해도 과언이 아니다.

한나라당이 특별법안을 발의하지 않았다면 특위구성 결의안의 국회 통과도 이루어지지 않았을 것이다.

국회 4·3특위는 11인의 위원으로 구성하되 활동 기간은 2000년 5월

29일까지였다. 2000년 4월 16대 총선을 앞두고 있었으므로 국회 4·3특별위원회는 사실상 활동 기간이 없어 실효성이 없다고 해도 과언이 아니었다. 나와 양정규, 현경대 의원은 4·3특위구성 결의안이 처리된 것과 관련하여 "4·3특별법 제정을 미루려는 저의에서 비롯된 것이라는 의문을 금할 수 없다. 만약 특위구성을 빌미로 4·3특별법 제정을 미룬다면 이는 제주도민의 염원을 무시·외면하는 처사로서 결코 좌시하지 않겠다"는 성명을 발표했다.

만약 국회 4·3사건진상규명특위가 일찍 구성되어 15대 국회에서 충분히 활동하여 국회 차원에서 진상조사를 하고 여·야의 정치적 타협에 의하여 제주도민의 명예 회복 조치를 했다면 4·3특별법에 의한 오늘날의 결과와 어떠한 차이가 발생했을지 자못 궁금하다.

제주 4·3특별법과 그 문제점

국회 행정자치위원회 법안심사소위원회(위원장 국민회의 이상수 의원)는 우리의 법률안과 국민회의안을 2회에 걸쳐 통합 심사하여 단일안을 만들었고 행정자치위원회는 1999년 12월 14일 법안심사소위의 단일안을 행정자치위원회의 대안으로 의결하였다. 이 행정자치위원회의 대안은 다음날 법제사법위원회를 통과하였고 그 이틀 후인 1999년 12월 17일 드디어 국회 본회의도 통과하였다. 김용갑 의원의 반대 발언이 있었으나 반대투표를 하지 않아 만장일치로 통과되었다.

제주4·3진상규명 및 희생자 명예회복에 관한 특별법(이하 4·3특별법)은 "제주4·3사건의 진상을 규명하고 이 사건과 관련된 희생자와 그 유족들의 명예를 회복시켜줌으로써 인권 신장과 민주 발전 및 국민 화합에 이바지함을 목적으로 한다"고 했다.

제주4·3사건을 "1947년 3월 1일을 기점으로 1948년 4월 3일 발생한 소요사태 및 1954년 9월 21일까지 제주도에서 발생한 무력충돌과 진압 과정에서 주민들이 희생당한 사건"으로 정의했다. 그러나 일반적으로는 1948년 4월 3일 남로당의 주도로 지서 등을 습격하여 발생한 사건을 4·3사건이라 하고 있다. 또한 특별법이 '제주4·3사건의 진상규명과 희생자의 명예회복'을 담고 있으므로 진압 과정에서 주민들이 희생된 사실은 마땅히 조사되고 당연히 밝혀질 일이다. 따라서 굳이 "진압 과정에서 주민들이 희생당한 사건"이라고 할 필요가 없었다.

한라산 입산금지 조치가 해제된 1954년 9월 21일까지의 진압 과정이라고만 명시하더라도 진압 과정에 대한 진상규명으로 그 과정에 있었던 공권력의 과잉행사, 인권 경시, 양민 희생은 물론이고 나아가 제주도 전반에 걸친 피해와 갈등, 제주도민 전체에 덧씌워진 사상적 불명예와 그로 인한 피해 등 광범위한 조사 및 그에 대한 명예회복을 포함한 모든 조치가 가능한 것이다. 특별법은 4·3사건을 "1947년 3월 1일을 기점으로 1948년 4월 3일 발생한 소요사태" 및 "1954년 9월 21일까지의 무력충돌과 진압 과정에서 주민들이 희생당한 사건"이라고 정의함으로써 오히려 4·3특별법의 적용 범위를 제한하고 말았다. "주민 희생"은 진압과정에 대한 조사로 당연히 밝혀질 일이므로, 입법 기술상 굳이 4·3사건의 개념 정의에 포함시켜 논란을 야기할 필요는 없었던 것이다. 그뿐만 아니라 특별법 본문에 주민 희생에 관한 조항이 다수 있기 때문에 더욱 그렇다. 애써 사족을 붙인 것이다.

또 특별법은 한나라당 안에 포함된 4·3추념일에 관한 규정과 재심의 특례조항을 제외하고 말았다. 아울러 국회가 별도로 조사하고 필요한 조치를 취할 수 있게 한 조항도 제외하였다.

4·3특별법 제정 후 시일이 지나면서 4월 3일을 추념일로 정하자는 요구가 일어났고, 결국 박근혜 대통령 시기에 추념일로 지정되었다. 이 점만 보더라도 4·3특별법이 신중하지 못한 졸속 입법이었음을 알 수 있다.

한나라당이 제출한 특별법 안에 있었던 재심의 특례조항은, 혼란기에 재판절차가 졸속으로 진행되었거나 군법회의에서 재판하는 과정에서 충분하지 못한 증거에 의하여 유죄판결을 받은 피해자들에게 형사소송법이 정한 엄격한 재심사유가 없더라도, 다시 정당한 재판을 받을 수 있는 기회를 제공함으로써 억울한 누명을 벗겨 주자는 취지의 조항이었다. 그런데 항상 인권신장을 외치는 국민회의가 왜 이 조항을 특별법에서 제외하였는지 이해할 수 없다. 아쉬운 대목이다.

국무총리를 위원장으로 하는 제주4·3사건 진상규명 및 희생자 명예회복 특별위원회와 실무위원회에 의한 진상 조사 등의 활동과는 별도로, 국회가 진상 조사를 하고 필요한 조치를 취할 수 있게 하는 것은 진상규명과 명예 회복에 관하여 국회가 각계의 의견과 제주도민들의 체험을 공개적으로 수집하는 등 공개적인 활동과 토론을 통하여 균형 잡힌 결론을 도출하고 사후 불필요한 논쟁의 소지를 차단하거나 축소시키는 데에 매우 필요한 조항이었다. 그런데 국회가 제정한 특별법은 이 조항마저 제외하였다. 이 역시 매우 유감스러운 일이었다. 국회가 국민의 대의기관

50년 맺힌 한 푸는 새역사의 장 열다

'4·3특별법' 16일 오후 3시23분 국회통과

"진상규명 올곧게 이뤄지도록 온도민 힘 모아야"

(서울=진행남기자) 한국 현대사 최대
의 국민도 반세기 이상 '역사의 사각
지대'에 방치돼온 제주4·3의 진정한 해
결을 위한 '이정표'인 제주4·3특별법이

■ 4·3특별법(안)무엇을 담고 있나

"4·3문제 한단계 접근 계기"

11일 변정일 한나라당 제4정조위
부위원장은 기자회견을 통해 공개한
4·3과거 진상규명 및 희생자명예회
복에 관한 특별법(안)(이하는 4·3
특별법안)은 지난 99년 제주4·3특별법이
국회의원들의 국회 4·3통과후상임
위안 제출이후 지지부진하던 4·3문
제의 한단계 접근하는
계기가 될것으로 기대
된다.

특위구성 결정 ○

「국회 4·3特委구성안 제출」

국회 '4·3특위' 구성된다

오는 15일 본회의서 결의키로 합의

(서울=장원희기자)

국회 「4·3」 청원 심사

현지조사 실시방안등 검토키로

"4·3특별법 연내 제정"

'국회 4·3조사 특위' 발의

현경대·양정규·변정일의원 다음주중 상정

국보·본사 상호통기 기자
현경대, 양정규, 변정일 국회의

2·28 자료수집 차 臺灣行

으로서 진상을 제대로 규명하고 국민의 아픔을 치유해야 하는 사명을 스스로 망각한 법안이었다.

국회 본회의를 통과하기 전 특별법안에 대한 행자위원회 법안심사소위원회의 심의 과정에서 4·3사건의 정의가 쟁점이 되었다. 나는 법안의 명칭 자체가 "제주4·3사건 진상규명과 희생자 명예회복에 관한 특별법"이고, 제주도민 사이에 가장 일반화된 관념은 4·3사건이라 하면 1948년 4월 3일 발생한 사건을 우선 생각하기 때문에 "1948년 4월 3일을 기점으로 제주도 전역에서 발생한 소요 사태 및 그 진압과정"이라고 했던 것이다. 그런데 국민회의 측은 4·3의 시발점을 1947년 3월 1일로 주장했다.

1947년 3월 1일을 기점으로 하지 않더라도 1947년도의 3·1절 행사에서 발생한 사건과 4·3사건의 관계는 진상규명 과정에서 당연히 밝혀질 일이다. 또한 4·3사건은 4월 3일 발생했으므로 제주도민 모두가 4·3사건이라고 이해하고 있다. 4·3사건인 이유는 사건이 4월 3일 발생했기 때문이다.

아울러 군경의 진압과 주민 희생, 무력 충돌은 주로 1948년 4월 3일 이후에 일어난 일이므로 1948년 4월 3일 발생한 소요사태를 기점으로 하는 것이 옳다. 이것이 나의 생각이었다.

1947년 3·1절 기념행사에서 발생한 미군정 및 경찰과 주민 사이에 벌어졌던 사건을 기점으로 주장하는 견해는 4·3사건의 기점을 1947년 3월 1일로 하면 4·3사건은 "미군정의 폭정 등에 대한 제주도민의 저항과 봉기를 의미하는 것"이 되고, 기점을 1948년 4월 3일로 하면 "남로당에 의한 폭동사건이 되는 것"으로 인식하였던 것으로 보인다.

그러나 1948년 4월 3일 새벽 2시경 남로당의 무장대를 주축으로 제주도 전역에서 경찰·서북청년단의 탄압 중단, 單選(단선)·單政(단정) 반대와 통일정부 수립을 기치로 내걸고 12곳의 경찰지서와 우익단체를 습격하고 군인, 경찰, 선거관리요원 등을 살상함으로써 발생한 사건을 4·3사건이라고 하는데, 그 4·3사건의 기점을 3월 1일로 한다 하여 사건의 본질이 달라질 것인가?

4·3사건이 공산폭동이 아니었다면 3·1절 행사와 상관없이 공산폭동이 아닌 것이고, 공산폭동이었다면 전년도의 3·1절 행사를 기점으로 한다 하여 공산폭동이었던 사건이 민중봉기로 변질되는 것은 아닐 것이다. 개념 정의에 관한 법문상의 표현이 문제가 아니라, 어디까지나 사건의 실체적 진실이 문제인 것이다.

4·3특별법의 제정이 4·3의 진상규명 및 희생자 명예회복, 그리고 민주발전과 인권신장 및 국민화합에 목적을 두었던 만큼, 진상규명 과정에서 4·3 당시 및 그 이전의 제주의 사회적 혼란상과 사회 정치적인 문제 등이 당연히 조사될 것이고, 조사 결과로 4·3사건이 왜, 그 시기에 그런 형태로 발생했는지, 진압과정에서 일어난 공권력의 과잉 행사와 그로 인한 양민들의 과도한 희생 등 일체의 사실들이 당연히 밝혀져야 할 것이었다. 1947년 3·1절 행사에서 있었던 일련의 사건들도 조사되고 4·3사건과의 연관성도 밝혀질 것이다.

행정자치위원회 법안심사소위 과정에서 4·3관련 일부 단체 소속의 사람으로부터 4·3의 기점을 1948년 4월 3일로 주장한다는 이유로 무례

한 욕설도 들었다. 내가 국회의원이 아니었다면, 그리고 장소가 국회가 아니었다면 아마 내가 그에게 주먹을 날렸을 것이다.

행정자치위원회 법안심사소위에서 4·3특별법안을 다루었던 바로 그 날 밤 나는 양정규 의원으로부터 의외의 전화 한 통을 받았다.

"변 의원! 4·3의 기점에 관해서 우리가 양보해버리면 어때요?"라는 것이었다. 매사 매우 보수적 입장에 섰던 양정규 의원의 제안이었기 때문에 놀라웠다.

"2·7사건이 2월 7일 일어났기 때문에 2·7사건이라 하듯이 제주도민들은 모두 4·3사건이라고 하면 누구든지 1948년 4월 3일 발생한 사건을 말하는 것이 아닙니까? 법안의 명칭도 제주4·3사건 진상조사 및 희생자 명예회복에 관한 특별법이고요. 양보할 일이 아니라고 봅니다."

나는 분명히 반대했다.

"우리가 양보해야만 15대 국회에서 통과됩니다. 만약 이번 정기국회에서 통과시키지 않으면 앞으로 4·3특별법 제정하지 못합니다. 아마도 불가능할 것입니다. 우리가 해온 노력이 헛수고가 될 것입니다."

양정규 의원이 간곡하게 말했다. 조문 하나 때문에 지금까지 노력해온 것이 헛수고가 되도록 하지 말자는 취지였다.

나도 15대 국회, 즉 1999년 정기국회에서 통과되지 않으면 영원히 4·3특별법은 만들어지지 않을 것이라는 양 의원의 말에는 동감이다. 정통 보수정당이자 다수 의석을 가진 한나라당 내에 지금처럼 4·3특별법에 관하여 우호적인 분위기를 형성하기는 불가능할 것이라고 생각하고 있었기 때문이다.

이회창 총재는 보수정당의 당수이지만 자유민주주의에 충실하고 인권 문제에 관하여 누구보다도 투철한 진보적 시각을 가진 분이다. 한나라당 소속의원들도 비록 마음으로는 거부한다 하더라도 우리를 이해하고 법안 통과에 동조하는 분위기였다. 16대 국회가 되면 분위기는 달라질 수 있다. 그래서 15대 국회에서 반드시 통과시켜야 한다는 생각이었다.

미군정과 1948년 8월 15일 수립된 대한민국 정부는 "4·3사건을 미군정과 유엔 그리고 이승만을 중심으로 한 이른바 우익진영이 유엔의 결의에 의하여 유엔 감시하에 자유로운 총선거가 가능한 3·8 이남의 지역에서만이라도 1948년 5월 10일 총선거를 실시하여 단독정부를 수립하려는 것을 저지하고 궁극적으로는 한반도를 공산화하려는 남로당이 우선 5·10 제헌의원 선거 자체를 무산시키기 위해 일으킨 폭동"이라고 인식했다.

그 폭동을 진압하는 과정에서 경찰은 물론 군인과 서북청년단까지 동원하였고 많은 사람들이 죽임을 당했다. 죽임을 당한 사람들 중에는 입산자 또는 입산자를 방조하거나 내통한 사람뿐만 아니라, 그 가족과 근친 그리고 무고한 양민들도 있었다. 부락민들이 집단으로 죽임을 당하기도 하고 부락 전체가 소실되는 피해도 입었다. 군인과 경찰은 물론, 군인·경찰의 가족, 면장·이장의 가족, 평소 입산자와 원한이 있던 사람, 군경의 진압 작전에 협조했거나 협조했다고 의심받은 사람들, 이들은 입산자(소위 무장대)들에 의해 죽음을 당하였다.

제주도의회의 조사결과에 의하면 군경의 공권력에 의하여 죽임을 당한 사람이 1만3천 명이 넘는다(도의회의 조사에 의하면 나머지 1천여 명은 입산자 혹은 무장대에 의하여 희생된 사람들이다). 이러한 결과 자체만으로도 진압에 나선 공권력이 과잉 행사되었음을 쉽게 이해할 수 있다.

그런데도 4·3사건 발생 수십 년이 지난 1990년대까지도 4·3의 진상, 과잉진압으로 인한 양민들의 억울한 피해는 밝혀지지 않았다. 오히려 제주도민 모두를 반정부적이고 사상이 의심스러운 사람들이라고 매도함으로 공권력의 과잉행사를 숨기고 무고한 양민들의 희생을 합리화시켜 왔던 것은 아닌지 의심스럽다. 그래서 제주도민들은 섬을 떠나면 제주가 고향임을 숨기고 살아야 했으며, 성공하기 위해서 본적을 옮기기도 하였다. 제주에 있다가는 군경에 의하여 죽을지, 무장대(혹은 산 폭도)에 의하여 죽임을 당하게 될지, 언제 죽을지 불안한 나머지 똑똑한 젊은이들이 가족들을 버리고 육지로 일본으로 고향을 떠났다. 고향 떠난 사람들이 수만 명에 이른다는 사실 등, 4·3사건으로 제주도민이 입은 직·간접적 피해와 상처를 밝혀야 한다.

4·3사건의 진상이 밝혀지면 아래와 같은 일이 우선 시행될 것이다.

(1) 정부가 공권력의 과잉 진압과 이제까지 진상을 규명하지 않고 숨겨온 조치들에 대하여 제주도민에게 사과하고,

(2) 제주도민들이 입은 희생과 피해에 대하여 최소한 공동체적 보상 (또는 배상)을 하고,

(3) 대한민국 정부의 예산으로 희생자와 유족에 대한 위령사업과 위로 사업을 해야 한다.

나아가 훗날 자료의 멸실로 인해 재연될 수 있는 4·3에 관한 논쟁과

대립이 없도록 분명하고 객관적인 진실을 밝혀 갈등을 해소하고, 다시는 4·3과 같은 불행한 역사가 되풀이되지 않도록, 4·3의 가해자와 피해자 모두 화합을 이루어 진정한 용서와 화합의 역사를 만들어가자는 것이 내가 4·3사건의 진상규명과 제주도민의 명예회복에 남다른 열의를 가졌던 이유다.

이러한 생각을 관철하기 위해서는 4·3특별법의 제정이 필수적이고 4·3특별법 제정에 절호의 기회를 놓쳐서는 안 되겠다는 생각에서 4·3의 정의에 관한 나의 주장을 고집하지 않았고, 4·3특별법은 국회를 통과하여 대통령이 공포함으로 확정되었다.

"그 억울함을 누가 풀어줄 겁니까?"

한편 4·3특별법안이 국회에서 심의 중이던 시기에 예비역 장성 몇 사람으로부터 '4·3특별법 제정 작업을 중단하라, 4·3사건이 어떤 사건인지 아느냐, 이 나라가 어떻게 지킨 나라인지 아느냐'는 등 협박성 전화를 수차례 받았다. 처음에는 극우보수단체에서 들고 일어나 반대하는 것도 바람직하지 않다는 생각에서 가급적 자극시키지 않으려고 점잖게 전화를 받았다. 그러나 점차 전화의 어조가 과격해졌다. 어느 날 다시 전화를 받았더니 또 예비역 장성의 전화였다. 말투가 몹시 불쾌했다. 한마디 해야겠다는 생각이 들었다.

"나도 대한민국이 공산화되는 것을 원하는 사람이 아닙니다. 나도 자유 대한민국을 누구보다도 사랑하는 사람입니다. 당신들이 나라를 지키느라고 고생한 것을 누구보다도 잘 압니다. 그러나 4·3사건으로 인해 이제까지 제주도민이 당한 억울함을 당신들도 잘 알지 않습니까? 그 억울함을 풀어줘야 할 것 아닙니까? 그 억울함을 누가 풀어줄 것입니까? 당신네만 대한민국 사람이고 당신네만 애국자입니까? 다시는 전화하지 마시오!"

강하게 쏘아붙였다.

그 뒤로 다시는 그런 전화가 오지 않았다.

특별법의 제정과 4·3의 치유

특별법을 제정하고 나서

4·3은 해방 후 이념적 혼란의 시기에 발생한 불행한 갈등과 대립의 역사였다. 그 이념적 대립과 혼란은 제주에 국한된 것이 아니고 한반도에만 국한된 것도 아니었다. 제2차 세계대전 후 편성된 미국과 영국 등을 중심으로 한 자유민주주의 진영과 소련과 중국을 중심으로 한 공산주의 진영 간의 국제 정치적 역학 관계에서 빚어진 세계사적인 갈등이요 대립이었다. 그러한 세계사적 관점에서 보아야 할 큰 역사의 흐름이었다. 한반도와 제주가 그 역사의 소용돌이 속에 있었다. 4·3사건은 그런 의미에서 세계사적 역학 관계의 부산물이기도 했다. 입산자든 군경이든 양민이든 4·3의 관련자 모두가 불행한 역사의 흐름에서 벗어나지 못한 피해자인 것이다. 아니 제주도민 모두가 피해자인 것이다.

군경에 의해 죽음을 당한 사람만 피해자이고 희생자인 것이 아니라, 입산자(무장대)들에 의하여 죽음을 당한 사람들,[11] 진압작전에 투입되었

---

11 이도종 목사는 무장대에 의하여 생매장을 당한 것으로 전해진다.

다가 사망한 군경과 그 가족, 군경에 협조했거나 협조 가능성이 있다는 이유로 살해된 사람도 피해자요, 희생자이다.

4·3특별법이 제정되고 국무총리를 위원장으로 하는 제주4·3사건 진상규명 및 희생자 명예회복 특별위원회가 구성되어 전문가들에 의해 새로운 사실들이 밝혀지고, 그 밝혀진 사실들에 의해 정부의 입장을 천명하고 위령사업을 비롯한 적절한 조치(보상 또는 배상을 하든 공동체적 배상을 하든)를 취한다면 희생자의 명예도 회복되고 민주주의 발전에 기여할 것이며 국민화합에 기여할 것으로 기대했다.

피해자도 가해자도 모두 용서하고 용서받음으로써 모두 화합하고 승리자가 되는 승리의 역사를 창조하고 싶었다.

그러나 나의 기대와는 달리 특별법 제정이 오히려 새로운 논쟁과 대립의 장을 마련한 느낌이 들 때가 있어 참으로 가슴이 아프다. 누구를 위한 그리고 무엇을 위한 논쟁과 대립인지 이해가 되지 않는다. 4·3이 정치적으로 이용되는 현상이 또한 마음을 아프게 한다. 더러 말로만 떠들고 자기선전에만 열을 올리던 사람들이 마치 4·3특별법 제정을 주도했던 것처럼 선전하고 선전되는 현상을 목격할 때 씁쓸한 마음을 금할 수 없다.

4·3특별위원회가 작성한 진상 보고서의 객관성을 둘러싸고도 논쟁이 그치지 않는다. 이 역시 가슴 아프게 하는 일이다.

생각을 달리하는 사람들이 한자리에 모여 논쟁과 대립을 종식시킬 묘안을 찾아낼 수는 없을까.

제주4·3평화재단 기금 조성

2007년 1월 4·3특별법의 개정으로 제주4·3평화재단의 설립 근거가 마련되었다. 제주도는 재단 운영 기금 500억 원을 조성하기로 하고 2008년 10월 21일 제주4·3평화재단을 발족했다. 정관은 제주4·3평화공원 및 제주4·3평화기념관의 운영·관리, 4·3에 대한 추가 진상조사, 4·3사건의 추모 사업 및 유족 복지사업 등을 수행하는 것으로 규정하고 있다.

그러나 2009년 1월 현재 적립 기금은 제주도가 출연한 3억 원에 불과하였고, 4·3특별법상 정부가 재단에 출연할 수 있게 되어 있으나 의무사항은 아니며, 2008년도 사업비로 행정안전부가 20억 원을 지원하였으나 관리·운영비로는 전혀 사용할 수 없는 돈이었다. 따라서 4·3평화재단이 발족하기는 하였으나 관리·운영비가 없어 아무런 일도 할 수 없는 상황이었다.

당시 나는 현역의원이 아니었지만 한나라당의 제주도당 위원장이었다. 집권당인 한나라당 제주도당 위원장으로서 4·3의 아픔을 치유하고 도민 화합을 통한 명실상부한 평화의 섬으로서의 위상을 정립하는 일에 한나라당이 주도적 역할을 하는 것은 집권당으로서 당연히 해야 할 일이고, 제주4·3의 아픔과 슬픔은 희생자와 그 유족 등 당사자에게만 국한된 것이 아니라, 제주도민 전체의 아픔이자 슬픔이며 모두가 치유해야 할 역사적 과제라고 판단했다. 그래서 2009년 2월 25일과 3월 13일 2회에 걸쳐 제주도당 확대 당직자 회의를 열어 4·3평화재단 기금 모금 문제를 논의했다. 일부 반대하는 당직자들도 있었으나 한나라당이 제주도민과 더불어 4·3의 아픔을 같이해야 하고 4·3의 아픔을 치유하는 일에 동참해야 한다고 이야기했다. 그럼으로써 4·3사건 관련 사업이 이념 논쟁을 일으키고 서로 잘잘못을 따지는 대립의 불씨가 되지 않도록 해야 하며, 한나라당도 적극 참여하여 진정한 용서와 화합, 상생과 평화를 이룩하는 데에 앞장서야 한다고 설득했다. 그리고 우리가 참여함으로써 4·3이 정략적으로 이용되는 것을 막아야 하고 여·야 모든 정당이 기금 조성에 참여하도록 유도해야 한다고 설득했다.

2009년 4월 3일 이전에 1차로 2,000만 원을 모금하고 관련 법률 검토를 한 뒤 도민들을 상대로 모금운동을 하되 공동모금회와의 업무 제휴 및 4·3관련 단체와 합동으로 모금하는 방법도 검토하기로 했다. 그 결의에 따라 당직자 등 당원 62명으로부터 2,510만 원을 모금했다.

2009년 4월 13일 모금한 금액 2,510만 원을 제주평화재단 이사장인 이상복 제주도 행정부지사에게 전달하고, 나는 기자회견을 통해 다음과 같은 성명을 발표했다.

올해도 제주 땅에는 어김없이 4월이 다시 찾아왔습니다. 4·3사건이 발발한 지 예순한 번째 맞는 4월이지만 제주섬엔 아직도 진혼곡이 울려 퍼지고 있습니다. 다시 한번 옷깃을 여미고 영령들의 명복을 빌며 유족에게 위로의 말씀을 드립니다. 사랑하는 가족을 잃고 60년의 세월을 뛰어넘는 질곡의 세월 동안 얼마나 많은 아픔과 한을 안은 채 살아오셨습니까? 비단 유족만의 아픔이 아닙니다. 4·3의 문제는 우리 도민 모두의 운명입니다. 피할 수 없는 운명인 것입니다. 4·3의 아픔을 안은 채 우리 도민들은 지난날 분단과 냉전이 몰고 온 비극의 역사를 화해와 상생의 정신으로 승화시켜 나가고 있습니다. 진상규명이 속속 이루어지고 지난 3일에는 영령들의 이름이 새겨진 각명비를 세워 제막식도 거행하였습니다. 마침내 4·3평화재단도 설립되었습니다.

평화재단은 4·3의 추가 진상조사와 유해 발굴은 물론 희생자들을 추모하고 유족의 복지를 위한 사업을 추진하게 됩니다. 아울러 4·3평화공원 및 4·3평화기념관의 운영·관리, 4·3사건과 관련된 문화·학술사업 및 평화교류사업도 맡습니다. 그러나 평화재단은 시작부터 큰 어려움을 겪고 있습니다. 3억 원에 불과한 기금으로는 설립목적을 실현할 수 없음이 분명합니다. 이에 우리 한나라당 당직자 일동은 이러한 어려움을 해소하고 4·3평화재단이 설립목적을 달성할 수 있도록 최선을 다하기로 당론을 정하고 기금을 모금했습니다. 비록 많지는 않지만 전 도민이 참여하는 계기가 되기를 바랍니다.

존경하는 제주도민 여러분!

정부는 제주특별자치도에 대한 특별한 관심과 애정을 천명하였습니다. 지난 3월 28일 제주특별자치도 지원위원회가 국무총리를 비롯한 관계 장관이 대거 참석한 가운데 처음으로 제주에서 개최해 정부의 지원의지를 확인하였습니다. 한승수 총리와 이달곤 행정안전부 장관은 현 정부의 4·3에 대한 변함없는 입장도 밝혔습니다. 이제 더 이상 4·3이 이념과 선전의 도구가 되어서는 안 됩니다. 수구집단이니 보수극우니 운운하면서 극단적으로 몰고 비난하는 행위나 행동은 이제 없어져야 합니다. 문제 해결에 아무런 도움도 되지 않습니다. 분열과 갈등을 조장할 따름입니다. 4·3으로 인해 내 편, 네

편으로 갈라서서 투쟁하는 모습은 이제 사라져야 합니다.

　사랑하는 제주도민 여러분!

　오늘 우리는 유족의 심정으로 십시일반 모금한 평화재단 기금을 전달합니다. 중앙당과 정부에 대해서도 평화재단 기금을 전폭적으로 지원하도록 요청하고 반드시 관철되도록 최선의 노력을 기울일 것입니다.

　아울러 도민 여러분께 호소합니다. 평화재단 기금 모금에 모두가 참여합시다. 도민 모두의 운명인 4·3을 해결하고 극복하여 새롭고 밝은 미래를 창조합시다. 앞장서 힘을 보탭시다. 그러한 노력이 더해질 때 내년 4월은 분명 따뜻한 봄으로 우리를 찾아올 것입니다.[12]

이것이 나의 마지막 평화재단기금 모금 활동이 되었다.

　나는 그 후 20여 일이 지난 2009년 5월 8일 제주국제자유도시개발센터(JDC) 이사장으로 취임했다. 공기업의 최고경영자가 되었으니 한나라당을 탈당해야 했고, 1978년에 시작한 정치 활동은 31년 만에 종지부를 찍었다.

　한나라당의 평화재단 기금 모금 운동도 중단되었고, 그 이후 제주 사회에서 어느 정당이나 사회단체가 제주4·3평화재단 기금을 모금하고 있다는 말을 들어보지 못했다.

12 이 성명이 내가 마지막으로 한 정치적 성명이 되었다.

제주4·3평화재단은 제주도민 사회의 갈등과 분열을 종식시키고 화합과 상생을 도모하여 제주도민 모두의 사랑을 받는 조직으로 거듭나기 위해, 대국적 견지에서 이념과 과거에 매달리지 말고 제주인의 화합을 위한 실질적인 활동을 해야 할 것이다. 그리고 제주도민들의 마음이 모아져야 할 것이다.

제9장

–

내 마지막 공직, 제주국제자유도시개발센터 이사장

JDC 설립 배경과 내가 할 일

의외의 제안을 받고

2009년 3월 초순쯤이었다. 그때는 3년 전에 위암 3기로 위 절제 수술을 받은 후여서 건강에 각별히 유의하던 시기였다. 그런 가운데도 법무법인 신우의 고문으로서 젊은 변호사들과 어울려 열심히 변호사 생활을 하고 있었다. 어느 날 한 지인으로부터 생각하지 못했던 제안을 받았다. 국토해양부 산하 공기업인 제주국제자유도시개발센터(JDC)[1]에서 이사장을 공모하고 있으니 응모해보라는 권유였다.

JDC는 2002년 2월에 제정된 '제주국제자유도시 조성에 관한 특별법'에 의하여 제주도를 국제자유도시로 조성하는 각종 프로젝트를 수행할 중추조직으로 그해 5월 설립되었다.

---

1 영문명은 Cheju Free International Development Center이고 JDC로 약칭한다.

복잡한 심사과정을 거쳐 2009년 5월 8일 정부로부터 임기 3년의 JDC 이사장으로 임명받았다.

JDC 설립배경

5·16 이후 제주도를 아름다운 풍광과 청정 자연 그리고 독특한 문화를 자원으로 활용하여 국민관광지 나아가서는 국제관광지 또는 자유무역항으로 개발한다는 구상과 시도가 수차 있었다. 제주도민은 이러한 개발정책에 대해 기대를 가지면서도 한편으로는 불안해하고 비판적이기도 했다. 그것은 제주도가 세계적인 관광지가 되기 위해서는 대자본에 의해 개발될 수밖에 없는데, 그렇게 되면 아름다운 자연경관과 전통적인 고유 문화유산이 훼손되며 제주도민들의 정체성이 무너질 것을 우려했기 때문이다.

어떻든 이러한 개발에 따른 부정적인 영향을 염려하면서도, 관광산업이 미래의 주요 산업이 될 것이 틀림없고, 제주도의 여건으로 보아서 세계적인 관광지로 발전하는 것에 대해 많은 기대를 갖고 있었다. 정부에서도 제주도 개발과 발전에 대한 구상과 정책이 다양하게 나타났으나 실현된 것은 별로 없었다. 제3공화국과 유신시대에 중문관광단지 조성 작업에 착수하였고, 한라산을 중심으로 분할된 제주도 여러 지역 내의 교통의 원활을 기하기 위해 도로를 정비한 것이 거의 전부라고 할 정도였다.

제주도는 인구가 적고 생산 활동의 동력이 될 만한 자연 자원과 인적 자원이 열악하다. 그래서 도민의 자본도 취약한 편이었다. 제주도를 국제적인 관광지나 국제도시로 개발하는데 있어서 제주도 자체의 힘으로 는 턱없이 부족했다. 더구나 정부가 제주의 미래 가치를 긍정적으로 평 가하고 개발하고자 하여도, 광역시·도 간의 형평성 논란으로 특단의 예 산지원을 통한 개발촉진도 어려운 형편이었다.

1991년 지방자치제도가 전면 시행된 후에는 그러한 문제점이 더욱 심 화되었다. 아울러 지방의 정치 논리에 의해 지속적이고 전문적인 제주개 발이 추진될 수도 없었다. 대통령이 바뀌고 도지사가 바뀔 때마다 제주 도에 대한 정책도 바뀌었다. 제주도를 국제적인 관광지로 또는 국제도시 로 개발하기 위해서는 일관된 정책을 지속적으로 추진할 전문성을 갖춘 전담 조직과 추진하는데 필요한 재원이 요구되었다. 이러한 필요에 의해 2002년 제주국제자유도시 조성에 관한 특별법에 의하여 설립된 것이 제 주국제자유도시개발센터이다.

내가 JDC 이사장으로 부임하던 2009년 5월 8일 JDC는 서귀포관광미 항조성사업, 주거형 관광휴양단지, 영어교육도시, 신화역사공원, 첨단 과학기술단지, 헬스케어타운 등 총 사업 규모 약 10조 원에 육박하는 6 대 핵심프로젝트를 추진하고 있었다. 수익사업으로는 내국인도 이용이 가능한 제주공항면세점과 제주항면세점을 운영하고 있었다.

JDC가 제주국제자유도시 조성 사업을 위해 필요한 막대한 자금을 정 부가 제공하는 대신, 내국인도 이용이 가능한 면세점 사업을 통해 얻은 수익으로 제주국제자유도시 조성에 필요한 기본적인 재원을 스스로 마 련할 수 있도록 해준 것이다.

JDC 이사장 취임

제도적으로는 사람과 상품과 자본의 출입이 자유로우면 국제자유도
시라고 할 수 있겠지만, 진정한 국제자유도시는 사람과 상품과 자본이
스스로 몰려드는, 누구나 오고 싶어 하는 도시가 되어야 한다. 그러한 국
제자유도시가 되려면, 정주(定住) 여건으로는 다양한 국적의 사람들이
믿고 자녀들을 교육할 수 있는 교육시설, 국제도시에 필요한 인재를 양
성하는 교육시설이 있어야 하고, 마음 놓고 지낼 수 있는 수준 높은 의료
시설이 갖추어져야 한다. 그리고 관광객은 물론 정주 외국인들도 즐길
수 있는 위락시설, 편의시설 등을 갖추어야 한다. 또한 제주의 산업구조
도 1차 산업과 3차 산업 위주에서 벗어나 IT, BT 등 첨단과학기술과 지
식기반산업 분야로 다변화되어야 한다. 이러한 의미에서 JDC의 6대 핵
심프로젝트는 국제자유도시 조성에 필수적인 사업이었다. 국제자유도
시를 염두에 두지 않더라도 제주가 국제적인 관광지로 발전하고 제주도
민들이 경제적으로 안정적인 생활을 영위하며 문화적으로도 품격 높은
제주도로 만들기 위해서 반드시 필요한 사업들이다. 내가 국회의원으로
서 하고 싶었던 일들이기도 하였다.

헌법재판소 사무처장과 3선 국회의원으로서 국회 법제사법위원장을
역임했던 나의 경력으로는 JDC 이사장이라는 직책이 격에 맞지 않는다
는 의견도 있었지만, 이러한 JDC의 프로젝트들이 마음에 들어 JDC 이
사장에 응모했다.

내가 일할 자리인가를 결정하는 기준은 직책이나 직위의 높고 낮음에
있는 것이 아니라, 내가 JDC 이사장으로 할 일과 그 성과가 제주도의 발

전에 기여할 수 있는가라는 것이어야 한다. 내가 국회의원으로서 제주도를 위해 하려고 했지만 하지 못했던 일들도 이 일을 함으로써 이루어질 수 있다고 믿었다. 내가 JDC 이사장이 된다면 67세의 내 나이로 보아 고향을 위해 공직자로서 일할 수 있는 마지막 기회가 될 것이다. 이러한 점을 고려하여 나는 이사장에 응모했고, 임명을 받게 되었다.

국회 법사위원장까지 한 사람이 아무도 임기를 채우지 못한 JDC 이사장을 왜 하는지 모르겠다는 부정적인 수군거림[2]도 있었지만, 이사장 취임 후 본격적으로 일을 시작한 지 얼마 안 되어 그러한 우려와 비판은 사라져 버렸다. 나의 경륜과 경험 그리고 정치인 및 법조인으로서 쌓아온 인맥으로 보아 JDC 이사장의 역할을 훌륭하게 수행하리라는 기대를 도민들도 갖게 되었기 때문이다.

나는 우선 JDC 이사장으로 부임하면서 어떤 선거에도 출마하지 않겠다는 것을 다시 한번 다짐했다. 다른 공직을 겨냥하거나 다른 일을 하기 위한 발판으로 JDC 이사장의 위치를 이용하지 않겠다고 다짐했다. 외부의 압력이나 여론에 흔들리지 않고 오로지 '제주도의 발전, 국제자유도시의 조성이라는 특별법의 입법 목적과 JDC의 설립 목적에 합당한 것인가, 제주도의 미래를 위해 유익한 일인가'를 모든 의사 결정의 최종적 기준으로 삼기로 했다. 도민 여론이나 지방 언론, 지방 정치의 논리에 휘둘리면 JDC 이사장직을 올바르게 수행할 수 없다고 생각했다.

그러한 판단과 결심을 하고 나니 아이로니컬하게도 나의 경력과 나이,

2 2002년 5월 이후 2009년 2월까지 6년 10개월 동안 4명의 이사장이 모두 임기를 마치지 못했다.

건강상태 등은 JDC 이사장으로서 오히려 매우 적합한 조건이라는 생각이 들었다.

나는 취임식에서 JDC가 추진하고 있는 6대 핵심프로젝트에 대해서, 각 사업의 중요성을 파악하여 사업 간의 완급을 조절하면서 계속 추진할 것임을 밝히고, 아울러 전임 이사장들이 추진하던 사업들을 합리적 이유 없이 변경하는 일은 없을 것이라고 천명했다. 취임하여 약 한 달간 업무와 조직을 파악하고 대규모 인사 조치를 하고 난 후 직원들에게 기회 있는 대로 다음과 같은 자세로 근무해 줄 것을 당부했다.

JDC의 목표는 제주국제자유도시 조성이다. 6대 핵심프로젝트는 국제자유도시 조성을 위해 필요한 중요한 과제다. 그 외에도 국제자유도시라는 목표 달성을 위해 해야 할 일들이 많이 있다. 우리가 성취할 목표와 과제는 최종적으로는 이사장이 결정하지만 결정 과정에도 그 일을 담당할 직원 여러분을 참여시키겠다. 목표를 달성하는 과정은 직원 여러분이 맡아야 하기 때문이다. 일은 직원 여러분이 하는 것이다. 내가 다 하는 것이 아니다. 목표에 도달하는 방법과 수단도 여러분 눈에 보일 것이다. 여러분은 가장 쉽고 능률적인 방법과 수단을 스스로 찾고 선택해야 한다. 나는 일하는 방법과 수단까지 지시하지 않겠다. 다소 이사장 마음에 안 맞더라도 간섭하지 않겠다. 크게 잘못된 길에 들어섰다고 생각되는 경우에만 지적하고 가급적 여러분 자신이 스스로 수정하도록 하겠다.

이사장이 할 일은 여러분을 믿고 여러분이 마음 놓고 일할 수 있도록 배려하고 분위기를 조성하는 것이다. 여러분의 직무 수행에 가해지는 부당한 외압과 간섭을 막는 것이 이사장이 할 일이다. 불법 부정을 저지르지 않는 한 여러분이 불이익을 받지 않도록 보호막이 되겠다. 직원 여러분들이 언제든지 마음 편히 직언할 수 있는 이사장이 되도록 노력하겠다.

나는 직원들이 마음 놓고 열심히 일하면서 문제가 나타나면 편하게 의논할 수 있는 이사장이 되기 위해 노력했다. 임직원들을 존중하고 결코 그들 위에 군림하지 않겠다는 자세로 4년 남짓의 임기동안 노력했다. 이것이 이사장 재직기간 동안 직원들을 대하는 나의 기본자세였다.

제주영어교육도시 사업과 최초의 국제학교 NLCS Jeju 설립

제주영어교육도시 프로젝트

영어교육도시는 서귀포시 대정읍 보성리 지역과 대정읍 신평리 일대의 토지 3,793,931㎡(약 115만 평)에 학생 9천 명을 포함하여, 인구 3만 명의 영어를 상용하는 국제교육도시를 만드는 프로젝트이다. 영어 전용의 국제학교, 영어교육센터, 지원시설 등 공공시설과 주택, 근린 상업시설 등을 포함하는 도시계획이다. 제주가 국제자유도시가 되려면 외국인을 위한 교육시설은 필수적이다.

조기 유학 열풍으로 인해서 한국 사회는 막대한 외화 유출과 심각한 유학 수지 적자, 왜곡된 가치관 형성과 한국인으로서의 정체성 혼란, 가족들의 분리 거주로 인한 가정 파탄 등 여러 가지 문제들을 드러내고 있다. 이러한 조기 해외 유학으로 인한 문제를 조기 유학의 열풍을 국내로 흡수함으로써 해소하고 또 국제자유도시로서의 조건을 갖춘다는 이중

2009년 6월 제주영어교육도시 조성사업 착공식(크리스토퍼 보그던, 필자, 박철희 처장)

의 효과를 고려하여 추진한 것이 영어교육도시 프로젝트였다.

특히 제주도의 입장에서 국제관광지와 국제도시로 발전하는 과정에서 필연적으로 나타날 수 있는 경박한 문화 유입을 막는 장치가 반드시 필요하다. 제주도를 문화 교육적으로 격조 높은 국제도시로 발전시키고 제주도의 경제발전을 위해서도 국제 수준의 교육 환경을 갖춘 도시를 만드는 것은 매우 의미 있는 일이었다. 좋은 교육 시설이 있으면 그것을 수용하는 사람이 몰리면서 경제가 활성화되고 지역 발전에 기여하게 된다. 서울의 강남 3구가 그 적절한 예이다.

내가 부임하던 2009년 5월에 영어교육도시 프로젝트는 부지 매수 작업이 진행 중이었고, 부임 이전 4월 1일 영국의 명문사립학교 노스런던 컬리지이트 스쿨(North London Collegiate School, 약칭 NLCS)과 양해각서

(MOU)가 체결되어 있었다. NLCS는 1850년에 설립된 유서 깊은 학교로서 옥스퍼드, 케임브리지, 런던정경대학 등 영국 최고 명문대학에의 진학률이 이튼스쿨이나 해로우스쿨 보다도 높은 영국 최고의 명문사립학교였다.

영어교육도시 사업이 성공하기 위해서는 학생들이 영어교육도시에 설립되는 국제학교를 선호해야 하고, 그렇게 하려면 역사와 전통을 가진 학교로서 훌륭한 교육 방법으로 교육하는 명문학교가 유치되어야 하며, 좋은 교육 시설과 훌륭한 교사가 확보되어야 한다. NLCS는 이러한 여건을 충분히 갖춘 학교였다.

영국의 NLCS 유치

우선 2009년 6월 17일 영어교육도시 부지 조성 공사에 착수했다. 그리고 영국의 NLCS 분교 설립을 적극적으로 추진하기로 했다. 나는 이 학교를 유치하기 위하여 2009년 6월 22일 NLCS를 방문하여 유치작업을 시작했다. 교장 Bernice McCabe와 재단 이사장 Helen Stone 등 주요한 학교 관련 인사들을 모두 만났다. 학교의 교육철학, 교육방식, 교과과정을 상세히 파악하고 시설도 살펴보았다. 우리가 원하는 그런 학교의 조건을 갖춘 학교였다.

나는 제주영어교육도시에 대해서 그들이 궁금해 하는 것과 원하는 것을 자세히 설명하고 기본적 사항을 다음과 같이 밝혔다.

학교 건축과 개교·운영에 소요되는 일체의 재정은 JDC가 전적으로 책임진다. 경영 적자도 오로지 JDC의 부담이다. 학교의 건축을 비롯한 각종 시설은 NLCS가 원하는 대로 하겠다. NLCS 제주분교의 교육과정에 한국정부가 간섭하는 일이 없도록 하겠다. 만약 한국정부가 개입하게 된다면 이름만 NLCS이지 진정한 의미의 NLCS라고 할 수 없기 때문이다.

나는 이름만의 NLCS가 아니라 영국 본교와 모든 것이 동일하고 동등한 수준의 진정한 NLCS가 제주에 설립되기를 바란다. 따라서 학교의 교과 과정 등 교육에 관한 것은 물론 학생의 선발과 교사의 채용 및 훈련 등 학사에 관한 모든 것을 전적으로 NLCS에 맡기겠다. 학교 운영에 대해서 한국 정부나 지방자치단체가 간섭하지 못하도록 JDC가 적극 노력하겠다. 다만 한국인 학생에 대하여 한국인으로서의 정체성을 확립할 수 있도록 국어, 국사, 일반사회에 관하여는 한국인 교사에 의하여 한국어로 교육하게 한다. JDC가 공기업이기 때문이다. 나머지 학교 운영에 대한 세부 사항은 서로 협의하여 결정한다.

NLCS 측은 나의 기본입장을 듣고는 크게 만족감을 표시했고, 결국 이사회의 의결을 거쳐 제주영어교육도시에 진출하기로 결정했다.

2011년 9월 개교를 목표로 2009년 8월부터 본격적인 협상에 돌입했다. NLCS와의 협상은 2010년 3월 12일까지 진행되었다. 학교 운영에 관하여 모든 것을 합의하는데 성공했다. 그래서 NLCS 개교 160주년 기념일인 2010년 3월 26일 NLCS 본관에서 영어교육도시 첫 외국학교인 NLCS와 학교 운영에 관한 협력사업계약서(CVA, Cooperate Venture Agreement)에 서명했다.

NLCS와 본계약 체결 서명 후(필자, 헬렌 스톤 이사장, 버니스 맥케이브 교장)

NLCS Jeju 그랜드오프닝(개교식 테이프 커팅) 세리머니(2011.9.30)

제주영어교육도시에 설립되는 학교의 명칭은 North London Colle-giate School Jeju(NLCS Jeju)로, 전체 학생 정원은 1,508명으로 결정했다.

2010년 8월 4일 NLCS 학교 건물 신축 공사를 착공하여 2011년 8월 30일 건축 연면적 83,486m^2의 공사를 완공했다. 일반적인 건축 기간에 비해 11개월이나 공사 기간을 단축한 것이다. 학교 부지 104,385m^2 면적에 건축면적 32,917m^2이었다.

2011년 9월 30일 제주영어교육도시 첫 국제학교인 NLCS Jeju의 개교식을 거행했다. 그럼으로써 유치원 초·중·고 과정을 통합하여 전체 13학년의 NLCS Jeju가 탄생되었다.

2011~12학년도에 1학년부터 11학년까지 학생을 모집하였는데 1,229명이 응모하였다. 학교 측의 엄정한 입학 심사를 거쳐 입학 전형을 통과한 학생 중 436명이 등록하여 NLCS의 수업이 시작되었다. 옛날 "사람이 태어나면 한양으로 보내고 말이 태어나면 제주로 보내라"고 했던 바로 그 제주로 전국의 학부모들이 자녀들을 글로벌 인재로 키우기 위해 유학을 보내는 새로운 역사가 시작되었다.

NLCS Jeju는 첫 졸업생을 배출한 2014년부터 한국의 국제학교 중 해외명문대학 진학률 1위를 차지하고 있으며, 국내에서는 물론 해외에서도 최고수준의 명문학교로 자리매김하고 있다.

NLCS와의 협상 및 계약서 작성 과정에서 어려운 점이 많았다. 교육사업처의 박철희 처장, 장태영 부장, 문금지 과장 등의 수고가 많았다. 특히 장태영과 문금지의 유창한 영어 구사는 협상에 큰 도움이 되었다.

계약서 작성은 영국의 로펌에 의뢰하였는데, 상식에 어긋나는 조항을 넣고 합의된 내용과 다른 내용으로 작성하거나 NLCS에 유리한 공정하지 못한 내용으로 작성하는 사례가 발생했다. 이런 조항들을 찾아내어 지적하고 수정하는 데에 많은 시간과 정력이 소비되었으므로 로펌의 작업 시간도 그만큼 길어졌다. 계약서 작성 업무를 맡은 영국의 로펌이 한국의 법률문화 수준을 얕보고 있다는 생각이 들어 불쾌했다. 로펌의 보수 결정은 작업에 소요된 시간을 고려하여 결정되기 때문에, 작업 시간이 길어질수록 로펌에 지급되는 보수가 늘어난다. 나는 영국 현지에서 협상을 하고 있던 장태영 부장에게, 영국 로펌 측에 계약서는 NLCS와 JDC 쌍방을 위한 것이므로 공정하게 작성할 의무가 있다는 점과 불합리한 계약조항으로 작업 시간이 길어진 부분에 대하여는 보수를 지급하지 않겠다는 점을 확실하게 알리라고 지시했다. 그 후 계약서 작성 작업은 신속히 진행되었다.

캐나다의 Branksome Hall과 미국의 St.Johnsbury Academy 유치

캐나다의 명문사학, 토론토의 Branksome Hall 유치

한편 외국 명문교의 유치를 위해 사전 조사를 거쳐 미국 학교 49개교, 영국 4개교, 캐나다 4개교, 홍콩 1개교 등 58개의 학교에 영어교육도시와 관련된 JDC의 계획을 알리고 제주영어교육도시에의 진출을 권유하는 서신과 IM(Information Memorandum)을 발송했다.

2009년 7월 말 캐나다의 토론토에 있는 브랭섬 홀(Branksome Hall, 영문 약칭은 BH)을 방문했다. 브랭섬 홀은 1903년에 설립된 유서 깊은 학교로

BH와 본계약 체결 후(좌측 두 번째 문금지 과장, 박철희 처장, 다섯 번째 BH 학교법인 짐 크리스티 이사장, 필자, 캐런 머튼 교장, 조용석 부장, 이미정 대리 등과 함께)

캐나다 온타리오주 랭킹 1위의 학교였고, 제주 진출에 관심을 보여 왔기 때문이었다. BH는 졸업생 100%가 대학에 진학하며 그중 93%가 대학 입학 장학금 수혜자가 되는 우수한 학교였다. 전 학년에 대하여 전 세계에 통용되는 IB 프로그램(International Baccalaureate Diploma)을 실시하는 학교이다.

나는 그 학교를 방문하여, 한국의 높은 교육열과 학생 수준, 국제교육도시로서의 제주도의 뛰어난 자연환경, 동북아시아에서 차지하는 제주의 지정학적 위치, 국제학교 유치에 대한 우리의 기본적 입장 등을 설명했다.

BH측은 제주영어교육도시 현장을 확인하고 2009년 10월 12일 양해각서(Memorandum of Understanding, MOU)를 체결했다. 뒤이어 바로 BH

BH 학교전경

의 제주학교를 설립하는 협의를 시작해서, 2011년 7월 7일 (현지시간 7월 6일) 협력사업계약(CVA)을 체결했다. 학교의 명칭은 Branksome Hall Asia(영문 이니셜은 BHA), 초·중·고 통합 학교로 12학년에 총 학생 정원을 1,212명으로 결정했다.

2012년 10월 개교를 목표로 학교 건물 신축공사를 착공했다. 94,955㎡의 대지에 건축 면적 32,819㎡, 연면적 70,211㎡의 건물을 건축하기 시작했다.

학교 건물은 2012년 9월 7일 준공하였고 10월 29일 개교했다. 이 BHA의 건물은 2012년도 건축대상을 받았다.

브랭섬 홀과도 CVA 체결과정은 물론이고 개교 직전까지도 매우 어려운 협상 과정을 거쳐야 했다. 국제전화로 장시간에 걸친 격한 토론도 여러 차례 있었고, 계약 파기 직전까지 가는 위태로운 의견 충돌도 있었다. 그 어려움은 소위 국제학교 전문가로 알려진 사람에게 BH측이 협상을 맡김으로써 발생한 것이었다. 내가 법률전문가가 아니었다면 어려운 상항에 처할 수도 있었을 것이다.

학교운영에 관한 지배기구인 경영위원회 구성에 있어서 BH측은 학교 운영의 자율성을 확보하기 위해서는 BH가 추천하는 위원 9인과 JDC 및 해울 측이 추천하는 위원 3인으로 구성하자는 안을 고집했다. 우리는 동수의 추천을 주장하다가 결국 BH 추천 6인 JDC측의 추천 3인과 공동추천 3인으로 구성하기로 하는 한편, 재정과 관계되는 부분은 우리의 책임과 통제 하에 두는 것으로 타협했다. 실제 운영에 있어서는 학교 경영위원회의 상위 기관으로 해울의 이사회 운영을 통해서 문제를 해결했다.

BH 본교의 운영 주체는 자선단체인데 BH Asia의 설립으로 인하여 자선단체로서의 지위가 위태롭게 되는 경우 BH와 해울 간의 CVA를 해지할 수 있도록 하는 조항을 주장하였으나 우리가 수용하지 않았다.

계약서 작성을 맡은 캐나다의 로펌 역시 영국의 경우와 같이 우리를 얕잡아 본다는 느낌을 받았다. 불합리한 조항을 계약서에 포함시켜 협상과 계약서 작성 작업을 지연시키는 사례가 있었다. 현지에서 협상을 맡아 고생하던 조용석 부장에게 영국의 예와 같이 법률 비용을 삭감하겠다고 대응토록 하여 문제를 해결했던 일이 기억에 남는다.

6·25 참전 용사의 동판이 걸려있는 St. Albans School

제주영어교육도시 프로젝트가 성공하고 제주국제자유도시 조성 사업이 성공하기 위해서는 대표적인 영어 공용 국가인 미국, 영국, 캐나다 3개국의 명문학교 중 적어도 1개교씩을 유치해야 했다. 그래야만 제주영어교육도시의 존재 가치가 돋보이게 된다. 미국 영어가 가장 실용성이 높고 한국인에게 선호도가 높은 현실에서는 미국의 명문학교 유치가 필수적이다. 미국 명문학교가 있어야만 영어교육도시 사업이 성공할 수 있으며, 제주국제자유도시가 동북아 국제교육의 중심도시로 자리잡을 수 있다고 생각했다.

NLCS 및 BH와의 MOU체결이 이루어진 후 미국학교 유치에 힘을 기울였다. 2009년 7월 29일 워싱턴 D.C.의 세인트 알반스 스쿨(St. Albans School)을 방문하여 교장 Vance Wilson, 재단 이사장 John Gerber를 만나 우리의 계획을 상세히 설명하고, 제주에 분교 설립을 권유했다. 드디어 그해 12월 16일에는 MOU를 체결했다.

St. Albans School은 미국의 사립학교 중 랭킹 10위 이내에 드는 명문학교이다. 오랜 역사와 전통을 가진 학교여서 워싱턴 정가 요인들이 이 학교와 직·간접적인 연관을 맺고 있는 것으로 유명하다. 어느 날 주한 미 대사관 외교관 한 사람이 나를 찾아온 일이 있었다. 그의 평가에 의하면 St. Albans School이 제주영어교육도시에 설립된다면 한반도에 주한 미군 1개 사단이 추가로 주둔하는 만큼 한반도의 안보가 튼튼해질 것이다. 그래서 제주영어교육도시의 브랜드 가치가 크게 상승할 것이라고 말했다. 워싱턴 정가의 요인들이 한국과 제주에 대하여 보다 큰 관심을 갖고 한국을 성원할 것이기 때문이라는 이유였다.

St. Albans School에 처음 방문한 날 학교 본부건물 현관에 들어서는 순간 눈에 띄는 동판이 있었다. 무심히 눈길이 갔다. 그리고 안내자에게 동판에 대해서 물어보았다. 한국전쟁(6·25사변)에 참전했다가 전사한 세인트 알반스 스쿨의 졸업생 두 사람을 기려서 그 이름을 새긴 동판이었다. 나는 크게 감명을 받았고 이 학교에 대해 반드시 유치하겠다는 생각을 갖게 되었다.

St. Albans School과 2년 남짓 협상을 했으나 안타깝게도 결국 결렬되고 말았다. 그들은 성공회 교회를 건축해 줄 것, 운동장을 8개 확보해 줄 것 등과 아울러 NLCS 및 BH에 비해 지나치게 높은 수준의 로열티(Royalty)를 요구했다. JDC로서는 받아들일 수 없는 요구들이었다.

St. Johnsbury Academy와의 협력사업 계약

세인트 알반스 스쿨(St. Albans School)과의 협상 진행 중에도 다른 미국 학교들을 유치하기 위한 활동을 활발하게 병행했다. 2011년 4월 Noble and Greenough School, 2011년 9월 영국의 King's School Rochester와 MOU를 체결했다. 2011년 10월 다시 미국의 명문사립학교 28개교에 영어교육도시 프로젝트를 소개하고 참여를 권유하는 Letter와 IM을 발송했다.

이어 12월 미국의 Shattuck-St. Mary's School(이하 미국 학교들임), 2012년 1월 Wilbraham & Monson Academy 및 Perkiomen School, 2012

년 4월에는 The Hun School of Princeton, 2012년 5월 21일에는 세인트 존스베리 아카데미(St. Johnsbury Academy)와 각각 MOU를 체결하여 협상을 진행하였다. 그 외 German Town Academy, Cheshire Academy 등과도 제주영어교육도시 유치를 협의했다.

모두 영국과 미국에서 역사와 전통을 자랑하는 명문학교들이어서 가능하면 두 학교라도 유치하려고 노력했다. 결과적으로는 St. Johnsbury Academy(이하 SJA로 표기함)만 성공했고 다른 학교들과는 의견의 차이로 결렬되고 말았다.

SJA는 1842년에 설립된 학교로 미국의 30대 대통령 칼빈 쿨리지를 배출한 버몬트 주에 있는 명문학교이다. 22개 과목의 AP 과정(대학 과목을 고등학교 과정에서 미리 이수하는 과정)과 ESL(English as a Second Language 영어가 모국어가 아닌 학생들을 위한 특수 영어교육) 과정을 실시하고 있으며, 지역사회와의 협력을 매우 중시하는 전통이 있는 학교였다.

NLCS 및 BH와 학교사업에 관해 협상과 계약을 했던 경험을 살려 6개월간의 협상 끝에 2012년 11월 여러 가지 면에서 유리한 조건으로 모든 문제점을 완벽하게 정리하고 협상을 타결했다. 학생정원 1,254명, 개교 일자는 2015년 9월, 학교협력사업계약서 서명식은 2012년 11월 30일 현지 SJA에서 하기로 했다.

그런데 뜻밖에도 국무총리실 제주국제자유도시 지원위원회 사무처와 국토해양부의 반대에 부딪쳤다. NLCS는 개교한지 1년밖에 안 되어 재정적으로 안정되지 않았고, Branksome Hall Asia는 개교한지 1개월에 불과하니, 앞으로 몇 년간 두 학교의 운영 성과를 보면서 미국학교의 유치

를 결정하자는 것이다. 이러한 조치는 국토해양부와 국무총리실 제주국
제자유도시 지원위원회의 공통된 의견이었고, 두 기관 사이에 그러한 의
견으로 상호 문서가 교환된 상태였다. 말하자면 두 기관의 공식 입장으
로 되어 있었던 것이다.

그러므로 미국학교의 유치를 당분간 유보하고 SJA와의 계약체결은 보
류하라는 것이었다.

미국 학교의 유치를 위해 동분서주 하는 것을 알면서도 일언반구 말
이 없던 두 감독기관이 학교설립을 위한 협력사업계약 서명을 위해 미국
을 방문하기 직전에야 제동을 걸고 나선 것이다. 이러한 일이 벌어진 것
은 11월 24일의 일이었다. SJA와 약속한 CVA(협력사업계약) 체결 일자를
1주일도 안 남긴 상태에서 예상하지 못했던 문제가 발생한 것이다. 20여
일 후인 2012년 12월 19일에는 대통령 선거가 실시된다. 대통령 선거 후
에는 새로운 사업을 실시하는 경우 대통령 인수위원회나 새로 구성되는
정부의 승인을 받아야 할 상황이 될지 모른다. 그러면 새로운 승인과정
에서 미국학교 유치가 공기업의 부채 등 여러 가지 사정으로 장기간 표
류할 가능성이 있다고 판단했다.

뿐만 아니라 나의 연임 임기마저도 2013년 5월 7일로 끝나는데, 신임
JDC 이사장이 미국학교 유치에 대해 적극적으로 추진할지 알 수 없는
일이다. 아예 미국학교를 유치하지 않고 NLCS와 BHA만 운영하는 것으
로 국제학교 유치를 종결할 가능성도 있을 것이다.

만약 JDC가 SJA와의 약속을 지키지 않는다면 미국의 사립학교 사회
에서 JDC의 신용은 크게 실추될 것이고 앞으로 미국학교 유치는 더욱

SJA와의 본계약 체결식(김선우 부지사, JDC교육도시처 이성호 처장, 조용식 부장,
(주)해울 변규범 사무국장, 2012.11.29)

어려워질 것이 틀림없는 사실이다.[3] 따라서 어떤 어려움이 있더라도 예정된 11월 30일 SJA와 협력사업계약을 체결해야 했다. 제주영어교육도시의 명예시장인 정운찬 전 총리를 비롯한 모든 인력을 동원하여 국무총리실과 국토해양부를 설득하였다.

그래서 우여곡절 끝에 예정대로 2012년 11월 30일 SJA와 협력사업계약(Cooperative Venture Agreement)을 체결했다. 계약체결에는 제주도의 김선우 부지사가 동행했다.

---

3 미국에는 사립학교 간의 협력과 정보교환 등을 목적으로 하는 사립학교 연합조직이 있다.

합의된 개교일자는 2015년 9월이었다. 그러나 나의 후임 이사장은 JDC의 부채 등을 이유로 나의 퇴임 후 2년 이상 SJA와의 계약 이행을 미루었다. 2015년도에 들어서야 SJA 제주학교 개교 작업에 착수하여 2017년 10월 개교했다. 학생 모집도 매우 순조롭게 진행되었다고 한다. 이제 JDC의 국제학교 운영은 더욱 활기를 얻게 될 것이다. 그나마 다행스러운 일이다. 만약 내가 2012년 11월 국무총리실과 국토해양부의 반대를 무릅쓰고 SJA와의 협력사업계약을 강행하지 않았다면 미국학교 유치는 아직도 이루어지지 않았을 것이다.

(주)해울과 FES, BH Jeju – 특수목적법인의 설립

국제학교의 설립을 위한 새로운 실험

원래 영어교육도시의 국제학교는 국내외 민간자본을 유치하여 설립케 한다는 구상이었다. 그러나 제주국제자유도시 조성과 제주특별자치도 설치에 관한 특별법과 제주도 조례에 의하여, 국제학교 운영으로 인한 수익을 학교 회계 외의 타 회계로 전출할 수 없게 하고, 외국 자본의 경우 본국으로 송금할 수 없게 함으로써 막대한 자본을 투자하여 학교를 설립하더라도 투자금을 회수할 수 있는 길이 막혀 있다.

그러한 제도상의 제약으로 국제학교 운영에 관심들은 가졌지만 실제 투자로 이어지지 않았다. 국제적인 금융 위기는 투자유치를 더욱 어렵게 했다. 국제학교 설립과 운영에 대한 민간자본 투자유치는 사실상 불가능한 상황이었다.

그러나 나는 영어교육도시 사업이 성공하면 제주도 경제에 미치는 긍정적 효과는 막대할 것이고, 제주도의 발전과 국제자유도시 조성이라는 원대한 국가적 정책목표 달성에 결정적 기여를 할 것임을 확신하고 있었다. 그래서 JDC가 직접 투자해서라도 외국의 명문학교들을 유치·설립하여 운영하기로 결심했다.

국제학교 유치에 본격적으로 나서기 전인 2009년 5월 말경, 우선 학교운영법인을 설립하여 학교를 설립·운영케 하되, 국제학교 설립에 소요되는 자금은 금융단을 통해 PF(Project Financing)로 조성하고, 금융단에 의해 설립되는 특수목적법인이 PF로 조성한 자금으로 학교를 건축하여, 학교운영법인에 임대료를 받아 사용케 하되, 일정한 기간이 지나면 학교운영법인의 소유로 이전하는 BLT(Build, Lease, Transfer) 방식을 택하기로 결정했다.

이러한 방침에 따라 학교운영법인은 2010년 6월 15일 '주식회사 해울'이라는 이름으로 설립하였다. 해울은 JDC가 100% 출자한 JDC의 자회사이다.[4] 학교경영에는 경영의 전문성과 철학이 있어야 한다. 그리고 학교운영 철학의 지속성이 유지되어야 한다. 나아가 미국, 영국, 캐나다 등 각기 다른 국적의 학교들이 저마다 다른 방식으로 학생들을 교육하는 학교 나름의 전통, 교육철학, 이질성도 보장되어야 하지만, 실질적으로는 JDC가 운영하는 학교인 만큼 3개 학교 간의 통일성과 공통성도 필요했다. 이러한 의도로 별도의 학교운영법인이 설립되었다.

JDC가 직접 운영한다면 결국은 JDC의 직원들이 학교를 운영하게 되

---

4 최종적으로 2012년까지 JDC가 해울에 200억 원을 출자하였다.

어서 전문성이 부족하고 잦은 인사교류로 지속성도 기대하기 어렵게 될 것이다. 학교운영법인은 수익사업도 할 수 있어야 하므로 해울을 주식회사로 설립했다.[5]

공기업의 부채비율은 공기업에 대한 경영평가에 매우 중요한 평가요소가 되고, 금융기관에서 대출받을 경우 이자율을 결정하는 신용등급 결정에도 영향을 미친다. 다만 보증채무는 금융권의 신용등급평가에 영향이 없었고 공기업경영평가에서도 부채에 포함되지 않았다.[6] BLT 방식에 의한 자금 조달과 학교 설립은 JDC가 보증채무자이지 주 채무자가 아니므로 금융신용등급의 하락도 피할 수 있었다.

JDC는 첫 단계로 공모 절차를 거쳐 2009년 10월 12일 금융주간사로 한국투자신탁을 선정했다. 2009년 10월 19일 별도의 특수목적법인 FES도 한국투자신탁 등 금융단에 의하여 설립되었다. 그러나 한국투자신탁이 NLCS 설립 예상 소요자금 1,500억 원을 조달하는데 실패했다. 결국 PF 주간사를 2010년 9월 삼성증권으로 교체하였고, 삼성증권이 PF로 조성한 자금 중 1,493억 원을 NLCS 건축 등 제반 설립 자금으로 사용했다.

금융단이 PF로 조성한 자금을 JDC의 보증으로 FES에 대여하고, FES는 이 자금으로 NLCS 학교건물 등 모든 시설을 완성하여(Build), 학교운영법인 (주)해울에 임대하고, 해울은 이 시설을 이용 NLCS Jeju를 운영

---

5 (주)해울은 주식회사 제인스(JEINS)로 명칭이 변경되었다. 현재 제인스는 영어교육도시에 설립된 NLCS Jeju와 BHA, St. Johnsbury Academy Jeju를 운영하고 있다.
6 그 후 재무제표는 국제기준을 따름으로 인해서 보증채무도 채무에 포함되었다.

하면서(Lease) 3년 거치 20년에 걸쳐 FES가 금융단으로부터 차용한 개교에 소요된 자금을 FES에 분할상환하고, 상환이 완료되면 NLCS의 건물 등 모든 시설의 소유권을 해울로 이전하는(Transfer) 구조였다.

설립되지 않은 학교의 설립을 위해 학교사업 자체의 사업성을 평가하여 모든 자금을 PF로 조성한 사례는 과거에 없던 새로운 것이었다. 이는 그동안 JDC가 단순하게 채권을 발행하여 자금을 마련하고 사업을 시행했던 종전의 사업 추진 방식에서 탈피한 것일 뿐만 아니라, 학교사업에 BLT 개념을 도입한 첫 사례로 추후 학교사업에 벤치마킹 대상이 되었다. BLT 방식을 통해서 JDC는 국책사업인 국제학교를 성공적으로 건설·운영할 수 있게 되었던 것이다.

NLCS의 개교에는 거치 기간 3년간의 이자 등을 포함하여 모두 1,638억 원이 소요되었다. 2009년 당시에는 JDC의 부채가 상당한 액수였기 때문에 비록 보증채무라고 하더라도 JDC의 재무구조를 악화시킬 수 있다는 점에서 공공기관 경영평가에 크게 마이너스 요인이 되었다.

미리 사업타당성 검토를 통해서 국제학교 사업의 성공이 점쳐졌고 그러한 타당성 위에서 국제학교를 유치한 것이지만, 실제 운영이 타당성 검토를 통해서 미리 진단한 대로 되는 것은 아니고, 국제학교사업은 국내외 여건에 따라 여러 가지 변수가 발생할 수 있는 것이다.[7]

내가 JDC 이사장을 퇴임한 이후 다른 공직으로의 진출 따위를 염두에 두었거나 경영평가를 의식했다면, 1,638억 원이 소요되는 학교사업을

---

7 실제로 국·공립학교와 일반 사립학교에서 영어 교육을 강화하는 등의 영향으로 조기유학의 열풍은 2009년 이후 상당히 식어있는 상태이다.

추진하지 않았을 것이다. 내가 말썽 없이 적당히 지내면서 임기나 마치는 이사장이 되려고 했다면 할 수 없는 사업이었다.

나는 당시 NLCS Jeju의 성공을 확신했고 제주도가 해야 할 사업 중 으뜸이 교육사업이라고 믿었다. 좋은 학교가 있는 지역에는 사람이 몰리고 좋은 시설들이 들어온다. 경제도 활성화된다. 대한민국의 강남이 될 것이다. 영어교육도시 사업이 성공하면 제주의 발전은 자연스럽게 이루어진다고 믿었다. 영국 최고 학교의 유치는 제주의 교육풍토 전반에 긍정적 영향을 미칠 것이라고도 보았다. 모험 없이 큰 성공을 거둘 수는 없다. 앉아서 외부의 투자를 기다리는 것은 영어교육도시 프로젝트를 포기하는 것이나 다름없다. 저질러 놓고 보자는 심정으로 직접투자를 결정했고, 최선을 다했다.

BHA도 마찬가지로 BLT 방식이었다. BHA의 특수목적법인은 BH Jeju이다.

NLCS Jeju와 BHA는 큰 어려움 없이 경영되고 있고 세계 유명대학에 높은 진학률을 달성하여 국제사회에서 이미 명성을 떨치고 있다. PF 부채의 상환도 순조롭게 진행되고 있다.

국제학교를 둘러싼 오해와 논쟁들

영어교육도시 프로젝트 자체에 대한 이해 부족으로 국제학교에 관한 논쟁이 많았다. 지금도 오해와 비판이 해소되지 않고 있다. 정치권과 교육계에서도 오해가 적지 않았다. NLCS Jeju 개교 이후에는 국회가 열리면 영어교육도시의 국제학교 문제는 국회 국토해양위원회에서 의원들의 단골 질의사항이 되었다.

학비가 너무 비싸다. 그래서 일부 부잣집 아이들만이 갈 수 있는 귀족학교이다. 공기업인 JDC가 귀족학교를 운영하는 것이 바람직한 일인가 등이 비판의 주 내용이었다.

원래 이 프로젝트는 과도한 조기유학으로 인한 유학 수지 적자 등의 문제를 해결하고 제주국제자유도시로서의 환경을 조성한다는 목적에서 계획된 사업이다. 출발부터 해외유학을 보낼 수 있는 계층을 대상으로 한 것이다. 그 목적을 달성하기 위해서는 국제학교가 조기유학 수요자를 흡수할 수 있는 수준 높은 학교가 되어야 한다는 것은 너무나도 당연한 요청이다.

그래서 JDC는 해외 명문학교를 유치했고, 다른 국제학교에 비해서 우수한 외국인 교사들을 확보하였고 좋은 시설을 갖추었던 것이다. 서울을 비롯한 전국에서 학부모들이 자녀들을 안심하고 보내고, 보내고 싶은 학교여야 하기 때문이다. 영어교육도시의 또 하나의 목표인 동북아시아 국제교육의 허브도시로 발전하기 위한 기반을 마련하기 위해서도 높은 수준의 학교여야 한다. 이러한 이유에서 학비가 고액일 수밖에 없다. 더욱이 BLT 방식에 의하여 전액 PF자금으로 건설되었고, 일정 기간 내에 PF자금을 상환해야 하기 때문에 학비를 더 이상 낮출 수가 없다.

그러한 여건임에도 불구하고 제주의 국제학교 학비는 국내의 다른 외국인 학교(서울외국인학교, 청라달튼스쿨, 용산국제학교, 대구외국인학교, 채드윅송도국제학교, 대전크리스천스쿨 등)에 비해서 오히려 저렴하다. 특히 상해, 홍콩, 싱가폴 등에 있는 국제학교에 비해서는 매우 낮다. 영어교육도시의 국제학교는 당초부터 고액의 학자금이 소요되는 유학생들을 대상으로 한 학교이기 때문에 학비가 높다든지 귀족학교라는 비판은 타당치 않다.

국제학교 경영으로 이익이 발생하면, 외국학교가 가져가고 적자가 발생하면 JDC가 그것을 보전해주도록 되어 있다는 오해도 있다. 현실은 적자도 흑자도 아닌 상태에서 큰 어려움 없이 NLCS Jeju와 BHA가 운영되고 있으며 그 운영 수익으로 개교에 소요된 PF자금을 차질 없이 상환하고 있다. 더구나 NLCS Jeju나 BHA는 본교가 경영하는 것이 아니라, JDC의 자회사인 주식회사 해울(현재의 명칭은 제인스)이 운영하고 있다. 즉 경영 주체가 해울이다. 따라서 이익과 손실 모두 해울의 이익이고 손실이다. 경영으로 발생하는 이익이나 손실은 국제학교 본교와는 아무 관계가 없다.

일반사립학교의 경우 학생 1인당 연간 600만 원 정도의 국비 지원으로 학교가 운영되고 있다. 그러나 NLCS Jeju나 BHA의 경우 단돈 1원도 국비지원이나 지방재정의 도움이 없다. 따라서 국제학교들의 운영 손실이 제주도민의 혈세 또는 국민의 혈세로 보충되고 있다는 비난 역시 잘못된 것이다. 일반 사립학교와 달리 국비나 지방비의 보조가 전혀 없다는 점은 국제학교의 학비가 높은 이유이기도 하다.

국제학교의 개교와 더불어 계속 감소하던 한라산 남쪽 지역의 인구는 급격히 증가하기 시작했고, 제주 산남과 산북 간의 지역 균형발전도 그 토대가 마련되었다. 그리고 제주의 경기는 활기를 띠기 시작했다. 1960년대부터 평균 12년에 10만 명씩 증가하던 제주 인구는 1987년에 인구

50만을 돌파한 이래 26년간 인구 50만 명대에 머물렀다.[8] 국제학교가 개교되면서 제주의 인구는 26년 만에 60만 명을 돌파했다.

국제학교의 개교로 외국 기업의 투자도 시작되었다. 헬스케어타운에 중국 제1의 건설회사인 녹지그룹이 투자했고, 이어 신화역사공원에 남정그룹의 투자 유치가 이어졌다.

NLCS Jeju와 BHA의 개교로 학생 수는 2011년에 436명, 2012년에 968명, 2013년에 1,271명, 2017년 현재는 2,008명으로 해마다 증가되었다. KIS 및 KIHS도 2016년도에 950명에 이르렀다. 2017년 10월 SJA Jeju의 개교로 2,700명, KIS, KIHS[9]와 합하면 3,700명에 이른다. 2016년 현재 제주의 국제학교에 재학 중인 외국인 학생은 367명에 이른다.

국제학교의 개교로 조기유학으로 인한 외화 유출을 차단하는 효과 역시 대단하다. 2011년도 253억 원에서 시작, 매해 증가하여 2013년까지 총액 1,204억 원, 2016년 말까지 누적 3,500억 원에 이르고 있다.

해울이 운영하는 국제학교의 교사 및 직원의 수도 382명에 이르고, 그외의 각종 근로자를 합하면 1,000명에 이르러 제주사회의 일자리를 늘리고 있다.

미국학교가 개교됨으로써 4개국의 국제학교가 한 지역에 모여 있는

---

8 1987년 말에 50만을 넘어선 제주인구는 1997년 말까지 10년 동안 22,000명밖에 증가하지 않았고 2007년까지 20년 동안 61,000명 증가에 불과했다.
9 KIS는 초·중학교 과정으로 제주도 교육청이 자체예산으로 설립하여 국내법인 YBM사에 운영을 위탁한 학교이고, KHIS는 YBM사가 설립한 사립고등학교이다.

세계에서 유일한 국제교육도시가 되었다. JDC는 싱가폴 최고 수준의 국제학교인 ACS(Anglo-Chinese School)의 운영재단인 Oldham Enterprise Pte. Ltd와 2017년 6월 ACS 학교를 설립하기로 하는 MOU를 체결하였고, 2019년 9월 개교를 목표로 준비하고 있다. 싱가폴 학교는 전액 싱가폴 학교재단 측이 투자한다. 이러한 외자 유치가 진행 중인 것은 제주영어교육도시의 미래가 매우 밝다는 것을 말해주는 것이다.

제주영어교육도시는 제주도가 아름다운 관광지라는 이미지를 넘어서 국제교육도시라는 이미지를 전 세계에 전하는데 기여할 것이다. 더구나 제주의 교육 수준과 교육 환경이 긍정적으로 변하게 될 것이다.

작년 후반기 이후 중국과의 관계가 악화되면서 제주도의 관광을 비롯한 경제 전반이 활력을 잃어가고 있지만, 제주의 인구는 꾸준히 증가세를 유지하고 있다. 영어교육도시의 영향이다.

제주경제는 관광 의존도가 너무 높다. 메르스, 사드, 국제경기악화, 주변국과의 외교 관계 등을 경험하면서 관광 일변도의 산업구조가 얼마나 위험한 것인지 충분히 체험했다. 관광산업의 침체 시에도 견딜 수 있는 산업구조로 개편되는 것이 필요하다. 그중의 하나가 교육산업이다. 앞으로 영어교육도시 사업은 음악, 디자인, 패션 등 특화된 분야의 세계적인 학교를 유치하는 노력이 전개되어야 할 것이다.

제주가 교육도시로 발전하는 것은 제주도를 공해 없는 청정 관광도시이면서 명품 국제자유도시로 크게 변화시키는 길이 될 것이다.

한국 최고의 명품 전원도시를 만든다

한국 최고의 명품 전원도시에 대한 꿈

제주영어교육도시 전체 면적 379만㎡ 중 개발되는 면적은 165만 1,891㎡로 전체의 43.58%에 불과하고, 자연 그대로 보존되는 면적은 2,138,706㎡로 전체의 56.42%나 된다. 개발 면적은 전체의 44%에도 못 미친다. 따라서 제주영어교육도시 프로젝트는 자연 보전에 매우 충실한 프로젝트다.

영어교육도시 북쪽에는 태평양화학의 넓은 녹차단지가 자리 잡고 있고, 그 건너편에는 항공우주박물관이 멋진 자태로 위용을 자랑하고 있으며 연이어 신화역사공원도 건립되고 있다. 또 영어교육도시 주변으로는 곶자왈이 곳곳에 펼쳐져 울창한 숲을 이루고 있으며, 더 거리를 두면 크고 작은 산과 오름들이 아름다운 자태를 뽐내면서 멋진 조화를 이루고 있다.

이러한 영어교육도시의 환경을 보면서 한국 최고의 명품 전원도시로 만들 계획을 세웠다. 그렇게 되면 영어교육도시가 하나의 고품격 관광자원이 될 수 있고, 국내외의 고급 인력들이 모여 사는 도시가 될 수 있다고 믿었다.

2009년 8월경 교육사업처의 박철희 처장이 세계적으로 이름이 널리 알려져 있는 건축가 '안도 다다오'나 '이타미 준'을 국제학교 건축 고문으로 위촉하자는 제안을 했다. 제주에 있는 그들의 작품을 통해서 명성을 듣고 있던 나로서는 그 제안을 받아들였다.

2009년 12월 드디어 '이타미 준'을 영어교육도시의 MA(Master Architect)로 위촉하고 전체적인 건축 콘셉트(concept)의 개발과 설계 컨설팅을 맡겼다. '이타미 준'은 '제주스러움'과 '자연속의 자연'을 강조하여 영어교육도시 상징물 건립 계획 수립, 야외 공공시설 배치 계획 변경, 녹색환경 보존 방안 개발 등의 작업을 했다. 이타미 준이 제안한 것 중 야외 시설로 학교부지 77만 4천㎡를 관통하는 수로를 건설하는 계획이 있었다.[10] 도시 미관을 돋보이게 하고 학생들이 학업으로 생기는 스트레스를 해소하고 마음의 안정을 찾게 해준다는 두 가지 목적이었다. 나는 이 제안을 받아들였다. 그러나 이 계획은 완공 후에 시설물의 관리를 맡게 될 서귀포시의 반대로 무산되고 말았다. 수로의 유지·관리에 예산이 많이 소요된다는 것이 이유였다. 만약 수로가 건설되었다면, 서울 한복판을 흐르는 청계천 이상의 '자연 속의 자연'으로 남았을 것이다. 참으로 아쉬운 일이다.

신화역사공원도 웅장하고 아름다운 모습으로 거의 완성되어가고 있다. 영어교육도시 남쪽으로 대정읍 신평리 일대 47만평에 이르는 '제주곶자왈도립공원'도 완성되어 전원도시로서의 매력을 더해 주고 있다. 주민들에게 자연휴양공간, 자연치유공간을 마련해 주면서 방문자들에게 자연의 고마움과 소중함을 느끼게 할 것이다.

영어교육도시에 세워진 NLCS Jeju, BH Asia, St. Johnsbury Academy Jeju 모두 넓은 대지에 건물들이 쾌적하게 배치되어 있고, 건물 겉모습도 매우 뛰어나다. 더구나 건물 내부에는 훌륭한 시설이 마련되어서 그 자

---

10 이타미 준은 2011년 7월 사망했다.

체로도 훌륭한 도시 미관을 제공하고 있다. 개교 이후 많은 사람들이 견학, 벤치마킹, 관광 등의 목적으로 학교들을 방문한다. 건축 전문가들도 방문하여 두 학교의 건축물에 관심을 보였다.

NLCS 본관에 들어서면 누구나 도서관과 그 안에서 공부하는 학생들의 모습을 보게 되는데, 그것은 아름다운 한 폭의 그림이다. NLCS 본관 안쪽으로 배치된 잔디밭과 그 중앙의 상징탑은 우리가 흔히 생각하는 학교 건물이 아닌 '새로운 학교의 모습'이어서 탄성이 저절로 나온다.

제주곶자왈도립공원

생태공원 조성 사업은 이미 2006년 12월부터 제주국제자유도시 종합 계획에 따른 전략 프로젝트로 선정되어 있었다. JDC는 2007년부터 오름, 습지, 곶자왈 등을 활용한 생태공원을 조성함으로써 환경을 보존하고 새로운 수익모델을 창출한다는 관점에서 이 문제를 검토해왔다. 결론은 없었다.

이 문제를 나에게 처음으로 거론한 것은 개발사업처의 권인택 처장이었다. 생태보전사업을 해야 한다는 것이었다. 생태보전사업이라면 늪지 보존 내지 복원 사업과 곶자왈 보전사업인데, 어느 것이 더 적합한지 검토하도록 지시했다. 구좌읍 하도리의 늪지사업과 대정읍 신평리의 곶자왈 숲이 검토대상으로 선정되었다. 생태보전사업은 수익성을 따지지 말고 순수 사회 공익사업으로, 시급성과 유용성, 기존 프로젝트와의 연계성에서 검토하도록 지시했다. 대정읍 신평리 일대에 $1,546,757\,m^2$(약 47만 평)의 곶자왈이 있는데 제주도 소유가 $1,061,033\,m^2$, 신평리 마을회 소유가 485,724㎡였다. 영어교육도시와 인접해 있어 활용도가 높다고 판단했다. 곶자왈 공원 용지로는 적절했다. 이곳에 곶자왈 공원을 조성한다면 곶자왈 보전사업도 되고 많은 사람들에게 자연휴양과 자연치유 공간을 제공할 수 있어 제주도민이나 관광객의 호응도도 높을 것으로 판단했다. 또한 영어교육도시를 한국 최고의 명품 전원도시로 만든다는 우리의 목표를 실현하는 데에도 크게 기여할 것이다. 그리고 JDC에 대한 긍정적인 이미지를 형성하는 데에도 도움이 될 것이다. 결국 신평리 곶자왈 숲에 공원을 조성하기로 결정했다. 그때가 2010년 6월경이었다.

그런데 도지사가 도유지를, 신평리 마을회가 마을 소유 토지를 곶자왈 공원부지로 무상 사용하도록 제공해주어야만 공원조성 사업이 가능했다. 나는 도지사를 만나 협의하기로 하고 권인택 처장에게는 신평리 마을 주민들을 설득할 논리를 찾아 주민을 이해시키도록 했다.

나는 우근민 지사를 만나 공사비를 포함한 모든 경비를 JDC가 부담하는 것으로 하여 제주도 소유 곶자왈에 제주도립공원을 조성하자고 제안했다. 아울러 도유지를 제주도가 공원용지로 제공하면 나머지 신평리 마을회 소유 토지에 대하여는 JDC가 책임지고 마을회의 동의를 받아내겠다고 약속했다. 우근민 지사가 흔쾌히 동의했다.

신평리 주민들에게는 제주도나 곶자왈 공유화재단이 곶자왈을 매수하는 경우 우선적으로 마을회 소유 곶자왈을 매수하도록 JDC가 노력한다는 약속을 하고 동의를 받았다. 토지문제는 해결되었다.

신평리 주민들과 협의하는 과정에서 나는 두 차례 신평리 마을회를 방문했다. 2004년 국회의원 선거 후 처음이라서 주민들이 반갑게 맞아 주었다. 2010년 12월 신평리 마을회와 마을회 소유 토지 무상 사용 및 지역 주민 참여를 위한 상생협약을 체결하고, 이어 제주도, JDC, 곶자왈 공유화재단 3자 사이에 업무협약을 체결했다.

그 후 행정 절차를 거쳐 2012년 5월에 착공하여 2012년 11월 25일에 1단계 공사를 완공하고 제주도민과 관광객들에게 개방했다. 큰 호응을 얻었고 영어교육도시는 전원도시로서 또 다른 멋을 더하게 되었다. 1단계 사업으로 6.5km의 탐방로, 휴게쉼터 및 주차장 등을 만들어서 이용자들이 즐겁고 편안하게 이용하는데 도움을 주고 있다.

탐방로를 만드는데 폭은 2m를 넘지 않았으며, 탐방로와 숲의 경계는 시멘트나 블록 등을 사용하지 않고 현장에 있는 자연석을 이용하도록 했다. 외부자재는 일체 사용하지 않았다. 시멘트로 포장한 곳도 없다. 조성 당시 내가 특별히 지시한 사항들이 그대로 지켜져서 흐뭇하다. 모두 자연이 훼손되지 않고 원상대로 보존되게 하려는 노력이었다. 곶자왈 공원 내 원형 보전녹지는 98.93%이고 시설부지는 1.07%에 불과하다. 곶자왈을 가급적 자연상태로 보존하기 위해 최소한의 시설만을 한 것이었다.

내가 퇴임한 이후 2단계 공사도 완공되어 그 관리가 제주도로 이관되었다. 공원 조성에는 총 57억 원이 소요되었는데, 전액 JDC의 자금이다. 이제는 훌륭한 관광자원이 되어서 곶자왈에 대한 사람들의 인식을 높여주는 자연학습장 역할도 하고 있다.

영어교육방송국 설립을 위한 MOU를 체결하다

국제학교 사업과 관련하여 영어방송국을 JDC가 직접 운영하거나 투자를 유치하여 설립·운영한다면 영어교육 수준을 한 단계 높이는 일이 될 뿐만 아니라, 영어교육도시로서의 면모를 새롭게 하고, 국제학교가 실시하는 교육의 질을 향상시키는 효과도 있을 것이라 생각되었다. 그래서 타당성과 사업성 등을 검토했다.

NLCS Jeju의 개교로 제주영어교육도시는 전국적인 관심을 끌게 되었다.

드디어 EBS가 영어교육도시에 설립되는 국제학교의 수업내용을 방송하는 영어교육방송국을 설립하고 싶다는 의사를 전해왔다. 2011년 12월 13일 EBS와 제주영어교육도시 내에 영어방송국 설립을 위한 업무협약(MOU)을 체결했다. 그 후 2012년에는 제주도의 유일한 유선방송사인 KCTV도 제주영어교육도시 내에 영어교육방송국을 설립하고 싶다는 의사표시를 했다. EBS가 설립하는 영어방송국과 중복되기는 하지만 상호보완 관계를 유지하고 서로가 경쟁하게 되면 방송의 질도 높일 수 있다고 판단되었다. 그래서 2012년 12월 13일 KCTV와도 영어방송국 설립을 위한 업무협약(MOU)을 체결했다.

그런데 그 후 내가 퇴임한 후에 어떤 사정인지는 알 수 없으나 영어방송국 설립은 추진되지 않고 있다. 참으로 아쉬운 일이다.

영어교육도시 명예시장, 정운찬 총리

2011년 하반기 JDC 직원 워크숍을 제주시 영평동의 한화콘도에서 가

정운찬 전 총리 제주영어교육도시 명예시장 위촉식(2012.3.27)

졌다. 분임토의 후 그 결과를 발표하는데 좋은 의견들이 많이 나왔다. 직원들의 발표를 들으면서 나는 이제 임기를 6개월 남짓 남긴 시점에서 직원들의 사기를 진작시킬 만한 약속을 해야겠다고 생각했다. 워크숍 총평을 하면서 직원들에게 약속했다. 영어교육도시 프로젝트의 성공을 위해 사회의 저명인사, 예를 들면, 서울대학교 총장이나 국무총리를 지낸 분 중에서 영어교육도시 명예시장을 모시겠다고 발표했다. 그렇게 하면 영어교육도시 사업에 대한 부정적인 인식이 해소되고, 또 어려운 현안 문제에 도움을 받을 수 있으며, 결국 JDC의 위상 제고에도 도움이 될 것이라고 설명했다. 직원들의 반응이 매우 좋았다.

우선 최근에 서울대학교 총장과 국무총리를 지내었고 JDC를 방문한 일이 있는 정운찬 전 총리를 염두에 두었으나 우선 제주도지사와 협의하는 것이 순리라고 판단했다. 우근민 지사를 만나 영어교육도시 명예시장의 필요성을 설명하고 전직 총리나 서울대학교 총장 중에서 선정하되, 교섭은 내가 하고 위촉은 제주도지사와 JDC 이사장 공동으로 하기로 합의했다.

나는 정운찬 전 총리가 총리 재직 시절 제주국제자유도시 지원위원장을 맡은 일이 있어 정운찬 전 총리를 예방하여 영어교육도시 명예시장이 되어달라고 부탁했다. 프린스턴 대학에서 유학했고, 서울대학교 총장을 역임했던 분답게 흔쾌히 수락했다. 그래서 2012년 3월 27일 제주도청에서 정운찬 전 총리를 제주영어교육도시 명예시장으로 추대, 위촉하였다. 이 자리에는 제주도 양성언 교육감도 참석했다.

정운찬 전 총리는 여러 가지로 영어교육도시 사업에 도움을 주었다. 특히 미국학교 유치를 위한 협력사업계약 체결을 반대하던 국무총리실과 국토해양부를 이해시켜 찬성하도록 하는데 큰 역할을 하였다.

JDC의 투자와 투자유치

새연교 – JDC Bridge

JDC 이사장 취임 당시 JDC 6대 핵심프로젝트 중 서귀포 관광미항 1단계사업이 한참 진행 중이었다. 그 1단계 프로젝트는 서귀포항에 인접한 천지연 주차장과 칠십리교를 포함한 서귀포항 내항 부분을 정비하고 새섬과 서귀포항을 연계하여 개발함으로써 서귀포항 일대의 아름다움을 극대화하고 서귀포를 명실상부한 산남 지역의 관광 중심지로 만든다

는 의도에서 계획된 사업이다. 따라서 1단계 사업인 새연교 사업은 수익
성은 전혀 고려하지 않았다. 제주도 산남 지역의 관광, 물류의 중심지인
서귀포의 가치를 상승시킨다는 지역 균형 발전에 오히려 역점을 둔 사업
이었다.

이사장 취임 후 최초의 완공 사업이 서귀포 관광미항 1단계 사업이었
고, 그 1단계 사업에 포함된 새연교 건설은 그동안 순조롭게 공사가 진
척되어 2009년 10월 준공을 하였다. 새연교 건설과 더불어 새연교로 연
결되는 새섬을 한바퀴 돌아가는 탐방로를 만들어 방문객들의 자연 힐링
코스로 마련했다.

서귀포항과 새섬을 연결하는 새연교를 건설하고 그 다리 위에 과거 제
주의 어부들이 근해에서 고기잡이배로 이용하던 태우를 형상화한 조형
물이 세워졌다. 새연교는 국내 최초의 외줄케이블 형식의 사장교라는 점
에서도 의미있는 다리이다. 새섬을 한 바퀴 돌아가는 산책로를 만들어
주민과 관광객의 사랑을 받고 있다. 새연교 축조와 탐방로를 만드는 등
새섬 정비에 총액 193억 원이 소요되었다. 모두 JDC의 자금이다. 준공
이후 2013년까지 4년 3개월 간 453만 명 이상이 방문하는 서귀포 최고
의 관광명소가 되었다.

새연교라는 다리 이름은 전국에 공모하여 작명한 것인데, 서귀포항과
새섬을 연결한다는 의미와 새로운 인연을 맺어준다는 의미를 지니고 있
다. 이렇게 건설된 새연교는 JDC가 서귀포시에 기부체납하면서 지금
은 JDC의 손을 떠났다. 섭섭하기도 하지만 사람들을 즐겁게 하는 다리
가 되었다는 점에서 한편 흐뭇하다. 아쉬운 마음에서 새연교가 JDC에

의하여 축조되었다는 점은 남기기 위해 다리의 이름을 영문자로 'JDC Bridge'라고 짓고 교량 밑 동판에 'JDC Bridge'라고 새겨 놓았다.

준공 당시의 담당 부서장은 양현창 처장이었는데, 개발사업본부 개발 3팀장으로서 이 공사의 책임자였던 백인규 기획실장이 준공식에 즈음하여 공사와 관련된 자재 선택, 공법, 에피소드 등을 나에게 열심히 설명하던 기억이 새롭다.

첨단과학기술단지 – 비약의 토대로 삼다

제주의 다양하고 희귀한 생물자원과 청정 환경을 이용한 생명공학 및 정보통신 연구 등 지식기반산업단지로 조성하는 프로젝트가 첨단과학기술단지 사업이다. 제주시 아라동 일원 1,099,000㎡의 토지를 사업 부지로 정했다.

JDC 이사장으로 부임하던 2009년 5월에는 부지 조성 공사와 지원시설로서 엘리트 빌딩과 스마트 빌딩의 건축공사가 진행 중이었다. 순조롭게 진행되어 2010년 3월 23일 정운찬 총리 참석 하에 준공식을 거행하였다. 엘리트 빌딩과 스마트 빌딩의 건축비는 전적으로 JDC의 부담이었다

부임 당시 JDC 사무실은 제주시 노형동의 현대해상화재보험회사 건물의 3개 층을 임차하여 사용하고 있었다. JDC 사무실을 엘리트 빌딩으로 옮기는 문제를 둘러싸고 직원들 사이에 의견이 갈렸다. 결국 2010년 10월 18일 엘리트 빌딩으로 옮겼다. 약간의 불편은 있지만 JDC 소유 건물인 첨단과학기술단지 엘리트 빌딩에 사무실을 두는 것이 공기업인 JDC의 위상에 맞으며 첨단과학기술단지의 활성화와 JDC가 사업을 수

행하는 데도 유리하다고 판단했다.

국내·외 이름있는 기업들을 유치하여 국제적 기업으로 성장할 수 있도록 새로운 기회와 국제적 환경을 제공하기 위해 2009년 9월 대만 중부 과학단지, 2010년 5월 중국 최고의 대학인 칭화대학의 칭화사이언스 파크(TusPark), 2011년 1월 중국 하이난의 RSC(Resort Software Comunnity), 호주 울릉공대학교, 경북 테크노파크 등과의 업무협약을 체결했다. 외국의 과학단지 입주 기업과 첨단과학기술단지 입주 기업 간의 정보 교류, 시장 개척, 기술 제휴, 투자 유치, 해외 진출 등을 도모하기 위한 사전 준비였다.

활발한 기업 유치 활동을 전개하여 산업 용지 매각, 지원 시설 임대 등이 성공적으로 진전되었고, 2011년 말부터 제2의 첨단과학기술단지 조성을 본격적으로 검토하게 되었다. 2011년 12월 드디어 제2차 제주국제자유도시 종합계획에 제2의 첨단과학기술단지 사업을 반영시켰다. 나의 퇴임 시까지 (주)다음카카오, (주)제농, (주)한국비엠아이, (주)이스트소프트, (주)피엔아이시스템 등 이름있는 기업들이 입주하여 당초의 계획보다 좋은 실적을 보이게 되었다.

2012년 제7회 ASPA LEADER'S Meeting을 유치, 성공적으로 개최함으로써 제주첨단과학기술단지의 국제적 위상을 강화하고, ASPA 이사회 이사로서 아시아 태평양 지역 과학기술단지 무대에서 입지를 다지게 되었다. JDC를 첨단과학기술단지의 엘리트 빌딩으로 옮김으로써 첨단과학기술단지가 활성화되었으며, 국제학교의 유치, 헬스케어타운, 신화역사공원에 대한 투자유치 등 핵심 프로젝트 추진이 원활하게 진행되었으

중국 칭화대학과 칭화사이언스 파크(TusPark) 업무협약식(2010.5)

며, 그 외 JDC가 시행하는 각종 사업에 대한 외부의 신뢰성과 자체의 추진력을 배가했다고 생각된다. 이러한 노력으로 제주첨단과학기술단지는 정부가 추진한 산업단지 중 대표적인 성공사례로 손꼽히고 있다. 제주도를 탄소 제로 지역으로 추진하는 데에도 크게 기여하고 있다.

 JDC 사무실을 첨단과학기술단지의 엘리트 빌딩으로 옮기는 과정에서 박근수 부장이 나에게 엘리트 빌딩으로 옮겨야 할 이유를 힘주어 설명하던 기억이 새롭다. JDC 사무실을 옮김으로써 나는 엘리트 빌딩과 스마트 빌딩을 JDC 비약의 토대로 삼았던 것이다.

 첨단과학기술단지 사업 중 창업보육센터와 스마트워크센터의 프로그램이 활성화되지 않은 것은 아쉬운 일이다. 아직 시기상조인가?

이계훈 공군참모총장과 함께

항공우주박물관 – 관광인프라

항공우주박물관은 공군본부가 전투기 항공기 등 공군이 소장하고 있는 항공기 등 전시물을 제공하고 프로그램을 지원한다는 조건으로 2008년 7월 전국 지방자치단체를 대상으로, 항공우주박물관을 건립할 지방자치단체를 공모함으로써 비롯되었다.

부산시, 성남시, 군산시 등 여러 지방자치단체가 공모에 응한 가운데, 2008년 11월 6일 공군본부가 항공우주박물관 건립지로 제주를, 최종사업자로 제주특별자치도와 JDC를 선정함으로써 JDC의 항공우주박물관 사업은 시작되었다.

2009년 2월 11일 JDC, 제주특별자치도, 공군본부 3자간 항공우주박물관 건립에 관한 본 계약이 체결되었고, 2009년 5월 5일 박물관 착공식이 거행되었다. 내가 이사장으로 취임하기 이전 일이었다.

당시 JDC는 개발사업에 소요되는 토지 구입 비용, 첨단과학기술단지 건축공사 등으로 이미 많은 부채를 지고 있었으므로 항공우주박물관 사업에 대해 부정적 시각이 있었다. 항공우주박물관 건축과 시설, 전시물의 확보는 물론 인건비와 관리 운영비로 막대한 자금이 소요되고 흥미 위주의 박물관이 아닌 제대로 된 박물관 사업으로서 흑자를 기록하는 경우는 거의 없기 때문이었다.

그러나 한국에 제대로 된 항공우주박물관이 전혀 없을 뿐만 아니라, 제주관광산업의 질적 향상을 도모하고, JDC가 공기업으로서 항공·우주를 테마로 하는 교육과 체험 중심의 복합 에듀테인먼트 인프라를 구축하여 청소년들에게 풍부한 상상력과 창의력을 키우기 위한 교육과 문화의 공간을 제공하는 것은 필요한 일이다. 이러한 의미에서 상당 기간 경영상 적자를 보는 한이 있더라도 그대로 추진하는 것이 옳다고 판단해서 추진했다. 제주를 고품격 관광지로 만든다는 의미에서도 공기업인 JDC가 할 일이었다. 항공·우주에 관하여 보고 체험하기 위해서는 제주 항공우주박물관을 관람하지 않을 수 없다고 할 정도의 독보적 박물관을 만들기로 했다.

그러한 노력의 일환으로 미국의 스미소니안 재단과 2009년 11월 6일 업무협약을 체결했다. 스미소니안 재단은 세계 최대의 복합박물관을 운영한다. 전시물의 선정을 비롯하여 설립과 경영, 프로그램 개발 및 운영에 관하여 협력을 받기로 했다. 박물관 운영의 전략과 계획을 수립하고 박물관 운영의 노하우를 배우기 위해 JDC 직원 진여훈 부장을 스미소니안 박물관에 1년간 파견하는 파격적인 조치도 취했다.

항공우주박물관 사업의 전문성과 효율성을 확보하기 위해 외부 전문기관들과의 협력 체계도 구축했다. 2010년 10월 국립 과천과학관, 2011년 8월 항공우주연구원, 2011년 12월에는 한국천문연구원과 각각 업무협약을 체결했다. 순조롭게 사업이 진척되어 항공우주박물관은 내가 퇴임한 이후인 2014년 4월 24일 개관했다. 신화역사공원, 영어교육도시, 태평양화학의 녹차단지 등과 어우러져 관광시설로도 제 몫을 다하리라고 믿어진다. 개관한지 불과 3년 남짓이 되었지만 점차 운영이 정상화되고 있어서 다행스럽다.

투자유치

JDC의 6대 핵심프로젝트 중에서 가장 어려웠던 것은 헬스케어타운과 신화역사공원 사업이었다. 믿을 수 있는 의료 서비스는 국제자유도시의 필수적 정주 요건이다. 국제적인 관광휴양지로서 안심하고 방문하여 머물 수 있는 관광지가 되기 위해서는 믿을 수 있는 의료시설이 갖추어져야 한다. 이것은 국제적 관광지의 필수 요건이다. 그러나 인구 60만 명도 되지 않는 제주에 질 좋은 의료 서비스를 제공할 수 있는 시설을 확보하기는 어려웠다. 막대한 자본에 비해서 수익은 낮기 때문이다.

헬스케어타운 프로젝트는 서귀포시 토평동과 동홍동 일대의 토지 $1,539,013 m^2$(47만 평) 위에 전문병원, R&D센터, 메디칼스트리트, 호텔, 콘도, 웰니스몰 등 복합의료관광단지를 조성하는 것이다. 2006년에 이미 제주국제자유도시 종합계획에 따라 JDC의 핵심 프로젝트로 지정되었다. 외국기업의 경우에는 영리병원의 설립도 가능하게 되어 있다. 일종의 외자 유치를 위한 장치이다. 그러나 외국의 영리병원에 대하여는 반대가 심각하여 투자유치에 어려움을 겪고 있었다.

JDC 이사장 취임 당시 이 사업을 위한 용지보상작업도 매우 부진한 상태였다. 헬스케어타운 프로젝트를 추진하기 위해서는 필요한 토지를 확보하는 것이 시급한 문제였다. 부진한 용지 보상작업에 박차를 가하기 위해 2010년 6월 용지보상 TF를 구성하여 4개월 만에 용지보상작업을 매듭지었다.

투자유치를 위해 삼성, LG, SK 등 국내 재벌기업들과 협의하는 한편, 한국 한의학연구원, 서우-중대지산 컨소시엄, 서울대학교병원, 캐나다의 식췰드런 병원 등 의료기관과도 MOU를 체결하고 투자 유치에 노력

헬스케어타운 사업부지를 방문한 김황식 국무총리와 함께(2011.5.28)

하였다. 그러나 모두 성사되지 못했다. 장기적으로는 사업성이 있다고 판단하면서도, 제주의 상주 인구가 60만 명도 안 된다는 점이 주된 이유였다. 국책사업이라는 점 때문에 오히려 정부의 간섭을 우려하는 투자에 대한 부정적인 측면도 없지 않았다.

2006년 4월 서울대학교병원 강남센터와 MOU를 체결한 이래 2012년 7월 11일 중국의 녹지그룹과 1조 원 규모의 투자이행각서(MOA)를 체결하기까지 무려 22차례의 MOU, MOA를 체결했다. 그중 녹지그룹만이 실제 투자를 하게 되었다.[11] 그만큼 헬스케어타운에의 투자유치는 어려웠다.

투자 이행각서 체결 이전 2011년 12월 23일 녹지그룹과 MOU를 체결하고, 2012년 4월 8~9일에 녹지그룹을 방문하여 투자에 뒤따르는 여러 문제를 논의했다. 투자가 성공할 수 있도록 JDC는 동반자로서 최선을 다한다는 점을 약속하여 투자를 유도했다. 이사장 취임 후 JDC 임직원들에게 수시로 투자유치에 임하는 기본자세를 강조했다.

"JDC가 추진하는 프로젝트에 투자하는 기업은 JDC의 일을 도와주는 우리의 동반자이다. JDC가 추진하는 프로젝트는 바로 'JDC의 일'이고 'JDC가 해야 할 일'이다. 국가와 제주도를 위한 일이다. 투자기업은 JDC가 해야 할 일을 함께 하는 동반자이다. 그들을 고맙게 생각해서 친절히 대해야 한다. 그들이 불편을 겪는 일이 없도록 배려하고 최선을 다해서 도와야 한다.

11 녹지그룹은 상해정부가 51%의 지분을 가진 사실상 국영기업으로서 중국의 100대 기업 세계 500대 기업에 드는 기업집단이고 헬스케어타운에의 투자가 첫 해외투자사업이었다.

투자자의 성공이 바로 JDC의 성공이다."

대부분의 임직원들은 나의 이러한 기본적 자세를 이해하고 따라 주었다. 녹지그룹의 투자 유치를 이루어낸 것도 이러한 자세, 즉 '갑'의 입장에서가 아니라 '동반자'의 입장에서 관계를 유지했기 때문에 성공했다고 믿는다. 또 하나의 성공 요인은 2012년에는 이미 NLCS Jeju가 개교하였고, BHA도 교사 신축이 한창 진행 중이었는데, 이러한 사실들을 통해서 그들이 JDC를 신뢰하고 제주의 미래에 대해서도 긍정적으로 평가했기 때문이라고 믿어진다.

2012년 7월 11일 MOA(헬스케어타운 총 사업면적 153만 9천m^2 중 77만 8천m^2) 체결 이후 3개월이 지난 2012년 10월 본 계약과 1단계 용지매매 계약을 체결했다. 이렇게 계약을 마친 후에 녹지그룹은 2012년 10월 30일 1단계 건축공사에 착공했다. 이렇게 헬스케어타운에 대한 녹지그룹의 투자는 시작되었다.

또 하나의 어려운 사업은 신화역사공원 프로젝트였다. 이 사업의 부지는 서귀포시 안덕면 서광리 3,985,601m^2(약 120만 평)이다. 이 토지 대부분은 지방자치에 관한 임시조치법에 의해 남제주군의 소유가 되었는데, 내가 변호사 일을 할 때에 서광서리 공동목장조합과 서광동리 공동목장조합의 소송대리인이 되어 1984년부터 1986년까지 약 2년 간 남제주군을 상대로 소송을 제기하여 승소함으로써 두 마을 공동목장조합의 소유가 되도록 환원시킨 토지였다. 나와는 각별한 인연이 있는 토지였다.

이 토지에 제주의 신화를 비롯한 한국·유럽·아시아의 신화, 역사와

녹지그룹 한국제주헬스케어타운사업 합의각서 체결과 기공식

문화를 테마로 한 휴양·쇼핑·위락이 어우러진 복합 리조트를 조성하려고 했다. 디즈니랜드와 유사한 테마파크를 만들려는 계획이었다.

이러한 테마파크는 막대한 시설비가 투자되어야 하기 때문에 동경과 홍콩의 디즈니랜드마저도 1,000만 명 이상의 배후 인구에도 불구하고 정부의 정책사업으로 막대한 특혜를 받아 시설·운영되고 있다. 경기도와 같이 배후인구 2,000만의 지역도 디즈니랜드와 유사한 테마파크를 유치하고자 하였으나 투자유치에 성공하지 못했다.

제주도 인구가 60만 명에 미달할 뿐만 아니라, 신화·역사·문화 등을 테마로 하는 테마파크에 대한 근본적인 의구심 때문에 JDC가 설립된 2002년부터 투자유치에 노력하였으나 실패를 거듭하고 있었다.

중국 현지에서의 여러 차례 투자유치 설명회를 가졌는데, 성과를 보이기 시작하면서 말레이시아의 버자야그룹과 EMG그룹, 한국의 일묵디엔씨와 DKC, 중국의 광요그룹 등이 적극 나섰다. 결과적으로는 세계적인 유동성 위기, 자본 조달의 실패, 자국 정부로부터 해외 투자 승인을 받지 못하는 등의 사유로 투자유치가 이뤄지지 못했다. 그러나 영어교육도시의 효과와 녹지그룹의 투자로 제주도에 대한 투자 열기가 지속되면서 드디어 중국의 람정그룹과 2012년 10월 19일 MOU를 체결하게 되었다.

람정그룹과의 MOU 체결 이전, 투자사업본부의 신광렬 본부장, 관광사업처의 백인규 처장과 김경훈 부장을 람정그룹의 투자유치를 위해 2012년 10월 17일 중국 안휘성 합비시로 출장을 보냈다. 출장 중 신광렬 본부장으로부터 람정그룹이 MOU 체결을 원할 경우 어떻게 하면 좋겠느냐는 전화가 왔다. 람정그룹이 원하면 나를 대신하여 MOU를 체결하

신화역사공원 조성사업 개발 MOA 체결식(2013.4.12)

라고 지시했다. 공기업이 MOU를 체결하는 경우 공기업의 이사장 등 최
고경영자(CEO)가 하는 것이 관례였다. 그러나 나는 파격적으로 투자사
업본부장에게 MOU 체결을 위임했다. JDC 이사장 재직 중 나는 이사장
으로서의 권위보다는 일의 효율성을 앞세워 처리했다. 이렇게 람정그룹
의 투자유치는 진전되어갔다.

람정그룹의 자산과 람정그룹 총수 양지혜의 사업 수완 등으로 보아 람
정그룹의 투자 가능성을 파악한 나는 투자유치를 매듭짓기 위해 2013년
3월 3일 중국 안휘성 합비시로 람정그룹을 방문하여 신화역사공원에의
투자를 다시 권유하고 투자를 확약 받았다.[12]

그리고 2013년 4월 12일 JDC와 제주도(지사 우근민), 람정그룹 3자
사이에 신화역사공원 계획 토지 전체의 약 36%인 1,422,000㎡에 람정
그룹이 투자하는 것으로 MOA를 체결했다.[13] 그중 시설 가용 면적은

---

12 람정그룹은 안휘성 제1의 부동산개발회사로서 2011년도 기업자산이 약 1조4,400억 원에 이
른다.
13 나의 퇴임 후인 2013년 8월 14일 람정그룹의 투자지역은 2,319,000㎡로 변경되었다.

705,400㎡, 녹지 면적은 716,601㎡로 약정함으로써 자연훼손을 최소화했다.

이 사업에는 총 2조 원이 투자되고, 개장을 하면 항시 필요한 직·간접 고용인원이 9,000명에 이른다. 생산과 부가가치 유발 효과는 매해 3조 5천억을 넘을 것으로 추산되고 있다.

녹지그룹과 람정그룹의 투자 유치는 나름대로 사업성을 검토한 결과이기도 하겠지만, 나와 JDC 임직원들이 JDC 프로젝트 참여기업을 "甲(갑)"의 자세로 대하지 않고 JDC의 同伴者(동반자)로 대하여 최선을 다한 결과라고 믿는다.

내가 이사장으로 부임할 당시에 예래동 주거형 휴양단지 사업에만 투자유치가 이루어져 있었다. 지역 신문은 JDC가 아무것도 하는 일이 없다는 투의 비판 기사를 종종 보도했다. 국회만 열리면 소관 상임위원회에서는 JDC 무용론을 들고 나왔다. 해외투자유치 실적이 없다는 것이 주된 이유였다. 그러나 막상 투자유치가 이루어지자 갖가지 논란이 일었다.

헬스케어타운과 신화역사공원 프로젝트는 제주국제자유도시 조성을 위한 국가적 정책과제로서 제주도 종합개발계획에 의한 것이지, JDC가 멋대로 하는 사업이 아니다. 대상 지역 선정과 필요한 면적도 법률이 정한 절차를 거쳐 제주도의 승인과 인허가를 받은 것이다.

외국인에 의한 토지 과다 소유의 문제는 1998년 김대중 정부 당시 IMF 사태로 인한 외환 위기에서 하루속히 벗어나기 위한 외자도입 정책의 일환으로 외국인의 토지소유제한을 철폐함으로써 비롯된 것이다. 특별법상 제주도의 외자 유치를 위해서 외국인이 제주도지사가 정한 투자진흥지구에 미화 50만불 이상 투자하는 경우 일정한 절차를 거쳐 영주권을 얻을 수 있게 함으로써 외국인 특히 중국인의 투자를 부추긴 측면이 있다.

중국인들의 투자 러쉬가 일부에서 우려하는 환경오염 교통난의 가중 등 문제들을 야기하는 것은 사실이지만, 그들의 투자로 인해 제주도에 미치는 경제적 가치의 창출이 막대하고, 제주도의 1차 산업과 6차 산업을 살리고 진흥시킬 재원을 마련할 수 있다. 이러한 점을 고려해야 할 것이다.

외국인 투자가 제주에 도움이 되는 면을 우리가 과소평가해서는 안 된다. 제주 관광사업에 투자하는 외국기업은 살아남기 위해서도 관광객을 유치할 수밖에 없다. 한반도에 사드 배치 문제로 중국 관광객이 현저히 감소된 상황이 지속되더라도, 제주에 투자한 중국기업은 자국의 관광객을 유치하기 위해 노력하지 않을 수 없다. 그런 의미에서 외국 자본의 투자 유치는 제주의 관광산업을 안정시키는 데 크게 도움이 된다.

면적이 제주의 2.7분의 1에 불과한 싱가폴의 상주 인구가 500만을 넘고, 제주의 1.7분의 1에 불과한 홍콩의 인구가 700만을 넘는다는 점도 깊이 생각해 볼 문제이다. 외국인에 의한 토지의 과다 소유는 '외국인 토지소유에 관한 법률'을 검토 보완함으로 문제를 해소할 수 있을 것이다.

제주의 미래와 JDC의 역할

2021 Vision Triple A 선언

2012년 5월 15일은 JDC 창립 10주년이 되는 날이다. 제주국제자유도시라는 개념은 제주도민들에게는 꿈같은 이야기였고 현실감이 없는 개념이었다. 그러나 JDC 10년 세월이 흐르면서 국제학교의 개교, 헬스케어타운과 신화역사공원 프로젝트 투자유치 등 여러 사업들이 활성화되면서 제주국제자유도시라는 개념은 제주도민들에게 현실로 구체화되었다.

2012년 5월 10일 도청 기자실에서 창립 10주년 기자회견을 가지고, 2021년까지 새로운 10년에 대한 비전 '2021 Vision Triple A'를 선언했다. A는 1, 처음, 목표, 최고 등 여러 가지 의미를 가지고 있다. JDC 프로젝트의 완성으로 2021년 말이면 '신규 기업 1,000개 유치'와 '경제가치 10조 원 창출'을 달성하면서 '인구 100만의 제주도'를 견인할 것이라고 선언했다. 이 세 가지의 목표가 '2021 Vision Triple A'다. 새로운 10년을 맞이하는 JDC의 야심찬 의지를 표명한 것이다. 물론 '2021년 인구 100만 명의 제주도'는 현실성이 부족한 목표이지만, 이는 JDC 프로젝트와 역할에 대한 자신감의 표현이었고, 급격한 사회 변화에 대한 예측이었으며, 목표를 크게 설정해야 성과도 커진다는 신념과, 직원들에게 보다 더욱 분발하여 제주 발전에 기여할 것을 바라는 당부를 담은 것이었다. 적어도 인구 80만은 넘어설 것으로 확신하였다.[14]

그리고 임직원들에게는 국내외 시장 변화에 탄력적으로 대응하고 변화의 파고를 타고 넘어 우리에게 유리한 국면으로 이끌어 갈 변화관리역량을 강조했다.

---

14 삼성경제연구소는 2021년도 제주도 인구를 71만 명으로 추산했다. 2017년 현재도 제주의 상시 인구는 관광객을 포함하면 이미 70만을 넘어선 것으로 보인다.

우리가 원하던 원하지 않던 세계는 변하고 발전한다. 발전하는 사회에서 현상 유지는 정체가 아니라 퇴보를 의미한다. 국가나 지역이나 개인이나 마찬가지다. 최근 몇 년간 제주도 역시 여러 면에서 변화하고 발전하였고 그에 따른 성장통도 앓아 왔다. 변화에 적절하게 대응하지 못한 나머지 환경, 자연보전, 교통 등 여러 분야에서 문제점이 드러나고 있다. 제주도민들은 변화에 대한 두려움과 불안을 갖고 있다. 그러나 세상은 변하는 것이므로 변화를 두려워해서는 안 된다. 변화는 거부할 수 없는 것이며 거부해서도 안 된다. 변화에 적응하고, 그 변화의 주체가 되어 변화를 만들어나갈 수 있는 지혜와 적극적인 노력이 필요하다.

급격한 변화에 대한 대응과 적응이라는 관점에서, 그리고 미래에 대한 도전의지의 표현으로서 '2021 Vision Triple A'는 의미 있는 것이었다.

이사장 연임

이사장 임기는 3년으로 2009년 5월 8일부터 2012년 5월 7일까지였다. 그동안 2009년과 2010년, 2011년 3년의 경영평가 성적이 그리 좋은 편이 아니었다. 한 번은 좋았고 두 번은 좋지 않았다.[15] 여러 사업을 동시에 추진함으로써 부채가 증가했다. 경영평가에 나쁜 영향을 미칠 요소가 있어도 궁극적으로 제주발전에 도움이 될 일이라면 적극적으로 추진했던 결과였다. 국제학교 유치, 헬스케어타운, 신화역사공원 지구로 지정된 토지를 매수하고 부지 정지 작업을 하는 일 등에 많은 자금이 투입

---

15 2011년말 JDC의 부채비율은 87.6%였다.

제주대학교 석좌교수 임명식에서 김태환 지사와 허향진 제주대 총장과 함께(2010.8.3)

되었다. 경영평가 성적이 좋지 않아 연임을 기대하지 않았다. 전임자 중에는 연임은커녕 임기를 마친 사람도 없었기 때문에 더욱 기대하지 않았다. 그러나 예상과 달리 2012년 4월 24일 1년 연임이 확정되어 2013년 6월 5일까지 이사장직을 수행했다.

국토해양부는 내가 NLCS Jeju를 개교하였고, 브랭섬 홀의 건축공사가 막바지에 이르러 2012년 10월 개교를 서두르고 있었으며, 미국 학교의 유치와 헬스케어타운, 신화역사공원에의 투자 유치가 가시화되고 있어서, 진행 중인 이러한 사업들을 제대로 마무리할 적임자라고 판단하였던 것으로 보인다. 경영평가가 어떠하든 JDC의 모든 프로젝트를 활성화시켰다는 공적을 참작했던 것으로 짐작된다. 첨단과학기술단지로 JDC를 옮김으로써 첨단과학기술단지를 활성화시켜 제2의 첨단과학기술단지를 검토하는 단계에 이르렀고, 면세점 운영도 인사를 혁신함으로써 2009년도부터 3년간 해마다 10% 이상의 매출이 증가되었던 것이다.

연임 임기 1년 동안에 나는 BHA를 개교했고, 미국의 세인트 존스베리 아카데미를 유치했으며, 헬스케어타운에 녹지그룹, 신화역사공원에 람정그룹의 투자를 유치함으로써, 연임 발령을 한 국토해양부의 기대에 부응했다. 또한 나의 임기 중 이룩한 투자유치 성공으로 NLCS Jeju와 BHA의 개교에 소요된 PF자금을 제외한 모든 금융 부채를 상환할 수 있었다.

고마웠던 JDC 임직원들

JDC 이사장으로 일하는 동안 JDC의 당면한 주요 사업과 문제들을 거의 처리했다고 자부한다. JDC의 6대 핵심프로젝트들이 모두 잘 시행되고 그 결과도 가시화되었다. 이러한 성과를 거둘 수 있었던 것은 JDC의 임직원들이 충실하게 내 경영 방침을 신뢰해 주고 열심히 일한 결과이다.

JDC의 발자취는 우리나라에서 경험되지 않았던 새로운 일들이었고, 걸어 본 일 없는 새로운 길이었다. 창의적 노력과 새로운 것을 향한 모험이 없이는 불가능했던 새로운 분야였다. 열심히 연구하고 새로운 것을 찾아 나서는 JDC 임직원들에 대하여 나는 늘 고마운 마음을 갖고 대했다.

나는 직원들의 능력을 믿고, 직원들과 스킨십도 강화하고 의견을 존중함으로써 직원들과 거리감 없이 서로의 생각을 나누면서 서로가 지니고 있는 능력을 최대한으로 발휘할 수 있도록 분위기를 조성하려고 노력했다. 지시로 움직이는 것이 아니라 각자 스스로 생각하고 일하도록 기회를 주었다. 나는 진정으로 공적으로는 임직원들의 생각과 일을 존중했고, 인간적으로는 그들을 사랑했다. 친소 관계에 따른 차별도 하지 않으려고 노력했다.

내가 JDC 이사장으로서 일하는 동안 나의 판단 잘못으로 제대로 능력을 평가받지 못하고 제대로 임무를 부여받지 못한 직원들이 있었을 것이다. 그러나 그것은 내 본의가 아니었다. 그런 일이 없었기를 바랄 뿐이다.

2010년 봄 신화역사공원 프로젝트를 맡았던 간부직원이 부지 조성 공사와 관련하여 내부 감사를 받게 되었고 결국에는 감사원 감사까지 받게 된 일이 있었다. 나의 판단으로는 아무런 잘못도 없었고 당연히 해야 할 일을 했을 뿐이었다. 국회 국토해양위원회가 열리자 민주당의 모 의원

JDC 직원들과 함께

이, "왜 부정을 저지른 직원을 그대로 두고 있느냐?"고 질의했다.

나는 "그 직원이 잘못이 없기 때문에 책임을 물을 수 없었다"고 답변했다.

"감사원이 검찰에 수사의뢰까지 하였는데도 잘못이 없다는 것이냐?"고 다시 추궁했다.

"그것은 감사원의 판단이고 이사장인 나는 우리 직원이 잘못하지 않았음을 믿는다"고 답변했다. 나는 소신껏 열심히 일한 그 직원을 끝까지 보호했다. 그로 인해서 오해도 받았다.

나를 상대로 감사원의 감사가 있었으나 아무런 문제도 될 것이 없었다. 그 후 그 직원은 기소되었지만 무죄판결을 받았다. 사필귀정이었다.

2011년 1월경 NLCS Jeju 개교 준비가 한창 진행 중이던 때였다. 국제학교 운영법인인 해울의 간부 인사와 관련하여 국토해양부의 담당 국장, 과장 등의 심한 반대에 부딪친 일이 있었다. 국토해양부에서는 인사 대상자 장태영 부장에 대하여 매우 부정적인 보고를 받고 있었다. NLCS Jeju의 개교 준비를 위해 적임자를 적소에 배치하였는데 국토해양부가 오해하고 있었다. "우리 직원의 능력은 내가 잘 안다. 나는 그를 적임자라고 믿는다. 문제가 생긴다면 내가 책임진다"고 말하여 국토해양부의 반대를 일축했다. 국토해양부로서도 더 이상 할 말이 없었다. 나는 그대로 인사를 단행했고 차질 없이 그해 9월 NLCS를 개교했다.

2011년 2월에 JDC 6대 핵심프로젝트 중 헬스케어타운, 신화역사공원, 항공우주박물관, 영어교육도시의 공사가 동시에 진행되고 있었다. 공사의 효율성을 위해 모든 공사를 하나의 부서로 통합·관리하기로 하고 건설관리처를 신설했다. 처장 후보로 몇 명의 직원이 떠올랐다. 나는 그중 박원영 부장을 선택했다. 박원영 부장이 전문성을 가졌으며, 치밀한 성격과 친화력이 있어서 직원들과 융화를 이루는 데에도 적절하다고 인정하여 적임자로 생각했다. 사실 박원영 부장은 워낙 조용한 성격이라 눈에 띄지 않았고, 그를 추천하는 사람도 없었다. 아무도 그가 건설관리처장으로 발탁될 것이라고 생각하지 않았을 것이다.

인사담당부서의 견해도 반대였다. 곧 임금피크제가 실시되는데 박원영 부장이 바로 임금피크제 해당자가 되므로 임금이 감액되는 임금피크제 해당자를 부서장으로 발령하는 것이 인사 원칙에 합당하지 않다는 것이었다. 임금피크제 해당자는 부서장을 맡기지 않는다는 것이었다. 후배들에게 밀려 정년이전에 명예퇴직 등 여러 명목으로 퇴임하는 관행을 방지하고 정년까지 근무할 수 있도록 보장하되, 다만 임금만은 일정 연령에 도달하면 점차 감액하는 것이 임금피크제이다. 연봉 감액이 능력과는 아무런 관계도 없는 것이다. 그렇다면 임금피크제 해당자라는 이유만으로 능력에 관계없이 부서장으로 임용하지 아니하는 것은 직원의 능력을 사장시키는 것이고, 임금피크제의 근본취지에도 맞지 않는다. 나는 이러한 관행을 고치고 싶었다.

나는 2011년 2월 9일 박원영 부장을 신설된 건설관리처장으로 발령했고, 박 처장은 내 기대에 어긋나지 않게 훌륭하게 소임을 다했다.

시민단체의 고발과 사필귀정

JDC 이사장을 퇴임하고 6개월 남짓 지난 2013년 12월 26일이었다. 제주 환경운동연합을 비롯한 4개의 시민단체가 나를 비롯하여 JDC 임직원들을 일괄해서 제주지방검찰청에 고발했다. 고발장이라고 쓴 판자를 가슴에 걸고 길거리에서 마치 정의의 투사처럼 당당한 모습으로 기자회견까지 하고서 고발장을 검찰에 제출했다. 이 모습을 TV 화면으로 보면서 분노가 치밀었다.

4년 남짓 열심히 내 고향 제주를 위해 일한 대가가 시민단체의 고발이란 말인가. 참으로 기가 찼다.

내가 퇴임한 이후인 2013년도 정기국회 중 소관 상임위원회에서 JDC를 상대로 질의한 내용 중에 언론에 보도된 것들을 전부 모아서 고발한 것이었다. 보도 내용의 사실여부를 전혀 확인하지 않고 고발한 것이었다. 고발 내용은 사실이 아니었고, 피고발인에 대해 배려를 전혀 하지 않는 참으로 무책임한 고발이었다. 명백한 무고행위로 엄연한 명예훼손이었다.

너무도 터무니없는 고발이어서 당장 명예훼손으로 고소하고 민사상 손해배상을 청구하고 싶은 충동이 일었다. 그러나 한편으로는 국회의원을 세 번이나 한 내가, 내가 낳고 자란 제주지역의 시민단체들을 고발한다는 것이, 그것도 연말연시에, 과연 바람직한 처사인지 생각해 보았다. 그러다가 1월 중순까지 생각해보고 결정하기로 했다. 막상 해를 넘기고 새해가 되자 사필귀정을 믿으면서 차츰 분노가 가라앉았다. 고발하지 않기로 마음을 고쳐먹었다.

검찰은 2014년 10월 30일 고발사건의 대부분을 무혐의 불기소 처분을 하면서, 하나의 사실에 대해서 업무상 배임으로 제주지방법원에 공소를 제기했다. 고발 사실들이 모두 사실이 아니어서 방심하고 있었는데, 불의의 일격을 당한 것이다. 참으로 분하고 어처구니없었다.

기소사실이 언론에 보도되었다. 법조인과 정치인으로서 한평생 부끄럽지 않게 성실하게 살아오면서 쌓아온 모든 것이 무참히 무너지는 심정이었다. 지난 4년 동안 JDC 이사장으로서 임직원들과 호흡을 같이 하면서 열심히 이룩해 놓은 모든 성과들이 한순간 제주도민의 냉소거리가 되는 느낌이었다.

그러나 1년 남짓 진행된 법정 투쟁 끝에 1심에서 무죄판결을 받았다. 다소의 위안을 얻었다. 1심 재판 과정을 통해서 명백한 무죄임을 검찰도 충분히 인식했을 터인데도, 검찰은 항소를 포기하지 않았다. 항소심에서도 원심의 무죄판결은 그대로 유지되었다. 그제야 검찰은 대법원에 상고하는 것을 포기하였다. 그래서 2016년 11월 4일 나에 대한 무죄판결은 확정되었다.

이 사건의 처리과정에서 여러 가지로 석연치 않은 점이 나타났다. 나를 포함하여 같이 일했던 임직원 모두가 피고발인이었다. 그러므로 적어도 10명 정도는 피고발인으로 조사하는 것이 정상적인 절차이다. 그런데 검찰의 수사지휘를 받은 경찰에서부터 특별한 이유도 없이, 나와 국제학교 운영법인 해울의 상무로 근무했던 장태영 부장 두 사람만을 피의자로 입건·조사하였다. 다른 임직원에 대하여는 전혀 조사를 하지 않았다. 아마 수사를 지휘하는 검찰이 두 사람만 입건하도록 지시했던 것 같다. 더구나 장태영 부장에 대하여는 그가 혐의를 완강히 부인하였음에도 불구하고 검찰이 단 1회도 피의자 신문을 하지 않고 기소했다. 기소할 사안이 아님에도 기소했을 뿐만 아니라 아예 피의자 신문을 단 1회도 하지 않고 기소하는 것은 지극히 이례적인 일이다.

검찰은 내가 혐의 사실을 부인함에도 불구하고 단 1회만 조사하고 2일 만에 기소했다. 전혀 나의 주장이 옳은지 옳지 않은지 확인하려 하지 않았다. 수사기록을 전혀 검토하지 않은 것은 말할 것도 없거니와 법률 문제도 검토하지 않고 전격적으로 기소했다. 만약에 검찰이 수사 기록을 제대로 검토했거나 법률 검토를 했더라면, 기소할 사안이 아님을 충분히 인식했을 것이다.

검찰이 나를 소환하여 조사한 것은 단순히 수사의 형식을 갖춘 것에 불과하고 조사 결과에 관계없이 미리부터 나와 장태영 부장을 기소할 것으로 정해 놓고 있었던 것으로밖에 볼 수 없다. 기소할 사안이 아닌 줄 알면서도 기소했던 것으로 보여진다. 검찰이 왜 그랬는지 지금도 의문이 풀리지 않는다. 보이지 않는 힘이 작용했던 것일까 하는 의문을 갖게 한다.

장태영 부장도 1심과 2심에서는 유죄판결을 받았으나 대법원에서 무죄 취지로 파기환송되어 결국 무죄판결이 확정되었다. 범죄 혐의가 인정된다 하더라도 경미한 것이므로 기소유예 처분할 사안이었지 기소할 사건은 아니었다. 그런데 검찰은 장태영 부장을 소환하여 물어보지도 않고 기소해 버렸던 것이다. 여러 가지 석연치 않은 의문이 남는 처리 과정이었다. 그나마 무죄판결을 받았으니 불행 중 다행한 일이다. 그가 받은 해임처분도 대법원에서 부당노동행위로 본 원심판결을 유지함으로써 JDC에 복직되었다.

내가 이 사건을 겪으면서 절실히 깨달은 것은 권력은 제대로 인격을 갖춘 사람에게 주어져야 한다는 것이었다. 1960년 4월 서울법대 강의실에서 교수님들로부터 들었던 "법관이 되기 전에 먼저 사람이 되라"는 말씀을 다시 한번 생각하게 되었다. 권력을 가진 공직자가 제대로 일을 처리하지 않으면 수많은 사람들에게 고통을 안겨준다. 검찰이 나와 장태영 부장을 기소함으로써, 비록 무죄판결은 받았지만, 지난 2년여 기간 동안 받은 정신적 타격, 물질적 손해, 실추된 명예, 가족들이 받는 고통, 재판 준비에 소요된 시간 등은 이루 다 말할 수 없이 컸다. 이러한 처지에 있는 사람들이 어디 나와 장태영 뿐이겠는가. 수많은 사람들이 권력의 남용으로 나와 같은 고통을 겪어 왔다. 돈이 없고 법을 제대로 몰라서 억울

해도 처벌을 감수하고, 법의 불공정하고 무정함을 한탄하고 원망하면서 한을 품고 살아가는 사람들이 얼마나 많을 것인가, 권한을 행사하는 사람들일수록 심각하게 생각해 볼 문제이다. 모든 공직자는 자기 권한을 행사한 그 결과에 대해 정직하게 성찰할 수 있는 윤리의식을 가져야 한다. 그 권한이 왜 자신에게 주어졌는지, 누구를 위해 행사해야 할 권한인지, 옳고 바르게 행사하고 있는지, 늘 정직하게 되돌아보고 외부의 힘에 의해 그 권한이 잘못 행사되지 않았는지 성찰해야 한다. 그렇게 하면 국민은 편안해진다.

더구나 시민운동의 차원에서 시민의 권익을 옹호한다면서 또 다른 시민의 권리를 외면하는 처사도 근절되어야 한다. '아니면 말고'라는 식의 고발 풍토가 사라질 때 제주도는 살기 좋은 고장이 될 것이다.

JDC가 왜 정부공기업으로 남아야 하는가?

JDC를 제주도의 지방공기업으로 하여야 한다는 주장이 이따금 대두된다. JDC를 제주도의 지방공기업으로 하면 면세점을 운영하여 얻은 수입은 전부 제주도의 수입이 되어 제주도가 사용할 수 있는데, 국토부 산하의 공기업이기 때문에 제주도가 그 수익을 오롯이 사용할 수 없다는 것이 그러한 주장의 배경인 듯하다. 그러나 이는 오해에서 비롯된 것이다.

JDC가 면세점 운영으로 얻는 수익은 그 일부가 JDC의 조직 운영비에 사용되고 있을 뿐 나머지는 전액 제주도와 제주도민을 위해 사용되어 왔다. JDC가 제주도를 위해 하는 사업에 제주도의 지방재정을 단돈 일원이라도 쓴 일이 없다. JDC가 제주도의 발전을 위해서 제주도민의 복지를 위해서 그리고 글로벌 인재 양성을 위해서 기타 여러 분야에서 제주 사회에 필요한 사업들을 많이 했다. 여기서 일일이 밝힐 수는 없지만 그것은 분명한 사실이다.

지난 40여 년간 제주도의 개발 성과가 미흡했던 원인은 전문성을 갖춘 개발추진 전담조직이 없었고, 영속적인 개발재원 조달에 어려움이 있었을 뿐만 아니라, 단순한 지방사업적 성격 때문에 국가차원의 지원을 제대로 받을 수 없었기 때문이다. 그래서 김대중 정부 이후 정부는 IMF 사태 극복이라는 국가적 당면 과제와 맞물려 단순한 제주도의 문제가 아닌 동북아의 거점도시로 발전시키기 위한 국가 전략사업으로 제주국제자유도시 조성이라는 목표를 내세웠다. 이를 위한 전담조직으로 JDC를 설립했고, 영속적인 재원 조달을 위해 JDC에 면세점 운영권을 부여했다. 이로써 국가 차원의 지원 체계를 마련하게 되었다. 그 태생부터 국가전략 사업을 수행하기 위해 설립되었기 때문에 정부 산하 공기업이어야 함은 당연하다.

국제자유도시 프로젝트의 총사업비는 10조 원에 육박하는데, 그중 70% 이상을 민자 유치를 통해서 조달하고 나머지는 JDC가 부담하고 있다. 필요한 투자유치와 투자자의 관리를 위해서는 대외 신인도가 높은 중앙부처 산하 기관으로 존속되어야 한다.

국제자유도시 조성 사업을 성공적으로 이끌어가기 위해서는 유능한 인재확보가 필수적이다. 중앙정부 산하의 국가공기업으로 존속해야 투자 및 개발부문, 기타 필요 분야의 전문성을 가진 인재를 확보하기가 용이하다.

JDC가 국가공기업으로 존속되어야 중앙정부와 제주도 간의 교량 역할을 할 수 있고 나아가 제주도를 위한 사업에 국회 차원의 관심과 협조를 얻기가 훨씬 수월해진다. JDC가 국가공기업으로 존속함이 면세점 운영의 수익 극대화에도 유리하고, 그 수익의 관리도 보다 투명하게 이루어질 것이다.

　JDC는 제주도가 할 수 없는 일, 하기 어려운 일들을 할 수 있다. 또 JDC는 제주도가 하기 어려운 일을 해야 한다. 제주도 산하의 지방공기업이었다면 1,500억 원 내외가 소요되는 NLCS Jejus나 BHA와 같은 국제학교를 설립하고 운영한다는 것은 생각도 못했을 것이다. 국가공기업이었기 때문에 가능했던 것이다. 국가공기업인 JDC가 하는 사업이기 때문에 전국의 학부모들의 신뢰가 더하여 제주 국제학교로 자녀들을 보내는 것이라고 생각한다. 제주지방공기업이 국제학교를 한다면 교육 수요자들인 학부모의 인식은 달라졌을 것이다.

　JDC는 더 열심히 제주도의 미래를 위한 일을, 제주도민의 삶의 질을 향상시키는 일을 찾아내고, 제주도민은 JDC가 적극적으로 일하도록 격려하고 성원을 보내는 것이 제주도와 제주도민을 위해 가장 바람직하다.

　JDC는 제주특별자치도가 하기 어려운 일, 할 수 없는 일을 찾아 함으로써 제주도민의 사랑을 받는 공기업이 되는 것이 그 존재 이유이다. 상대적 박탈감, 또는 홀대감을 느끼고 있는 1차 산업 종사자인 농업인들이 당당하게 보람을 느끼는 행복한 삶을 누리도록 하는 길이 반드시 있을 것이다. 이것을 찾아내어 개발하는 것도 JDC가 해야 할 일이다. 이것은 창조적이면서 새로운 1차 산업의 성장 동력이 될 것이다.

부록 1

－

미국을 보고 한국을 생각하다

-미국 국무부 초청 미국 방문기

Philip 安 교수와 미국인 자원봉사자

1989년 4월 미국을 방문한 바는 있지만 그야말로 수박 겉핥기로 뉴욕과 워싱턴만을 보았었다. 그런데 뜻밖에도 미 국무성의 초청으로 4주간 미국을 여행하게 되었다.[1] 미국의 문화를 이해하는 좋은 기회이기도 하지만 이 나라의 의회제도와 복잡한 사법제도를 이해하는데 중점을 두기로 하고 서울을 떠나 워싱턴에 도착한 것은 5월 4일 밤 10시였다.

워싱턴 공항에는 두 사람이 나를 기다리고 있었다. 한 사람은 은퇴한 시민으로 국무성의 요청에 의하여 외국인에게 편의를 제공하는 자원봉사자였다. 공항에서 호텔(엠버씨 스퀘어 호텔)까지 나를 태워다 주는 것이 그 임무였고, 또 한 사람은 나와 함께 한 달간 미국을 여행하면서 안내와 통역을 하게 된 한국계 미국인 Philip Ahn 교수였다.

---

1 헌법재판소 사무처장 재직 중이던 1991년 5월 미국 국무부의 초청으로 1개월간 미국을 방문하면서 쓴 방문기이다. 1991년 5월 한라일보에 연재되었다.

안 교수는 평양태생으로 서울약대를 졸업한 후 통역장교 생활을 하다가 1953년 미네소타 대학에 유학하여 영양학 박사학위를 받고 미국인 여성과 결혼하여 슬하에 세 아들을 둔 유복한 64세의 노 교수였다. 그는 교수이면서도 미 국무성의 공식 통역원으로 일을 하는 분이었다. 링컨이 그 유명한 연설을 남겼던 게티즈버그에 돌아가신 부모님을 모셔두고 있는 그는 통역원의 자격으로 미국인들과 함께 북한을 방문하여 조금이라도 북한의 개방을 촉진하고 통일을 앞당기고 싶어 통역원을 하게 되었다고 한다.

기본권 보장을 위한 헌법개정

5월 6일 오후, 예정에 따라 죠지타운 대학에 들려 잭슨 교수를 만났다. 우리 헌정사에 10차례의 헌법개정이 있었는데 불행히도 대부분 집권자의 욕심이나 변칙 등에 의한 것이었다. 26차에 걸친 미국연방헌법의 개정 중 10차까지의 개정은 미국독립 1년 이내에 이루어진 것으로 "권리장전(Bill of Rights)"이라고 부르는 것으로 기본권에 관한 것들이고, 그 이후 16차의 개정도 대체로 기본권 보장에 관한 것이었다.

잭슨 교수와 면담에는 같은 대학의 헌법 교수인 Susan Bloc도 동양의 헌법재판소 사무처장인 나에 대한 호기심에서 동석했다. 나는 그들로부터 미국헌법의 개정과 변천사에 관하여 장시간 설명을 들었다. 나는 두 교수에게 미국의 헌법에 관하여 가장 쉽게 이해할 수 있는 책을 소개해 달라고 부탁했다. 그러한 책으로 Susan Bloc 교수로부터 미국의 헌법에 관한 책을 한 권 증정 받았다.[2]

미연방대법원 판사의 부인 방청석

미국은 연방국가이므로 연방정부, 연방의회, 연방법원이 있고, 주마다 주정부, 주의회, 주법원이 있다. 그리고 주마다 법과 제도가 다르므로 미국의 사법제도는 참으로 복잡하다. 미국 시민들도 알기가 어려울 정도이다. 그래서 필자는 이번 방문을 통하여 미국의 사법제도를 집중적으로 보기로 했다.

5월 7일 미국연방대법원을 방문하여 우선 법정에 들어가 보았더니 특이한 변화가 있었다. 한국 형사법정의 변호인석 위치에 양탄자가 깔린 세 줄의 긴 의자가 있었다. 첫줄 첫 자리는 미연방대법원장 랜퀴스트의 부인석이고 차례로 연방대법원 판사 임명순서에 따라 부인들의 좌석이 마련되어 있었다. 남편들이 하는 재판을 연방대법원 판사 부인들이 지켜보는 방청석이었다.

미국문화의 한 단면을 극명하게 보여주는 것이었다. 미국인 부부에 있어서 남편의 사회적 지위와 명예는 동시에 부인의 것이기도 하다는 것일까?

Judicial Fellow

미국연방최고재판소 법정 등 청사 내부를 한 시간 가까이 둘러본 뒤에 예정대로 미국연방대법원의 Judicial Fellow인 Miss Mary Radford를 만났다. Judicial Fellow가 무엇인지 상당한 의문을 품고 만난 결과 참으로

---

2 후일 이 책을 번역하여 출판한 것이 『자유, 질서 그리고 정의』이다.

특별보좌관 미스 래드포드와 함께

놀라운 제도라는 것을 알게 되었다.

미스 래드포드는 조지아주립대학교 로스쿨의 조교수이고 법학박사로 변호사의 경력이 있으며 나이는 40이 넘어 보였다.

Judicial Fellow는 연방사법의 행정조직을 연구하고 연방사법부 내 각 기관 사이의 역학관계에 관하여 연구하는 것이 목적이다. 1년에 3명씩 엄격한 심사를 거쳐 선발되며 임기는 1년이고 재임되지 않는다. 엄격한 심사와 치열한 경쟁 때문에 Judicial Fellow가 되는 것은 대단한 명예였다.

Judicial Fellow 3인은 연방대법원장실과 연방사법센터 및 미연방대법원 행정처에 각 한 명씩 배치되어 각기 맡겨진 일을 수행한다. 미스 래드포드는 연구원 2명의 보좌를 받아 직접 연방대법원장을 위한 각종 행정적 업무를 수행한다. 연설문의 작성, 외국 귀빈에 대한 브리핑, 연방대법원의 운영에 대한 분석 보고서 작성 등의 일을 하며 외부에서 초청 연사로서 연설도 한다. 말하자면 연방대법원장의 특별보좌관인 셈이다.

왜 그 직명이 Judicial Fellow일까? 임기가 1년이고 다른 곳에 근무하는 유능한 인재로 하여금 그 신선한 감각으로 사법행정에 기여케 하고 복잡한 사법부의 기능을 일반에게 널리 알리며 앞으로도 계속 연방사법부의 동료가 되기를 기대하여 Judicial Fellow란 명칭이 붙여진 것이라고 추리해 보았다.

그들은 연방판사의 생활안정대책, 행정기능의 분산, 연방법원 행정의 자동화, 관리체제의 현대화 등 많은 분야에 관한 연구로 미연방사법부의 발전(특히 행정과 교육 분야에)에 크게 기여하고 있는 것으로 평가받고 있다.

미국의 법관교육

미국의 법관임명방법은 연방과 주에 따라 각기 다르다. 연방법관의 경우 법무부의 추천을 받아 대통령이 법관 후보를 지명하고 상원의 동의를 받아 대통령이 임명한다. 그 임기는 종신이며 대체로 변호사 자격을 가진 사람이 임명되지만 경력이 각양각색이어서 법관의 수준이 반드시 일정하지도 않거니와 미국의 변호사 자격시험은 주마다 시행한다. 따라서 대통령에 의하여 임명되었더라도 법관으로서 탁월한 지식과 자질을 다 갖추었다고 볼 수 없다. 연방법관은 특정 지역 특정 연방법원의 종신직 판사로 임명되는 것이다. 근무지 변경이나 승진 등의 개념은 없다. 인사

이동이란 개념이 없다. 오로지 임명과 탄핵에 의한 파면, 그리고 자의에 의한 사임이 있을 뿐이다.

이러한 사정 때문에 1967년에 설립한 것이 Federal Judicial Center(연방 사법연구소)다.

이 연방사법연구소는 새로 임명된 판사들의 교육을 실시한다. 때로는 이미 판사로 일하고 있는 법관에 대한 교육도 한다. 교육 방법은 토론회, 강의, 비디오테이프 등 여러 가지 방법이 동원된다. 필자는 5월 9일 이곳을 방문하여 무려 세 시간 동안 이 센터의 특별보좌관인 James Apple 박사와 대화를 나누었다. 그로부터 미국의 변호사 제도, 연방법원의 현황, 법관 임명절차, 사법연구소의 기능 등에 관하여 설명을 듣고, 필자가 느끼는 미국사법제도의 문제점에 대하여 토론도 벌였다.

이 사법연구소는 연방법관 교육뿐만 아니라 사법 일반직에 관한 교육과 사법제도에 관한 연구, 체제개발 등도 담당한다.

Apple 박사가 만났다는 한국의 법조인 명함을 보았더니 제주지방검찰청의 차장검사를 지낸 정충수 부장검사, 제주지방법원 판사를 지낸 정호용 부장판사가 이곳을 방문한 바 있었다.

달리 매디슨 하우스

위 Federal Judicial Center는 Dolley Madison House라는 빌딩에 있었다. 현대식 대형빌딩에 비하면 작은 건물이지만 제법 큰 건물인데 한 여인의 생애와 관련된 재미있는 역사가 깃들어 있는 건물이다. 잠시 그 역사를 소개한다.

이 건물은 1820년경 매사추세츠주 의원이었던 리차드 커츠와 그 부인 안나패인 커츠(달리 매디슨의 여동생)가 지었다. 그런데 1828년 리차드 커츠는 경제적 어려움 때문에 이 건물을 전직 대통령인 제임스 매디슨(James Madison)에게 5,750달러에 팔았다. 1836년 제임스 매디슨 대통령이 사망하자 그의 부인이자 상속인인 '달리 매디슨(Dolley Madison)'은 버지니아에서 이곳으로 이사 왔고 건물의 관리·유지 비용을 마련키 위해 남편의 편지들을 두 차례에 걸쳐 55,000달러에 팔았다. 그녀가 이곳에 이사 왔을 때 70세였고, 최초로 이 집을 방문한 사람은 전직 대통령인 존 퀸시 아담스였다. 매년 1월 1일과 7월 4일에는 많은 사람들이 이 건물로 그녀를 찾아 왔다. 1839년 그녀는 이 집을 빌려주고 버지니아로 돌아갔다. 그 후 이 집에는 명사들이 세 들어 살았다. 1844년 그녀가 다시 이 집에 돌아와 살았는데 1848년 이 집에 화재가 났다. 그러나 그녀는 피하지 않고 남편이 남긴 서류와 편지들을 옮기고 나서야 불을 피했다는 이야기가 전해지고 있다.

1849년 7월 매디슨 부인은 세상을 떠났고 그 장례식에는 대통령과 장관들, 의회지도자, 연방대법원 판사 등이 참석했다.

그 후 1851년 유명한 해양탐험가인 찰스 윌커스 대위가 이 집을 샀으나 남북전쟁에 참여하게 되자 정부에 헌납하였다. 북군사령관인 조지 맥클레런 장군이 이 집에 살게 되었는데 링컨 대통령은 맥클레런 장군을 만나러 자주 이 집을 방문했다고 한다. 1762년 존 에프 케네디 대통령이 이 건물 보수 유지를 위한 계획을 의회에 상정하였고 의회가 이를 승인하였으며 1968년 보수공사가 완료되었다. 연방대법원장 워렌은 1968년이 건물을 연방사법센터의 본부로 지정했다.

미국 법관의 명칭 – Justice와 Judge

연방법관의 교육은 Federal Judicial Center 연방사법연구소에서 담당하지만 미국 50개 주의 법관교육은 어떻게 이루어지는가?

미국의 주법원 법관의 교육은 National Judicial College에서 시행한다. 명칭이 정부가 세운 기관으로 느껴지지만 명칭과는 달리 국립교육기관이 아니라 사설 기관이다. 연방변호사회 이사들에 의하여 그 운영부가 구성되고 경영 방침 등이 결정된다. 1963년도에 설립되었고 1965년 이래 네바다 대학의 리노캠퍼스에 설치되어 있다(각 주 사법부는 따로 그 구성 법관들이 자기 전공분야에 관하여 교육을 하고 외래 강사를 초빙하여 강의를 듣는 등 별도의 법관 자질향상을 위한 노력을 한다). 기본적인 법률에 대하여는 충분한 소양을 갖추고 있겠지만 특수 분야의 법률에 관하여도 다 안다고 할 수 없다. 또한 각 주마다 법관이 되는 길도 다르다. 그 유형을 크게 나누어 보면 선거에 의하되 정당을 배제하는 것, 정당의 추천에 의하여 선거로 선출하는 방법, 주지사가 임명하는 방법, 주지사가 임명하되 일정한 기간이 지나면 신임투표를 하는 방법 등이 있다. 이와 같이 법관의 임명 방법 등이 다르고 주마다 변호사 자격시험을 따로 시행하는 데다 법률이 통일화하는 경향이 있기 때문에 미국 전체의 주 법관에 대한 교육기관이 필요하게 되어 National Judicial College가 설치된 것이다. 여기서는 외국의 법조인들도 받아들이고 있다. 헌법재판소 연구관 강민형 부장판사가 이곳에서 2주간 수강한 바 있었다.

5월 15일 뉴욕주법원을 방문했다. 그날 만난 맥퀼란 판사의 방에는 Judge라고 표시되어 있었는데, 마크스 판사의 방에는 Justice라고 표시되어 있었다.

Justice는 우리말로 대법관의 뜻으로 통용되고 있고 연방대법원 판사와 주최고법원 판사를 Justice라로 부른다. 그런데 뉴욕주최고법원 판사가 아닌 판사인데도 왜 Justice라고 하는지 의아하여 물어보았다. Judge는 뉴욕주지사가 임명한 법관이고 Justice는 선거에 의하여 당선된 법관이라고 한다. 선거에 의하여 당선된 법관을 높게 예우하는 것이다. 미국의 법관은 그 명칭부터가 복잡하기 이를 데 없다.

활발한 미국의 시민단체

5월 8일 필자는 법원발전회의(Council for Court Excellence)의 상임이사인 새뮤엘 하파한 씨를 만났다. 위 기관은 정부기관이 아니라 민간 조직이다. 미국 사법제도의 발전을 도모하고 미국 시민의 사법제도에 대한 이해를 증진시키며 사법제도와 미국 시민의 거리를 좁히는 활동을 하는 단체였다. 이러한 일에 관심 있는 단체, 회사, 개인들이 회원이 되어 경비를 각출하여 운영하는 비영리 민간단체였다. 하파한 씨는 위 단체는 현재 과도한 재판 비용을 줄이는 방법, 지나친 재판 지연을 시정할 방법 등을 연구하고 있으며, 시민들이 배심원이 되기를 꺼려하여 배심원이 될 만한 학식과 덕망을 갖춘 시민들이 참여하지 않음으로써 배심원 제도의 운영에 문제가 많아 배심원으로 적극 참여하도록 유도하는 운동을 전개하고 있다고 설명한다. 사무실 곳곳에 배심원 되기 운동 포스터가 붙여 있는 것을 볼 수 있었다. 시민들이 자발적으로 이러한 일을 한다는 것이야말로 미국다운 일이고 미국의 저력이다.

각 지역마다 외국인을 위한 자원봉사단체가 있어서 정부에서 초청하는 외국인들을 미국 시민 가정에 초청하도록 알선하고 호텔의 예약 등 궂은일들을 맡아서 처리한다. 필라델피아에서 5월 13일 태일러라는 여성 화가의 가정에 초대받은 일이 있는데 자원봉사 단체의 권유로 필자를 초대하게 되었다고 하면서 앞으로도 계속 자원봉사활동을 하겠다고 하였다.

5월 17일 하버드대학을 방문했을 때의 일이다. 정문 앞에 하버드대학 정보센터라는 사무실이 있기에 들어가 보았더니 60세가 훨씬 넘어 보이는 여성자원봉사자들이 있었다. 필자가 들어서자 친절히 맞이했다. 필자는 이러한 일이 힘들지 않느냐고 물어보았더니 보람을 느껴서 10년 넘게 일하고 있다면서 자원봉사자이기 때문에 자기를 쫓아버리진 못할 것이라고 익살을 부리기도 하였다. 그러고 보니 책상 위에는 하버드대학자원봉사단체(Harvard University Volunteeres Networks)라는 표시가 있었다. 미국이란 나라에는 보수가 없더라도 자기가 누군가를 위하여 봉사하고 있다는 생각에 만족하는 사람들이 많았다. 여행 중 계속 그와 같은 자원봉사자의 도움을 많이 받게 될 것이다.

미국 연방법원 판사의 임명과 연방 법무부의 참여

앞서 쓴 바와 같이 연방법원 판사는 대통령이 우선 지명하고 상원의 인준을 받아 대통령이 임명한다. 5월 8일 필자는 연방 법무부의 수석차

짐 플라나간과 함께

관보 짐 플라나간 씨와 미국 사법부와 행정부의 관계라는 제목으로 토론
하기로 약속하고 오후 2시경 그를 만났다. 그의 설명에 의하면 연방 법
무부는 대통령이 훌륭한 사람을 연방판사로 임명할 수 있도록 대통령에
게 추천하고 그에 관한 모든 자료를 제공하는 일을 한다. 작년 10월경 연
방최고재판소 판사에 임명된 "수–더" 판사가 가장 최근의 일이다. 또
한 연방 법무부가 하는 중요한 일 중의 하나는 연방의회로부터 모든 법
률안이 연방헌법에 위반되는 여부를 사전에 질의 받아 검토하여 의회에
그 의견을 제시하는 일이라고 한다. 대통령이 연방판사를 임명하고 행
정부에 법률안 제출권이 없는 미국에서는 당연한 일이라고 생각되었다.

미국의 자존심 – 세계의 도서관

5월 9일 필자는 연방의회도서관 내에 있는 의회조사처(Congressional Reserch Service)에서 이 기관의 원로 전문가인 킬리안 박사(Dr. Killian)를 만나 미국 헌법상의 현안 문제에 관하여 대화를 나누었다.

그에 의하면 "낙태"가 미국헌법의 정신에 비추어 허용될 것인가가 최근의 이슈라고 한다. 필자가 워싱턴에 체류하는 일주일 동안 낙태를 금지하라는 데모를 보기도 했다. 위 기관은 연방의회 또는 연방의회 의원, 경우에 따라서는 전직 의원들로부터 연간 50만 건에 이르는 조사 의뢰를 받아 응답해주는 일을 한다고 한다. 각 분야의 전문가를 충분히 확보하고 있어서 가능하다는 것이었다. 뒤늦게 알게 된 일이지만 킬리안 박사 자신이 미국 헌법학의 최고 권위자로서 그가 저술한 헌법책은 최고의 권위를 누린다고 한다. 그와 만나는 동안 예일대학 로스쿨을 졸업하였다는 한국교민 2세인 이미경 변호사도 동석하여 대화를 나누었다. 이 기관은 연방의회도서관의 핵심조직으로서 연방의회의 정책결정을 지원하는 자료와 정보를 제공하는 일을 하고 있었다.

연방의회도서관은 미국독립 11년 후인 1800년에 설립되었고, 그 장서 수는 2,600만 권이 넘으며 그 장서에 사용된 언어는 470개 언어가 된다고 한다. 전 세계 각국의 법률, 문화 등 각 분야 심지어는 족보까지도 파악할 수 있는 자료가 있다고 한다. 연방의회도서관의 가장 중요한 부서인 법률도서관의 극동지역담당 차장인 조성윤 박사(필자의 서울법대 12년 선배였다)의 안내를 받아 법률도서관을 찾아본 바 한국법률들이 국회에

헌법학자 킬리안 박사와 한국인 2세 변호사인 이미경 씨와 함께

서 통과되자마자 영어로 번역되어 이 도서관에 와 있었다.

연방의회도서관이 이와 같이 세계 각국의 도서와 자료들을 수집하는 이유는 무엇일까? 평소에 이용될 가능성이 희박한 자료들도 수없이 많을 것이다.

미국은 세계의 1등 국가이며 세계를 지배하는 국가이므로 어느 나라 일이던 미국은 알고 있어야 한다는 생각이 밑바닥에 깔려 있음이 틀림없다. 미국의 자존심을 느끼는 것과 동시에 무서운 나라라는 생각도 금할 수 없었다.

아무튼 한국의 법률 서적도 매년 10,000달러어치를 구입한다고 한다. 한국의 법률 신간 서적은 거의 망라해서 구입하는 셈이다.

미 의회도서관에 오는 관광객만도 연간 250만 명에 이른다니 미 의회
도서관은 미국의 도서관이 아니라 세계인의 도서관이라고 하여야 할 것
이다.

극빈자를 위한 법률구조사업

5월 9일 오후 상원 법사위원회의 헌법관계소위원회에 들러 그곳 수석
전문위원인 리차드 허틀링 씨를 만났다. 허틀링 씨에 의하면 의회가 사
법부에 대하여 국정감사를 하지 않으며 General Accounting Office(의회
에 속함)가 회계에 관하여서만 감사할 뿐이었다. 사법부에 대하여도 국회
가 열릴 때마다 업무보고를 받고 질의하며 국정감사까지 실시하는 우리
와는 크게 대비된다.

연방하원 법사위원회의 행정법 및 정부관계에 관한 소위원회 전문위
원인 폴 드롤렛트 씨도 만났다. 폴 드롤렛트 씨의 설명에 의하면 그가 속
한 소위원회가 하는 일 중 놀라운 것은 극빈자를 위한 무료법률서비스로
그 서비스는 재판과정뿐만 아니라 행정절차에서도 이루어지며 주로 정
부가 변호사를 선임해주는 형태로 이루어진다고 한다. 그 예산은 연간 3
억2천7백만 달러로서 미국민 1인당 1달러 25센트(우리 화폐로 치면 1인당
약 900원)이다. 미국의 경제 수준으로서는 그리 많은 예산이 아니지만,
연방정부나 연방법률에 관계되는 일에만 한한 것이며, 주정부는 주정부
대로 별도의 법률구조사업을 하므로 매우 큰 예산인 셈이다.

세계의 민주화를 위한 미국의 노력

워싱턴에서의 마지막 일정으로 5월 10일 "National Endowment for Democracy 민주주의를 위한 국민기금"이라는 기관을 찾아 아세아지역 담당관인 메트 체노프 씨를 만났다. 이 조직은 1983년도에 만들어졌고 1984년부터 미국 의회의 결의에 따라 정부의 재정지원을 받고 있으나 일반 시민, 기업가 및 단체들의 성금으로 운영되고 있는 비영리 사설기관이었다.

이 조직은 민주주의 국가가 아닌 나라들의 민주화를 촉진하고 인권탄압을 제거하며 나아가 미국민과 세계 각국 국민 간의 유대를 강화하고, 민주주의를 하나의 생활양식으로 정착시켜 나간다는 것이 그 목표이다.

필리핀의 민주화를 위해 반정부 활동을 하는 필리핀의 여성단체를 적극 도와 마르코스 제거에 성공했으며 현재는 베트남과 중동의 민주화에 주력하고 있다고 한다. 한국에 대해서는 "별문제가 없다고 생각하나 학생들의 데모구호가 노 대통령 퇴진을 들고 나오고 있어 내년쯤 한국에 가서 사정부터 알아볼 계획이나 심각하다는 정보는 없다"고 했다. 북한의 민주화를 촉진시켜 보라고 하였더니 완전히 폐쇄된 사회여서 활동하기 매우 어려우나 방법을 강구 중이라고 대답했다.

어떻든 이러한 운동 역시 미국이 세계 제1의 국가이며 미국이야말로 이러한 일을 해야 할 책임이 있다는 우월감의 표현이라고 정리해 보았다.

워싱턴 체류 1주 동안 서울법대 동기생회를 한번 하였고, 오현고등학교 1년 후배로 조지타운대학 객원 연구원으로서 통상 문제를 연구하고 있는 농수산부의 신구범 국장을 만나 대화를 나누었다.

정장차림으로 법정에 선 구속피고인

5월 13일 필라델피아에서 펜실베이니아주 동부지역 연방지방법원에 들러 연방법관인 찰스 와이너 판사를 만나 30분간 대화를 나누고 11시 경 그의 법정에 가보았다. 강도강간 피고인이 양복을 입고 넥타이를 맨 정장차림으로 재판을 받고 있었다. 재판이 끝난 후 와이너 판사의 말을 들어 본즉, 교도소 복장으로 출정하면 배심원들에게 나쁜 인상을 줄 우려가 있어 구속피고인이라도 법정에서는 반드시 정장을 해야 하며 양복이 없으면 법원에서 필요한 양복, 넥타이 등 모든 것을 제공해 준다는 것이었다. 참으로 민주적인 제도라고 생각되었다. 만 65세인 와이너 판사는 미국의 사법제도에 대하여 필자에게 하나라도 더 알려주고 싶다는 듯 열심히 말을 이어갔다.

피고인을 기다리는 재판장

5월 14일 필라델피아 무료변론협회(The Defenser Association of Philadelphia)에서 리차드 뱅크 변호사를 만났다. 이 기관은 펜실베이니아주 정부의 예산으로 운영되는 곳으로 135명의 소속 변호사들이 변호인을 선임하지 못하는 형사피고인들을 위하여 무료변론을 하며, 이 135명의 변호사는 이 기관에서 월급을 받는 대신 따로 변호사 활동을 할 수 없다고 한다. 135명 변호사의 보수만 해도 얼마인가? 미국의 인권사상에 감복하면서도 한편, 역설적으로 "이 때문에 미국의 범죄가 자꾸 증가하는 것은 아닐까?" 하는 생각도 해 보았다. 범죄자 수용시설이 모자라는 형편이라고 한다.

필자는 뱅크 변호사의 안내로 형사법정에 들어갔다. 판사로 보이는 사람이 재판을 하지 않고 다른 사람과 잡담을 하고 있었다. 재판도 하지 않으면서 왜 법정에 있느냐고 물어보았다. 마약 피고인을 보석하였는데 법정에 나오지 않아 45분이나 기다리고 있다는 것이 그 판사의 대답이었다. 한국에서는 상상하기 어려운 모습이다. 판사가 15분은 더 기다리겠구나 생각하면서 필자는 그 법정을 나왔다.

사건에 시달리는 법관들

와이너 판사는 연간 재판사건 수가 500건 가량인데 업무부담이 너무 크다고 한다. 종신직인 연방법관의 경우 고령이 되면 자기 체력에 맞는 만큼만 재판을 해도 되며, 그로 인해서 봉급이 감액되지는 않는다고 한다. 뱅크 변호사와 함께 만났던 주법원 판사도 사건이 너무 많다고 푸념하였다.

주법원에는 한국의 대도시 법원처럼 법정 주변에 사람들이 와글거리고 그중 흑인이 90% 이상인 듯했다. 가난한 사람들이 형사법정에 서는 일이 많은 것은 어느 나라나 마찬가지인가 보다.

필라델피아에서 오현고 1년 후배이며 중앙대학교 약대를 졸업한 후 미국에서 다시 약사면허를 받아 약국을 경영하는 김순호 약사의 초대를 받아 그의 집에서 오랜만에 고향 얘기를 나누고 한국음식을 즐겼다.

뉴욕주 형사법원

5월 15일 필자는 Supreme Court of the State of New York Criminal

Court라는 간판이 붙은 곳을 방문했다. Supreme Court라면 일반적으로 최고법원을 뜻한다. 뉴욕주의 이 Supreme Court는 중범죄자들을 재판하는 곳으로 1심 법원이지만 가장 중요한 재판을 한다는 뜻에서 Supreme Court라고 이름 붙인 것 같다. 항소심은 위 Supreme Court의 항소부가 한다는 것이다. 위 법원의 행정을 담당하고 있는 맥퀼란 판사를 만나 뉴욕주의 사법부 조직에 대해 한 시간 가까이 듣고 나서 "너무 복잡하다. 이 복잡한 조직을 이해하고 있는 사람들이 많으냐?"고 물었더니 "너무 복잡해서 아는 사람은 극소수다. 변호사들도 잘 모른다. 오히려 당신이 많이 아는 편이다"는 것이 그의 대답이었다. 항소법원이라는 뜻으로 쓰이는 Court of Appeals가 뉴욕주의 최고법원이었다.

　맥퀼란 판사의 방을 나와 선거로 법관에 당선되어 Justice란 명칭이 붙은 마크 판사를 만났다. 한국의 헌법재판소에 대하여 여러 가지 묻고 난 그는 뉴욕에 사는 한국인들이 성실, 근면하여 돈을 잘 벌고 한국인의 가족구조가 단단하여 머지않아 한국인 이민자들은 이탈리아 이민자들의 수준이 될 것이라면서 열심히 한국인 찬양론을 폈다. 이 말을 그의 흑인 여비서와 흑인 연구관(Law Clerk)이 옆에 서서 열심히 듣고 있었다.

　판사실 출입이 지나치게 까다로워서 안내하는 맥퀼란 판사의 연구관 마일스

뉴욕주 법원에서 마크 판사와 함께

베어 씨에게 왜 이렇게 까다로우냐고 물었더니 자기 생각에도 불필요한 검색을 하는 데 왜 그러는지 자기도 모르겠다는 대답이었다.

뉴욕주에서는 유엔센터에서 인권위원회에 들려 관심 있는 인권 관계 자료를 얻고 제주도민회 회장단 등 임원(회장은 서귀포 출신 의사인 김문영 씨였다)들로부터 환영만찬을 대접받는 등의 일정을 마치고 뉴욕을 떠났다.

하버드 로스쿨

5월 17일 하버드대학에 들러 대학경비책임자인 레빈슨 여사의 안내를 받아 로스쿨 행정담당 학장보인 스티브 버나디 씨를 만났다. 교과과정과 교육방법을 알아보기 위해서였다. 미국의 로스쿨은 3년 과정으로 정규 4년제 대학을 졸업해야 입학할 수 있다. 하버드 로스쿨은 불법행위법, 계약법, 재산법, 형사법, 민사절차법 등 5개 과목만이 필수과목이고 나머지 과목은 모두 선택과목이다. 필수과목은 1학년 때 모두 마친다고 한다. 2학년부터는 선택과목만 있다. 미국은 헌법이 모든 것을 지배하는 사회인데, 뜻밖에 헌법조차도 선택과목이었다. 민사법이 모든 법의 기초라서 그런가?

로스쿨의 도서실을 들러 보았다. 로스쿨만의 도서실인데 장서는 150만 권에 이른다고 한다. 이 도서관의 동아시아지역 책임 사서관은 필자에게 소장된 한국법률서적에 관한 의견을 물어보기도 하였다. 한국의 법률서적도 100여 권 있었는데 유감스럽게도 보존가치 있는 것은 별로 없었다.

필자는 우리 헌법재판소에서 발행되는 모든 책을 보내 주기로 약속하고 우선 가지고 간 헌법재판소 판례집과 영문 헌법재판소법, 영문 헌법재판소 소개 책자를 기증하였다.

도서관은 고풍스러운 위엄과 자동화된 현대 문명의 편의가 적절히 조화를 이루고 있었다. 도서실에 비치된 컴퓨터에는 4일 전에 선고된 연방법원 판결이 입력되어 필자의 눈앞에 나타나고 있었다.

25년째 법과대학 도서관에 근무한다는 나오미 로넨 여사의 정성스런 설명을 들었다. 도서 열람실은 대부분 도서 진열 장소와 같이 있고 도서 진열실 옆에는 교수실이 20여 개 보이고 자유로운 출입구가 있었다. 책을 잃어버리는 일이 없을까 잠시 염려해 보았다.

서울법대의 송상현 교수가 1990년에 한국법을 강의하다가 귀국하였다고 했다. 도서관을 둘러보고 대학 캠퍼스 밖으로 나오는 도중 만난 미국인 교수들은 모두가 송상현 교수를 안다면서 나를 반겼다.

미국 역사의 전환점이 된 도시가 하버드대학이 있는 보스턴시다. 미국 독립전쟁의 계기가 되었던 보스턴 티 파티(Boston Tea Party) 장소에 가 보았다. 배 한 척과 기념품 가게 외에는 아무것도 없었지만 이름 하나만으로도 여행자의 발길을 끌기에 충분한 역사를 가지고 있다. 차(Tea)를 수입해 오던 사람들이 보스턴 항에서 영국여왕에게 세금을 바치라는 영국 관리의 명령에 반항하여 배에 실었던 차를 모두 바다에 쏟아 버렸다는 것이다.

하버드대학은 355주년을 맞이하고 있다. 1636년 12명의 학생과 교수 1명으로 시작되었고, 1638년 첫 번째 독지가의 이름을 따서 하버드대학이 되었다. 미국의 대통령을 5명이나 배출하였고, 하버드대학 도서관 장서는 1,100만 권이 넘는다. 법과대학 도서관의 경우 1817년 681달러의 예산으로 시작되었고, 1841년에는 6,100권이 되었으며 지금은 150만 권이 넘는다. 하버드대학 도서관은 연방의회 도서관에 버금가는 도서관이라고 자랑한다.

1912년에 개관하였다는 카플리 프라자 호텔에서 2박을 하고 자동차의 도시 디트로이트시가 있는 미시간주로 떠났다.

미시간주의 수도 랜싱 – 대학도시

미시간주립대학과 미시간대학이 있는 도시 랜싱시는 미시간주립대학이 생기면서 형성된 도시이다.

그래서인지 도시 인구는 42,000명 정도이나 대학생 수는 48,000명으로 대학생 수가 오히려 더 많다. 미시간주립대학만 하더라도 25㎢나 된다. 식당에서 만난 유학생의 말에 의하면 한국인 학생 수는 약 300명이 된다고 한다. 하버드대학의 한국인 유학생 수의 약 두 배이다.

5월 18일 랜싱공항에 마중 나온 필자의 동서 이은우 박사(제너럴모터스 회사의 생화학실험실장)의 차를 타고 디트로이트시에 있는 동서의 집에서 그곳에 사는 양창수 군(오현고등학교 동기생) 부부와 함께 저녁식사를 하고 5월 19일에는 오현고등학교 3년 선배인 임광우 씨 등 디트로이트의 한인들과 하루를 즐겼다.

5월 20일 호텔로 찾아온 미시간주 최고법원 공보관인 톰 파렐 씨의 안내로 미시간주 최고법원을 방문하였다. 그곳에서 미시간주 최고법원장

미카엘 에프 카바나 씨, 심판사무국장 데이비스 씨, 입법심의관 자넬 웰치 씨, 예산심의관 제리 린드만 씨, 수석 연구관 알 핀치 씨 등을 만났다. 그들의 설명과 그들에게서 건네받은 자료를 검토한 결과에 의하면 최고법원 판사의 임기는 8년, 기타 판사의 임기는 6년인데, 모두 선거로 선출된다. 최고법원장은 최고법원 판사 7명 중 호선으로 결정되며 보수는 다른 최고법원

미시간주 최고법원장 미카엘 에프 카바나와
그의 사무실에서

판사와 같고 임기는 2년이다. 현 최고법원장 카바나 씨는 1940년생인데 재선되어 벌써 두 번째 임기 중이라고 한다. 다른 법원장의 선출방식도 같고 임기는 2년 또는 3년이다. 모든 법관 후보는 70세가 넘으면 안 되며 임기 중 결원이 된 경우 주지사가 임명하고 그 임기는 다음 선거 때까지 이다. 모든 법관의 보수는 주 의회에서 결정하며 현재의 최고법원 판사의 보수는 약 10만 불(연봉)이다. 최고법원은 사법부에 관계되는 법안에 대하여는 주 의회에 의견을 내며 주 의회는 법안심의 중 또는 통과된 법률이라도 의심이 있으면 최고법원에 의견을 묻게 되어 있다. 특이한 것은 연구관 제도인데 16명의 연구관들이 약 3,000건에 달하는 사건에 관하여 최고법원 판사들을 돕는다. 그들은 임기가 없으며, 우수한 법률가 중에서 변호사 등 법률실무경력 15년 이상 된 사람들이 선정되며 보수도 상당히 높다. 수석연구관의 연봉은 약 10만 불 정도라고 한다. 주 최고법

원 판사와 같은 수준이다. 최고법원에서의 변론은 5분으로 제한되며 제한시간이 지나면 부저가 울리고 마이크가 차단된다. 이 일을 하는 사람의 공식 직명이 크라이어(Cryer)이다. 마이크 차단 부저 소리를 의인화하여 '우는 사람'이라는 이름을 붙인 것이다. 최고법원 복도에서 필자는 이 크라이어를 만났다. 왜 울고 있지 않느냐고 농담을 걸었더니 지금은 재판 중이 아니므로 울지 않는다는 대답이 돌아왔다.

전화로 하는 최고법원 판사회의

최고법원 판사 회의실에 들어가 보았더니 회의 탁자 위에 최신형 전화기가 최고법원 판사 수에 맞게 7대 놓여 있었다. 왜 이것이 필요하냐는 필자의 질문에 회의 장소에 나오지 못하는 최고법원 판사는 자기 집에서 전화를 통하여 회의를 한다는 대답이다. 7명 중 랜싱 출신은 1명뿐이고 미시간주의 면적이 워낙 넓은데다가 곳곳에 흩어져 살기 때문에 모두가 출석하는 것은 어렵다는 것이다. 실용주의 철학의 한 단면이었다(이점은 몬태나주도 같았다). 안내원 톰 파렐 씨는 극비사항이라면서 회의실 한구석 가려진 곳에 설치된 바(bar)와 술병들을 보여주었다.

방문객을 법정 재판장 옆 좌석에 초대하다

5월 20일 오후 랜싱시의 외국인 방문객을 위한 자원봉사자 히난 여사의 안내로 랜싱주 연방지방법원 쥴스 한스로부스키 판사를 만나러 나섰다. 이 법원에는 판사가 둘 있었는데 법정도 둘이다. 가보니 재판 중이어서 법정에 들어가 방청을 하는데 10여 분 지났을 때 한스로부스키 판사가 사람을 보내어 필자더러 재판이 오래 걸릴 듯하니 자기 옆자리에 앉으라는 메모를 전해왔다. 기분 좋은 제안이기는 하나 아무리 재판장의 요청이라 하더라도 법관이 아닌 사람이 법정 재판장 옆 좌석에 앉는 것은 재판정의 권위에 맞지 않는다고 판단되어 사양하였다.

미국의 법정(최고법원 법정을 제외하고는)에는 모두 전화가 가설되어 있고, 재판 중이라도 재판장에게 전화가 걸려오면 전화를 받는다는 것이다.

공사(公私)가 구분되지 않은 듯한 느낌이다. 랜싱주 주법원 법정도 예외는 아니었다. 판사에 대한 신뢰와 예우의 표시일 것이다.

5월 21일 아침 6시 30분경 몬태나주의 헬레나로 가는 비행기를 탑승하러 공항에 가보았더니 이미 미시간 최고법원 공보관 톰 파렐 씨가 와 있었고 전날 찍은 사진들 10여 장(최고법원장과의 사진 등)을 필자에게 전했다. 고맙고 한편 빈틈없는 사람들이라고 생각하며 헬레나로 떠났다. 필자는 공항에서 한국헌법재판소 소개 영문 책자를 톰 파렐 씨 편에 카바나 최고법원장에게 전달했다.

카우보이의 본고장 – 몬태나주

이번 여행은 관광여행이 아니라 법조인으로서 전문분야에 관한 식견을 높이는 여행이다. 그러나 필자는 프로그램 편성 시부터 미국의 목장과 글래시어 국립공원을 보고 싶다는 의견을 밝혔다. 결국은 옐로스톤 국립공원과 몬태나주의 목장을 보는 것으로 결정되었다.

미시간주보다 1시간 늦는 시차가 있는 몬태나주의 주도 헬레나에 도

목장주 크래이그 윈터번 씨와 필자 부부

착한 것은 21일 오후 1시 45분. 공항에는 카우보이 모자와 가죽장화, 청바지 등 전형적인 카우보이 복장을 한 사람들이 보였다. 미국의 참 모습 한구석을 보는 설렘이 앞섰다. 잠시 관광을 하고 22일 아침 몬태나주 변호사협회 사무실에 가서 상임이사인 부슬리만 씨를 만났다. 몬태나주의 변호사 자격을 가진 사람은 2,800여 명이고, 그중 700명은 다른 일에 종사하며 나머지 2,100명 중 300명이 정부기관에, 1,800명이 개업변호사 라는 것이다.

몬태나주의 총인구는 80만 명밖에 안 되는데 1,800명의 개업변호사들이 어떻게 살아가는지 자못 궁금하다.

22일 오후 필자의 호텔로 몬태나주의 변호사 리차드 이 길레스티 씨와 여성 변호사 잭클린 렌마크 씨의 남편인 피티 렌마크 씨가 찾아왔다. 두 사람의 안내로 크래이그 윈터번 씨가 경영하는 목장을 방문했다. 그는 일본으로 소를 수출하기도 하고 수출 브로커도 하는 사람이었다. 목장의 면적을 물어보았더니 10,000에이커(약 1,224만 평)라고 했다. 그의 차로 설명을 들으면서 목장 일부분을 도는데 2시간 반이나 걸렸다. 엄청난 면적과 시설에 아연실색했다. 그 역시 영락없는 카우보이였다. 지금 51세인 그는 19세 때부터 목장을 했다고 한다. 보통 목장(대형 목장을 랜취-Ranch-라고 한다)의 면적이 6,000에이커인데 이 목장보다 큰 목장들이 많다고 한다. 그의 설명을 한참 들으면서 돌다 보니 "한국 축산업의 장래는 어찌 될 것인가"라는 걱정이 들었다. 워싱턴에서의 신구범 국장과의 대화가 다시 생각이 났다. 목장을 돌고 나서 그의 집에 가보니 고등학교 영어선생인 그의 부인이 차와 과일을 준비하고 기다리고 있었다.

로키산맥이 관통하는 몬태나주의 생업은 축산업과 관광업뿐이다. 교통이 불편하여 한국인들의 발길은 거의 없는 곳이었다. 내가 만난 몬태나 주민들은 왜 이 벽지를 찾아왔는지 물었다. 외국 관광객들이 대부분 대도시 관광을 하는 것을 생각하면 의아심도 생기고 반갑기도 하다는 모습들이었다.

유령의 마을

22일 저녁 호텔로 온 재클린 렌마크 변호사, 길레스티 변호사와 함께 저녁 장소인 고스트 타운(Ghost Town, 유령의 마을)으로 향했다. 원래 1864년 금광을 찾아 사람들이 몰려들면서 헬레나가 생겼고 고스트 타운

원터번 씨 부부와 몬태나주 변호사들과 유령의 마을 레스토랑 뒷마당에서

은 바로 금광이 있던 곳인데 폐광된 지 오래며 사람들이 떠나 집 몇 채만 남아 있는 마을이다. 그래서 붙여진 별명이 유령의 마을이다. 그곳에는 이미 여러 사람들이 와 있었다. 목장주인 원터번 씨 부부, 렌마크 씨 부부, 부슬리만 씨 부부, 길레스티 변호사, 필자의 안내원 필립 안 교수 등 모두 10명이 모였다. 저녁 장소인 매리스빌 하우스에 들어갔더니 여종업원이 필자더러 넥타이를 풀라고 한다. 넥타이 맨 사람이 있으면 분위기가 딱딱해진다는 말이다. 한바탕 웃고 나서 격의 없는 대화를 나누었다. 한국에 대한 여러 가지 질문을 받았다. 특히, 통일문제에 관심이 많았다. 우리들의 대화 분위기에 이끌렸는지 낯선 동양인인 필자에게 이곳 식당 주인의 11세 된 딸이 선물을 주었다. 폐광된 금광에서 자기가 캤

다는 금 몇 조각과 유리병이었다. 매우 두꺼운 병이었는데(우리 2홉들이 소주병처럼 생겼다) 100년 전의 것이라고 한다. 헬레나를 나와 이곳 식당에 오가는 데 차로 왕복 1시간 정도의 거리에 사람은 한명도 보이지 않았다. 산과 들, 그리고 소들뿐이다. 이 무궁한 자연자원을 가진 미국인들에게 우리가 어떻게 맞설 것인가. 밤 10시경 서툰 즉석영어연설을 하고 헤어졌다.

Water Court – 물(水) 재판소

22일 오전 필자는 몬태나주 최고법원에서 행정책임자인 오피달 씨를 만나 이 주의 사법제도에 관하여 자료를 받고 대화하던 중 Water Court(물 법원)를 발견했다. 무엇하는 법원이냐고 물었더니 몬태나주는 목장이 많아 물이 많이 필요해서, 물에 관한 분쟁이 많으며, 물에 관한 분쟁을 재판하는 곳이 바로 Water Court라는 것이 오피달 씨의 설명이다. 역시 미합중국다운 제도라고 생각되었다.

몬태나주 최고법원 법정에서 주 최고법원 판사의 법복을 입고

선거에 의하여 주 최고법원장이 된 제이 에이 테네지 판사를 만났다. 임기 8년이고 선거에 의하여 최고법원장으로 당선된 사람이었다.

오피달 씨는 1969년부터 2년간 경기도의 의정부에서 근무하였다고 한다. 한국에 가지 않았다면 월남전에 참전하여 죽었을지도 모른다며 한국이 매우 고맙다고 말했다. 무척 친절히 안내를 해주었다.

사치스러운 주 청사

오피달 씨의 안내로 주 청사를 방문했다. 12년간 주정부와 주의회에 근무한 바 있어 안내가 익숙했다. 주 청사 자체가 다른 주에 비하여 호화로운 것은 아니나 인구 80만의 주 청사로는 너무 호화로웠다. 80만 주민이 부담하는 세금이 많겠다는 생각이 들었다. 이곳에 주 상원과 하원이 있었다.

상원의원 50명, 하원의원 100명인데, 연봉은 모두 4,000불씩이라고 한다. 주 청사 내부 홀에는 이 주 출신 여성의원의 동상이 서 있는데 제1차 세계대전과 제2차 세계대전 당시 전쟁을 반대한 미국의 유일한 연방의회의원이었다고 한다. 그 신념에 걸맞게 동상 받침석대에는 "I Can not Vote for War"라고 새겨 있었다.

하원 방청석 의자 밑에는 철사로 된 이상한 고리가 있었다. 카우보이들이 모자를 벗어 걸어 두는 고리라고 한다. 역시 카우보이의 고장답다.

주 법무장관을 만나 잠시 대화하고 주지사실에도 들렀으나 부재중이었다.

옐로스톤 국립공원

미국인들도 평생의 소원으로 삼는다는 옐로스톤 국립공원에 도착했

오피달 씨와 함께 몬태나주 최고법원 법정에서

LA 다저스팀의 홈구장에서
(필자 오른쪽이 필자를 초청한 낸시 크누퍼 변호사(여성), 다음이 필립 안 교수)

레오 테럴 변호사, 김 마가렛(한국계 미국인) 변호사와 함께

다. 200만 에이커의 광대한 면적에 호수와 기암괴석, 폭포, 강, 야생동물, 울창한 숲, 계곡과 지표면을 뚫고 나오는 뜨거운 물줄기 등이 한데 어우러져 장관을 이루고 있는 곳이 옐로스톤 국립공원이다. 자동차가 다니는 도로에 물소와 큰 사슴들이 야생 상태로 어슬렁거리고 독수리가 토끼를 물어 낚아채는 모습도 보이는 곳이다. 나이아가라 폭포보다도 두 배 높다는 로우어 폭포, 80분마다 한 번씩 지표면을 뚫고 뜨거운 물이 수십 미터 높이로 분출되어 나오는 올드 페이스풀(Old Faithful), 옐로스톤의 그랜드 캐니언이라고 하는 30km에 이르는 계곡 등 필자에게 자연의 신비를 일깨우고 경외심을 갖게 하기에 충분한 장관이었다. 미국은 참으로 신의 축복이 내린 곳이다. 이러한 자연이 미국인들을 그토록 여유 있게 만드는 것일까.

LA 한국인과 흑인 간의 갈등

2일간의 옐로스톤 관광을 마치고 5월 26일 로스앤젤레스에 도착했다. 미국의 현충일(Memorial Day)인 5월 27일 저녁 필자는 낸시 크누퍼 변호사(여성)의 초청으로 다저스팀과 애스트로스팀 간의 경기를 다저스 구장에서 참관하였다. 크누퍼 변호사 역시 자원봉사자였다. 4년 남짓 제주도 야구협회장을 지냈던 필자에게는 소중한 경험이다. 현충일에 야구장에서 야구경기를 관람하는 것이 미국 문화의 하나라고 한다.

5월 28일 필자는 韓·黑人聯盟(한·흑인연맹)이라는 단체의 흑인 측 의장인 레오 터렐 변호사를 그의 동료 변호사인 김 마가렛(한국계 미국인)과 함께 만났다. 그의 설명에 의하면 한국인들이 흑인이 많이 사는 곳에서 장사를 하는데 영어를 잘하지 못해 의사소통이 제대로 이루어지지 않아 오해가 생기고, 흑인을 상대로 장사를 하면서도 흑인을 채용하지 않아 흑인들의 불만을 사며(터렐 변호사는 한국인들이 소규모 자본으로 장사하므로 종업원을 채용할 형편이 못 된다는 사실을 이해하고 있었다), 한국인들은 이웃 간에 서로 잘 도우며 살지만 매스컴에 보도되는 사회봉사를 하지 않아 흑인들이 불만이라는 것이다. 흑인과 한인 간의 충돌은 극히 작은데(그 정도의 충돌은 어느 종족 간에도 있다는 것이 그의 설명이다) 언론매체가 과장 보도를 한다는 것 등이었다. LA에 살고 있는 우리 교포들도 그의 말에 동조하였다.

심각한 마약문제와 900명의 검사

미국시민자유연맹이라는 사설단체의 법무국장인 폴 호프만 씨를 만났다. 이 단체는 미국 시민의 자유를 수호하기 위해 1919년 창설되었는데 회원이 30만 명이고 자원봉사 변호사가 2,000명이라고 한다. 미국의 정부기관에서는 귀찮은 단체로 생각한다니 어느 나라나 마찬가지구나 하는 생각이 든다. 호프만과 동행한 4명의 대학생들은 한국의 데모와 통일문제에 대해 집중적으로 질문을 했다.

5월 29일 LA 지방검찰청에서 트랜바터 검사와 헤이즌 검사를 만나 마약 문제에 관하여 물어보았다. LA 지역에서만 1년에 30,000건의 마약 사건을 적발한다고 한다. 최근 검거한 사건의 증거품은 마약뿐만 아니라 각종 총검류도 있었다. 과거에는 상류층이 마약을 사용하였는데 이제는

오현고등학교에서 수학을 가르쳐 주신 김병조 선생님(중앙),
왼쪽부터 오현고 동기생인 계철이, 김광태와 함께

오히려 가난한 사람들 특히 흑인들이 많이 사용하고 여러 가지 사회문제 (범죄 등)를 야기한다는 설명이다. 인구 800만 남짓의 LA 카운티(LA 시를 포함)의 검사 수만도 900명이 넘는다고 한다. 인구 4,300만의 한국의 전체 검사 수보다 오히려 많다. 수사권이 없고 공소제기와 공소유지만 하는 데도 그 숫자이니 미국의 형사재판절차가 얼마나 철저한가를 짐작하게 한다.

각종 문화를 전 세계에 수출하는 미국이 마약문화만은 수출하지 않기 바란다는 말을 남기고 그곳을 떠났다.

LA에서 수학교사로 명성을 날렸던 고등학교 시절의 은사이신 김병조 선생님과 고등학교 동기생인 김광태, 계철이를 만나 옛 얘기들을 나누었다.

하와이 관광과 하와이 원주민

5월 30일과 31일 양일간 필자는 하와이대학 로스쿨 교수인 죤 반 다이크 씨, 연방하와이지방법원의 새뮤엘 킹 판사, 하와이주 경제개발부 관광국의 뮤리엘 앤더슨 씨, 클린턴 애쉬포드 변호사, 하와이주 하원의 재키 영 의원 등을 만났다.

하와이주가 외국인 관광객에 눈을 돌린 것은 1970년대 초부터라고 한다. 맨 처음은 일본에 대한 연구를 하였고, 8년 전부터 유럽에 대하여, 3년 전부터 아세아 및 동구라파에 대하여 관광 측면에서 연구하기 시작했다고 한다. 관광에 관한 법률은 1984년에 제정하였고, 초등학생 때부터 관광에 관한 교육을 시키기 시작했다고 한다. 하와이주 자체가 하나의 거대한 관광지이고, 주민들은 하와이주의 관광정책에 잘 순응한다고 한다. 필자는 이곳에서 하와이 관광의 요체를 파악할 수 있는 자료를 입수했다.

하와이주가 안고 있는 문제 중의 하나는 원주민의 문제이다. 1900년 하와이가 미국의 영토가 된 이래 원주민 보호는 미국정부의 큰 과제가 되어 왔다. 1921년 하와이 원주민위원회가 구성되어 하와이 공공토지수익의 25% 이상을 하와이 원주민을 위해서 사용하여야 하는 것으로 되어 있다. 1978년에 만든 하와이주 헌법은 이 위원회 외에도 원주민만으로 구성된 하와이 원주민 사무처 등을 두어 공공토지수익의 사용방법 등을 결정토록 하고 있다. 원주민의 요구는 점차 커지고 있다고 한다. '하와이 원주민'이란 순수 하와이 원주민의 피가 50% 이상 섞인 사람을 말한다. 하와이에서의 원주민의 보호 문제는 필자에게 큰 관심거리였으나, 충분

클린턴 애쉬포드 변호사와 함께

히 파악하기에는 하와이 체류기간이 너무 짧았다.

 연방법원의 킹 박사는 75세의 원로법관이었는데 바둑을 즐겨 직접 저술하고 출판한 바둑책을 나에게 보여주었다. 그의 선친은 이승만 박사를 도와 한국의 독립에 기여하였다고 한다. 그런가 하면 하원의원 재키 영 여사의 할아버지는 한국인으로 하와이에서 독립운동을 하였는데 이승만 박사와 조직을 달리하는 국민회의파에 속한 독립운동가여서 한국해방 후에도 이승만 박사의 탄압이 두려워 한국에 가보지 못하고 하와이에서 운명하였다고 했다. 외국에서 독립운동을 하던 우리 민족들 간에도 분열과 반목은 심했던가 보다. 재키 영 여사는 한국의 여성잡지 〈라벨르〉에 실린 자신의 인터뷰 기사를 필자에게 보이며 할아버지의 나라 한국에 대한 감사를 표현하였다. 한국인의 후예임을 자랑스러워하는 듯했다.

하와이에서 만난 클린턴 애쉬포드 변호사는 놀랍게도 하와이에서 변호사 활동을 하면서도 마샬군도의 최고법원장을 겸하고 있었다. 마샬군도가 재판사건이 많지 않아 최고법원장이지만 비상임으로 한 듯하다.

필자를 초청해준 미국정부에 감사드리고, 특히 필자에게 유익한 일정을 만들어준 미국무부의 Barbara Brown 여사, 미국 정부초청인사의 여행일정을 작성하는 국제 매리디안 하우스 방문객 프로그램서비스의 Malcolm Pack 박사와 Mitzi Pickard 양 그리고 나와 함께 한 달간의 여행을 함께 한 Philip Ahn 교수에게 감사드린다.

부록 2
–
세상을 바라보는
나의 생각

서울경제 1999. 7. 7 수요일

말과 정치

사람은 말로써 감정을 표현하고 자신의 의사를 밝히며 사실을 전달한다. 서로 말을 주고받으면서 어떤 결론을 도출하기도 한다. 또한 상대방의 말을 듣고 상대방의 감정이나 의사를 파악하며 사실을 전달받는다. 인격을 평가하기도 한다.

따라서 말은 상대방에게 자신의 생각과 감정 등을 알리는 수단임과 동시에 평가의 대상이 된다.

말은 사용된 어휘도 중요하지만 소리의 크고 작음과 말에 수반되는 동작(제스처) 그리고 대화의 상대방이 누구냐에 따라 같은 어휘를 사용했다 하더라도 그 의미가 달라진다.

말이 활자화되거나 제3자에게 전달되면서 그 의미가 달라지는 경우가 많다.

따라서 말은 표현수단이라는 것 자체로서 매우 중요하며 오해 없이 어느 경우에나 누구에게든지 같은 의미로 평가되도록 말을 제대로 한다는 것은 정말로 중요하고도 어려운 일이다.

한편 말은 정치에 있어 더욱 중요하다. 정치적 토론이나 국민을 향한 설득, 국민의 모든 정치적 의사 형성과정이 말을 수단으로 한다. 국회의 정부에 대한 견제기능도 주로 말의 형태로 이루어진다.

그런데 문제는 정치권에서 말들이 함부로 뱉어진다는 데에 있다. 모든 정치인이 그렇지는 않지만, 자신의 주장을 합리화하고 돋보이게 하기 위하여 과장된 표현을 하고 상대방의 말을 왜곡해 평가한다. 교묘한 화술로서 자신의 책임을 회피하고 자신을 두둔한다. 제3자나 상대방에게 인격적 모욕을 가하고 명예를 훼손하기도 한다.

지금 정치에 대한 국민들의 불신은 극에 달해 있다. 이러한 정치 불신 풍조는 함부로 하는 말 때문에 조성된 측면이 많다. 정치개혁의 필요성이 유난히 강조되는 이 시점에서 정치인들이 올바른 말을, 정직한 말을 한다면 정치에 대한 국민의 신뢰는 곧 회복되리라고 본다. 정파 간의 갈등과 대립도 크게 줄어들 것이다. 정치개혁을 말에서부터 시작하자고 주장하고 싶다.

적어도 인격에 손상을 주고 사실을 왜곡하는(그래서 거짓말이 되는) 말들만이라도 없어진다면 국민들은 정치인들의 말을 믿을 것이다. 그것이 정치선진화의 왕도이자 첩경이라고 필자는 믿는다.

인사청문회제도 논의 유감

인사청문회제도의 도입과 대상을 둘러싸고 아직도 논의가 진행 중이다. 야당은 국무총리·대법원장 등 대통령이 그 임명에 국회의 동의를 얻도록 헌법상 명문규정이 있는 경우 외에도 국무위원·국가정보원장·검찰총장·경찰청장·국세청장을 청문회 대상으로 삼자는 주장이고, 국민회의 등 여당은 국무위원 및 검찰총장·경찰청장만 대상으로 하고 국세청장·국가정보원장은 제외해야 한다는 주장이다. 여당은 인사청문회제도가 대통령의 공무원 임면권을 제한하게 되므로 헌법위반의 소지가 있다는 점을 그 논거로 내세우고 있다.

그러나 대통령의 공무원 임면권은 헌법과 법률에 의하는 것이고 무제한적인 것이 아니다. 또한 대통령의 그 권한은 국가와 국민을 위해서 행사하여야 할 권한이지 자의적인 행사가 허용되는 것은 아니다. 그래서 우리 헌법은 「헌법과 법률이 정하는 바에 의하여」 공무원을 임면한다고 규정하고 있으며 공무원의 자격·임용시험 등 임용절차 및 기타 자세한 사항을 법률로 정하고 있는 것이다.

국무위원·국가정보원장·검찰총장·경찰청장·국세청장 등은 그 다루는 직무가 매우 중요하여 국민 생활에 미치는 영향이 지대하고 국가의 안위에도 직결된다. 국가정보원장은 국가안보에 관하여 가장 중요한 위치인데 지나치게 정치적이거나 사상적으로 의문이 있는 사람이어서는 안 될 것이다. 국세청장이 조세행정을 멋대로 해서도 안 될 것이다. 그 임명에 국회의 동의를 얻도록 헌법에 규정된 공직자들보다도 관점에 따라서는 더욱 엄밀한 검증을 거칠 필요가 있는 것이다. 국회가 이들 공직자에 대하여 능력과 자질을 검증하여 그 의견을 대통령에게 제시하고 대통령이 그 의견을 참고하여 임명여부를 결정하게 한다면 결코 대통령의 권한을 제한하는 것이 아니고 그 권한이 적절하게 행사되도록 하는 것에 불과하므로 헌법위반의 소지는 없다.

다시 한번 강조하거니와 대통령의 임면권은 아무렇게나 행사해도 되는 것이 아니고 국민을 위하여 행사하여야 하는 것이다.

이제 인사청문회제도를 과감히 도입하여 국회의 임명동의권을 실질화하고 대통령의 임면권이 적절히 행사되도록 하여 고위직 임명시마다 일어나는 자질론·지역편중성 등의 시비를 없애는 것이 국익에 보다 부합할 것이다.

법조인의 자존심

법조인(판사·검사·변호사)이 되려면 사법시험에 합격해야 한다. 광복 이후 자격시험으로 100명 이내에서 합격자를 내던 사법시험이 현재는 연간 700명을 뽑는 선발시험이 됐다. 필자가 합격했던 1965년의 제5회 사법시험 합격자수는 16명이었다.

5공화국 초 국민에게 적절한 법률 서비스를 제공하고 법조인의 지나친 엘리트 의식을 간과할 수 없다는 명분으로 1년에 300명씩 합격자를 선발하면서 법조인 수는 급격히 증가하기 시작했다. 매년 100명씩 증원해 1,000명까지 합격시킨다고 한다.

사회발전과 인구증가, 경제규모의 확대에 따라 법률서비스의 수요도 증대되므로 사법시험 합격자 수를 조금씩 늘리는 것은 자연스러운 일이다. 그러나 현재의 사법시험 합격자 수에 관한 논의는 그러한 측면보다 오히려 법조인의 엘리트 의식을 제압해야겠다는 면이 강하다는 느낌을 받는다.

법은 정의를 본질로 하고 법조인은 그 정의를 실현하는 사람이어야 한다. 필요한 사람에게 적절한 법률 서비스를 제공한다는 겸허한 자세도 필요하지만, 사회정의의 실현자라는 자존심은 더욱 필요하다. 그러한 자존심이 없다면 법조인은 자기의 위치를 출세의 수단으로 삼고 직업인으로서 돈을 버는 일에 급급하게 될 것이다. 검사는 검찰권을 그릇되게 행사하게 될 것이다. 판사는 자기 위치를 지키기 위해 눈치를 살피게 될 것이다.

법조인 수가 급증하면서 이런 걱정이 부분적으로는 현실화되고 있는 듯하다. 자격시험으로 소수의 합격자를 내던 시절, 판·검사들은 배짱이 있었다. 소신껏 일하고 그만두라면 그만두고 변호사 하겠다는 것이었다. 판사가 소신껏 재판하지 못하고 검사가 소신껏 검찰권을 행사하지 못한다면 이미 진정한 의미에서의 판·검사는 아니다.

변호사의 수가 급증해 판·검사들이 변호사 개업하기를 주저한다고 한다. 현직에 있는 법조인들이 더욱 연구하고 몸가짐을 바로 하는 등의 발전도 두드러지고 있다고 한다. 그러나 그 조심하는 것이 자리보전과 출세를 위해 권력의 눈치를 보는 데까지 발전된다면 한심한 일이 아닐 수 없다. 검찰의 정치적 중립성을 아무도 믿지 않아 특별검사제 도입에 국민적 공감대가 형성되고, 여당 무죄, 야당 유죄라는 말이 그럴 듯하게 들리는 상황이 서글플 따름이다.

타협(妥協)

민주주의는 상대를 인정하고 존중하는 데서 출발한다. 민주정치 역시 마찬가지다. 대화와 타협의 정치이다. 그런데 오늘날 집권당의 대화와 타협은 야당을 이용하여 스스로의 이익을 도모하려는 듯한 인상이고, 야당이 집권당과 대화하고 타협하는 것은 자칫 굴종과 야합으로 비쳐질 수 있다. 야당으로서의 선명성에 흠이 간다. 그래서 여·야간에 대화와 타협이 잘 이루어지지 못하고 있는 것이 안타깝게도 우리의 정치 현실이다. 협동조합의 통폐합에도 대화가 이루어지지 않고 있다.

이러한 상황 속에서 생각되는 것이 미국의 헌법이다. 미국의 헌법이야말로 대화와 타협의 산물이고 때문에 세계에서 가장 오래된 헌법으로서의 생명력을 유지하고 있다.

미국의 헌법 중 수정헌법 제1조 국교조항을 보자. 미국헌법 제정 당시 미국에는 많은 종파들이 있었고 거의 대부분의 주가 주의 국교를 가지고 있었는데, 가장 영향력이 큰 종교는 「성공회」였다. 만약 국교를 두었다면 성공회가 미합중국의 국교가 될 가능성이 컸다.

그러나 미합중국 초대의회 지도자들은 수정헌법 제1조로서 「의회(합중국)는 종교의 국교화와 관련되거나 자유로운 종교 행사를 금하는 법률을 만들 수 없다」고 규정했다.

만약 미합중국이 성공회를 국교화 했다면 수많은 장로교 신자·침례교 신자·감리교 신자 등 다른 종파들을 격분시켜 미합중국의 분열을 야기하고, 미합중국의 존속을 어렵게 할 것이라고 생각하여 종교적 열정을 미국의 정치에서 배제코자 했던 것이다.

국교조항은 합중국 의회만을 제한한 것이지 주 입법부까지 기속하는 것은 아니었다. 주가 국교를 두는 것은 주의 자율이었다.

그러나 이 조항의 효과로 주들도 특정 종교를 국교로 하는데 흥미를 잃고, 대부분 주들이 국교를 포기하고 말았다. 이것이 전 세계에 종교의 자유를 심는 계기가 되었다.

당시 국교를 두는 것은 극히 자연스럽고 일반적인 현상이었지만 미합중국 의회 지도자들은 미합중국의 존속과 통합을 위하여 타협했던 것이다.

보다 솔직하고 진지하게 대화하고 타협할 때 우리의 민주주의도 한 단계 발전할 것이다. 국내외 사정은 바로 지금 대화와 타협을 요구하고 있다.

사정당국자의 말

검찰관계자 또는 사정당국자의 말을 인용하여 보도되는 내용 중에는 정치인이나 고위공직자 등과 관련된 범죄사실 또는 범죄사실은 아니더라도 물의를 일으킬 만한 내용들이 자주 눈에 띈다. 특히 국민의 정부 들어서서 그러한 일이 많아졌다.

최근에는 한나라당 이회창 총재의 측근들이 지난 대선 당시 대선자금의 일부를 유용 또는 보관·관리하였다는 보도가 사정당국자의 말임을 전제로 이루어졌다. 보도내용을 종합해보면 검찰에서 자료를 제공한 것으로 분석된다.

굳이 헌법상의 행복추구권이나 통신비밀보장, 사생활보호 등의 규정을 거론하지 않더라도 이러한 보도나 보도 자료를 제공하는 검찰의 행위는 명예훼손행위라는 범죄를 구성한다.

그 사실 여부에 관계없이 타인의 명예를 훼손하면 명예훼손죄가 성립하기 때문이다.

또한 이러한 검찰의 행위는 공소제기 전에 피의사실을 공표한 것이므로 형법상의 피의사실공표죄가 성립될 수도 있다.

그런데 문제는 이러한 법률상의 문제를 모를 리 없는 검찰이 종종 이러한 행위를 저지른다는 데에 있다.

이번의 발설이 여권과 결탁한 야당 목조르기라는 것이 세간의 인식이지만 그렇지 않다 하더라도 정치권에 뜨거운 세풍논쟁을 다시 일으켰음은 분명하다. 온 국민이 수해대책을 걱정해야 할 시기에 국력을 낭비시키는 일이다.

뿐만 아니라 검찰권이 정치적 목적에 이용된다는 인식은 확산되고 검찰권의 중립성을 갈망하는 모든 사람들을 실망시키기에 족한 일이다. 이러한 사태가 과연 여권에는 이로운가.

한마디로 야비하고 치사하다는 비판적 시각만 여권에 추가될 것이다. 누구에게도 이롭지 않다. 이 나라가 과연 민주국가인가라는 의심마저 들게 한다.

모든 것이 정도로 가야 한다. 우리 법체계상 검찰은 수사기관이면서 한편으로는 인권보장조직으로 되어 있다.

그러기에 검사도 판사와 마찬가지로 사법시험합격자만이 될 수 있도록 되어 있는 것이다. 단순한 수사기술자나 법을 잘 아는 사람이 아니라 민주적 감각으로 인권옹호의 철학을 지닐 것을 요구하고 있는 것이다.

정치적 사건에 검찰의 수사를 믿을 수 없게 된 것은 큰 불행이 아닐 수 없다. 명예는 누구에게나 소중한 것이다.

유죄판결이 확정될 때까지 무죄로 추정되는 것이므로 아무리 혐의가 짙더라도 함부로 발설할 수 없는 것이다. 아무래도 검찰권이 집권세력에 이용당하고 있다는 느낌을 지울 수 없다.

참으로 어려운 민주주의

제7대 대통령 선거 전날인 1971년 4월 27일 필자는 서울형사지방법원의 영장담당판사였다. 오후 7시께 검찰로부터 압수수색영장 청구가 들어왔다. 김대중 후보의 비서실장인 김상현(현 국민회의 소속 국회의원)이 선거운동 시한인 당일 오후 6시 이후에도 자기 차량에 김대중 후보의 선전 플래카드를 부착하고 주행함으로써 선거법을 위반하고 있으니 그 차량을 압수해야겠다는 것이 영장청구 사유였다.

필자는 그 영장청구를 기각하였다. 영장청구서나 관계서류를 아무리 뒤져보아도 압수할 차량을 특정할 만한 내용(차량번호 등)이 없었고, 만약 그 영장을 발부한다면 그 영장으로 아무 차나 압수할 수 있겠다는 판단 때문이었다.

당시 박정희 대통령은 야당의 극렬한 반대를 무릅쓰고 소위 3선 개헌을 강행하고 출마해 장기집권으로 가는 선거였고, 김대중 후보는 40대 기수로서 박대통령이 총통제 개헌음모를 꾸미고 있다고 주장하는 치열한 선거전이었다.

거의 모든 공직자들이 박정희 대통령의 3선에 발 벗고 나선 선거였다. 필자는 과감하게 영장을 기각하고 판사로서의 보람을 느꼈다.

「민주주의라는 나무는 사람의 피를 먹고 자란다」는 말은 과장된 말이라고 생각했다. 필자가 영장을 기각한 것처럼 각자 자기 맡은 바를 제대로 하면 민주주의는 어려운 것이 아니라고 생각했다.

그러나 그 후 우리의 헌정사는 필자의 생각이 틀렸음을 너무도 확실하게 가르쳐 주고 있다. 김대중 정부에 들어서서 더욱 그렇다. 검찰은 소위 「세풍」사건을 수사한다는 명목으로 유일 야당인 한나라당의 후원회 예금구좌를 1991년 1월 1일부터 뒤졌다. 세풍사건 수사는 1997년 7월부터의 예금거래만 수사해도 충분한데 1991년 1월부터의 것까지 뒤진 것은 1992년 대선자금은 물론 14대, 15대 총선자금까지 조사한 것이다.

세풍사건의 수사범위를 넘어도 한참 넘은 것이다. 이렇게 영장을 청구하고 수사한 검찰이나 이런 영장을 발부한 법관이나 영장발부에 관한 한계를 넘은 것으로 불법적 행위를 저지른 것이다.

이런 영장을 발부함으로써 야당의 안방 장롱까지 뒤질 수 있도록 법관은 도와준 것이다. 한마디로 법원과 검찰이 야당의 정치자금을 불법사찰한 것이다.

이러한 풍조가 계속되는 한 민주주의의 정착은 요원하다. 야당을 후원할 수 없는 풍조이니 민주주의가 제대로 될 리 없다. 우리 헌법은 복수정당제를 보장한다고 명문으로 규정하고 있지 않은가. 검찰은 정면으로 헌법에 위반되는 행위를 하고 있는 것이다.

민주국가가 되는 것이 이렇게도 어려운 것인가.

준법서약

자유민주주의 체제를 위협하는 국가보안법 위반 사범(사상범이라고 줄여 쓴다)에 대해서는 공산주의 사상을 포기하고 자유민주주의로 전향한다는 전향서를 제출해야만 사면대상이 된다. 이것이 김대중 정부가 들어선 후 준법서약서로 대체됐고, 이번 8·15 광복절 특사 대상자를 선정할 때는 사상범 56명 중 49명에 대해서 준법서약서도 받지 않고 사면, 석방했다.

우리 헌정의 기본질서는 자유민주주의다. 분단된 한반도의 한쪽 당사자인 북이 전제적 공산주의로 우리의 기본질서와 정면으로 대치되고 우리의 체제를 무너뜨리기 위해 끊임없이 사상공세 등 온갖 공작을 해왔다. 때문에 우리의 체제수호를 위한 특단의 제도적 장치로 국가보안법이 제정됐던 것이다.

이 법이 야당 탄압의 수단으로 악용된 사례도 있었지만 체제수호에 크게 기여했음을 부정할 수 없다.

사상범은 공산주의 사상을 가진 자이므로 사면에 있어서 사상전향서 제출을 요구했던 것이다. 전향서 작성을 거부하는 자에게 사면하는 것은 사면된 뒤에도 반체제활동을 해도 좋다고 허가해 주는 것과 다름없기 때문이다.

그런데 전향서 작성을 거부한 자에게도 사면해주기 위해 전향서 작성 요구는 양심의 자유를 침해한다는 해괴한 논리가 개발되었다. 사면이란

법원의 판결에 의해 유죄와 형이 확정된 자들을 대상으로 하는 것인즉 통치권자에 의한 은혜적 조치임이 명백하다. 은혜적 조치에는 그럴만한 이유가 있어야 하고, 그 이유가 전향서 제출이라면 양심의 자유 침해 논리는 해괴한 논리일 수밖에 없다.

그럼에도 불구하고 준법서약서로 대체하더니 급기야는 준법서약서도 받지 않고 49명을 사면했다는 것은 이해할 수 없다. 준법서약을 거부한 자에게 사면의 은전을 베푸는 것은 앞으로 민주적 기본질서에 반하는 행위를 하겠다는 사람에게까지 은전을 베푸는 것과 다름없다.

준법서약서는 제출하지 않았지만 준법을 할 의지가 확인이라도 되었단 것인가. 보통의 사람들이라면 죄를 사해 준다고 하면 자기 양심을 속이고서라도 전향서든 준법서약서든 마구 쓸 것이다. 그런데 이를 거부하는 것이 사상범들이고, 그들의 사상적 이론적 무장은 철두철미한 것이다.

이를 모를 리 없는 정부당국자들이 준법서약서 거부자까지 사면하는 지경이니 햇볕정책 등 이 정부의 대북정책을 종합해보면 여간 걱정스러운 일이 아닐 수 없다. 자유민주주의를 포기하겠다는 것인가.

교육자의 자존심

이제는 까마득한 옛날 얘기가 되어 버렸지만 한때 사범학교나 사범대학이 인기가 있었다. 교사가 되는 길이었기 때문이다. 우리 사회의 전통은 스승의 그림자도 밟아서는 안 된다는 스승 존경의 의식이 확고했고 교사들에 대한 사회적 평가도 높았다.

산업화사회로 접어들면서 우수한 인재들이 산업화의 역군이 되고 점차 매력있는 일터들이 제공되면서 사범대학의 인기도 전만 같지 않아졌고 교사들의 사회적 비중도 그만큼 상대적으로 낮아졌다.

그래도 교사들은 학생들을 가르친다는 사명감과 자부심으로 열악한 근무환경 속에서도 묵묵히 할 일들을 해왔다. 그런데 작년과 금년 소위 어설픈 교육개혁을 하면서 많은 변화가 일어났다. 교사들은 촌지나 밝히고 학생들을 편애하고 매질하고 고루한 사고방식에 젖어 무사안일에 빠진 가장 비교육적이고 비진취적인 집단으로 매도당하였다.

어느 분야에나 매도당해 마땅한 사람이 있듯이 교육계에도 그러한 사람이 더러는 있을 수 있고 있을 것이라고도 생각된다. 그러나 계속되는 교육계의 비리, 병폐에 관한 보도는 교육자들 일부가 아닌 전체 교육자들의 자존심을 무참히 짓밟았다.

학생들이 스승을 고발하고 폭행하는 일까지 벌어졌다. 돈도 권력도 없고 사회적 힘도 없는 교육자들에게는 오로지 후세를 교육시킨다는 자존심이 전부였는데 그 자존심이 짓밟혔으니 모든 것을 잃은 것이나 다름없다.

 그들이 학생들 앞에 과연 당당하게 설 수 있었을까. 자괴감은 오죽하였을까. 부쩍 늘어난 명예퇴직 교사들은 그 짓밟힌 자존심 때문에 교단을 떠나는 것은 아닐까. 시대에 뒤떨어진다는 이유로 교원의 정년도 65세에서 62세로 낮추어져 정년퇴직교사도 예년의 3배수가 넘는다. 65세이든 62세이든 평생 봉직해온 교단에서 떠나는 정년퇴직자들이 느끼는 수모와 무력감은 어떠할까?

 수모를 당해 마땅한 사람들은 극소수일 것이다. 인권을 존중한다는 민주국가에서 무차별적 비판, 신중하지 못한 매도는 있어서는 안 될 일이다. 이런 일이 계속되는 한 우리의 민주주의는 아직도 요원하다. 퇴직하는 교사들이 후세 교육에 최선을 다해 왔노라는 자부심을 가지고, 교육자적 양심과 철학으로 이 사회에 크게 기여하는 당당하고 영광된 삶이 계속되어지기를 바랄 뿐이다.

제민일보 2012. 5. 14 월요일

JDC 날갯짓 10년… 희망의 길 만들어

오는 5월 15일은 제주국제자유도시개발센터가 세상에 그 이름을 알린 지 만 10년이 되는 날이다.

2002년 5월 15일 창립 이래 몰라보게 달라져 있는 오늘의 모습이 있기까지 JDC를 성원해 주시고 이끌어 주신 모든 분들께 먼저 감사의 말씀을 올린다.

지난 10년 동안 JDC는 개척자의 정신으로 아무도 가지 않은 길을 희망의 길로 만들어 냈다.

글로벌 교육도시 기반 마련

오로지 도전과 열정으로 점철된 10년이었다고 해도 과언이 아니다. 사실 돌이켜 보면 인구 60만도 채 안되고 접근성이 떨어져 비행기를 이용해야만 하는 이곳 제주에 국제자유도시를 만든다는 것이 과연 가능할까 하는 의구심을 가진 국민들이 대부분이었을 것이다.

우리 제주도민들 스스로도 큰 기대를 하지 않았으리라 생각한다. 대부분 1차 산업에 종사하던 도민들로서는 누구도 경험해 보지 못한 국제자유도시 자체가 생소하고 도민 정서나 감정에도 맞지 않는 것이었는지도 모르겠다. 예전처럼 단순한 휴양, 관광지라고 하면 또 모를까.

무엇보다 경쟁국가에 비해 특별한 인센티브나 좋은 조건도 없고, 그렇다고 정부의 전폭적인 지원도 없으니 당연한 일이었으리라. 그동안 국내외 투자 유치를 위해 공을 들인 많은 투자자들도 인구가 60만도 안 된다는 말에 발길을 돌리곤 했다.

그러나 지금은 제법 국제자유도시다운 면모를 갖추어 나가고 있다. 제주영어교육도시는 지난해 NLCS Jeju의 성공적인 개교에 이어 올해 10월에는 브랭섬 홀 아시아가 개교한다.

제주가 명실상부한 글로벌 교육도시로 발돋움하는 기반을 마련하게 된 것이다.

국가산업단지로 조성된 제주첨단과학기술단지에는 다음커뮤니케이션, 이스트소프트, 한국기초과학지원연구원, 한국 IBM 제주지사 등 대한민국을 대표하는 IT·BT 기업들이 속속 들어서고 있어 산업용지 분양률이 98%에 달하고 있다.

그 밖의 헬스케어타운, 휴양형 주거단지, 서귀포 관광미항, 신화역사공원 조성사업 등도 또박또박 추진되고 있다.

지난해 3,400억 원에 달하는 매출을 기록한 내국인 면세점은 매년 지속적인 성장세를 보이며 개발사업 기초재원 마련에 크게 기여하고 있다.

그러나 무엇보다 큰 성과는 우리 JDC의 추진사업이 외부로부터 신뢰를 얻고 있다는 것이다.

앞으로의 10년은 초일류를 향해 본격적인 도약이 요구되는 기간이다. 이를 위해 JDC는 '비전 2021 Triple A'라는 3가지 비전목표를 세웠다.

'제주인구 100만 명, 신규기업 유치 1,000개, 경제적 가치창출 10조'가 그것이며 이를 10년 뒤인 2021년까지 달성할 세 가지 최고의 가치라는 의미로 트리플A로 정했다.

물론 쉽지만은 않은 목표다. 하지만 우리 JDC가 추진하는 6대 핵심 프로젝트가 완성된다면 충분히 가능성이 있고, 또 목표를 명확히 함으로써 반드시 달성하겠다는 의지를 담았다.

새로운 도약 위한 준비

그동안 JDC는 어려운 여건 속에서도 지속적인 성장을 위해 다양한 시도와 변화를 위한 노력을 계속해왔다.

하지만 우리는 여기서 그치지 않고 또 다른 시작을 위한 준비를 해야 한다. JDC는 10주년이 되는 올해를 새로운 도약을 위한 원년으로 삼아 명품 국제자유도시 건설이라는 주어진 사명을 위해 올인할 것이다.

우리 도민들도 이젠, 어려운 상황 속에서 국제자유도시 건설 사업들이 추진되고 있다는 것을 이해해 주시고 인내심을 가지고 지켜봐 주시길 부탁드린다.

제주 목사 이약동의 청백리 정신

최근 현대경제연구원의 분석에 따르면 한국의 청렴도가 OECD(경제협력개발기구)의 평균만 돼도 연간 경제성장률이 4%에 달할 수 있다고 한다. 부패가 공공투자와 관련된 정책 결정 과정을 왜곡시키거나, 민간의 투자 활력을 저하시켜 경제성장을 저해하는 요인이 되기 때문에 부패가 사라지고 청렴도가 높아지면 자연히 경제성장률이 올라간다는 것이다.

올해 국제투명성기구가 발표한 우리나라의 부패지수는 5.4(10점 만점)로 183개국 가운데 청렴도 순위가 43위에 머물렀다. OECD 34개국 중에는 27위로 하위권이다. OECD 평균은 6.9였다. OECD 평균 수준만큼 청렴해지면 우리나라의 연평균 1인당 명목 GDP는 138.5달러, 연평균 성장률은 명목기준으로 약 0.65% 상승시킬 수 있을 것으로 기대하고 있다.

부패지수 183개국 중 43위

때문에 한국경제가 선진국으로 발돋움하고 지속성장을 하기 위해서는 국가 전체의 청렴도 제고가 시급하다 하겠다.

우리 선조들의 청렴성은 어떠했을까. 조선시대부터 관리의 청렴결백을 장려하기 위해 국가의 감사제도와 병행해 청백리(淸白吏) 제도를 두었다.

고려 이전에는 중국 한나라 염리제도를 본 따 청렴결백한 관리들을 선발해 표창하거나 관직을 승진시켜 주었다고 한다.

청백리란 품행이 단정하고 순결하며 자기 일신은 물론, 집안까지도 청백해 무엇을 탐하는 마음이 없는 관리, 즉 소극적 의미인 부패하지 않은 관리가 아니라 적극적 의미의 깨끗한 관리를 말한다. 청백리 정신은 선비사상과 함께 전통적 민족정신이며, 이상적인 관료상이기도 했다.

우리 역사상 맑은 물처럼 살다 가신 청백리 몇 분을 소개해 본다. 4세기 초, 신라 자비왕 때 거문고의 명인이었던 백결(百結) 선생은 하도 가난해 헤진 옷을 수없이 기워 입어 마치 옷이 메추리를 달아 놓은 것 같았다고 한다. 그래서 그의 이름이 '백 번 기운 옷'이라는 의미의 백결이다.

깨끗한 고관으로 가장 널리 알려져 있는 사람은 조선왕조 때 정승을 지낸 황희와 고불 맹사성을 들 수 있다. 황희 정승의 집은 하도 낡아 비가 오면 천장에서 빗물이 새 방안에서도 삿갓을 쓰고 앉아 있었다고 할 정도다.

퇴계 이황의 청렴성도 유명하다. 그가 벼슬살이를 하고 있을 때, 그의 집으로 뻗어 들어온 이웃집 밤나무에서 밤이 떨어지면 그것을 일일이 주워 그 집으로 던져 넘겼다고 한다.

제주에도 청백리 이약동 목사의 유명한 일화가 전해 내려온다. 조선 초기의 문신이었던 이약동 목사는 성종 1년(1470) 8월에 제주 목사로 부임했는데 재직 중에 아전들의 부정과 민폐를 근절시키고, 조정에 바치는 공물의 수량을 줄여 백성의 부담을 덜어준 선정으로 칭송을 받았다.

이약동이 제주 목사의 임기를 마치고 서울로 돌아갈 때 재임 중에 입었던 의복이나 사용하던 기물들을 모두 관아에 남겨두고 떠났는데, 한참 동안 말을 타고 가다보니 손에 든 말채찍이 관아의 물건이었던 것이다.

그는 즉시 말을 돌려 채찍을 성루 위에 걸어놓고 서울로 돌아갔다는 일화가 전해지고 있다. 나라 재산이라면 바늘 하나라도 탐내지 말라는 교훈을 남긴 이약동 목사는 제주시 오현단 내 귤림서원에 여러 명현들과 함께 제향돼 청렴했던 선현의 뜻을 기리고 있다.

'청렴' 최우선 가치로 삼아야

지금은 조선시대의 청백리 정신을 계승, 발전시키기 위해 지난 1981 년 공무원법에 청백리상을 규정해 시상하고 있으며 수상자에게는 승진 등의 특전을 주고 있다.

청백리 정신은 비단 공직자에게만 해당되는 것은 아니다. 모든 기업, 모든 국가에서 청렴을 최우선 가치로 삼고 있으며 모든 사람이 지녀야 할 덕의 근본이다. 때문에 진정한 청백리 정신은 시상이나 승진이 중요한 것이 아니라 사람의 마음을 수양하는 데 그 기본이 있다는 생각이 든다.

제주국제자유도시, 대한민국 신성장 동력이다

정부는 동북아 중심 도시로서의 제주국제자유도시 건설을 목표로 10년 전인 2002년 제주국제자유도시 조성에 관한 특별법을 제정했다.

제주국제자유도시의 궁극적 지향점은 적극적인 국내·외 투자 유치 개방 정책을 통해 국제자유도시 인프라를 조성함으로써 지역 경제뿐만 아니라 국가 경제의 성장에 실질적으로 기여하는 것이다.

이에 따라 제주는 제주국제자유도시로 지정된 이후 정부를 중심으로 제주특별자치도, 제주국제자유도시개발센터(JDC)의 주도적 역할과 민간의 협력으로 물적·제도적 인프라를 구축하기 위한 다양하고 적극적인 노력이 진행돼 왔다.

세계에서 가장 국제화된 곳을 꼽으라고 하면 주저 없이 싱가포르와 홍콩을 말한다.

아직은 우리가 이들 두 지역과 비교하기엔 많은 차이가 있지만, 제주가 지닌 가능성은 충분하다.

동아시아 주요 지역에 비해 정주 환경, 조세 및 규제 완화 정도, 시장성, 우수 인력 등에 있어 경쟁력이 취약하고 국내의 경제 자유 구역·기업도시·지역특구 등에 비해서도 비교 우위의 경쟁력을 갖지 못하고 있다.

도 전역 면세 지역화나 법인세 인하 등 국제자유도시 조성에 결정적으로 기여할 수 있는 사안은 다른 지역과의 형평성을 내세운 정부와 정치권의 부정적 견해로 난항을 겪고 있다.

뿐만 아니라 헬스케어타운이나 영어교육도시 등 제주도 전역에 외국 기업이 투자할 수 있는 여건이 마련되고 있지 않다.

다만 우리가 궁극적으로 바라는 지역 경제 발전과 일자리 창출 등의 이득을 취할 수 있으면 된다. 그러한 상생의 환경을 만들어야 진정한 특별자치도, 국제자유도시가 될 것이다.

이제 선택과 집중이 필요한 시점이다.

그럼에도 불구하고 정부가 더 이상의 교육 특구라든가 경제 자유 구역 추가 지정을 생각하고 있다는 것은 기존의 제주국제자유도시와 경제 자유 구역의 성공마저 저해하는 요인이 될 것이 분명하다.

정부 지원 예산의 분산으로 인한 효율성 감소, 지자체간 과열 경쟁, 중복 투자에 따른 총체적 부실을 초래할 수밖에 없다.

제주도가 명실상부한 특별자치도로 거듭나기 위해선 무엇보다 제주를 바라보는 정부와 정치권의 인식이 달라져야 한다.

명품 국제자유도시 조성에 따른 이득은 제주도 도민만을 위한 것이 아니다.

성공적인 국제자유도시 건설은 제주의 미래뿐 아니라 대한민국의 미래를 책임질 수 있는 대한민국의 신성장 동력임을 정부와 정치권이 정확히 인식하고, 보다 전폭적인 지원과 과감한 개혁을 위한 결단이 필요해 보인다.

"청렴이 곧 경쟁력이다"

서양에는 '청렴'이라는 단어가 없다. '반부패'라는 단어는 있는데 청렴과는 그 의미가 다르다.

청렴은 성품과 행실이 맑고 깨끗해 재물을 탐하는 마음이 없음을 뜻하지만 반부패는 재물에 대한 욕심이 있고 없고가 아니라, 도덕적 · 정신적으로 타락하지 않는 것을 말한다.

비교적 부의 축적에 관대했던 종교 또한 현세적 부를 부정적으로 바라보지 않는 서양에서는 부패하지 않아서 가난하다고 여기지는 않았다.

독일의 사회학자 막스 베버의 역작인 『프로테스탄티즘 윤리와 자본주의 정신』은 '부(富)'라는 현세적 가치가 종교적 열의와 결합해 자본주의의 에스프리(정신)를 형상화하는 과정을 보여준다.

공직자의 기본 수칙

그들에게 '반부패'는 여전히 중요한 윤리의식이었지만 '가난'이 바로 공직자나 개인의 윤리성을 평가하는 잣대는 아니었다.

반면 동양에서는 반부패를 가난이라는 관념과 결합해 생각해왔다.

실제로 청렴의 '렴(廉)'은 가난할 '빈(貧)'과 그 의미가 크게 다르지 않았고 가난한 군자를 '청빈군자'라는 이상적인 사대부의 상으로 묘사했던 것이다. 동양의 청빈한 공직자의 상은 무소유에 가까운 자기희생의 인물이었으며, 소를 타고 다니고 집이 헐어 비가 새도 고통을 참아내는 남다른 절제의 미덕을 가진 사람으로 그려졌다.

현대에 이르러 가난은 이전과는 다른 대접을 받고 있다. 가난하다고 해서 도덕적인 사람이라고 평가하는 것은 비약에 지나지 않는다.

가장 존경하는 인물이 대기업의 총수라는 언론의 여론조사도 있었다. 빌 게이츠와 같은 최고 기업의 경영자가 존경받는 이유는 부의 축적과정이 탈법적이지 않았고 또 축적한 부를 개인의 것으로 생각하지 않고 사회에 환원했기 때문이다. 지금은 부가 윤리와 결합해 '청부(淸富)'라는 새로운 단어도 생겨났다.

'청렴'은 공직자가 기본적으로 지켜야 할 수칙이자 의무다. 공직사회를 이끌어가는 핵심은 도덕성이고 그 최고의 가치를 청렴성에 둬야한다.

공직자는 민간보다 높은 수준의 엄격한 윤리성과 자기희생이 요구되는 직책이기 때문이다. 공직자가 사적이익을 위해 잘못된 결정을 내리거나 세금을 낭비하고 탈법을 자행한다면 국민의 부담은 커지는 반면, 돌아가야 할 이익은 적어질 수밖에 없다.

청렴은 공직자에게는 미덕이 아니라 당연히 추구돼야 하는 수칙이며 의무라는 점은 변하지 않을 것이다.

비교적 안정적인 신분과 공직자로서의 권한이 부여된 것은 자기희생과 절제를 통해 국민에게 봉사하라는 뜻이다. 청렴은 공정한 사회, 국가 경쟁력을 형성하는 핵심이다.

특히 오늘날처럼 세계화, 열린사회에서는 국가·지방자치단체는 물론 기업들도 청렴을 잃을 경우 뒤처질 수밖에 없다.

올해 JDC는 청렴커뮤니케이션 활성화와 청렴캠페인, 청렴문화 확산

중심의 다양한 세부정책을 시행했다.

특히 이런 반부패시책을 추진하면서 임직원에게 더 많은 자기희생을 요구한 바 있다.

금품 및 수수행위 양정기준을 보다 엄중히 강화해 규정을 개정하는 한편, 기관의 업무를 보다 투명하게 공개하고 외부의 감사를 통해 부패유발요인을 차단하는 강력한 반부패정책을 실시하고 있다.

청렴 제주 '도민 노력 필요'

윤리적이고 청렴한 공기업으로서 발전하기 위한 이러한 노력들이 청렴한 제주, 청렴한 한국을 만드는 든든한 기초가 되리라 생각한다.

하지만 청렴문화 정착을 위해선 공직사회 뿐만 아니라 민간부분과 시민단체, 도민 모두의 적극적인 참여가 필수적이다. 아름답고 깨끗한 청정 제주. 우리 마음도 문화도 그와 닮은 '청렴 제주'가 되길 기대해 본다.

청렴이 곧 경쟁력임을 잊어서는 안 되겠다.

"제주 미래 성장동력 확보에 최선"

"올해는 제주국제자유도시개발센터가 지금까지 다져온 사업역량 위에 미래 성장의 추가 동력을 확보하는 데 최선을 다해 나가겠습니다."

변정일 제주국제자유도시개발센터(JDC) 이사장은 10일 신년인터뷰를 통해 "우리는 이제 제주국제자유도시에 대한 기대를 가질 수 있게 됐다"며 "명품 국제자유도시 제주를 향한 JDC의 끊임없는 도전과 열정을 지켜봐 달라"라고 밝혔다.

지난 한 해를 되돌아봐 달라는 질문에 변 이사장은 "무엇보다 NLCS 제주와 한국국제학교 KIS에 이은 캐나다 명문 여자 사립 브랭섬 홀 아시아가 개교해 전국 각지에서 제주로 몰려드는 놀라운 변화를 일궈냈다"고 말했다.

변 이사장은 특히 "지난해 말 170년 전통의 미국 명문 사학인 세인트존스베리 아카데미가 제주 진출을 확정해 제주영어교육도시는 미국, 영국, 캐나다 등 3개 주요 영어권 국가의 명문학교가 자리 잡은 세계적으로도 유래가 없는 최고의 국제교육도시로 부상했다"고 강조했다.

이어 "중국 굴지의 기업인 녹지그룹의 투자를 유치해 헬스케어타운 기공식이 열렸고, 중국 광요그룹의 신화역사공원 투자도 확정됐다"면서 "국제 문화복합단지 조성사업의 투자 유치도 확정되는 등 어려운 여건 속에서도 핵심사업 전 분야에 걸쳐 괄목할 만한 진전이 이뤄졌다"고 평가했다.

변 이사장은 올해에는 중장기 4대 전략을 적극 추진하겠다는 의지를 피력했다. 변 이사장은 "첫 번째로 핵심사업의 경쟁력을 강화하겠다"며 "국제자유도시 인프라를 지속적으로 확충하고 투자 유치 기능을 대폭 확대해 재원 조달을 활성화하는 한편 보다 체계적인 기업 지원체계를 구축해 나가겠다"고 말했다.

이어 "면세사업 영역 확대 및 다양한 추진 사업 간의 융복합을 통해 새로운 수익원을 창출해 미래 전략사업을 확대하고, 사회적 가치 창출에도 주력해 나가겠다"며 "아울러 재정 건전성을 향상시키고 조직문화 선진화, 성과 지향적 경영관리 등을 통해 기관의 경영 효율성을 제고해 나가겠다"고 강조했다.

변 이사장은 "전략목표 이외에도 소외계층 돕기 노력 봉사와 지역 인재 양성 등 다양한 사회공헌 활동으로 도민과 함께하는 밀착경영을 실현하겠다"며 "JDC의 끊임없는 도전과 열정을 지켜봐 주시고 변함없는 성원을 부탁드린다"고 당부했다.

"긍정의 힘이 명품 국제자유도시 만든다"

제주국제자유도시개발센터(JDC)는 제주국제자유도시라는 이정표 달성을 통해 '행복 제주'를 구현하고자 매진하고 있다. 이러한 도시의 건설은 긍정적인 마인드로 무장한 지역인재들의 열정과 도전정신에 의해 추진돼야 한다.

일본의 근대화는 해외유학이 가져온 대표적 성공사례이다.

1860년 후쿠자와 유키치 등 96명의 일본 젊은이가 태평양을 건넌 이래 유학은 일본이 심혈을 기울인 국가적 사업이다. 수많은 젊은이들이 미국·유럽으로 유학 가 발전된 문물과 제도를 배우고 돌아와 일본을 부국강병의 길로 이끌었다.

그런데 최근 일본에서는 젊은이들이 해외에 안 나가서 걱정이라고 한다. 2010년 미국으로 유학한 일본학생은 2000년에 비해 학부 52%, 대학원 27%가 줄었다. 한국과 중국, 인도 학생들의 미국 유학이 매년 증가세인 것과 정반대 현상이다.

경제평론가 오마에 겐이치는 "일본이 점점 내성적인 나라가 돼가는 현상"이라고 말한다. 젊은이들이 현실에 안주해 세계로, 미래로 뻗어나가려는 기상을 잃고 있다는 지적도 있다.

젊은이들이 도전·모험·개척 정신을 잃고 더 넓은 세상을 꿈꾸지 않는 사회는 걱정이 많을 수밖에 없다.

우리나라 근대화를 이끌며 '현대'라는 글로벌 기업을 창업한 고 정주영 회장의 어록은 한마디로 '무한 긍정'이다.

"길이 없으면 길을 찾고, 찾아도 없으면 만들면 된다. 무엇이든 할 수 있다고 생각하는 사람이 해내는 법이다. 생명이 있는 한, 실패는 없다고 생각한다. 시련이 있을 뿐 실패가 아니다. 낙관하라."

이러한 그의 긍정적인 마인드가 사람들을 변화시켰고, 기업을 성장시켜 대한민국 발전을 이끌었으며, 지금도 '현대'는 세계인의 사랑을 받고 있다.

JDC가 '글로벌 아카데미'를 역점사업으로 시행하는 이유도 바로 여기에 있다. 외국의 사회·문화적 특수성과 차이를 이해하는 열린 마음과 긍정적인 사고를 가질 때 세계가 인정하는 명품 제주국제자유도시가 완성될 것이기 때문이다.

제주도민은 어느 지역보다 근면, 성실, 절약 등 정신적 자산이 많다. 여기에 칭찬과 배려의 문화를 확산시키고, 긍정적 마인드로 도전정신을 키운다면 '행복 제주', '명품 국제자유도시' 건설은 더욱 속도를 낼 것으로 확신한다.

국제학교 과실송금에 대한 논의를 보며

최근 제주특별자치도가 추진하는 소위 5단계 제도개선과제 중 영어교육도시에 있는 국제학교의 과실송금 허용을 둘러싼 논의가 분분하다. 그 가운데 일부 오해가 있어 이해를 돕고자 한다.

영어교육도시의 국제학교 노스런던 컬리지이트 스쿨 제주(NLCS Jeju)와 브랭섬 홀 아시아(BHA)의 운영주체는 캐나다나 영국에 있는 본교나 본교 운영주체인 외국학교법인이 아니라 JDC가 100% 투자해 설립한 JDC의 자회사인 학교운영법인 (주)해울이다.

학교부지나 건물을 비롯한 모든 시설이 JDC의 소유이지 NLCS나 브랭섬 홀 본교의 소유가 아니다. 학교경영에 관한 한 외국의 본교는 관여하지 않고 관여할 수도 없다. 학교경영으로 발생하는 모든 수입과 지출을 해울이 관리한다. 따라서 적자를 봐도 JDC가 보는 것이고 흑자를 봐도 JDC의 이익이다.

그리고 현재의 수입으로는 시설투자 부분을 포함해 그러한 비용을 모두 충당하지 못하기 때문에 일시적이지만 적자를 보고 있는 것이다. 그러나 몇 년 뒤 흑자운영으로 전환되면 그 이익은 고스란히 투자자, 즉 JDC에 돌아오게 된다.

논의가 되고 있는 과실송금 문제는 외국법인이 영어교육도시에 학교를 설립하고 운영주체가 되는 외국학교 경우에 해당되는 문제이다. 따라서 현 단계에서 과실송금은 전혀 문제가 되지 않는다.

다만 세계적인 경쟁력을 갖춘 외국의 명문학교를 유치하거나 외국학교가 한국에 진출하려면 상당한 액수가 투자돼야 한다. 우리는 외국학교 투자자들에게 투자한 돈을 일정 조건하에서 회수할 수 있도록 해 투자를 유도하고 더 큰 부가가치를 노려야 한다. 선진교육시스템 도입으로 인한 유학수요 흡수 및 우수인재 양성, 일자리 창출 등의 시너지 효과를 거둬야 한다.

명품 국제도시 동력은 뜨거운 열정과 협력

제주의 탄생은 설문대 할망의 신화로 시작된다. 설문대 할망은 설화 속의 여신으로 치마폭으로 흙을 날라 제주도를 만들고, 한라산을 빚었다고 한다.

그리고 흙을 운반하는 과정에서 떨어진 흙부스러기가 수많은 오름이 됐다는 것이다. 이러한 제주의 한라산과 오름, 그리고 바다, 사람, 생활 양식, 주거문화, 말, 제주의 삼다(三多)와 삼무(三無), 곳곳의 아름다운 풍광, 이러한 제주의 집합이 사람을 머물게 하는 진정한 제주의 매력이다.

지난 10년 동안 제주를 찾은 방문객은 7,000만 명에 이르고 있다. 국내인 뿐만 아니라 동아시아를 대표하는 관광 명소로서 매년 수백만 명의 외국인들이 찾고 있다. 수많은 사람들이 제주도를 찾는 이유는 분명 제주의 신비로움에 빠지고 싶은 데에 있는 것이다. 내면의 번민을 벗어나 새로운 활력을 얻고자 함은 다시 언급하지 않아도 되는 췌언이다.

감히 말하건대 제주는 전 세계 어느 곳과 비교할 수 없는 천혜의 관광지로서 아름다운 경관과 청정한 자연이 유지 보존되는 쾌적하고 건강한 섬이다. 홍콩, 싱가포르는 인구가 1,200만 명으로 제주도의 21배에 이르지만 면적은 두 도시를 합쳐도 제주보다 약간 작을 만큼 밀집돼 있다. 이에 비해 제주는 인구가 적고 면적이 넓어 상대적으로 풍족한 여유 공간과 깨끗한 환경이 유지되고 있기 때문에 보다 멋진 밑그림을 그릴 수 있고 발전 가능성 또한 무한하다.

제주의 또 다른 강점은 비행기로 2시간 이내에 서울, 북경, 동경 등 인구가 1,000만 이상되는 도시를 5개나 배후시장으로 거느리고 있는 접근성에 있다. 최근의 세계 최초의 유네스코 자연과학분야 3관왕, 세계7대 자연경관, 세계환경수도 인증 추진 등 이 모든 결합은 '청정 제주'라는 브랜드 가치로 세계적 경쟁력 확보에 초점을 맞추고 있는 것이다.

제주는 올해부터 향후 10년을 제주의 위상을 세계에 각인시키고자 동북아 평화번영의 중심도시, 동북아시아 국제교육의 허브, 아·태권 국제교류의 거점도시, 그리고 남북대화와 교류협력의 중심무대를 비전으로 복합형 국제자유도시 조성을 추진전략으로 삼고 있다. 그간 제주국제자유도시를 조성함에 있어 양대 축으로 중추적 역할을 하고 있는 제주특별자치도와 국토교통부 공기업인 JDC는 비전 매진에 새로운 각오를 하고 있다.

올해는 박근혜 정부의 출범, 미래 제주 10년의 틀을 짜는 제2차 종합계획 수립, JDC 창립 10년의 새로운 원년으로써 시점적으로 절묘하게 상호간의 강한 응집력이 요구되는 출발선이다. 새로운 제주의 가치 창조는 모두에게 행복을 주는 제주로 완결돼야 한다. 그 완결의 연속선상에 명품 국제자유도시라는 세계에 자랑할 만한, 세계가 부러워할 걸작을 만드는 것이다.

세계적인 국제자유도시로의 도약은 엄청난 에너지가 필요한 프로젝트다. 최상의 동력은 우리 제주인의 뜨거운 열정과 참여와 협력이다. 이미 제주는 참여와 협력의 소중한 전통을 가지고 있다. 척박한 과거 제주를 극복하고 지금의 제주가 만들어지기까지는 수눌음 문화가 원동력이 됐다. 수눌음의 본체는 인간 상호간의 협력이다.

수눌음을 현대적으로 표현하자면 네트워크, 즉 연대의 힘이라고 말하고 싶다. 우리 모두 후손을 위한 보석 같은 명품 국제자유도시, 행복한 미래 제주 건설에 힘을 모아 보자.

4·3사건 진상규명 및 희생자 명예회복 등에 관한 특별법안

發議年月日 : 1999. 11.

發 議 者 : 邊精一 · 梁正圭 · 玄敬大 議員 外 110人

제안이유

1948년 4월 3일 제주도 일원에서 발생한 소요사태와 그 진압과정에서 수만 명의 무고한 양민들이 희생되었고, 그 진압작전에 투입된 일부 군인·경찰 등 이 희생되었으며, 부락 전체가 소실되는 등 많은 피해가 발생하였을 뿐만 아니 라 제주도민 모두가 사상이 불순한 사람들로 취급되는 등 희생자 및 그 유족은 물론 제주도민 전체가 공·사생활에서 엄청난 불이익을 받아왔으나, 이 사건이 발생한 지 50년이 지난 지금까지도 구체적이고 종합적인 진상규명이 이루어 지지 않고 다양한 각도에서 접근이 시도됨에 따라 혼란이 증폭되고 있는 실정 인 바, 정부 차원에서 이 사건의 진상을 규명하고, 이 사건의 희생자 및 그 유 족 등 관련자의 명예를 회복함으로써 역사를 바로 세우고 국민화합과 민주발 전에 이바지하려는 것임.

주요골자

가. 4·3사건의 진상규명 및 희생자 명예회복을 위하여 「특별위원회」와 「집행 위원회」를 구성·운영함(안 제3조 및 제4조).

나. 이 법에 의한 희생자 및 그 유족 등을 4·3사건의 관련자라는 이유로 어떠한 불이익이나 부당한 처우를 받지 아니하도록 함(안 제5조).

다. 4·3사건의 진상규명을 위하여 특별위원회 또는 집행위원회의 요구가 있는 경우에는 이 법에서 정하는 관련기관은 자료를 제출하도록 함(안 제6조).

라. 4·3사건 희생자의 명예회복을 위하여 백서편찬, 역사관 건립사업을 추진하도록 함(안 제7조 및 제9조).

마. 매년 4월 3일을 4·3추념일로 정하고, 제주도 지역에 한하여 공휴일로 함(안 제8조).

바. 4·3사건의 희생자 및 유족의 생활안전을 위하여 생활지원금, 의료지원금을 지급하도록 함(안 제10조 및 제11조).

사. 4·3사건으로 인하여 호적부가 소실되거나 호적부 기재내용이 사실과 다를 경우 다른 법률의 규정에 불구하고 호적기재를 정정할 수 있는 특례를 인정함(안 제13조).

아. 4·3사건과 관련된 행위로 유죄의 확정판결을 선고받은 자는 형사소송법 제420조 및 군사법원법 제469조의 규정에 불구하고 재심을 청구할 수 있도록 함(안 제14조).

자. 국회는 4·3사건의 진상규명 및 명예회복을 위하여 이 법에 의한 위원회와 별도로 조사 등 필요한 조치를 할 수 있도록 함(안 제15조).

제주4·3사건 진상규명 및 희생자 명예회복에 관한 특별법안

제1조(목적) 이 법은 4·3사건의 진상을 규명하고, 이 사건의 희생자 및 그 유족 등 관련자의 명예를 회복함으로써 역사를 바로 세우고, 국민화합과 민주발전에 이바지함을 목적으로 한다.

제2조(정의) 이 법에서 사용하는 용어의 정의는 다음과 같다.

  1. "4·3사건"이라 함은 1948년 4월 3일을 기점으로 제주도 전역에서 발생한 소요사태 및 1954년 9월 22일까지의 진압과정을 말한다.

  2. "희생자"라 함은 4·3사건으로 인하여 사망하거나 후유장애를 입은 자 또는 행방불명된 자를 말한다.

  3. "유족"이라 함은 희생자의 배우자 및 직계 존·비속을 말하며, 배우자 및 직계 존·비속이 없는 경우에는 희생자의 형제자매를 말한다.

제3조(4·3사건진상규명및희생자명예회복특별위원회) ① 4·3사건의 진상을 규명하고, 이 사건의 희생자 및 유족을 결정하며, 그들의 명예를 회복하기 위하여 국무총리소속하에 4·3사건진상규명및희생자명예회복특별위원회(이하 "특별위원회"라 한다)를 둔다.

  ② 특별위원회는 다음 각호의 사항을 심의·의결한다.

    1. 4·3사건에 관한 국내외 자료(이하 "자료"라 한다)의 수집 및 분석에 관한 사항

    2. 4·3사건 백서(이하 "백서"라 한다) 편찬에 관한 사항

    3. 4·3사건 관련 제주도민에 대한 사과 등 정부의 입장 표명에 대한 방법 및 그 시기에 관한 사항

4. 제9조의 규정에 의한 4·3역사관의 건립에 관한 사항

5. 희생자 및 유족에 대한 생계지원 및 의료지원에 관한 사항

③ 특별위원회는 위원장 1인을 포함한 20인 이내의 위원으로 구성하되, 위원장은 국무총리가 되고, 당연직위원은 제주도지사 및 제주도의회 의장이 되며, 나머지 위원은 유족대표 5인을 포함하여 학식과 경험이 풍부한 자와 차관급 이상의 공무원 중에서 위원장이 위촉한다.

④ 특별위원회의 조직 및 운영에 관하여 필요한 사항은 대통령령으로 정한다.

제4조(4·3사건진상규명및희생자명예회복집행위원회) ① 특별위원회의 심의·의결사항 중 해당사항을 집행하고, 특별위원회에서 위임받은 사항을 처리하기 위하여 제주도지사 소속하에 4·3사건진상규명및희생자명예회복집행위원회(이하 "집행위원회"라 한다)를 둔다.

② 집행위원회는 위원장 1인을 포함한 15인 이내의 위원으로 구성하되, 위원장은 제주도지사가 되고, 당연직위원은 제주도행정부지사 및 제주도의회 부의장이 되며, 나머지 위원은 유족 대표 5인을 포함하여 학식과 경험이 풍부한 자와 서기관급 이상의 공무원 중에서 위원장이 위촉한다.

③ 집행위원회는 제1항의 규정에 의한 집행 및 처리 이외에도 다음 각호의 사항을 집행한다.

1. 희생자 및 유족의 피해신고 접수

2. 제1호의 규정에 의한 피해신고의 조사

3. 희생자 및 유족에 대한 생활지원 및 의료지원에 관한 사항

④ 집행위원회의 조직 및 운영에 관하여 필요한 사항은 제주도 조례로 정한다.

제5조(불이익 처우금지) 희생자 및 그 유족은 4·3사건의 관련자라는 이유로 어떠한 불이익이나 부당한 처우를 받지 아니한다.

제6조(4·3사건 관련자료 제출의 의무) ① 다음 각호의 기관 및 단체는 특별위원회 또는 집행위원회의 요구가 있을 경우에 자료를 제출하여야 하며, 어떠한 이유로도 자료제출을 거부할 수 없다.

1. 정부조직법에 의한 각급기관

2. 제1호 기관의 산하 및 부속기관

3. 기타 대통령령이 정하는 기관 및 단체

② 제1항의 각호의 기관 및 단체는 집행위원회가 행하는 자료의 발굴·열람에 있어 편의를 제공하여야 한다.

③ 누구든지 4·3사건에 관하여 자유롭게 증언할 수 있으며, 특별위원회는 이를 자료로 채택하여야 한다.

④ 특별위원회는 자료의 수집 및 분석기간을 2년을 초과하지 아니하는 범위에서 정하여야 한다.

⑤ 정부는 제1항의 요구가 외국에서 보관하고 있는 문서 등에 관한 경우에는 해당 당사국 정부와 성실히 교섭하여야 한다.

제7조(4·3사건 백서 편찬) ① 특별위원회는 제6조 제1항의 기간이 종료되는 날부터 6월 이내에 백서를 편찬하여야 한다.

② 특별위원회는 백서를 편찬함에 있어 백서의 객관성과 편찬 작업의 원활을 기하기 위하여 4·3사건 백서편찬기획단을 설치·운영할 수 있다.

제8조(4·3추념일) ① 매년 4월 3일을 4·3추념일(이하 "추념일"이라 한다)로 정한다.

② 제1항의 규정에 의한 추념일을 제주도 지역에 한하여 공휴일로 지정한다.

③ 추념일의 행사내용 및 주관처와 국기게양방법 등 구체적인 사항은 제주도 조례로 정한다.

제9조(4·3역사관 건립) ① 정부는 4·3사건 사망자 등을 위령하고, 4·3사건의 역사적 의미를 되새기며, 위령제례의 편의를 도모하기 위하여 다음 각호의 시설을 포함한 4·3역사관을 건립하여야 한다.

1. 위령묘역

2. 위령탑

3. 4·3사료관

4. 위령공원

② 특별위원회는 4·3역사관의 규모 및 재원조달, 건립시기 등에 관한 사항을 심의·의결하고, 역사관 건립의 원활한 추진을 위하여 추진기획단을 설치·운영하여야 한다.

③ 정부는 역사관 건립 후 그 관리 및 운영을 제주도에 위임할 수 있으며, 이 경우 그 비용은 정부가 부담하고 관리 및 운영에 필요한 사항은 제주도 조례로 정한다.

④ 유족 등 희망에 따라 희생자의 유해나 행방불명된 자의 가묘를 제1항 제1호의 위령묘역에 안장한다.

제10조(생계곤란자의 생활자원금 등의 지급) ① 4·3사건의 희생자 및 유족 중 생계곤란자에 한하여 정부는 생활보호법 제8조 및 제9조의 규정에 의한 지

급금 이외에 별도의 생활지원금을 지급하여야 한다.

② 생계곤란자의 범위와 생활지원금액의 산정 및 지급방법 등은 대통령령으로 정한다.

제11조(의료지원금 등의 지급) 정부는 제2조 제1항 제2호의 희생자에 대하여 대통령령이 정하는 바에 따라 치료와 개호 및 보조장구 구입에 소요되는 비용을 지급하여야 한다.

제12조(희생자와 유족의 신고처 설치 및 공고) 특별위원회는 이 법 시행일로부터 60일 이내에 국내와 일본 등에 소재한 대한민국 재외공관에 희생자와 유족 등의 4·3사건 관련 피해신고를 접수받기 위한 신고처를 설치하고, 이를 공고하여야 한다.

제13조(사실부합의 호적기재) ① 4·3사건으로 인하여 호적부가 소실되거나 호적에 기재된 내용이 사실과 다른 경우 다른 법률의 규정에 불구하고 이해관계인의 신고를 받아 특별위원회의 결정에 의하여 신호적을 편제하거나 호적의 기재를 정정할 수 있다.

② 제1항의 경우 특별위원회는 지체 없이 사건본인의 본적지의 시·읍·면의 장에게 통지하여야 하며, 이 통지를 받은 시·읍·면의 장은 대법원규칙이 정하는 바에 따라 직권으로 호적을 편제하거나 정정하고 이를 감독법원에 보고하여야 한다.

제14조(재심의 특례) ① 4·3사건과 관련된 행위로 유죄의 확정판결을 선고받은 자는 형사소송법 제420조 및 군사법원법 제469조의 규정에 불구하고 재심을 청구할 수 있다.

② 재심의 청구는 원판결의 법원이 관할한다. 다만 군형법의 적용을 받지

아니한 자에 대한 원판결의 법원이 군법회의 또는 군사법원일 때에는 그 심급에 따라 주소지의 법원이 관할한다.

③ 재심의 관할법원은 직권으로 제1항의 유죄판결을 받아 그 형이 확정된 사실을 조사하여야 한다.

제15조(국회의 진상 규명 등) 국회는 4·3사건 진상규명 및 명예회복에 관하여 특별위원회와는 별도로 진상규명을 위한 조사 및 필요한 조치를 취할 수 있다.

부칙

이 법은 공포 후 2월이 경과한 날로부터 시행한다.

제주 4·3사건 진상규명 및 희생자 명예회복에 관한 특별법

제1조(目的) 이 법은 4·3사건의 진상을 규명하고, 이 사건의 희생자와 그 유족
들의 명예를 회복시켜줌으로써 인권신장과 민주발전 및 국민화합에 이바
지함을 목적으로 한다.

제2조(定義) 이 법에서 사용하는 용어의 정의는 다음과 같다.

1. '제주4·3사건'이라 함은 1947년 3월 1일을 기점으로 하여 1948년 4월 3
   일 발생한 소요사태 및 1954년 9월 21일까지 제주도에서 발생한 무력충
   돌과 진압과정에서 주민들이 희생당한 사건을 말한다.

2. '희생자'라 함은 제주4·3사건으로 인하여 사망하거나 행방불명된 자 또
   는 후유장애가 남아있는 자로서 제3조 제2항 제1호의 규정에 의하여 결
   정된 자를 말한다.

3. '유족'이라 함은 희생자의 배우자(사실상의 배우자를 포함한다) 및 직계
   존비속을 말한다. 다만, 배우자 및 직계 존비속이 없는 경우에는 형제자
   매를 말한다.

제3조(제주4·3사건진상규명및희생자명예회복특별위원회)

① 제주4·3사건의 진상을 규명하고 이 법에 의한 희생자 및 유족의 심사
   결정 및 명예회복에 관한 사항을 심의 의결하기 위하여 국무총리 소속하
   에 제주4·3사건 진상규명 및 희생자 명예회복위원회(이하 '위원회'라
   한다)를 둔다.

② 위원회는 다음 각호의 사항을 심의 의결한다.

1. 제주4·3사건 진상조사를 위한 국내외 관련자료의 수집 및 분석에 관한 사항

2. 희생자 및 유족의 심사 결정에 관한 사항

3. 희생자 및 유족의 명예회복에 관한 사항

4. 진상보고서 작성 및 사료관 조성에 관한 사항

5. 위령묘역 조성 및 위령탑 건립에 관한 사항

6. 제주4·3사건에 관한 정부의 입장표명 등에 관한 사항

7. 이 법에서 정하고 있는 호적등재에 관한 사항

8. 기타 진상규명과 명예회복을 위하여 대통령령이 정하는 사항

③ 위원회는 위원장 1인을 포함한 20인 이내의 위원으로 구성하되, 위원장은 국무총리가 되고, 제주도지사와 관계공무원 유족대표를 포함하여 학식과 경험이 풍부한 자 중에서 대통령령이 정하는 바에 따라 국무총리가 임명 또는 위촉한다.

④ 위원회의 조직 및 운영에 관하여 필요한 사항은 대통령령으로 정한다.

제4조(제주4·3사건 진상규명 및 희생자 명예회복 실무위원회) ① 위원회의 의결사항을 실행하고 위원회에서 위임받은 사항을 처리하기 위하여 제주도지사 소속하에 제주4·3사건 진상규명 및 희생자 명예회복 실무위원회(이하 '실무위원회'라 한다)를 둔다.

② 실무위원회는 다음 각호의 사항을 처리한다.

1. 희생자와 유족의 피해신고 접수에 관한 사항

2. 피해신고에 대한 조사에 관한 사항

3. 의료지원금 및 생활지원금의 지급에 관한 사항

4. 기타 위원회에서 위임받은 사항

③ 실무위원회는 위원장 1인을 포함한 15인 이내의 위원으로 구성하되, 위원장은 제주도지사가 되고 위원은 관계공무원과 유족대표를 포함하여 학식과 경험이 풍부한 자 중에서 위원장이 임명 또는 위촉한다.

④ 실무위원회의 조직 및 운영에 관하여 필요한 사항은 조례로 정한다.

제5조(불이익 처우금지) ① 누구든지 제주4·3사건과 관련하여 자유롭게 증언할 수 있다.

② 희생자 및 그 유족은 제주4·3 희생자와 그 유족이라는 이유로 어떠한 불이익이나 부당한 처우를 받지 아니한다.

제6조(제주4·3사건 관련자료의 수집 및 분석) ① 위원회는 그 구성을 마친 날부터 2년 이내에 자료의 수집 및 분석을 완료하여야 한다.

② 위원회 혹은 실무위원회는 제1항의 자료 수집을 위하여 필요한 경우에는 관계행정기관 또는 단체(이하 이 조(條)에서 '관련기관 또는 단체'라 한다)에 대하여 관련자료의 제출을 요구할 수 있다. 이 경우 요구를 받은 관련기관 또는 단체는 특별한 사유가 없는 한 이에 응하여야 한다.

③ 관련기관 또는 단체는 제주4·3사건 관련자료의 발굴 및 열람을 위하여 필요한 편의를 제공하여야 한다.

④ 정부는 제2항에 의하여 제출요구를 받은 자료를 외국에서 보관하고 있는 경우에는 해당 정부와 성실히 교섭하여야 한다.

제7조(진상보고서 작성) ① 위원회는 제6조 제1항의 기간이 종료되는 날부터 6월 이내에 제주4·3사건 진상보고서를 작성하여야 하며, 진상보고서 작성

에 있어 객관성과 작업의 원활을 기하기 위하여 제주4·3사건 진상보고서 작성기획단을 설치하여 운영할 수 있다.

제8조(위령사업) 정부는 제주4·3사건 희생자를 위령하고, 사건의 역사적 의미를 되새겨 평화와 인권을 위한 교육의 장으로 활용하며 위령제례 등의 편의를 도모하기 위한 다음 각호의 사업 시행에 필요한 비용을 예산의 범위 내에서 지원할 수 있다.

1. 위령묘역 조성

2. 위령탑 건립

3. 4·3사료관 건립

4. 위령공원 조성

5. 기타 위령관련 사업

제9조(의료지원금 및 생활자원금) ① 정부는 희생자 중 계속 치료를 요하거나 상시 개호(介護) 또는 보조장구의 사용이 필요한 자에게 치료와 개호 및 보조장구 구입에 소요되는 의료지원금 및 생활지원금을 지급할 수 있다.

② 의료지원금 및 생활지원금의 지급범위와 금액의 산정 및 지급방법 등은 대통령령으로 정한다.

제10조(희생자와 그 유족의 신고처 설치 및 공고) 위원회는 이 법 시행일부터 30일 이내에 대한민국 재외공관에 희생자와 그 유족의 제주4·3사건 관련 피해신고를 접수받기 위한 신고처를 설치하고 이를 공고하여야 한다.

제11조(호적등재) 제주4·3사건 당시 호적부 소실로 호적등재가 누락되거나 호적에 기재된 내용이 사실과 다르게 된 경우 다른 법률의 규정에도 불구하고 위원회의 결정에 따라 대법원 규칙이 정하는 절차에 의하여 호적에

등재하거나 호적의 기재를 정정할 수 있다.

부칙

이 법은 공포 후 3월이 경과한 날로부터 시행한다.

1993년 2월 4·3관련 자료 수집 착수

1993년 3월 4·3 해결을 위한 지역주민 여론 수렴

1993년 4월 4·3사건 국회 진상규명 특별위원회 구성을 위한 활동시작

1993년 4월~6월 제주도 내 지방의회의원, 종교계지도자, 단체대표, 학생대표, 4·3 민간인 희생자유족회, 4·3연구소 등과 개별 접촉 4·3 진상규명의 당위성과 방향 논의

1993년 5월 10일 국회에서 제주도 4·3 진상규명 특별위원회 구성을 위한 국회의원 서명받기 활동 착수

1993년 5월 17일 민주당 이기택 대표의원 단독 면담(4·3 진상규명에 민주당의 협조 요청)

1993년 5월 18일 제주 출신 국회의원 양정규·현경대·강희찬 의원과 4·3사건 해결에 대한 의견 발표

1993년 5월 22일 4·3 민간인 희생자 유족회 주최 백조일손 유족모임에 참석 국회진상특위 구성 및 후속조치에 대한 의견 발표

1993년 5월 30일 제주 출신 국회의원들과 2차 협의

1993년 6월 17일 제주 출신 국회의원들과 3차 협의(국회 4·3사건 진상규명특별위원회 구성 논의)

1993년 6월 29일 제주도의회 4·3 특위 위원, 시·군의회 의장 및 제주 출신 국회의원과의 간담회 개최(국회 차원의 진상규명 특별위원회 구성 촉진)

1993년 8월 24일 백조일손 영령 위령비 제막식 참석 추도사

1993년 8월 25일 제주도 4·3사건과 같은 대만 2·28사건 현황 및 해결방법을 조사 연구하기 위해 제주도의회 의원들과 대만 방문 조사(3박 4일)

1993년 10월 26일 제주지역총학생회 협의회 4·3 해결을 위한 청원서 변정일 의원 대표 소개로 국회의장에게 제출

1993년 11월 3일 제주도의회 의원, 변정일 의원 등의 소개로 4·3사건 진상규명을 위한 청원서 제출

1993년 12월 5일 국회의원 75명 서명 받음

1993년 12월 28일 국회청원인 제주지역 대학생 총연합회 오영훈 회장과 국회 4·3 진상규명특위 구성결의안 제출 문제 논의

1993년 12월 29일 제주도의회 4·3 특위 위원장 김영훈 의원과 국회 진상규명 특위 구성결의안 제출문제 협의

1994년 1월 월간 한국의회 2월호 4·3관련 인터뷰   .

1994년 1월 22일 제주도의회 4·3 특위위원들과 국회특위 구성결의안 제출문제 최종협의

1994년 1월 25일 제주 출신 국회의원들과 의견 교환(국회 4·3 진상규명조사 특위 구성문제 관련)

1994년 2월 2일 제주도 4·3사건 진상규명특별위원회 구성결의안 국회의원 75명의 찬성서명을 받고 국회 발의

1994년 2월 국회 심의 중

1994년 3월 나라사랑 4월호 4·3관련 인터뷰

1994년 4월 2일 4·3 원혼 위령 천도제 참석(한라산 관음사)

1994년 4월 3일 제46주년 4·3 희생자 합동위령제 참석

1994년 7월 8일 국회 사회·문화분야 대정부질문에서 4·3이 먼 훗날 잘못 해
석되는 일이 없도록 실체가 묻혀 버리기 전에 그 진상을 정확히 규명 올바
른 사실을 후세에 전할 수 있게 하라고 강력 촉구

1995년 11월 15일 정기국회 예산결산특별위원회에서 제주4·3공원 조성과 위
령탑 건립을 위한 예산을 국고에서 지원하고 정부사업으로 추진하라고
발언

1998년 4월 8일 여야 3당 원내총무에 국회차원의 제주4·3 진상조사특별위원
회 구성결의안을 15일 본회의에서 통과시킬 것을 강력 촉구

1999년 4월 8일 국회를 방문한 제주4·3 홍보단 앞에서 이부영 원내총무와 함
께 4·3특별법 연내 제정 확답

1999년 10월 11일 4·3사건 진상규명 및 명예회복에 관한 특별법(안)을 발표
하고 시안공개

1999년 10월 19일 국민회의 측에 새로운 국회 4·3 특위구성안을 발의치 말고
국회운영위에 3년째 계류 중인 국회 4·3 특위구성결의안을 처리하라고
촉구

1999년 10월 22일 4·3특별법 최종(안)을 만들기 위하여 1차 도민 간담회 개최

1999년 11월 2일 4·3특별법 최종(안)을 만들기 위하여 2차 도민 간담회 개최

1999년 11월 15일 4·3특별법 국회 발의를 위한 국회의원 서명받기 시작

1999년 11월 18일 4·3사건 진상규명 및 희생자 명예회복 등에 관한 특별법안
국회의원 113명 서명 받고 국회에 제출

1999년 11월 27일 제주4·3사건 진상규명특별위원회 구성결의안 국회운영위
원회 통과

1999년 12월 2일 4·3사건 진상규명특별위원회 구성결의안 국회 본회의 통과

1999년 12월 14일 제주4·3사건 진상규명 및 희생자 명예회복에 관한 특별법
안 국회 행정자치위원회 통과

1999년 12월 15일 제주4·3사건 진상규명 및 희생자 명예회복에 관한 특별법
안 국회 법제사법위원회 통과

1999년 12월 16일 제주4·3사건 진상규명 및 희생자 명예회복에 관한 특별법
안 국회 본회의 통과

1999년 12월 17일 4·3 특별법 국회통과에 따른 성명서 발표

회고록 집필을 마치고 나니 나는 행운아였고 그런대로 복을 타고난 사람이라는 생각이 든다. 지난 세월 겪었던 일들을 생각하면 성격이 비뚤어질 수도 있었는데 남을 이해하고 배려하는 비교적 원만한 성격을 형성한 게 무엇보다 다행스럽다. 나의 주장만을 내세우는 편향된 사고와 일처리에서 벗어나 매사 균형감각을 유지할 수 있었던 것도 다행스럽다. 시행착오와 결정적인 실패도 있었지만 좌절하지 않고 잘 극복하여 왔다는 생각이다. 참기 어려운 분노가 치밀었던 순간도 여러 차례 있었지만 스스로 자신을 잘 다스려왔음도 다행스러운 일이다. 이 모든 것이 어린 시절부터 많은 사람들이 사랑하고 격려해주면서 나를 순화시켜주고 힘을 보태주었기 때문에 가능했던 일이다. 나를 아껴주고 도와주었던 모든 분들께 충심으로 감사를 드린다.

매주 일요일이면 우리 가족 열 한 식구가 모두 동부이촌동의 온누리교회에서 예배를 보고 점심을 함께한다. 그날은 가족의 사랑을 만끽하는 날이다. 우리 내외는 그 날을 기다린다. 열 한 식구 모두가 별 어려움 없이 일상을 지내고 있다. 그래서인지 아내는 내가 정치를 하는 동안 힘들고 어려웠던 고통을 잊은 듯 행복하다는 말을 자주 한다. 그 말을 들으면 나도 마음이 편안해진다. 그렇게 생각하는 아내가 고맙다.

그러나 요즘은 나랏일로 걱정이다. 개헌을 위한 국민투표를 지방선거와 함께한다는 대통령의 의지 표명에 개헌 논의가 한창이다. 여·야 합의에 바탕을 둔 국회 주도의 개헌이 아니라 대통령이 밀어붙이는 개헌이 이루어질 듯하다. 이번 개헌은 충분한 논의를 거쳐 국론통일을 이루고 대통령에의 권력집중이 초래했던 불행한 헌정사가 되풀이되지 않게 할 개헌이어야 한다. 그러나 아무래도 이번 개헌은 대통령의 제왕적 권력을 약화시키는 듯하지만 실질적으로는 달라짐이 없는 개헌, 국민의 정치 참여폭을 넓힌다는 명분으로 법률안의 국민발의권, 국회의원 국민소환제 등을 도입하여 대의민주주의를 약화시키고 대중선동정치를 불러들이는 개헌, 자유민주주의와 시장경제 질서를 흔들고 사유재산제도의 근간을 훼손하는 개헌이 될듯하다. 심히 우려된다. 나는 매일 하나님께 국민들이 피 흘려 지키고 가꿔온 자유민주주의와 경제대국의 기적을 만들어낸 시장경제질서를 지켜달라고 기도하고 있다.

2013년 6월 제주국제자유도시개발센터 이사장을 퇴임한 후 2년간 지인들의 거절할 수 없는 권유로 서울 등 수도권의 제주도민단체인 서울제주특별자치도민회 회장으로 봉사하고 현재는 대한민국 헌정회의 법·정관개정특별위위원회와 헌법특별위원회의 위원장을 맡고 있으나 이 부분은 회고록에 담지 않았다.

끝으로 이 회고록의 출판을 맡아준 물레의 지현구 사장님을 비롯한 관계자들, 그리고 자료수집을 도와준 국회도서관 직원 성창수 씨에게 감사드린다.

할머님

오현고등학교 친구들과 함께(전영식, 김수현, 홍원표, 이봉헌, 김순일)

유기천 교수 지도반 졸업 환송(1961.2)

한길클럽 멤버들(1963.7)

해운항만청 정연세 시설국장과 함께 모슬포항을 점검

육군보병학교 간부후보생 시절

헌법재판소 사무처장 이임 기념(1992.1)

서귀중학교 야구부 창단(가운데가 OB 베어스 박용민 단장)

터키 헌법재판소장과 함께(1989)

김영삼 대통령과 함께

멕시코 방문 중 살리나스 대통령과 함께(1992.8)

무라야마 도모이치 일본 총리와 함께

1995년 국회를 방문한 폴란드의 바웬사 대통령 및 그 일행과 함께
(앞줄 좌측부터 필자, 바웬사 대통령, 국회의장 황낙주, 강인섭 의원)

1994년 폴란드의 민주좌파연합 의장 크바스니에프와 함께
(크바스니에프는 1995년과 2000년 폴란드의 대통령으로 당선되었다)

법제사법위원장 시절

한나라당 당직자 회의

대통령 선거 기간 중 제주에서(1997)

판문점 총격요청사건 항의(1998.10)

당비모금운동 발대식

이회창 총재와 명동에서 여당 대선자금 수사 촉구 당보 호외 배포(1998.9)

헬스케어타운 조성사업 착공식

제주영어교육도시 조성사업 착공식(2009.6.17)

제주러브하우스 현장에서

신입직원 가족들과 함께하는 JDC 간담회

JDC 직원들과 함께

가족과 함께(2018)

제주국제자유도시 상해설명회

박사학위 수여식 날 아내와 함께(1995.8.22)

● 연혁

- 1942년 5월 14일 출생
- 본적: 제주도 서귀포시 대정읍 신도리

- 제주 신도초등학교 졸업(1954)
- 제주 한림중학교 졸업(1957)
- 제주 오현고등학교 졸업(1960)
- 서울대학교 법과대학 법학과 졸업(1964)
- 서울대학교 사법대학원 졸업(1967)
- 법학석사 학위취득(서울대학교, 1970.8)
- 법학박사 학위취득(건국대학교, 1994.8)
- KAIST 최고경영자과정 34기 수료(2011.8.26)

- 제5회 사법시험합격(1965.9.15)
- 군 법무관(육군11사단보통군법회의, 육군2군단보통군법회의, 국방부고등 군법회의, 1967~1970)
- 서울형사지방법원 판사(1970~1973)
- 변호사 개업(1973.4)
- 제주도 법률고문(1974)
- 제주대학교 강사(1974, 1976, 2002)
- 제10대 국회의원 당선(1978.12.12): 교통체신위원회 간사(1979.3), 예산결 산위원(1979.9)

- 제15대 국회의원 당선(1996.4.11): 국회생활법률연구회장(1996.6), 국회 윤리 특별위원장(1996), 국회법제사법위원장(1997.9.11), 국회정치구조개혁특별 위원회위원, 국회 2002년 월드컵 등 국제경기대회 지원 특별위원회 위원(1998.11.18), 국회선거구획정위원회위원(2000.1.21), 독일·네덜란드·노르웨이 등 국회윤리제도 시찰(1997.3~1997.4), 호주 및 뉴질랜드 사법제도 등 시찰(1997.8), 신한국당 정치개혁특위위원(1997.6.18), 제주도 당위원장(1998), 대선기획단 공공단체대책위원장(1997.9.22), 한나라당 총재비서실장(1998.9.3), 정치개혁특위위원장(1998.12.3), 정치발전위원(2004.9.16), 당무위원(2000.7.12), 농어촌발전특위위원(2001.12.3), 제주도당위원장(2002, 2005)
- 재경오현고등학교 총동창회장(2002.4~2004.3)
- 대통령선거 이명박 예비후보 제주도 선거대책위원장 겸 법률지원위원회 부위원장(2007.6.4)
- 제주국제자유도시개발센터 이사장(2009.5~2013.6)
- 주식회사 해울(국제학교 운영법인) 대표이사(2010.12~2013.6)
- 제주대학교 석좌교수(2012.7~2014.6)
- 사단법인 4월회 15대 공동의장(2015.5~2017.2)
- 서울제주특별자치도민회 회장(2014.4~2016.3)
- 대한민국 헌정회 제주도지회장(2013.4.10~2017.11) 등 역임

- 현재 대한민국 헌정회 법·정관개정특별위원회 위원장(2013.4~)
  헌법특별위원회 위원장(2017.11~)
- 한국학중앙연구원 – 역동의 한국정치사 산업화 민주화 세대의 증언

- 민주공화당 입당(1979.6): 환경분과위원회 위원장(1979.12), 당헌개정소위위원(1980.3)

- 제주도 야구협회 회장(1982~1985)

- 한국청년회의소 특우회 제주지구 회장(1985.9)

- 민주정의당 국책평가위원(1988.5.27)

- 헌법재판소 초대 사무처장(1988.9.30~1992.1)

- 유럽각국 헌법재판제도 시찰(1989.5)

- 한국법학원 이사(1989.10~1992.1)

- 미 국무부 초청으로 미국 연방사법제도 등 시찰(1991.5.3~1991.6.1)

- 제14대 국회의원 당선(1992.3.24): 한일의원연맹 간사 겸 법적지위위원장(1992.7.30), 국회정치개혁특위위원·국회예산결산특위위원(1993.9), 국회 UR대책특위위원(1993.12.16), 국회지방자치발전특위 간사·국회국제경기지원특위위원(1995.12), 한·폴란드 의원친선협회 부회장·국회의원 친선외교 활동으로 폴란드·체코·러시아 방문(1995.8.7~8.16)

- 통일국민당 입당(1992.5.14): 중앙당기위원장(1992.5.26), 제주도당위원장(1992.5~1993.2), 당무위원(1992.6.4), 당대표최고위원 법률담당특별보좌역(1992.6.25), 대변인(1992.7.20), 당대표 정치담당특별보좌(1992.10)

- 민자당 입당(1994.8.11): 민자당 지방자치발전특별위원회위원(1995.7.1 민생개혁특위위원(1995.11.1), 5·18특별법기초위원(1995.11.25)

- 고시동지회 부회장(1994.6.20)

- 제주도종합개발계획추진 민자유치위원(1994.9.10)

- 제주대학교 발전후원회 위원(1994.12.19)

(2016.12~2017.1)

- 수훈: 대법원장상(사법대학원 수석졸업, 1967.8), 황조근정훈장(1994.3.22)
- 저서: 『미국헌법이 아시아 각국 헌법에 미친 영향』, 고시연구사, 1995.
- 번역: 제임스 매클렐런, 『자유, 질서 그리고 정의-미국헌정의 원리』, 범양사, 1992.